白姬绾　著

青岛出版集团 | 青岛出版社

图书在版编目（CIP）数据

缥缈：典藏版. 6 / 白姬绾著. -- 青岛：青岛出版社, 2025. -- ISBN 978-7-5736-3514-3

Ⅰ. I247.5

中国国家版本馆CIP数据核字第20254JJ185号

PIAOMIAO 6（DIANCANG BAN）

缥缈6（典藏版）

白姬绾　著

策　　划	李文峰　侯晓辉
责任编辑	李文峰
特约编辑	侯晓辉
责任校对	郝秀花
插　　图	千　淼
装帧设计	千　淼
出版发行	青岛出版社（青岛市崂山区海尔路182号）
本社网址	http://www.qdpub.com
邮购电话	18613853563
照　　排	梁　霞
印　　刷	三河市良远印务有限公司
出版日期	2025年9月第1版　2025年9月第1次印刷
开　　本	16开 (640mm×920mm)
印　　张	24.5
字　　数	426千
书　　号	ISBN 978-7-5736-3514-3
定　　价	49.80元

编校印装质量服务电话　4006532017　0532-68068050

编校印装质量服务

目 录

第一折 白獭裘

第一章 迎雪 5
第二章 阿漪 10
第三章 冬夜 16
第四章 三冬 21
第五章 邪祟 25
第六章 溪河 31
第七章 山庄 36
第八章 逃生 41
第九章 秘密 45
第十章 兔狲 50
第十一章 妖血 56
第十二章 愿望 60
第十三章 选择 65
第十四章 尾声 72

第二折　望舒荷

第一章　楔子　81
第二章　囚牛　84
第三章　异象　90
第四章　龙隐　94
第五章　泉女　98
第六章　窥梦　104
第七章　忠心　109
第八章　寒冰　114
第九章　风暴　119
第十章　望舒　124
第十一章　夷光（上）　130
第十二章　夷光（下）　135
第十三章　珊瑚　140
第十四章　尾声　144

第三折　人面兔

第一章　端午 …… 153

第二章　石宅 …… 158

第三章　夜梦 …… 163

第四章　阿符 …… 169

第五章　牵丝 …… 174

第六章　黄昏 …… 179

第七章　波折（上）…… 184

第八章　波折（下）…… 188

第九章　尾声 …… 194

第四折 鬼竹荪

第一章 楔子 ········ 201
第二章 恶妖 ········ 203
第三章 孟青 ········ 210
第四章 战书 ········ 216
第五章 若丝 ········ 221
第六章 离间 ········ 227
第七章 竹笙 ········ 232
第八章 鬼笔（上）········ 236
第九章 鬼笔（下）········ 241
第十章 尾声 ········ 248

第五折 梦仙枕

第一章 楔子 255
第一章 青泥 258
第三章 蘑菇 264
第四章 长生 270
第五章 梦仙 276
第六章 游魂 281
第七章 尸体 287
第八章 秘密 293
第九章 归人 298
第十章 杀人 303
第十一章 宽恕 308
第十二章 尾声 313

第六折　泥人俑

第一章　楔子 321
第二章　噩梦 323
第三章　地宫 328
第四章　魂术 333
第五章　圣寿 339
第六章　范姜 344
第七章　重逢 350
第八章　心愿 356
第九章　王道 360
第十章　尾声 366

番外故人

盛唐,长安。

西市坊间,有一座神秘虚无的缥缈阁。

缥缈阁中,贩卖奇珍异宝、七情六欲。

缥缈阁在哪里?

无缘者,擦肩难见;

有缘者,千里来寻。

世间为什么会有缥缈阁?

众生有了欲望,世间便有了缥缈阁。

第一折　白獺裘

第一章　迎　雪

初冬时节，天气渐寒。

西市，缥缈阁。

上午，白姬收到了一个帖子，是太平公主送来的。

太平公主要在小雪那一天举行一场迎雪宴，地点在芙蓉园，这张帖子是邀请函。

白姬看了帖子之后，淡淡一笑，说道："又来了。"

元曜正在柜台边记账，听见白姬这么说，有些好奇，问道："白姬，什么又来了？"

白姬将帖子丢在柜台上，说道："宴会。"

元曜看了一眼帖子，笑道："宴会怎么了？迎雪宴，听起来十分风雅。公主、贵妇们真是太有雅趣了，为了迎接长安的初雪，还会宴饮歌舞。"

白姬问道："轩之，贵妇们的宴会都是有目的的，你没看出来这迎雪宴的意思吗？"

元曜又看了一眼帖子，答道："不就是迎接冬雪的到来吗？"

白姬提示道："你看看地点。"

元曜仔细一看，念道："芙蓉园，芳林台……哎呀，这么寒冷的天气，宴会怎么露天举行？不冷吗？"

白姬说道："这就是目的了。"

元曜还是不明白。

白姬说："寒冬时节，百无聊赖，又到了贵妇们在服装上争奇斗艳、追欢取乐的时候了。芳林台上，寒风刺骨，非皮草不能御寒。贵妇、淑媛会穿着自己最华美的皮裘去参加宴会，比一比谁的皮裘更加珍奢。这就是迎雪宴的目的啦。"

元曜疑惑地问道："这种比较有什么意义吗？"

白姬说道："宴会上，谁的皮裘珍贵奢华，谁就会获得赞美；谁的皮裘老旧寒碜，谁就会被嘲笑，抬不起头。有什么意义，我不知道，反正大家都乐此不疲，每一年都会举办宴会。"

元曜不能理解。他想了想，宴会上贵妇们攀比皮裘的行为可能跟石崇、王恺斗富是一个道理吧。

白姬问道："轩之，今年长安城里流行什么皮裘？"

元曜一愣，说道："小生不懂坊间风尚，也未曾关注过，不知道。"

白姬问道："离奴去哪儿了？"

元曜说道："离奴老弟去终南山买炭了。"

白姬感到奇怪，问："市面上就有木炭卖，它为什么要去终南山买？"

"离奴老弟说市面上的炭不行，奸商喜欢把劣质的灰炭夹杂在无烟的红萝炭里卖，从表面上看不出差别，一烧起来却熏得它眼睛疼。它宁可亲自跑一趟终南山，找伐薪烧炭的炭农们直接买，也不愿意在市面上买。"

"好吧。"

白姬只好自己去二楼的仓库里找准备在迎雪宴上穿的皮裘了。

大厅里，元曜正在继续记账，一个人走进了缥缈阁。

那是一个中年男子。

男子四十多岁，身形圆胖，面白微须。他穿着一袭靛蓝色华袍，领口和袖口都镶嵌着狐毛，脚踏一双鹿皮靴子。

中年男子似乎在想心事，当回过神儿来，察觉自己身处一间店铺中时，不由得一愣。他今天来西市这边收账，收完账之后，在街上闲逛散心，并没有打算走进某一家店铺买东西。可能是想心事太入神，不知怎的，他竟走进了缥缈阁。

元曜一见有客人，喜出望外，急忙放下了毛笔，笑道："客人想买些什么？"

中年男子本想离开，但见元曜笑脸相迎，又见缥缈阁中的货物琳琅满目，便停下了脚步，随意逛逛。

"你们店里有些什么？"

元曜一笑，说道："缥缈阁中杂货颇多，老实说，小生也不知道全部的货物。您看看货架上这些，金银玉瓷、刀剑字画、香料宝石，应有尽有。还有很多从海中运来的珍宝，店面里摆不下，都放在仓库里，您需要的话，小生可以去仓库现取。"

中年男子正好走到了放首饰的货架边，他的目光在货架上游移。

元曜笑道："这些金步摇和翡翠镯子都是极好的，可以买来送给您的夫人。"

一听到"夫人"二字，中年男子哆嗦了一下，目光中有些恐惧。

中年男子问道："有没有佛像、桃木剑之类的可以镇宅驱邪的东西？"

元曜一听，说道："这种东西，货架上没有，小生得去仓库里找一找。请您稍等一下。"

中年男子摆摆手，说道："算了，我只是随口一说，其实并不需要这些东西。敝人姓虞，名雍，也是一个商人，在东市开了一家卖皮裘的商铺，叫三冬阁。"

元曜觉得三冬阁这名字听起来耳熟，回想了一下，才记起三冬阁是东市最大的一家卖皮裘的店铺。

三冬阁是一家老店，它家的皮裘是长安城中最齐全的，从寻常的羊裘、兔裘、狗裘，到名贵的狐裘、貂裘、狼裘、虎裘、鹿裘，各种御寒的裘衣应有尽有。长安城的贵妇、淑媛，一入寒冬，必定会去三冬阁挥金购买名贵的裘衣。

元曜说道："原来是虞掌柜。小生元曜，久闻三冬阁大名。"

虞雍问道："你这缥缈阁里可有皮裘？"

元曜一愣，说道："缥缈阁里一向不卖皮裘，不过仓库里兴许有一两件旧物吧。"

虞雍一抖身上的肥肉，捻须说道："如今寒冬已至，又到了贵妇们添置皮裘的时节了。三冬阁今年新到了不少货物，不是狐裘和貂裘，而是獭裘。獭裘质轻而韧，底绒丰厚，保暖性很好，膻味比狐裘、貂裘要轻许多。贵妇们最爱新时尚，今冬必定流行獭裘，您家如果备一些獭裘，必定能赚一笔钱。如果您拿十件的话，价格上我能给您便宜一些。"

元曜一愣，这虞雍不愧是商人，走进缥缈阁不仅不买东西，反倒想把自己的皮裘卖给缥缈阁。

虞雍见元曜在犹豫，又说道："西市这边，只有前街王二家卖皮货，他家店铺小，卖不起高档的成品，只卖一些寻常的皮毛。缥缈阁店铺颇大，看这金玉满堂的样子，想必掌柜也不缺钱。话说，以前我怎么不知道西市有这么一家缥缈阁呢？喀喀，扯远了，如果您能一口气订五十件獭裘，我保证不再把獭裘卖给别家商铺。西市这边的客源，就都是您家的了。"

元曜挠了挠头，说道："这件事情，小生做不了主。小生只是一名伙计，不是掌柜。"

虞雍问道:"你家掌柜呢?"

元曜正要回答,白姬从里间走了出来。

白姬看了一眼虞雍,笑道:"我叫白姬,是这缥缈阁的主人。"

虞雍打量了一眼白姬,笑道:"没想到,缥缈阁的掌柜竟是一位美丽佳人。"

白姬笑道:"多谢虞掌柜称赞。刚才我正好在下楼,您的话我已经听见了。"

虞雍问道:"白姬姑娘意下如何?"

白姬眼珠一转,笑道:"哎呀,如今生意不好做,缥缈阁看着货物颇多,其实一个月都卖不出几件东西。不瞒您说,我都三个月没给两个伙计发工钱了。我没有余钱买一批獭裘,但有一个主意。"

虞雍问道:"什么主意?"

白姬笑道:"您可以把獭裘放在缥缈阁里寄卖,卖出去一件,我拿四成银子,您拿六成;卖不出去,开春后我原物奉还。我一向重义轻财,看在同为商人的分儿上,我不另收您占用我店面的费用。"

元曜直冒冷汗。这虞雍奸猾,想赚缥缈阁一笔,白姬好像更胜一筹,想做无本万利的买卖。

虞雍身上的肥肉一抖,他气道:"白姬姑娘,你怎么不去抢?!"

白姬笑眯眯地说道:"虞掌柜说笑了。您仔细想一想,把獭裘放在我这儿卖,相当于不花一分钱,就在西市也开了一家三冬阁。您打着灯笼在长安城走上三圈,也找不到这样的好事!"

虞雍气得发抖。

白姬深深地看了一眼虞雍,嘴角浮起一抹诡笑。

"虞掌柜,您最近是不是遇上什么奇怪的事情了?"

虞雍一听,神色大变,转怒为惧,想要说什么,却又闭嘴了。

"没事,没事……"

白姬眼珠一转,改口说道:"其实,冬季严寒,正是卖皮裘的时节,卖一些皮裘也挺好。哪天有空了,我去一趟东市三冬阁,看看您家獭裘的成色。"

虞雍点头,说道:"行,白姬姑娘可以先看看货品,价格上,一切好说。"

虞雍告辞离开了。

白姬站在大厅里,陷入了沉思。

元曜问道:"白姬,你怎么了?虞掌柜有什么不对吗?"

白姬说道:"他身后有一团若隐若现的黑气,像是一只野兽的利爪。不过,皮裘来自动物的皮毛,这些皮货商人被野兽怨恨,也是正常。"

元曜吃惊地问道:"虞掌柜不会有事吧?"

白姬说道:"不知道。不过,他既然走进缥缈阁了,就是有缘人,哪天有空了,我就去三冬阁看一眼吧。"

元曜问道:"白姬,你不会打算也卖皮裘吧?"

白姬笑道:"只要能赚银子,卖一个冬天又有何妨?"

元曜又问道:"白姬,你刚才在仓库找什么?"

白姬说:"找参加迎雪宴穿的皮裘,我记得有一件吉光裘①,但不知道放哪儿了。等离奴回来了,我问问离奴,大部分东西都是离奴放的。"

元曜便不再问了。

白姬在里间闲坐,看元曜新买的坊间话本。

元曜在大厅里忙碌完后,去厨房沏了一壶紫笋茶,又取了一碟玉露团、一碟雪花酥,端进了里间。

里间之中,三足博山香炉中正燃着百花香,散发出一缕一缕的香雾。花香盈鼻,夹杂着一丝春风暖阳的味道,仿佛到了百花齐放的春天。

白姬跪坐在青玉案边看书。

元曜在白姬对面跪坐下来,将紫笋茶和点心都放在了青玉案上。

元曜说道:"这百花香真好闻,仿佛到了春天。"

白姬将坊间话本放下,拿起一个玉露团,咬了一口。

"别提了,燃错香了。"

元曜不解地问道:"什么意思?"

白姬一边吃玉露团,一边指了指青玉案上的坊间话本,说道:"之前的坊间话本,大多写的是才子佳人吟风弄月,或者是有情男女夜奔的故事,我习惯点百花香看,更有风花雪月的故事氛围。最近这坊间话本,全都是些无头案,什么乐游原上惊现赤身女尸,或是什么屠夫李四的头顶被钉了

---

① 吉光裘:用吉光皮毛制成的衣服。吉光,又称吉良、泽马,是中国古代传说中的神兽名。《海内十洲记·凤麟洲》:"吉光毛裘,黄色,盖神马之类也。裘入水数日不沉,入火不焦。"

三寸长钉离奇而亡……"

元曜诧异地问道:"最新的话本小生还没空看,居然写的这些故事?"

白姬点头,说道:"是的。不过,这些故事比男女夜奔好看多了。看来,我得去一趟地下,采一些黄泉花,调制一些幽冥香,以后看话本时点上,会更身临其境一些。"

元曜直冒冷汗,大声说道:"读这种发生命案的恐怖故事,就不要身临其境了,吓死人了!"

"什么命案?谁死了?"

一个熟悉的声音从外面传来。

正是韦彦。

第二章　阿　漪

韦彦走进里间,绕过千山飞雪屏风,见白姬和元曜正跪坐在青玉案边喝茶,也搓着冰冷的手凑了过去。

白姬笑道:"韦公子,这大冷天的,你怎么来了?快过来喝一杯热茶。"

元曜急忙起身,准备去给韦彦拿茶杯。

"不麻烦了,我也不渴,喝一口轩之的茶祛祛寒气就行了。"

韦彦拿过元曜的茶杯,喝了一口冒着热气的紫笋茶,笑道:"你们刚才说什么?哪里发生命案了?"

元曜说道:"没有发生命案,我们刚说的是这坊间话本里写的一些恐怖故事。"

韦彦说道:"坊间话本里的故事真真假假,有些是好事文人捕风捉影、添油加醋地杜撰的,有些故事倒是真的……"

白姬笑道:"世事如此,真真假假,假假真真,谁知道呢。"

元曜摇头晃脑地说道:"白姬,你这句话说得颇有机锋,十分有禅意。"

白姬笑道:"什么机锋,我这是讥讽啦。你们人类对于真假太过执着,而很多事情,真假并不是能一言以蔽之的。"

元曜思索着。

韦彦却说道:"什么真真假假,听不懂你们在说什么。对了,我给你们说一说最近长安城里闹得沸沸扬扬的无头案吧。"

元曜好奇地问道:"什么无头案?"

韦彦一边喝茶,一边问道:"最近,先后有几名贵妇离奇惨死,你们知道吗?"

白姬一挑眉,好奇地说道:"离奇惨死?"

韦彦神秘兮兮地说道:"一共是五名贵妇,不知怎的,死了。她们的死状特别离奇,这么冷的天气,却一丝不挂,被吊在高处,有的被吊在房梁上,有的被吊在庭院的树上。她们浑身都是血淋淋的伤痕,有的深可见骨,有的只是破皮,像是被利刃割,又像是被什么野兽抓挠,全身没有一处完好的皮肤。仵作验过后,说她们都是活生生地疼死的。不良人调查了一圈,也没查出什么,坊间都传说这是妖魔作祟。"

元曜听得头皮发麻,问道:"丹阳,你这是胡编乱造的故事吧?"

韦彦严肃地说道:"轩之,这是真的。这件事都闹得人心惶惶了。"

白姬陷入了沉思。

元曜颤声问道:"谁那么歹毒,要杀死这些贵妇呢?"

韦彦说道:"轩之这个问题问得好!如果知道是谁干的,大家就不会人心惶惶啦。"

元曜心中暗忖,也许就是因为最近发生了贵妇惨死的悬案,所以最新的坊间话本才一改写风花雪月的艳闻的风格,而写了许多血腥恐怖的杀人故事。

韦彦说道:"其实,我今天来缥缈阁是想买东西。"

白姬回过神儿来,笑道:"韦公子想买什么?"

韦彦说道:"缥缈阁里有没有什么驱邪护身的宝物?最好是女子能随身携带的。"

白姬笑道:"有的是。"

韦彦说道:"要有效的,别拿那些佛珠、玉佩之类的物件来糊弄我,人命关天,可不是闹着玩的。"

白姬笑了,从衣袖中拿出一沓纸人。

白姬拿了一个纸人,递给韦彦。

"就是这个,保证有效!这上面有龙威之气,能护主。对付一般的妖邪，足够了。① 而且，一旦发生什么状况，我这边马上就能知道。"

韦彦一挑眉，问道："多少钱？"

白姬笑眯眯地说道："十两……银子。"

韦彦大惊，说道："这一片破纸，十两银子？"

白姬笑道："纸是不值什么钱，可是上面有龙威之气呀。龙威之气，可是无价之宝呢，要不是韦公子是老友，我都不卖的。"

韦彦说道："我最多出一两银子！"

白姬笑道："一两银子？那你买佛珠吧。佛珠也能驱邪，但不能护主，遇上妖邪了，运气好的话，也能活下来。"

元曜忍不住说道："一分钱一分货，白姬的话也不虚。人命关天，丹阳你还是买纸人比较妥当。白姬，丹阳也是熟客了，常来常往的，你就给他一个优惠的价格吧。"

韦彦说道："轩之说得有理。只要能保护女眷的安全，贵一点儿也无妨啦。白姬，我要三个纸人，给你十五两吧。"

最近长安城里有贵妇接连离奇丧命，韦彦是来缥缈阁给家中女眷买护身之物的。

元曜忍不住问道："丹阳，你家中的女眷只有韦夫人与武夫人非烟小姐，你买三个纸人干什么？"

韦彦有些赧然，别过头去，说道："还给筠娘买一个啦。"

"哦！沈小姐！你的未婚妻！"

元曜恍然大悟。

白姬笑道："看不出韦公子居然如此深情！韦公子有了钟情之人，这是喜事，我也就不虚报价格了。我给你三个纸人，你给我二十两。另外，我对贵妇命案有点儿好奇，但天气太冷了，不想出去走动，韦公子如果有什么新消息，请来告诉我一声。"

---

① 编者按：作者用丰富的想象力为读者虚构了一个发生在唐朝的传奇故事。作品中描写了各种妖魔、鬼魅等，借鉴了中国古代志怪小说的表现形式，整体构思属于志怪小说的文学创作范畴。现实世界中并无鬼怪，书中描写的世界虽光怪陆离，但其精神内核是积极的，引人向善。希望读者在阅读过程中，能感受到中国传统文学想象力的瑰丽和文学形象的多面性。

"成交！不过，你们别误会，没什么钟情不钟情的，我这个人，自私寡情，并没有什么情……我多买一个纸人，只是顺手罢了，毕竟筠娘是我认识的人，我不希望她出事……"韦彦自言自语地解释了一番。

白姬、元曜也懒得听。

韦彦闲坐了一会儿，就带着三个纸人告辞了。

快到傍晚了，离奴还没回来。元曜估摸着它可能在终南山有事耽误了，今天可能回不来了，就趁着下街鼓还没响起，去市集上买了两斤羊肉毕罗，当作是他和白姬的晚饭。

吃过晚饭之后，白姬又跑去二楼仓库翻找吉光裘。

里间中，元曜点燃了七叶铜灯，又烧了一盆红旺的炭火，然后搓着手坐在青玉案边，铺开纸张，准备以写诗来消磨漫漫冬夜。

白姬还是没找到吉光裘，垂头丧气地飘下楼来，在元曜旁边坐下，看他写诗：

冬寒月如梭，风月怎消磨。
三盏碧桃酒，一曲梅花落。

白姬问道："轩之，为什么是三盏碧桃酒呢？"

元曜说道："你一盏，小生一盏，还有离奴老弟一盏啦。"

"哦！"白姬恍然，又说道，"终南山也不远，离奴脚程又很快，买炭也费不了什么时间，离奴怎么去了一天还不回来？"

元曜想了想，问道："不会是离奴老弟太过于挑剔，看不上炭农们烧出的炭，而赌气自己在终南山里伐木烧炭吧？"

"哈？！"白姬一愣，但也觉得这种事情是有可能发生的，便说道，"离奴要留在山里伐木烧炭也没什么，但至少也该回来说一声……"

白姬、元曜正在闲聊，外面突然传来一阵推门的响动。

"真是服了你了，居然拖着伤腿跟到了缥缈阁。"

是离奴的声音。

然后，一个娇柔的女声问道："缥缈阁？是你家吗？就是天涯海角，我也得跟着你，你得给我治伤。"

"你的伤跟爷没关系！看在天寒地冻、你又受伤的分儿上，爷最多留你住一夜，明天你就走！"

"怎么能没关系？我这伤是你害的！伤不好，我就一直跟着你！"

白姬、元曜面面相觑，急忙起身，出来查看。

离奴已经点燃了柜台上的油灯。离奴看见白姬、元曜出来，叹了一口气，苦着脸说道："主人、书呆子，这日子没法过了……"

大门外，寒风呼啸，深沉的夜色里好像潜伏着危险的猛兽。

大厅里，一个灰衣少女倚靠着柜台站着，不过十六七岁的年纪，身形娇小玲珑，穿着一身灰白色的裙子，左腿上有斑斑血迹。

元曜定睛一望，灰衣少女的幻象下，一只高约半米的灰色水獭正倚靠在柜台边。水獭有着丰厚细密的毛，通体油光水滑，长着扁圆形的脑袋，耳朵小而圆，四肢很短。

元曜看见血迹，急忙说道："这水……不，姑娘怎么受伤了？要不要紧？现在这个时辰了，也没法出门请大夫……"

水獭少女长着一张清秀的娃娃脸，眼睛圆圆的、亮晶晶的，像两颗无瑕的黑珍珠。她打量了一眼白姬和元曜，问道："刚才听这黑猫叫你们主人？正好，它把我害成这样，你们得负责任！"

白姬笑道："你先别急，看你这腿伤得不轻。大厅里的穿堂风怪冷的，里间有炭火，还有治伤的药，不如进里间再说……"

"也行。"少女说道。

少女咬着牙，拖着伤腿一步一步朝里间艰难地挪去。

白姬对离奴使了一个眼色，问道："姑娘都伤成这样了，你还不快搀扶一下？"

离奴要去搀扶，那少女却十分倔强，咬牙切齿地说道："我能走！就是两条腿都没了，我也能爬！"

离奴顿时怔住了。

元曜望向少女，少女的眼神与声音中饱含着怨恨，浑身也散发着一股黑气。

白姬红唇微挑，露出一抹诡笑。

元曜不寒而栗。

白姬、少女、离奴进了里间，元曜在大厅里关好了大门，将柜台上的油灯罩上，这才走进里间。

里间中，白姬坐在青玉案边，少女斜倚在地上，白姬正拿着菩提露给她涂抹左腿的伤处。

离奴变回了黑猫的模样，在炭火盆边站着。

元曜也在火盆边跪坐下来，背对着白姬和少女。

白姬一边给少女涂抹菩提露，一边柔声问道："你叫什么名字？怎么伤成这样了？"

少女说道："我叫阿獭，是那只黑猫把我伤成这样的！"

离奴一听，不服气地说道："……明明是你叫爷推你一把的！"

原来是这么一回事：

离奴今天去终南山买炭，想节省时间，早去早回，就没走官道，而是从人迹罕至的深山里穿行。

上午，离奴在去终南山的路上经过一处悬崖，看见阿獭在悬崖边徘徊。

阿獭神色凄哀，万念俱灰，似乎要寻短见，但是望向脚下的深渊时，又没有勇气跳下去。

离奴一心想去买炭，从阿獭身边经过时，只是看了这水獭一眼，也没在意。

阿獭却叫住了离奴："这位猫大哥，请等一等。"

"什么事？"离奴停住脚步，不耐烦地问道。

阿獭问道："猫大哥，你能不能帮我一个忙？"

"什么忙？"

阿獭犹豫地问道："我想跳崖，可是有点儿恐高，没有勇气跳下去，你从后面推我一把行不行？"

离奴赶着去买炭，本来不想耽误时间帮什么忙，但是一听帮这个忙好像也不费什么时间，便一口应承下来。

"行。"

阿獭说道："多谢猫大哥。"

阿獭站在悬崖边，望着脚下的深渊，犹犹豫豫，愁肠百结。

离奴问道："可以推了吗？"

"推……推吧……"阿獭犹豫不定地说道。

"好嘞！"离奴一爪子把阿獭推下了悬崖。

"谢谢——啊啊啊啊——"阿獭尖叫着，跌下了万丈深渊。

"不客气！"离奴对着深渊回了一句，然后就急着赶路去终南山买炭了。

第三章　冬　夜

　　到了终南山，离奴在伐木烧炭的村子里货比三家，才跟一户炭农订下了过冬的红萝炭，交付了订金，立下契据之后，已经是下午了。

　　炭农见已经下午了，估算离奴无法在闭城时赶回长安城，就留他在村子里住一晚。

　　离奴谢绝了炭农的好意，向他讨要了一小包粗盐和辛香料，然后告辞了。

　　离奴一天没吃东西，十分饥饿，在村外的河里捉了一条大草鱼，又捡了一些柴火。

　　离奴将大草鱼收拾了，撒上粗盐和辛香料，生火，将鱼肉烤得焦香四溢。

　　草鱼很大，离奴一顿没吃完，把剩下的半条鱼用一片干净的大树叶裹好，放进包袱里，系在背上。

　　吃饱喝足、收拾停当之后，离奴沿着原路往回赶。

　　经过悬崖时，离奴想起了上午发生的事情。上午急着赶路，没空细想，此刻离奴心中涌起了些许不安。虽说是那只水獭请离奴帮忙，但好像哪里不对劲儿。似乎，离奴不应该帮这种忙。人都有走入困境、内心迷茫、钻牛角尖的时候，离奴当时似乎应该耐心劝解那水獭不要轻生。

　　因为良心不安，离奴鬼使神差地走向悬崖边。

　　离奴趴在悬崖边，探出头朝下面看。

　　悬崖约有几百米深，下面云雾缭绕，树木丛生。

　　可能水獭已经摔死了吧？

　　离奴耷拉下耳朵，心中有些难过，对着悬崖下大声说道："獭生艰辛，猫生也不容易，早知道就劝你几句了。事已至此，多说无益，你就安心地去吧。不要怪爷，明天爷带上香纸、蜡烛来祭拜你，算是给你送行了。"

　　突然，悬崖下传来了水獭幽幽的声音：

　　"猫大哥，是你呀？"

　　离奴一惊，以为水獭变成了冤魂，要向离奴索命。离奴有点儿心虚和愧疚，急忙说道："不是爷！是你让爷推你下去的，你可不能怪爷！只要你放过爷，爷每年的今天都来祭拜你，给你祈福！"

水獭有气无力地说道:"你这黑猫瞎说什么呢?我没有死,跌在一棵松树上,落在了石壁上,撞伤了左腿……我不想死了……你快下来救我……我叫唤了好久,嗓子都喊哑了,也没有人经过……"

离奴凝神向下望去,只见云雾缭绕中,崖下十几米的石壁上,确实有一棵探出的迎客松。但是,离奴看了半天,也没见水獭。

离奴颤声问道:"爷没看见你,你在哪儿?你是不是已经化作厉鬼,想花言巧语地骗爷下去,给你偿命?"

水獭没好气地说道:"我在老松树下面的石壁上。你快来救我,不然我化作厉鬼,也不放过你……"

离奴估量了一下松树的高度,纵身而起,几个灵巧的跳跃,踏着悬崖边凸出的石头,跳到了迎客松上。

黑猫往下一探头,果然看见那只水獭倚在松树下的石壁上。

阿漪的身下有血迹,似乎是摔断了腿。

黑猫跳到石壁上,松了一口气,说道:"太好了,你还活着……"

阿漪神色一黯,幽幽地说道:"我太没用了,连死都死不了……不,我不死了,我要活着……活着报仇……"

离奴一听,急忙说道:"你不能找爷报仇,是你叫爷推你的……"

阿漪说道:"跟你没关系。猫大哥,你把我带上去吧。"

离奴一看阿漪的伤势,只能化作人形,小心翼翼地将她抱起来。离奴抱着阿漪,灵活地跃起,沿着下来时的石头踩踏而上,很快便到了悬崖上。

离奴把阿漪放在地上,就要离去。

"好了,爷告辞了。"

阿漪咬着嘴唇,脸色苍白。

离奴想了想,取下了背上的包袱,将里面的烤鱼拿出来,放在阿漪面前。

"你也一天没吃东西了,腿脚又不方便,给你留点儿吃的吧。"

阿漪问道:"猫大哥,你能送我去长安城吗?"

离奴一听,正好顺路,便说道:"行。把你丢在这荒山野岭,爷也不放心。"

离奴化作九尾猫兽,驮着阿漪回长安城。

山路崎岖不平,阿漪腿上有伤,不能承受颠簸之苦,离奴只好在天黑后绕回到平坦的官道上,平稳而缓慢地跑着。

阿漪在离奴的背上吃烤鱼。

离奴问道："你为什么想不开要跳崖？"

阿漪一听，放下烤鱼，伤心地哭了起来。

哭了半天，阿漪也不说话。

离奴有点儿不知所措，说道："好了，好了，爷不问了。你别哭了，继续吃鱼吧。"

过了许久，阿漪才平静下来。

月上城墙时，离奴驮着阿漪回到了长安城。

离奴走在寂静无人的朱雀大街上，问道："你要去哪个坊？"

阿漪沉默了一会儿，说道："东市。"

离奴笑道："你家住东市？巧了，爷住西市。"

阿漪咬牙切齿地说道："东市不是我家！我要去东市。"

离奴心中疑惑，问道："东市不是你家，深更半夜的，你去东市干什么？"

阿漪咬牙切齿，沉默不答。

离奴只好说道："好吧，爷先送你去东市。"

离奴驮着阿漪朝东市的方向跑去，谁知到了兴道坊转弯时，阿漪却说道："我不去东市了，你放我下来！"

离奴就把阿漪放下了。

阿漪望着离奴，说道："我不去东市了。我跟你走，你得给我治伤！"

离奴一听不干了。

"为什么要爷给你治伤？爷虽然推了你一下，但是救你上崖，驮你回城，还把烤鱼给你吃了，已经仁至义尽了。"

阿漪望着离奴，哀声说道："我腿受伤了，不能就这么去东市……"

离奴："那你也不能赖上爷给你治伤……"

阿漪："是你推我下悬崖，害我跌伤的！"

离奴："天地良心，是你叫爷推的！"

"我叫你推，你就推；我现在叫你给我治伤，你也得治……"

"不关爷的事！"

离奴和阿漪吵了起来，离奴赌气往兴道坊左拐，回西市了。

阿漪犹豫了一下，拖着伤腿，跟着离奴。

一猫一水獭就这么一前一后地走在冬夜寂静的长街上，时不时还吵上一句。离奴在前面走，阿漪拖着伤腿，忍着疼痛，一瘸一拐地跟到了缥缈阁。

缥缈阁，里间。

灯火明暖，灰衣少女不见了，一只灰色的水獭躺在白姬旁边。它腿上的伤因为涂抹了菩提露，血已经止住了。

白姬笑道："原来是这么一回事。一切都是离奴这个顽奴惹出的事情。阿漪姑娘，你就留在缥缈阁疗伤吧。"

离奴想要开口说什么，但看了一眼阿漪的腿上的伤，又闭嘴了。

阿漪说道："多谢。"

白姬盯着阿漪的眼睛，红唇勾起如弦月，声音缥缈似夜风。

"我叫白姬，是这缥缈阁的主人。阿漪姑娘，养伤时你有什么需要，尽管开口。在缥缈阁里，任何欲望，都能得到满足。"

阿漪一愣，仿佛入魔一般，眼神倏然变得幽森可怖。

白姬伸出手，拂过阿漪的脸。

"现在，你先睡一觉吧。你，伤得很重，心也太累了。"

一道温柔如水的金光闪过，阿漪缓缓闭上了眼睛，靠着白姬的腿，渐渐地睡去了。

离奴忍不住问道："主人，这只水獭是不是有些不对劲儿？"

元曜问道："离奴老弟，阿漪姑娘都要跳崖寻死了，能对劲儿吗？"

白姬看了一眼入眠的水獭，说道："这是一个可怜的小家伙，被恐惧与绝望折磨，还有深入骨髓的怨恨……"

离奴望了一眼水獭，想要说什么，却又沉默了。

元曜望着陷入梦乡的水獭，有些同情。

"离奴老弟，有些忙是不能乱帮的，比如阿漪姑娘让你推她下悬崖，你就不该推。"

离奴说道："这事说起来都是书呆子你的错。"

元曜惊奇地问道："这关小生什么事？"

离奴说道："以前，爷是从来不帮人忙的。各人自扫门前雪，休管他人瓦上霜。自从书呆子你来缥缈阁后，整天在爷的耳边叨叨什么助人为乐，什么君子己善，亦乐人之善……害得爷现在总觉得不帮人，就好像不是君子似的……"

元曜说道："帮助他人固然是善事，不过也得分辨情况，不能乱帮。乱帮人忙，则是作恶。"

离奴说道："这么麻烦？！爷还以为，不管什么忙，帮了就是行善了。这世道，人心不古，帮忙还成了作恶了？算了，以后爷还是自扫门前雪吧……"

一听到雪，白姬想起了迎雪宴，问道："离奴，你把吉光裘放哪儿了？最近我要穿，你明天找出来。"

离奴想了想，问道："主人，吉光裘不是卖出去了吗？汉朝时卖的，您忘了吗？"

白姬回忆了一下，记起来了。

"好像是卖了……我记得，似乎还有一件雉头裘？"

离奴想了想，说道："雉头裘也卖了。贞观年间卖给什么高阳公主了……"

白姬愁道："坏了，迎雪宴没有衣服穿了……"

元曜忍不住问道："白姬，你不是颇有几件冬衣吗？怎么没衣服穿了？"

白姬说道："那些冬衣不是名贵的皮裘，拿来参加宴会，会被嘲笑，还不如不穿。"

离奴灵机一动，说道："主人，要皮裘还不容易？您去一趟翠华山，把那个嚣张狂妄的胡栗抓来，就有一件千年狐裘了。千年狐裘，即使不如吉光裘名贵，想来也不会在宴会上丢脸。"

元曜一惊，说道："这万万不可——"

白姬认真地考虑了一下，摇头说道："栗虽然活了千年，但它的毛色不好看，做出来的皮裘未必是上品。"

元曜直冒冷汗，说道："即使栗兄弟毛色好看，也不能因为要参加宴会，就把它做成皮裘……"

离奴又说道："胡十三郎那家伙的毛色像火焰一样，蛮好看……还是算了，那只臭狐狸太臭了，估计做成皮裘味道不好闻……"

元曜说道："你们……放过十三郎吧……"

白姬说道："今年冬天似乎不流行狐裘，还是不要打翠华山的主意了。"

离奴问道："今年流行什么裘？"

元曜想起了虞雍的话，答道："獭裘……"

白姬、元曜、离奴的目光一起投向了安睡在一边的水獭。

水獭浑然无觉，还在梦乡之中徜徉。

元曜见白姬、离奴目不转睛地盯着熟睡的阿漪，急忙说道："白姬、离奴老弟，你们不会……"

白姬摇头，说道："阿漪太瘦了，毛色也不好看。獭裘还是纯白色好看，阿漪的毛是灰白色，杂色的绒毛也比较多。"

离奴说道："养胖了说不定毛色就好看了。"

元曜苦着脸说道："你们别打阿漪姑娘的主意……她还有伤呢……"

白姬叹了一口气，说道："也就是这么一说，无论是狐裘，还是獭裘，现在现抓狐狸和水獭剥皮做成裘衣去参加迎雪宴也来不及了。轩之，明天跟我去东市三冬阁看看，只能费些银子，现买一件了。"

元曜松了一口气，应声道："好。"

白姬交代元曜和离奴照顾好阿漪，就飘上二楼睡觉去了。

第四章　三　冬

元曜和离奴为了把阿漪安置在什么地方争论了一番。

离奴认为应该把阿漪丢去厨房，元曜认为应该把阿漪留在里间安睡，离奴来大厅跟他一起睡。

离奴坚决不同意。

两人争论了大半个时辰，最终决定让阿漪睡在里间的贵妃榻上，而离奴仍旧睡在里间。

元曜、离奴一起将阿漪挪到了贵妃榻上，元曜又去找了一条波斯长毛绒毯，给阿漪盖上。

阿漪不知道梦见了什么，脸上的表情十分悲伤，眼角有泪水滑落。

一夜无话。

第二天，元曜一大早便被里间的一阵杂音吵醒。

元曜揉了揉眼睛，坐起身来，竖起耳朵一听，原来是离奴和阿漪在里间争吵。

元曜急忙披上衣服，进去看发生了什么事。

原来，阿漪早上一醒来，发现自己和离奴同睡在里间，觉得孤男寡女共处一室，有损自己的清誉，便哭闹了起来，责备离奴不知礼数。

离奴十分不服气。

离奴一向喜欢独睡，又爱干净，认为自己肯让灰头土脸的阿漪同睡在暖和的里间，没把阿漪丢去冰冷的厨房，已经是慈悲为怀。一只猫，一只水獭，虽然同在一个房间，但各睡各的，有什么不知礼数的？

阿漪哭道："我怎么这么命苦，眼看着亲人惨死，好不容易逃得一条性命，却无力复仇。想死也不能，现在还得受一只猫的闲气……"

离奴气道："是你自己无事找事啦！爷一向知书达礼，怎么就不知礼数了？！"

阿漪气恼，嘤嘤哭泣。

元曜只好打圆场地说道："阿漪姑娘，你不要生气，离奴老弟赤子童心，待人坦诚，不知道男女有别……"

离奴打断元曜，说道："书呆子，爷怎么不知道男女有别了？！爷是男的，主人是女的，你是男的，这水獭是女的，谁是男的，谁是女的，爷分得清清楚楚……"

阿漪震惊。

元曜也被噎住了，只好说道："阿漪姑娘，小生代离奴老弟向你赔罪了，你还有伤，就不要动气了。这样吧，今晚你睡大厅，大厅里生上炭火，也颇为暖和。小生去睡厨房。"

阿漪听元曜这么一说，有些不好意思，说道："多谢了，还是我睡厨房吧。给你们添麻烦，我本就不安，能有片瓦容身养伤，已经很知足了。"

元曜笑道："你是客人，又受伤了，就不要客气了。"

今天难得出了太阳，天空湛蓝如湖水，冬日的暖阳照在草木萧森的后院，好似一只温柔的纤手，驱走了冬日肃杀的寒意，给萧瑟的万物以温暖的慰藉。

吃早饭的时候，白姬问道："阿漪，你的伤好些了吗？"

阿漪答道："好些了。"

白姬笑道："你且好生休养，有什么需要，尽管盼咐离奴去做，不必客气。"

阿漪说道："白姬，谢谢你。"

白姬红唇微挑，说道："你是缥缈阁的客人，不必客气。"

吃过早饭之后，阿漪坐在后院的回廊下，望着庭院中的衰草发呆。今日的阳光十分温暖，让人觉得慵懒，阿漪不知不觉便睡着了。

白姬惦记着迎雪宴的衣装，决定去一趟东市的三冬阁。元曜也没什么事情,见天气颇好,便陪白姬一起去。

东市,三冬阁。

三冬阁是一家老店,也是长安城中最大的一家卖皮裘的店铺。已入寒冬,不少客人在三冬阁中挑选冬季御寒的裘衣。

白姬、元曜走进三冬阁,一股动物毛皮特有的腥臊气味扑鼻而来。元曜四下望去,入目皆是各种皮货,从寻常的羊裘、兔裘、狗裘,到名贵的狐裘、貂裘、狼裘、虎裘,各种御寒的裘衣,它家应有尽有。

白姬环视了一眼四周,似乎感觉到了什么,蛾眉微微一蹙,嘴角浮现出一抹诡笑。

元曜见三冬阁外车马往来,店里有不少客人,一想起缥缈阁里生意冷清,门可罗雀,他不由得羡慕起来。可是,他一看见各种动物的皮毛,闻到血腥的膻味,想到这些皮货的来处,又觉得有点儿难过。

一个小伙计笑脸相迎。

"两位客人,想买什么皮货?今冬新到了不少獭裘,毛色水滑,又轻柔,又暖和。"

白姬没有理会小伙计,径直走向柜台后正在拨算盘、看账本的管事。

元曜急忙跟了过去。

白姬笑道:"虞掌柜在吗?我是缥缈阁的白姬,跟虞掌柜约好来看獭裘的成色。"

管事一听,急忙停下手中的活儿,笑道:"白姬姑娘今天就来了啊!真是不巧,主人今天一早就去郊外的山庄了。不过,主人交代过,西市缥缈阁的客人来看獭裘,一定要好好招待,不能失礼。您请里间奉茶。"

管事热情地招呼白姬、元曜去里间。

白姬一边跟着管事走向里间,一边笑道:"虞掌柜去郊外的山庄干什么?"

管事神色一凛,眼中露出了一丝恐惧,继而又恢复了表情。

"呃,主人去看刚从各地运来的新货。"

白姬笑道:"我没有做过皮货生意,不知道里面的门道,刚运来的新皮货为什么不直接送来三冬阁,要放在郊外的山庄?"

白姬、元曜在里间落座。

管事一边吩咐小伙计去沏茶,一边笑道:"是这样的,三冬阁的货物都是从各地收来的,大部分皮货是猎户硝制或鞣制过的成品。有些动物的皮毛比较娇贵，需要用特殊的手法来剥皮炮制，才会成色上佳。猎户粗笨，会损伤皮毛，使皮货变得不值钱。所以，有些动物他们会送活的来。我们三冬阁有自己的成衣作坊，就是郊外的山庄，也聘请了专业的制皮匠人来处理这些活物，把皮裘炮制好了再送来三冬阁。"

元曜一听，心中有些难受。

人类穿裘衣过冬，是为了御寒，不被风雪冻死。皮裘，是动物的皮毛，人类要得到动物的皮毛，就得杀死动物。人类穿裘衣是为了保命，却又伤害生命，他一时之间也不知道该说什么。

白姬笑道："你们新到的货物是什么？"

管事笑道："水獭。"

白姬一挑眉毛，问道："有多少？"

管事说道："新到了一百二十只呢。白姬姑娘，您不必担心数量不够，如果卖得好，后面还会陆续有新货运来的。獭裘质轻且柔软，膻味很淡，经过匠人添加香料以秘法炮制之后，还能散发出水莲花的香味，今冬肯定能大卖。您订下五十件在西市卖货，一定能赚不少银子。"

白姬问道："三冬阁里有现货吗？"

管事笑道："只剩十几件现货了。我先拿几件上来给您看一看？"

白姬笑道："行。"

管事担心伙计不会挑，选来的獭裘成色不好，白姬不要，会失去一笔大生意，于是他告了一句失陪，亲自去仓库挑选品相好的獭裘了。

管事离去之后，白姬、元曜待在里间喝茶。

白姬环顾四周，似乎感受到了什么，蛾眉一挑，站起身来，在里间四处查看。

元曜问道："白姬，你在干什么？"

白姬说道："我闻到了怨恨的味道，一股很强烈的杀气与怨恨……"

"什么？！"元曜震惊。

白姬说道："三冬阁里有怨灵。轩之，我们去后院看看。"

元曜觉得不经主人允许，私自去人家的后宅，似乎有些失礼。

白姬已经走出了里间，朝后院走去。元曜也只好跟上。

白姬还没走到后院，就见走廊的另一边，管事捧着几件獭裘迎面而来。管事从仓库取獭裘回来了，仓库就在后宅。

呃！这可怎么解释？！白姬和他私自闯入人家内宅，管事会不会以为他们俩心怀不轨，是来偷盗的？！元曜惊了惊。

白姬眼珠一转，一个回身软倒在地。

元曜一惊，急忙去扶白姬。

那管事看见回廊另一头，元曜扶着软倒的白姬，似乎发生了什么事，赶紧迎了过来。

白姬瞥见管事走过来，她面色苍白、有气无力地说道："我……我从小就身体虚弱，有气疾之症。三冬阁里气味重，膻味扑鼻，我在里间坐了许久，只觉得心中堵得慌，呼吸不得，怕是就要去了……"

元曜冒出冷汗。

管事一惊，问道："白姬姑娘，您没事吧？要不要请大夫啊？"

"不，不——"白姬急忙摆手，叹了一口气，又虚弱地说道："老毛病了，不需要大夫，我让轩之扶我去后院透透气，缓一缓，就好了。"

白姬示意元曜搀她去后院，元曜流着冷汗将白姬扶去后院。

管事抱着獭裘跟在旁边，十分歉然地说道："白姬姑娘，您慢一点儿，小心跌倒。卖皮货的地方，味道都不大好闻，很多刚来的伙计一开始也都气闷心慌，习惯了才好。"

第五章　邪　祟

草木萧森，寒气逼人，一棵红梅树立在院落的东南方。

梅花树下，站着一名美艳的妇人。

妇人抬头望着一枝梅，神色安详如平静的水面，那梅枝上长满了红如血滴的花骨朵儿。

天气很冷，妇人却衣着单薄，赤裸着雪白的双臂，只穿了贴身的抹胸和一袭艳丽的石榴红长裙。她的墨发梳成倭堕髻，插着镶嵌绿宝石的金步摇，发鬓有些蓬乱，似乎是刚刚睡醒，还未来得及梳妆。

白姬走进后院，就看见了红梅树下的妇人。白姬打量了她一眼，嘴角浮起一抹诡笑。

元曜也看见了妇人，不由得心中好奇，这是谁呀，怎么站在三冬阁的后院，还穿得这么单薄，她不冷吗？

管事见到红梅树下的妇人，不由得一怔，急忙迎上去，惊道："夫人，您……怎么出来了？！主人叮嘱过，您必须卧床静养。"

虞夫人侧过头，瞥了管事一眼，眼神混沌而迷茫。

管事左右四顾，大声问道："丫鬟们呢？都去哪儿偷懒了？大冷天的，夫人就这么走出来都没人看顾着吗？"

管事话音未落，两名梳着双环髻的丫鬟匆匆跑了过来。

两名丫鬟神色惶急，步履匆匆。

一个丫鬟问道："夫人，奴婢到处找您都找不到，您怎么跑来这儿了？"

另一个丫鬟说道："夫人，您的病还没好，得好生养着……"

虞夫人神色迷茫，眼神呆滞。

管事见虞夫人衣服单薄，急忙递给丫鬟一件獭裘。

丫鬟伸手接过，给虞夫人披上。

"夫人，天气寒冷，您小心着凉。"

獭裘靠近虞夫人身体的一瞬，虞夫人仿佛被电击一般，倏然发出了一声凄厉的尖叫。

丫鬟吓得手一抖，獭裘掉在了地上。

虞夫人躲向了梅花树后，蹲下，瑟瑟发抖。

两名丫鬟急忙跟过去，伸手去扶她。

"夫人，您怎么了？"

"夫人，您没事吧？"

虞夫人四肢着地，头部低垂，像野兽一样蹲伏在梅花树后。她半抬起头，瞳孔尖细，冲着丫鬟龇牙咧嘴，模样十分怪异。

"不好了，夫人又犯病了……"丫鬟一见虞夫人的情状，急忙说道。

管事急忙说道："快拿符咒——"

另一个丫鬟如梦初醒，急忙伸手去衣袖里乱摸，摸出了一张黄色的符咒。

符咒上用朱砂画满了图纹与咒语。

那丫鬟驾轻就熟地将符咒贴在了虞夫人的额头上。

虞夫人瞬间僵住了，她的喉咙里发出了诡异的咕噜声，神情逐渐变得缓和，继而晕厥了过去。

管事吩咐两名丫鬟："快扶夫人回去休息。"

两名丫鬟应了一声，一左一右搀扶着虞夫人，将她扶走了。

白姬望着两名丫鬟扶着虞夫人远去的背影，嘴角露出了一丝诡笑。

管事拾起地上的獭裘，对白姬说道："夫人最近身体抱恙，让白姬姑娘您受惊了。"

白姬说道："虞夫人这是怎么了？看上去不像是寻常的疾病，似乎是中了邪祟……"

管事一听到"邪祟"两个字，浑身一抖，几乎拿不住手里的獭裘。

管事脸色苍白，颤声说道："夫人……夫人只是感染了风寒而已，并不是中了邪祟。"

白姬笑得意味深长。

"不是邪祟就好。我们还是先看看獭裘吧。"

管事回过神儿来，急忙将手中一件灰白带紫色的獭裘递给白姬。

白姬接过獭裘，在阳光下细看。

这是一件裘衣成品，油光闪亮，入手轻柔而软滑。这件裘衣用了六七只水獭的皮拼接而成，针线做工细致，拼接得十分完美。

白姬随手抖开獭裘，一股水莲花的香味在空气中弥漫开来，令人心旷神怡。

元曜忍不住问管事："这獭裘为什么会有莲花香味？"

管事神秘一笑，说道："这是匠人的独家秘方，无可奉告。"

元曜也就不再问了。

白姬旋身将獭裘披于肩上，仿佛被雷击中，浑身僵硬了一下。

与此同时，元曜的耳膜突然刺痛，空气中响起了无数嘈杂的音浪，有尖锐的哭喊，有绝望的哀号，有痛苦的呻吟，有怨恨的兽鸣……

元曜头晕目眩，觉得非常难受，仿佛下一刻就要支撑不住，倒在地上。

"别吵了，我不穿了。"白姬对着虚空说道。

白姬将獭裘脱下，扔给了管事。

管事浑然不知发生了什么事，什么也没听到，什么也没感觉到。

管事好奇地问道："白姬姑娘，您在跟谁说话呢？"

白姬说道："没什么，我自言自语罢了。"

管事笑道："白姬姑娘，您觉得这獭裘怎么样？"

白姬说道："挺好的。轻柔而保暖，而且比狐裘好闻，一点儿膻味也没有。"

管事听见白姬称赞獭裘，以为生意能成，顿时喜笑颜开，问道："那您准备定多少件？"

白姬眼珠一转，笑道："我突然想起算命的说我今年有一个大劫，须得吃斋茹素，潜心向善，远离杀生夺命的营生，才能化解劫难，平平安安。所以，我就不做这獭裘的生意了。"

管事一愣，说道："这……算命的大多数是坑人的，他们说的话，做不得准。"

白姬转身，离开了后院，往外面走去。

元曜急忙跟上。

管事不死心，抱着獭裘追上白姬，劝道："白姬姑娘，今冬獭裘必定风靡长安，三冬阁的货源也足够，这笔生意保证您稳赚不赔。价格好商量，三冬阁还可以再让一点儿利润。"

白姬一边往外走，一边笑道："我这个人一向不爱财，金银都是身外之物，生不带来，死不带去，还是平安度过此年要紧。"

听白姬说自己不爱财，元曜忍不住翻了一个白眼。

管事一边追，一边急忙问道："谁给您算的命啊？要不您重新再找一位半仙给算算？我认识一位冯半仙，在灞桥摆摊，他占卜问卦最准了，我请他来给您重新算一卦？"

白姬、元曜已经走出了三冬阁，管事也追了出来，三人站在人来人往的大街上。

白姬笑道："我是自己给自己算的命。"

管事一愣，问道："您还会算命？"

白姬笑道："不瞒您说，这长安城里算命最准的人就是我了。我上知乾坤三界，下知去未来，什么事情我都能算得很准。"

管事不相信，说道："白姬姑娘，您别唬人了。"

白姬回头看了一眼三冬阁，似笑非笑，说道："刚才我见您家夫人眉黄眼突，天庭黑如蒙尘，恐怕百日内必有牢狱之灾。"

管事问道："您别胡说……我家夫人居于内院之中，安分守己，从不作奸犯科，怎会有牢狱之灾？"

白姬似笑非笑，靠近管事的耳边，小声说道："您家夫人身上背负着五条人命，怎么可能逃得过牢狱之灾……"

"啊——"管事听见白姬的话，仿佛耳朵被针扎痛了一般，惊叫着跳了起来。

"告辞啦。"

白姬笑了笑，转身走了。元曜急忙跟上。

管事在三冬阁门口转来转去，不知道是慌张还是恐惧，最后吩咐伙计备车，赶去郊外山庄了。

白姬、元曜走在回缥缈阁的路上。

元曜忍不住问道："白姬，你刚才说虞夫人身上背负着五条人命，难逃牢狱之灾，是什么意思？"

白姬笑道："就是轩之听见的意思呀。韦公子之前说的，最近发生在长安城里的五名贵妇离奇惨死的悬案，在我披上獭裘的那一刻，我看见了她们死亡的残像。是虞夫人杀死了她们。不，准确来说，是附身于虞夫人的水獭怨魂杀死了这些买了獭裘的贵妇。"

元曜浑身一颤，问道："怪不得虞夫人行为那么奇怪，原来是被妖邪附身了。水獭的怨魂竟然杀了五个人吗？"

白姬叹了一口气，说道："是的，它们的怨念太深了。"

元曜急忙问道："虞夫人……不，水獭的怨魂还会继续杀人吗？"

白姬犹豫了一下，才说："恐怕还会的。它们的怨念特别强烈，仿佛是一个不断扩大的熔浆旋涡，要吞噬掉所有的生命。"

元曜说道："白姬，我们得阻止水獭的怨魂继续杀人。"

白姬回头望了一眼三冬阁的方向，说道："轩之，在穿上獭裘的那一刻，我看见了很多残像，其中有水獭们临死前的情形……人类对水獭所做的事情，实在太过于残忍了，以至它们的怨恨在死亡后都无法消弭。我不知道要不要阻止，或许人类的死亡，才是对水獭的超度。"

元曜急忙说道："可是，我们不能见死不救啊。"

白姬的声音缥缈如风：

"我不是人类，也不是神佛，并没有救人的义务。即使是神佛，也不会原谅人类对水獭所做的一切。"

"人类究竟对水獭做了什么？"元曜好奇地问道。

白姬伸出手，触向元曜的额头。可是，她的手在触及元曜的额头的一瞬又缩了回去。

"算了，轩之还是不要看见水獭临死前的残像比较好。"

"白姬……"

"救人的事，让我考虑一下吧。"

白姬眉头深锁，转身走了。

元曜望着白姬逐渐远去的单薄背影，心情有些沉重。

自从他来到缥缈阁，不知不觉间，白姬会被他影响。如果没有他，白姬可以随心所欲，现在却要顾及他。很多时候，恶轻如鸿毛，而善重逾千斤。

元曜急步跟上了白姬，说道："白姬，如果你为难的话，可以不救人类的。"

白姬停住了脚步，回头望向元曜。

元曜下定了决心，言不由衷地说道："小生也可以见死不救的！小生也是可以作恶的！"

白姬迷惑地望着元曜。

元曜说道："小生不想让你为难，不想让你独自背负重担。为了你，小生愿意见死不救，愿意作恶，愿意违背圣人之训！"

白姬吃惊地望着元曜。

"轩之，你在说什么？我……我并没有多为难啊。"

元曜问道："你刚才不是在为救人的事苦恼、为难吗？"

白姬挠挠头，说道："救人这件事，并没有什么可为难的。水獭们虽然很可怜，但被杀的贵妇们也罪不至死，救一救人也是可以的。我为难的是，如果要救人的话，该怎么做才能多敲虞掌柜几笔，毕竟这是他惹出来的灾祸……"

"……原来，你为难是为了钱财，不是因为善良与正义。"

"轩之，善良和正义不值钱的。"

"白姬，君子以仁善存心，以正道立世。你要多读圣贤书，以圣贤的教诲修炼自己的内心，规正自己的言行，才能不堕于邪道，成为一个君子。"

"轩之，我是龙族之王，不需要按照人类的规矩做事。"

"孟子曰，'国君好仁，天下无敌焉'。白姬，作为龙族之王，你也应当谨守善良与正义，才能立于天地之间。"

白姬一时语塞。

"善不可失，恶不可长，小生必须随时规范你的言行，不能让你误入歧途……"

"唉，头好疼。"

白姬垂头丧气地往前走，元曜跟在后面滔滔不绝地引经据典，给白姬灌输圣贤的教诲，以规正她的言行，修磨她的品性。

第六章　溪　河

西市，缥缈阁。

白姬、元曜回来时，已经是下午光景了。两人刚走进死巷，就听见缥缈阁那边传来了说话声。

元曜以为是有客人来买东西了，但仔细一听，又不对，只有离奴和阿漪的声音，似乎是在吵架。

白姬、元曜急忙走过去，果然是离奴和阿漪在缥缈阁门口的柳树下吵闹。

寒冬时节，柳树的叶子已经落光了，只剩下光秃秃的树干。

柳树上，挂着一条白绫。

柳树下，阿漪跌坐在地上嘤嘤哭泣，离奴站在一边，气呼呼地抱着胡床。

阿漪哭道："你把胡床还给我！"

离奴脖子一梗，说道："不给，有本事，你自己爬上树去吊！"

阿漪哭道："我腿受伤了，没法爬树。你为什么要拦着我去死？……"

离奴说道："你死在缥缈阁里不吉利，会影响缥缈阁的生意。"

阿漪哭道："我不是出来上吊了吗？"

"缥缈阁门口也不行。"离奴伸出爪子指着巷子外，果断地说道，"你可以沿着这条巷子走出去，去西市吊。西市有不少槐树，枝干比柳树结实……"

"主人、书呆子，你们回来啦。"

元曜苦着脸，问道："离奴老弟，好好的，你撺掇阿漪姑娘去上吊做什么？"

离奴放下胡床，解释道："不是啊，是这水獭一天到晚寻死觅活，一觉醒来，哭哭啼啼地要吊死在后院的桃树上，幸好爷发现了，喝止了它。它发了一会儿呆，又跑来外面的柳树下要吊死，幸好爷发现了，抢走了它准备垫脚的胡床。主人，这水獭留不得了，迟早要死在缥缈阁，快赶走它吧。"

白姬瞪了离奴一眼，离奴急忙住口。

白姬走过去，扶起阿漪，问道："阿漪，你这是怎么了？发生什么事了？"

阿漪哭道："白姬，人间太苦了，我活着也没什么意思……"

元曜忍不住劝道："阿漪姑娘，人生虽然艰难，但万万不可自寻短见，你有什么苦恼，不妨说出来。大家有缘相见，便是朋友，如果能帮你，我们一定会尽绵薄之力。"

阿漪哭道："你们真的……能帮我吗？"

白姬柔声说道："天冷风寒，我们进去说话吧。"

阿漪擦干眼泪，点点头。

白姬、阿漪来到里间，跪坐在青玉案边。

元曜去厨房沏了一壶雀舌，又装了一盘小寒酥、一碟玉露团，端了上来。

离奴跟阿漪纠缠了半天，还没来得及去买菜，担心集市上鱼卖光了，就拿了菜篮子，一溜烟跑出门买菜去了。

元曜将茶和点心放在青玉案上，在旁边跪坐下来。

白姬笑道："阿漪，你的耳朵都冻红了。来，喝口热茶，暖和一下。你有什么苦衷，不妨说出来，心里会好受一些。"

阿漪端起素瓷杯，喝了一口雀舌，入口温暖而甘甜，心情平复了一些，阴霾也逐渐散去了。

白姬问道："阿漪，听你的口音，似乎不是长安人氏，你是从哪儿来的？"

阿漪答道："我来自溪河乡，我和我的族人世世代代都居住在溪河乡的泽地里，那里水土丰饶，盛产鱼虾，是一处很美的地方。"

元曜问道："溪河乡在哪儿呀？"

阿漪说道："溪河乡在渭水下游，离长安很远，车马得走半个月。我和我的族人被关在笼子里，一路颠簸运来长安时，我记得我看过了十七个日出和日落。"

元曜一怔，问道："被关在……笼子里？"

阿漪垂下了头，说道："是的。人类闯进我们的村落，毁掉我们的房子，捉住我们卖给了做皮货生意的旅商。旅商把我们关进笼子，运来长安，卖给东市的三冬阁。三冬阁里的匠人们剥掉我们的皮，把我们做成了裘衣。"

元曜觉得很难过，十分同情阿漪。

白姬问道："既然被卖入了三冬阁，你又怎么会独自在郊外的山林里寻短见？"

阿漪神色突然变得悲伤，说道："是哥哥拼死救了我，我才逃了出来，独自苟活于世……"

剥皮的作坊中，堆满了大大小小的铁笼子。

满地都是水獭的尸体，有些没有了皮的水獭还活着，只剩下筋肉，蜷缩成一团，正痛苦地抽搐着，血腥味弥散在空气中，浓得令人窒息。

阿漪和哥哥阿鲸被关在同一个铁笼子里，跟它们同一个笼子的族人都陆续被匠人抓走，拿去炮制裘衣了。

阿鲸和阿漪虚弱而恐惧地伏在笼子里，耳边不断地传来族人凄厉的惨叫。

阿漪瑟瑟发抖，流下了眼泪。

阿鲸静静地伏着，眼中充满了仇恨。

一个肌肉壮实的匠人走过来，打开关着阿鲸和阿漪的笼子，要抓它们中的一个去炮制裘衣。

阿鲸看准了匠人的手臂，一口咬了下去。

"啊啊啊——"

匠人吃痛，急忙缩手。

"快跑！"

阿鲸一边朝阿漪喊道，一边咻溜一下蹿出了铁笼子。

趁着笼门大开，阿漪也急忙跟上去。

阿鲸和阿漪飞快地跑出了笼子，在正吃痛地抱着手的匠人面前逃走了。

匠人一见水獭跑了，一边忍痛追赶，一边急忙喊道："两只水獭跑了，快逮住它们！"

外面的匠人听见了，急忙来拦。

阿鲸、阿漪踩着血泊中同类的尸体，灵活地绕过匠人们的阻拦，从里间的仓库跑到了外面的作坊，又穿过作坊，跑出了大门。

跑出大门，来到院子里的一瞬，阿漪惊呆了。

院子里，地上堆满了水獭没有了皮毛后光秃秃的尸体，而半空中的绳索上，却挂满一张张血淋淋的毛皮。

阿漪愣住的瞬间，突然感觉脖子一紧，被人拎了起来。

原来是一名匠人赶上来，捉住了它。

阿漪拼命地挣扎，十分痛苦，无法呼吸。它害怕极了，也绝望极了。

阿鲸本来已经跑了，见阿漪被匠人捉住，急忙转身跑了回来。它情急之下，一跃而起，张口咬住了匠人的手腕。

匠人吃痛，松开了阿漪，却反手抓住了阿鲸。

阿漪跌在地上，眼睁睁地看着阿鲸被匠人牢牢地抓住。

嗒嗒嗒——

急促的脚步声响起，几名匠人从作坊里追了出来。

"阿漪，快跑——快跑啊——"阿鲸在匠人手中挣扎着喊道。

阿漪如梦初醒，急忙朝着院墙的方向飞奔而逃。

匠人们来追阿漪，阿漪飞速地跑，灵巧地跳上院墙，站在院墙上回头望了一眼，只见阿鲸正在匠人的手中苦苦挣扎。

阿漪悲痛欲绝，正犹豫着要不要独自逃走，耳边又传来了阿鲸的声音：

"阿漪，快逃，好好地活下去——"

阿漪咬咬牙，跳下了院墙，逃进了山林里。

阿漪逃走之后，在山林里躲躲藏藏，独自活了下来。

日子一天天过去，阿漪苟且偷生，每天以泪洗面，不知道该怎么办。阿漪很想回去救阿鲸和族人，可是根本没有力量，甚至不敢靠近那地狱一般的剥皮作坊。

阿漪煎熬地活着，每天都心惊胆战，每夜都在做噩梦。阿漪孤独而又绝望，对这个残酷的世界束手无策，逐渐起了轻生的念头。然后，在阿漪跳崖的时候，就遇见了离奴。

元曜听完，心中难过。

"阿漪姑娘，你的哥哥阿鲸还活着吗？咱们这就去三冬阁，把你哥哥买下来，你们就可以兄妹团圆了。"

阿漪咬着苍白的嘴唇，哽咽道："阿鲸已经死了。我知道阿鲸已经死了，我们兄妹能够感应对方的存在，阿鲸已经不在这个世界上了。"

元曜十分难过，不知道该怎么安慰阿漪。

白姬望着阿漪，问道："阿漪，你的愿望是什么？"

阿漪望向白姬。

白姬的眼眸变成了金色，灼灼的金色，像火焰一样，让人迷眩，让人的欲望逐渐浮出心海，使人沉沦于欲望的迷宫之中，就此献祭出自己的生命。

阿漪满腔愤恨，咬牙切齿地说道："我希望捕捉我族人、杀害我族人、穿我族人皮毛的人类，全凄惨地死去。我要让他们临死前，也经受一遍我族人被活活剥皮、活活疼死的痛苦与绝望……"

阿漪的五官变得十分扭曲、丑陋无比。阿漪自己都没有发现，仇恨是一柄双刃剑，把对方推入深渊的同时，自己也会跌入深渊，万劫不复。

白姬发出了一声微不可闻的叹息。

元曜急忙问道:"阿漪姑娘,比起复仇,要不要先确认一下阿鲸是不是还活着;还有你的族人,要不要先把你的族人们救出来?三冬阁今年似乎打算广卖獭裘,还从各地收购了很多水獭,我们要不要先把还活着的水獭救出来?"

阿漪一听,如梦初醒,神色逐渐恢复了正常,眼神也恢复了清明。

"白姬,比起复仇,我更想救我的族人。我知道,阿鲸肯定也是这样想的。我希望不要再有水獭被人类残杀,我希望我的同族都能回归故乡,恢复以往平静的生活。"

白姬若有所思地说道:"如果这是你的愿望,我会为你实现。不过,任何愿望的实现都有代价,要付出,才能得到,你拿什么跟我交换呢?"

阿漪想了想,说道:"我愿意拿生命交换。"

白姬红唇微挑,邪魅一笑。

"有时候,一个人的生命并不如他所想的那么贵重,不足以交换他的愿望。你的生命,对我来说,并不重要,毫无用处。我最近要参加一场迎雪宴,需要一件珍贵的皮裘,如果你愿意经受你族人所忍受的被活剥皮的痛苦,把自己变作一件獭裘,让我穿上去参加迎雪宴,我就满足你的愿望。"

阿漪一愣,眼中露出痛苦与犹豫之色。阿漪想起了剥皮作坊之中地狱一般恐怖的场景,不由得毛骨悚然。阿漪可以平静地接受死亡,可是生不如死的痛苦,还是让阿漪战栗。

元曜也震惊了。白姬这是怎么了,明知道水獭被做成獭裘要经受非人的折磨,却还要把阿漪变成獭裘,难道她因为没有华服去参加宴会而变得丧心病狂了吗?!

元曜正要开口,白姬却以眼神制止了他。

阿漪咬住嘴唇,坚定地说道:"好!只要能救我的同族,我愿意付出任何代价,承受任何痛苦。"

白姬满意地笑道:"成交。"

阿漪迫切地问道:"白姬,我们现在就去郊外救我的同族吗?"

白姬想了想,说道:"如果你只想救被囚禁在剥皮作坊中的水獭,我们现在就可以去;如果你想今冬长安城不再有人购买獭裘,各地也不再有人捕捉水獭,我得去准备一些东西,我们入夜之后再去。"

阿漪:"那您先去做准备,我们入夜之后再去。"

白姬:"阿漪,我有一个问题,希望你能回答。"

阿漪："知无不言。"

"最近，长安城里先后有五个人惨死，是水獭的怨魂化为妖邪所为。它们附身于三冬阁的虞夫人身上，很可能还会继续杀人。我今天匆匆一瞥，与它们打了一个照面儿，其中对人类怨恨最深的一只獭魂，它的左脸上有一道月牙形的斑纹，你认识它吗？"

阿漪浑身一颤，泪水奔涌而出，哭道："是阿鲸……它是阿鲸……阿鲸的左脸上有一道月牙形的斑纹……"

白姬沉吟了一会儿，起身说道："我去准备一些要用的东西。阿漪，你休息一下，晚上一起去作坊吧。"

白姬飘上二楼去了。

阿漪想起了阿鲸，越想越伤心，又继续哭泣起来。

元曜很想安慰阿漪，却又不知道该怎么开口，只好给阿漪空了一半的瓷杯里添满了热茶。

第七章　山　庄

傍晚时分，离奴做好了晚饭，让元曜去二楼叫白姬下来吃饭。

元曜放下账本，上二楼叫白姬，结果卧室、仓库、杂物间都没有人，不知道她去了哪里。

元曜挠挠头，感到奇怪，下午一直在大厅忙碌，并没见白姬出门。

元曜有些担心。

离奴却说道："没事的，主人这么大一条龙，还能丢了不成？她八成是有事忙去了，咱们先吃饭。书呆子，你去叫那水獭停一下，等吃完饭再继续哭。"

元曜就去里间叫下午一直坐在青玉案边伤心哭泣的阿漪了。

元曜、离奴、阿漪在后院的廊檐下对坐吃饭。吃过晚饭，离奴在厨房收拾碗筷；阿漪站在后院望着衰草发呆；元曜担心白姬，又上楼去看了几次，也没见她回来。

天色昏蒙，到了掌灯时分，元曜拿起火折子，点燃了里间的七叶铜灯。

灯火摇曳，元曜一转头，看见白姬从楼梯上飘了下来。

元曜问道："白姬，你回来了。你下午去哪儿了？"

白姬笑道："我去了一趟地府，去采黄泉花。"

元曜好奇地问道："你采黄泉花做什么？"

白姬走到元曜身边，跪坐下来，说道："我们今晚会用到。"

元曜问道："平常你去一趟地府采黄泉花，最多不过一个时辰就回来了，今天你怎么去了这么久？"

白姬叹了一口气，说道："别提了。我在三途川边摘完黄泉花，又顺路去迷川津找制作胭脂水粉的鬼花娘帮忙将黄泉花烘干磨粉。谁知道，鬼花娘手下的青鬼们干了一半活儿就罢工，吵着要涨工钱，好回老家过年。鬼花娘不肯涨工钱，它们就争执了起来，没人干活儿了。我晚上等着用黄泉花粉，跟它们耗不起，只好自己动手烘花磨粉，就耽误了时间……"

元曜张大了嘴，惊奇地问道："青鬼们回老家过年？鬼魂还要回老家过年？！"

白姬说道："鬼魂也是有故乡的啦。每到年节，它们也会回故乡去看一看，看看它们牵挂的故人，看看它们的子孙后辈……"

"……好吧。白姬，你吃晚饭了吗？"

"忙了一下午，还没有吃。"

"离奴老弟给你留了晚饭，在厨房里，小生去给你端来。"

"好呀。"

月上东天，螺云浅淡。

白姬从《百马图》里召唤了三匹天马，准备和元曜、阿漪一起去郊外。

阿漪有些为难，自己的腿摔伤未愈，虽说涂抹了菩提露，缓解了疼痛，可是要骑马奔波，还是有些困难。

阿漪望着天马，犹豫地问道："白姬，要骑马去吗？颠簸腿疼倒是无所谓，我只怕会摔下来……"

白姬还未回答，离奴已经自告奋勇。

"主人，离奴也去吧。离奴跟这水獭骑一匹马，保证这水獭摔不下来。"

阿漪嫌弃地望着离奴，十分不愿意与离奴共乘一骑，但是去救族人要紧，阿漪还是咬牙点头了。

白姬见阿漪没有反对，也同意了离奴一起去："甚好。"

元曜忍不住问道："离奴老弟，平常你一向懒得出门，不爱跟白姬夜行，今天怎么自愿出门？"

离奴搓手，笑道："嘿嘿，爷还从来没有见过剥皮作坊，想去开开眼界。"

元曜无语。

阿漪一听，气不打一处来，就要跟离奴吵架，可是一想去救族人要紧，便忍住了。

白姬骑马而去，元曜急忙跟上。

阿漪还在犹豫怎么坐上天马，离奴早已不由分说，一把抱起阿漪，一起翻身上马。

三匹天马迎风生出双翼，飞向了夜空。

离奴是在去终南山买炭的路上遇见阿漪的，所以三冬阁的山庄肯定位于长安西南郊，三匹天马便踏着如梦如纱的月色，在万籁俱寂的冬夜里，跨过一百一十坊，往西南而行。

因为怕阿漪掉下去，离奴一只爪抓着马缰绳，一只爪把阿漪死死地箍在怀里。阿漪气得脸一阵青，又羞得一阵红，天马奔驰得快一点儿，阿漪就呼吸不过来，但它都忍耐住了。

元曜回头一看，惊道："离奴老弟，你这是要把阿漪姑娘勒死吗？快放开一点儿啦。"

离奴说道："冬夜风大，这水獭又油光水滑的，不箍紧一些，我怕这水獭掉下去。书呆子，你放心啦，爷有分寸。"

元曜只好说道："阿漪姑娘，你且忍耐一下，马上就出城了。"

阿漪点点头。

三匹天马凌空飞奔，出了安化门，来到郊外。

在阿漪的指引下，白姬、元曜、离奴行至一片位于山中的山庄。

元曜从半空中望去，依稀只见山庄坐北朝南，占地很广，一共有左、中、右三片院落。左、右两片院落在前面，布局相似，都有很大的院子，还有一排贯通的房屋，恐怕就是炮制裘衣的作坊了。中间的院落比较小，退居在后面，呈"井"字形排布着一圈房屋，还有一个厅堂和后宅。左、右两个院落黑灯瞎火，中间院落的厢房和后宅都亮着灯火。

三冬山庄的左右院落是剥皮作坊，中间院落的厢房是匠人们的居所，厅堂和内院是主人来山庄时居住的地方。从亮灯的情况来看，作坊现在已经停止做工了，匠人们都在厢房里歇息。后宅里也有灯火，那就说明虞掌柜今晚也在山庄里。

三匹天马落地，悄无声息。

白姬、元曜、离奴、阿漪下马，站在三冬山庄的大门口。

山庄大门紧闭。

夜风之中，隐隐传来野兽的呜咽与哀鸣。

白姬问道："阿漪，你的族人关在左边院落还是右边院落？"

阿漪闭目竖耳，认真地听起来。

片刻之后，阿漪睁开眼睛，难过地说道："左右都有，有好多。它们似乎是新来的，至少有两百只，都很恐惧、很绝望，也很虚弱……"

白姬："那就先去右边院落，再去左边。"

元曜："白姬，你打算做什么？"

白姬："当然是趁着月黑风高潜入山庄，打开笼子，把水獭都放走。"

元曜想了想，问道："这不是偷盗吗？你应该去找虞掌柜，把水獭都买下来，再放生。"

"轩之，你疯了吗？买下所有的水獭，这得花多少银子？！"

"这些水獭都是虞掌柜的财产，咱们偷偷地放走，是偷盗呀！偷盗有违圣人之训。"

白姬眼珠一转，说道："佛祖说，上天有好生之德。虽说偷盗不对，但人与非人，皆有恻隐之心。轩之，今晚你还是把圣人放下，咱们听佛祖的吧。"

元曜正在犹豫，白姬已经走向了山庄大门。

这一次，白姬没有让离奴先进入院落开门，也不需要小书生翻墙，她伸出右手，触碰紧闭的大门。

一股金红色的火焰倏然腾起，铁制的大门顿时无声无息地熔化，逐渐变成了灰烬。灰烬一点儿一点儿消散在了夜色中，化作了虚无。

元曜垂头想了一会儿，才反应过来：不对啊，圣人和佛祖的话不矛盾，并不需要二选一。不偷盗也可以有好生之德，把水獭买下来放生就行了，这一毛不拔的龙妖诡辞狡辩，把他绕了进去，就是为了不花银子。

元曜抬头，要跟白姬继续理论，正好看见山庄的铁门在白姬的手中一点点地熔化成灰烬，顿时心中一惊，把继续理论的念头打消了。

白姬走进山庄，拐向右边的院落。

离奴和阿漪跟了过去。

元曜也急忙跟上。

三冬山庄是三冬阁宰杀活物、剥皮硝制的地方，也是匠人们将皮毛缝制成皮裘的地方。一般来说，从各地猎户处收购来的皮货都是半成品，很少有活物。但今年，虞掌柜打算大卖獭裘，但水獭比较娇贵，制作起来工序精细。猎户粗手笨脚，处理不好，所以只能运活物来，由专业的匠人炮制。

时辰已经很晚，忙碌了一天的匠人们都去厢房休息了，也没有人留在两个作坊里守夜。

白姬推开右边院落虚掩的木门。

月光下，院子中，匠人们用竹竿撑起了十余条横跨院落东西两端的绳索，上面悬挂着密密麻麻的带血的水獭皮毛。

一股血腥味迎面扑来，夹杂着妖异的水莲花香。

元曜背脊发麻，继而觉得悲伤。

离奴睁大了眼睛，也许是物伤其类的缘故，离奴的眼中闪过了一丝难过。

阿漪浑身发抖，几乎站立不稳。

离奴急忙扶住了阿漪。

阿漪指着不远处的作坊，颤声说道："我的族人都被关在里面，我就是从里面逃出来的，里面堆着许多铁笼子。"

白姬神色平静，说道："走吧，我们去救你的族人。"

白姬朝作坊走去，离奴、阿漪急忙跟上。

元曜也想跟过去。

白姬却回过头，说道："轩之，你就别去作坊里了，留在这儿吧。"

元曜问道："为什么要小生留在这儿？"

白姬眼神温柔，说道："你留在这儿，帮我们守着，万一有人过来，你就大喊一声。毕竟，偷盗也需要一个望风的人。"

元曜明白，白姬是不想让他看见作坊里血腥如地狱一般的场面，那会让他很长一段时间陷入噩梦，心情低落。

元曜点头，说道："好。你们小心一些。"

白姬、离奴、阿漪一起走向了作坊。

血淋淋的獭毛随风摇曳，如同地狱深渊的鬼影。它们痛苦地哀号着，愤怒地嘶鸣着，充满了对人类的怨恨。

元曜站在院子里，心中十分难受。

"这位小兄弟……"一个浑厚的男声响起。

突然有人说话，元曜心中悚然，急忙四处张望。

"别四处看了，就是叫你呢，小兄弟。"

元曜一惊，以为是被山庄里的匠人发现了，就要开口大叫，好提醒白姬。

第八章　逃　生

"不要喊！会惊动那群心黑手毒的贼猢狲，不，人类的——"男声急忙说道。

元曜一听，急忙住口。会惊动人类？难道这个说话的不是人类？！

"你是谁？你在哪儿？"元曜问道。

"……洒家就在你旁边，小兄弟你往左边看，看仔细一点儿，院墙下有一个铁笼子，洒家就在里面。"

元曜依言望去，果然见左边院墙下有一个巨大的铁笼子。因为铁笼子位于院墙的阴影里，不仔细看，还真看不见。

元曜往铁笼子走去，笼子里黑乎乎的，看不清里面有什么。

"小兄弟，洒家看你面善，跟那群心黑手毒的人不同。你和你的同伴们刚才说的话，洒家都听见了，反正你们也是来救这些水獭的，就顺手也替洒家开一下笼子，放洒家一条活路吧。"

元曜闻言，又看了眼铁笼子，心知说话的肯定也是什么待剥皮炮制的动物。也许是一只被关在外面的水獭？

元曜低头朝铁笼子里左望右望，因为月亮被云层遮住，光线太暗，只见里面黑乎乎一团，看不见什么动物。

"你真的在笼子里吗？小生怎么没看见你？小生可以替你打开笼子，可是总得知道兄台你是什么吧？"

那声音急忙说道："洒家在笼子里。小兄弟，你别一直低头在地上找，你抬头看。"

元曜抬头。

恰好，月亮滑出了乌黑的螺云，照亮了墙边的铁笼子。

一只巨大而雄壮的棕熊正站在铁笼子里，低头望着元曜。

棕熊高逾两米，体形健硕，肩背隆起，一身黑棕色的粗密背毛，仿若钢丝。它头颅硕大，但耳朵很小，一双眼睛炯炯有神，嘴边露出两颗利刃一样的獠牙。

"妈呀——"

元曜吓得急忙退后。

就在这时，作坊那边传来了一阵骚动。

一群水獭从作坊里奔跑出来，它们眼中闪动着死里逃生的喜悦，迫不及待地从死奔向生。

水獭们陆陆续续地从元曜身边跑过，有些急于逃生的翻墙而出，有些虚弱得没有翻墙的力气，就奔出木门，从大门逃走。

水獭的皮毛在月光下泛着如水的光泽，它们一路奔跑，汇聚成了一条生命的河流，美丽极了。

棕熊见水獭都跑了，急忙说道："小兄弟，也放洒家一条生路啊！那些贼猁狲会活取熊胆，还会活生生地砍掉熊掌，他们说熊掌必须现斩，才更新鲜美味。洒家的两个兄弟都是这么惨死的。"

元曜一听，便动了恻隐之心。

囚禁棕熊的铁笼子的门被一条铁链缠绕，上面挂着锁。可能是怕棕熊力大，能发力扯断铁链，那铁链有成人的手臂粗。看来，只有用钥匙才能打开铁笼子了。

元曜问道："熊大哥，小生怎么帮你打开铁笼子？钥匙在哪里？"

棕熊说道："钥匙在贼猁狲们手中，具体在哪一个手中，洒家也不知道。"

元曜苦恼地问道："那该怎么打开笼子？"

棕熊指着不远处堆放木柴的地方，问道："你看见那把劈柴的斧子了吗？烦请小兄弟你拿过来，洒家自有脱身之计。"

元曜走到院子角落堆放柴火的地方，拿起了劈柴的斧头。

斧头很沉，约有六七斤重。

元曜扛着斧头走到铁笼子边，将斧头从铁笼子的缝隙里递给棕熊。

棕熊接过斧头，说道："小兄弟，你退后一些。"

元曜退后了几步。

水獭们陆陆续续地从元曜身边经过，悄无声息地跑远。

棕熊气沉丹田，肌肉暴突，抡起斧头狠狠地劈向铁链。

砰！哗啦——

斧头被砸出一个缺口，手臂粗的铁链也被劈断了。

棕熊扔掉斧头，推开铁门，大马金刀地走了出来。

棕熊走到元曜面前，说道："小兄弟，多谢了。"

元曜说道："熊大哥，不必客气。趁着没人察觉，你赶紧逃命去吧。"

"告辞。"棕熊说完，转身走了。

这时，白姬、离奴、阿澌也解救完水獭，从作坊中走了出来。

元曜急忙迎了上去。

离奴远远地看见一个雄壮如山岳的黑影离开，好奇地问道："是爷眼花了吗？怎么看见一只比人还高的水獭？"

白姬也看见了，说道："那是一只熊，不是水獭。刚才一进院子，我就看见它被关在墙下的铁笼子里了，估计是轩之放走的。"

元曜挠头，说道："没错，是小生放的。"

白姬说道："嘻嘻，轩之也违背圣贤之训，偷盗了哟。"

"……"元曜没法反驳。

阿漪说道："白姬，趁着没人发现，我们赶紧去另一个作坊吧。"

"稍等一下。"白姬说道。

白姬从衣袖中拿出一个高约两寸的圆肚瓷瓶，打开瓷瓶的盖子，对着瓶口微微吹了一口气，一片若有若无的黄色粉末飞烟一般散开。

这是黄泉花的粉末。

黄色飞烟在夜色之中弥漫开来，黏附于一张张悬挂在院落之中的獭皮上。

一阵风吹过，元曜觉得水莲花的香味似乎更浓郁了。

"好了，我们走吧。"白姬说道。

白姬、元曜、离奴、阿漪来到了左边的院落。

左边院落布局跟右边院落一样，只不过庭院里没有竹竿，也没有晾晒血淋淋的獭皮，只放着许多铁笼子。

左边作坊是匠人们硝制皮毛和缝制皮裘的，不是宰杀动物的地方，所以没有浓得令人欲呕的血腥味。因为运来的水獭比较多，右边作坊堆不下那么多铁笼子，就放了一部分在这边的院子里。

元曜朝院子里望去，只见院子里到处都是铁笼子，每个铁笼子里都挤着十几只水獭，它们有的伤残病弱，半死不活；有的心灰意冷，听天由命；有的狂躁不安；有的瑟瑟发抖。另外，还有一些铁笼子里关的不是水獭，而是狐狸、果子狸、雪貂之类的动物。估计是从附近猎户那儿刚收来的活物，还没来得及宰杀。

阿漪一见族人的惨状，不由得伤心流泪。

"大家不要害怕，我们是来救你们的。你们马上就可以回故乡了。"

水獭们看见了生的希望，眼睛瞬间恢复了光彩，激动地望着阿漪一行人。

元曜仿佛看见了一院落的星辰，美丽极了。

白姬伸手拂过铁笼子，一片金色的光芒笼罩在所有的铁笼子上。

铁笼子一个一个无声地打开，水獭们陆陆续续蹿出笼子，一个接一个地逃走了。被囚禁的狐狸、果子狸、雪貂也混在水獭之中，逃命去了。

天降生机，被囚禁在铁笼子之中等待死亡的动物们都逃得飞快，只有不远处柴堆边的一个铁笼子里，似乎有只动物没有动。

元曜定睛远望，看没有逃走的是什么动物。

离奴却开口了，问道："奇怪，笼子门已经开了，那只傻猫怎么还不跑？"

元曜惊奇地问道："原来是只猫？居然还有猫？我没听人说过猫能做皮裘，也没见过谁穿猫皮呀。"

离奴不高兴了，掐腰问道："书呆子，你这是瞧不起猫吗？猫怎么不能做皮裘了？难道就只有水獭、狐狸金贵，猫就不值钱吗？！"

阿澌本来在哭，一听这话，哭得更伤心了。

"我宁愿水獭不值钱，没有人图谋我们的皮毛，我们就不用经受这些苦难，承受这样残酷的命运了。"

离奴本来想争执几句，可是一想到右边作坊里地狱般的场景和满院子血淋淋的水獭皮，便不作声了。

元曜说道："小生过去看看，或许是那只猫受伤了，无法逃走。那咱们只能想办法带它走了。"

柴堆边，铁笼子里，一只黑白猫懒洋洋地趴着。它看见元曜走了过来，只抬眼望了一下，又继续趴着。

元曜问道："这位猫兄弟，你是不是受伤了，怎么还不跑？"

黑白猫打了一个哈欠，问道："有什么可跑的？外面天寒地冻的，也没有吃食，在这儿还能有点儿剩饭果腹。"

元曜问道："留在这儿，你不怕被宰杀剥皮吗？"

黑白猫望向元曜，像看一个傻子。

"猫毛易落，一硝制就光秃秃的了，做不成皮裘，没什么用处，没有谁会打猫皮的主意。我是被这山庄里的人养来捉老鼠的，都被养在这里两年了。要是运气好，哪间屋子里闹老鼠的话，我就可以睡在屋子里；没有屋子闹老鼠，我就住在柴堆边的这个破笼子里。"

元曜恍然，说道："原来如此。既然没有危险，那猫兄你继续睡，小生就不打扰了。"

黑白猫有点儿动容，说道："原来你是关心我的安危，才特意走过来。很久没有人这么关心我了，我有点儿感动。"

元曜笑道："猫兄言重了，你且休息吧。小生告辞了。"

"等等。"黑白猫叫住了元曜，说道，"你关心我，我没什么可报答你的，就好心提醒你一句话吧。"

元曜一愣。

黑白猫伸出爪子，指了指院子中正站在白姬身边伤心哭泣的阿漪，压低了声音说道："小心提防那只水獭。"

元曜一惊，说道："什么？！"

黑白猫正要回答，外面传来了一阵骚动，似乎是后院厢房那边出事了。

嗷——

"救命啊——"

"熊杀人了！"

"啊啊啊啊——"

一只熊的咆哮声震天动地地响起，其中夹杂着人类鬼哭狼嚎的惨叫声。紧接着，一些匠人衣冠不整地从后面奔逃了出来，明显是刚从睡梦中被惊醒，有的连鞋子都来不及穿，还光着脚。

这些匠人奔逃之中发现左右两个跨院的木门开着，有胆大的跑进去查看，却见右边作坊里的水獭全跑了，又去左边作坊看，却迎头遇上白姬一行人和满地空空如也的铁笼子。

匠人们大惊失色，喊道："有贼啊，水獭都被偷走了——"

"快来捉贼啊——"

后面院子里也传来哭喊声："快跑啊，那只熊发疯了——"

"救命啊——"

三冬山庄顿时乱作了一团。

黑白猫见山庄里发生变故，早已吓得一溜烟跑出了铁笼子，躲灾避祸去了。

元曜满腹疑惑，正要细问阿漪的事，哪知道黑白猫一眨眼就没了踪影，只留他呆呆地站在空空的铁笼子边。

第九章　秘　密

白姬见三冬山庄中乱作一团，说道："事情也办完了，我们还是赶紧走吧。"

离奴见元曜还愣在铁笼子边,大声说道:"书呆子,别傻站着了,跑路了。"

元曜如梦初醒,按捺住心中疑问,急忙走过来。

白姬、元曜、离奴、阿漪准备趁乱离开,堵在门口的匠人们哪里肯放他们走?

"你们偷了水獭,不许走!"

"不要放跑了这群贼人,不然没法跟主人交代。"

离奴不高兴了,撇嘴问道:"捉奸捉双,捉贼捉赃,你们口口声声说我们偷水獭,那水獭在哪里呢?我们身上可没藏着水獭,你们不信随便搜!"

元曜怕被捉去见官,也搪塞说道:"诸位兄台不要误会,我们不是贼人,只是深夜散步,恰好走进了贵山庄……"

元曜说到最后,也意识到这个谎言荒唐到自己都说不下去了,干脆就不作声了。

一个匠人说道:"深更半夜在荒郊野岭散步,一看就不是正经人,没准儿是江洋大盗,得带他们去见官!"

其余的匠人也纷纷附和。

白姬一直没作声,在侧耳听什么。

夜风之中,三冬山庄一片嘈杂,就这三两句话的工夫,后院又响起了一阵轰隆巨响,仿佛是什么把房柱给撞断了,屋子倒塌了,其中夹杂着一声声哭号。

匠人们大吃一惊,知道后面的情势更糟糕了,想要逃命,但是又不想让偷水獭的贼人跑了。

白姬说道:"快跑吧,再不跑就来不及了。"

匠人们一听,急忙说道:"你们偷了水獭,还想跑?!"

"不能放他们离开,得把他们抓起来!"

白姬说道:"不是我们要跑,而是你们再不跑就来不及了。"

匠人们面面相觑,突然一个浑身是血的中年胖子哭号着跑了过来,后面跟着一只大棕熊。

中年胖子正是虞雍,左手臂被棕熊抓伤,一块皮肉都耷拉着,浑身血淋淋的。

虞雍今晚本来睡得好好的,梦中被外面的吵闹声惊醒,说是有巨熊伤人。他披衣起来探看,就看见后院乱成一团,一只巨熊双目血红,在乱杀匠人,有跑得慢的匠人被熊抓住,一把撕成了两半。

虞雍大吃一惊,急忙逃跑,那巨熊似乎有灵性,知道他是山庄的主人,发现他之后,就不怎么攻击匠人了,而是追着他不放。

虞雍快被吓死了,哭喊求救,有胆大的匠人拿了斧头和朴刀去斗巨熊,几番缠斗下来,不是被巨熊咬掉了头,就是被撕碎了。

虞雍急忙躲进屋里,巨熊撞断了房柱逼他出来。

虞雍逃出房子时,跟巨熊擦身而过,被巨熊一爪抓伤了左臂。他忍住剧痛,拼死奔逃,那些匠人有的早跑得没影了;有的看清了巨熊只追虞雍,就往虞雍相反的方向跑。

虞雍忍着剧痛,一路逃去,暗忖自己肯定跑不过巨熊,只能混进人堆里,才有些许活命的机会。可是,他一路跑去都没有人,正苦恼时,突然看见一群人聚集在左边院子里。

虞雍想都没想,就哭号着冲进了人群中。

那只暴怒的巨熊狂吼一声,紧追不舍。

匠人们见巨熊狂怒而来,顿时吓傻眼了,虞雍飞快地跑进了院子,匠人们才反应过来,也跟着虞雍逃进了院子。

巨熊狂吼而至,在院门口直立而起,双眼通红,獠牙滴血。

巨熊堵住了门口。白姬、元曜一行人以及虞雍和匠人们都被困在了院子里。

阿漪看见虞雍时,眼中闪过了一道幽暗的光芒。

虞雍看见白姬、元曜,不由得一愣。

"你们俩怎么在这儿?……"

旁边的匠人说道:"主人,这些人是偷水獭的贼!几百只水獭都让他们给放跑了!"

离奴骂道:"呸!你不要血口喷人!你哪只眼睛看见我们放跑水獭啦!"

白姬没有理会虞雍,她似乎感受到了什么,回头朝阿漪望去。

阿漪静静地站着,似乎并没有什么异样。

离奴小声地问白姬:"主人,这熊一看就是找这伙人寻仇的,跟咱们没什么关系,要不咱们翻墙跑吧?"

白姬仍旧侧头盯着阿漪,没有作声。

离奴顺着白姬的目光望去,好奇地问道:"主人,你盯着这水獭做什么?"

白姬嘴角勾起了一抹弧度："有意思。"

离奴正满头雾水，那巨熊看准了虞雍，狂吼一声，扑了过去。

匠人们四散奔逃，趁机跑出了院子。

虞雍吓得要死，看准了离自己最近的元曜，一把扯过他，躲在了他身后。

元曜早已认出发狂的巨熊就是自己放跑的那只，心中不由得发苦。没想到这棕熊没有去逃生，而是选择了复仇。

巨熊扑袭而来，元曜也想跑，却被虞雍扯住，根本跑不了。他心中恐惧，这下子，怕是自己也要被熊撕碎了。

那巨熊看见元曜，还认得他，顿时停止了攻击。

巨熊口吐人语，说道："小兄弟，你让开，冤有头债有主，这事跟你无关。"

虞雍一见这巨熊不攻击元曜，顿时看见了生的希望，在元曜身后哭道："元公子，求你救救我，我上有八十老母，下有嗷嗷待哺的小儿……"

元曜一下子心软了，虽然这剥皮作坊残杀动物，如今遭到了巨熊的报复，算是因果报应，但是现在虞雍活生生地站在他身边，向他哀哀求救，他总不能眼看着一个人在他眼前被杀死。

"熊大哥，手下留情！"元曜硬着头皮说道。

巨熊低头，盯着元曜。

"你想救他？洒家的两个兄弟死得好惨，洒家好恨，要血洗这座山庄，为它们报仇雪恨！"

元曜苦口婆心地说道："熊大哥，小生不是想救他，而是想帮你。杀了虞掌柜，血洗了山庄，你的兄弟也不能复活，你反而会走入绝路。血洗山庄，滥杀无辜，官府必定会悬赏猎杀你。你能逃得过术士和猎人的捕杀吗？你因为报仇而陷自己于绝路，你的兄弟泉下有知，也不能瞑目啊！"

棕熊一听，心中有些触动。

白姬也说道："冤冤相报何时了，得饶人处且饶人。"

白姬说话的时候望着阿澜，不知道这句话是说给谁听的。

棕熊今晚也撕了一些匠人了，都是它记得的动手虐杀它兄弟的人。其实，它心中的仇恨也淡了，追着虞雍不放，不过是因为他乃山庄的主人。

棕熊被劝动了，说道："行，洒家不杀他了，但有一个条件。"

白姬问道："什么条件？"

棕熊眼中涌出泪水，说道："洒家要两位兄弟的皮，好带回家乡去安葬。"

虞雍听到棕熊说不杀他了，松了一口气，把元曜放开了。他必须腾出手，捂住自己流血的左臂。

虞雍听见棕熊要它兄弟的皮，正在回想两张熊皮在哪儿，突然他眼前一黑，双脚离地。

离奴看得真切，白姬、元曜跟棕熊说话时，阿㴋仿佛幽灵一样，飞速掠向虞雍，弹指之间就把虞雍抓住，轻烟一般消失了。

元曜、棕熊都吃了一惊，不明白阿㴋怎么会抓走虞雍。

白姬望向阿㴋消失的地方，叹道："唉，大意了，还是没防住……"

元曜惊讶地问道："白姬，阿㴋姑娘这是……？"

白姬说道："阿㴋的身上有一重阴影，这重阴影的气息很可怕……它充满了怨气，这股黑暗的气息跟三冬阁里虞夫人身上的一样……"

小心提防那只水獭！

元曜想起了黑白猫的话，颤声问道："白姬，难道阿㴋姑娘一直在撒谎欺骗我们吗？"

白姬说道："或许阿㴋骗了我们。"

离奴一听，急忙说道："主人，不是离奴马后炮，离奴一直就觉得那水獭不对劲儿。按水獭的说法，它从这剥皮山庄逃出去之后，就待在荒郊野岭里了。可是离奴遇见水獭时，水獭却要离奴驮水獭去东市三冬阁。照理说，水獭是没去过长安城的，更不会知道东市三冬阁。依离奴看，水獭那腿伤也是装的，还想推锅给爷，要爷负责，真不要脸，呸！"

元曜忍不住说道："离奴老弟，别的不知道，但阿㴋姑娘的腿伤不像是装的，是真的摔伤了，你不要趁机推卸自己的责任！"

"书呆子，爷天天做饭养着你，你怎么老是胳膊肘朝外拐……"

白姬沉思着。

棕熊见虞雍被阿㴋抓走了，也一时有点儿蒙，说道："那水獭可能也是要寻仇，一身邪气，怨恨很重啊！"

元曜问道："白姬，阿㴋姑娘把虞掌柜抓去哪儿了？虞掌柜会不会有危险？咱们要不要追上去？"

白姬说道："如果阿㴋要取虞掌柜的性命，我们现在追上去也来不及了。阿㴋想复仇，在我们眼前就可以杀死虞掌柜，没必要抓走他。阿㴋抓走虞掌柜，应该是有什么目的。既然有目的，那虞掌柜一时半会儿也死不了，我想先弄清楚阿漪体内的那股邪气到底是怎么一回事，阿漪究竟有什么秘密呢？"

"我知道……那水獭的秘密。"一个声音说道。

白姬、元曜、离奴、棕熊循声望去，看见了一只黑白猫。

黑白猫刚才见山庄出了骚乱，跟元曜话没说完，就跳上屋顶躲了起来，现在见没事了，才走了出来。

元曜问道："猫兄，你知道阿漪的什么秘密？"

黑白猫说道："那只水獭早就死了。"

元曜一愣，心中迷惑。从小到大，他一直能看见妖鬼，妖为万物之灵，是有生命的；鬼为无命之人，是没有生命的亡魂。这两者对他来说，犹如黑与白那般清楚可辨，是断然不会弄错的。阿漪是一只活着的水獭，这是没有疑问的。这黑白猫为什么说阿漪早就死了？

白姬望向黑白猫。

黑白猫不仅毛色是黑白的，连眼睛的颜色也是黑白色的——一只眼睛是黑色，一只眼睛是白色。

白姬问道："猫是游走于阴阳之间的灵物，黑白异瞳之猫，更是能见生死。你的话不会有错，可是阿漪确实还活着，这是怎么一回事呢？"

黑白猫打了一个哈欠，望着元曜，说道："本来不关我的事，我也不想蹚这趟浑水，但这个后生刚才关心我，让我很感动。我就讲讲我见到的关于那只水獭的事情吧。"

第十章　兔　狲

一阵夜风吹过，山庄之中阒寂无声，空气中弥漫着浓浓的血腥味。

黑白猫说道："几个月前，这只水獭和另一只水獭从山庄之中逃走了。"

元曜惊奇地问道："阿漪姑娘不是独自逃走的吗？是阿鲸拼死救了阿漪，阿鲸没能逃走，惨遭毒手……"

黑白猫说道："不是。我目睹了这只水獭逃走的情形，当时我正好在院墙上打盹儿，被它们弄出的动静吵醒了。另一只水獭的左脸上有一道月牙形的斑纹,不知道是不是你说的阿鲸?为了救这只水獭,阿鲸咬伤了匠人的手,被匠人用剥皮的铁钩划破了肚腹,受了很重的伤。幸运的是,当时右边院子里在杀熊取胆,那只熊临死前暴起反抗,拼死挣扎之中伤了匠人,引起了骚乱。匠人们一时惊慌,这两只水獭就趁机逃走了。"

白姬问道:"等一等,你的意思是阿鲸也活着逃走了?不对,我在三冬阁虞夫人身上看见了阿鲸的怨灵,它不可能还活着。"

黑白猫意味深长地说道:"它们逃走时都还是活着的。"

迟钝如元曜也听明白了这句话的意思,问道:"阿鲸和阿漪虽然侥幸活着逃走了,但阿鲸受伤太重,可能没有挺过来。不过,阿漪为什么要撒谎呢?阿漪为什么要隐瞒阿鲸跟它一起逃走的事?"

白姬问黑白猫:"然后呢?还发生了什么事?"

黑白猫说道:"不久之后,这只叫阿漪的水獭又回来了。阿漪回来时,身上带着死亡的味道,在我看来,阿漪已经死了。"

元曜忍不住问道:"阿漪回来干什么?"

黑白猫说道:"复仇。"

白姬一挑眉,问道:"阿漪是怎么复仇的?"

黑白猫回忆了一下,说道:"那一晚,山庄的主人不在,但夫人在。夫人是来验看新缝制的獭裘的款式的,夜宿在后宅之中。我当时看见那只水獭一身妖邪死气,怨气深重地进了山庄。我心里感到很害怕,以为山庄里会出祸事,就躲了出去,天亮了才回来。那晚山庄之中并没有骚乱,水獭来了,又走了。不过,夫人却中邪了。"

"虞夫人中邪居然跟阿漪姑娘有关?"元曜惊讶地问道。

黑白猫继续说道:"是的。我原以为水獭报复山庄主人,会让夫人中邪不治,衰竭而亡。谁知,事情并没有这么简单。一段时间之后,我在后厢房听见主人和管事在灯下悄语,说是夫人已经杀了三个人了。管事说,夫人杀人的事情一旦被官府查出来不得了。主人想要替夫人隐瞒,管事却说纸终究包不住火,建议报官。两人在灯下商议了一夜,也没有商议出结果。后来,我听说夫人还在继续杀人。"

元曜想起韦彦说起的五桩贵妇命案,又想起白天在三冬阁的所见所闻,心知命案是附身在虞夫人身上的怨魂所为。

元曜忍不住问道:"白姬,附身在虞夫人身上,杀死五名贵妇的怨魂是阿鲸还是阿漪姑娘?"

白姬说道:"之前我以为是阿鲸。现在我也不知道到底是谁了。我们想要解开这个谜团，得弄清楚阿漪和负伤的阿鲸从山庄里逃走之后发生了什么事……"

黑白猫说道："它们逃出山庄之后发生了什么事情我就不知道了。不过，你们可以去找兔狲打听一下，这片山林都是兔狲一族的地盘，它们可能会知道些什么。"

"多谢猫兄弟指点迷津。"元曜礼貌地说道。

"不客气。"

黑白猫打了一个哈欠，回到铁笼子里，蜷成一团，打算睡觉了。

白姬、元曜打算去找兔狲，离奴露出了为难的神色，大棕熊也十分犹豫，不知道该不该去。

离奴小声说道："主人，离奴突然有点儿困乏，头晕目眩，想告一个假，先回去躺一下。"

元曜问道："离奴老弟，这个节骨眼儿上，你怎么突然困乏了？虞掌柜生死不明，阿漪姑娘身上不知道发生了什么事，你也躺得下？"

离奴梗着脖子说道："爷就是头晕乏力了！身体不舒服，爷也没有办法。"

白姬笑道："你肯定是香鱼干吃多了。医书上说，食肉令人气滞，虚肥而损神，故而容易突发困倦，头晕乏力。从今天开始，你三个月内不吃香鱼干，只吃青菜、豆腐，就不容易突然困倦了……"

"别啊！主人，离奴不困啦！"离奴急忙说道。

白姬问道："说吧，离奴，你为什么要借故离开？"

离奴只好说道："还不是那群兔狲，离奴经常跟它们吵架，结下了仇怨，实在不想见到它们。"

元曜恍然大悟，劝道："离奴老弟，你跟兔狲们只是口舌之争，也没什么深仇大恨，你少说几句话，就没什么要紧了。"

白姬说道："离奴，今晚的变数太多，你还是一起去吧。"

"是，主人。"

白姬见大棕熊也面露犹豫之色，问道："你也不想去吗？"

大棕熊挠挠头，说道："洒家今晚闹了一场，那些逃走的猢狲肯定去叫帮手了，洒家再在山林里晃来晃去，肯定很危险，说不定会被他们捕杀。洒家得找个山洞躲藏起来。可是，洒家又惦记那个姓虞的，他万一死了，洒家去哪儿找兄弟的皮……真是为难……"

白姬扶额，问道："你今晚在山庄里杀人时就没有想过会被猎杀吗？现在倒是害怕了？"

大棕熊垂下耳朵，说道："洒家当时一腔怒火，又万念俱灰，只想破罐破摔，与这剥皮山庄的人同归于尽。洒家现在冷静下来，还是觉得活着好。"

白姬叹了一口气，说道："这样吧，你目标太大，留下脚印和气息都会被猎人或术士追踪，就不要再参与这件事了，先去找个山洞躲起来，如果我能救出虞掌柜，问出熊皮的下落，就让离奴来通知你；如果你在山林里躲不下去了，就去西市缥缈阁。"

"好。多谢。"大棕熊感激地说道，又十分感慨，"洒家今天真幸运，遇见了你跟小兄弟两位贵人……"

离奴一听不高兴了，嘀咕道："明明是三个，这只大笨熊不识数……"

大棕熊告辞离开了。

白姬、元曜、离奴去山林里找兔狲的踪迹。

夜深林寂，寒风呼啸，三冬山庄附近常年弥漫着血腥的气味，今夜尤甚，时不时还响起一声夜鸟的呜咽。

白姬、元曜行走在山林之中，离奴变成一只小黑猫，跑在前面探路。

元曜一边走，一边说道："白姬，你是一个善良的好人。"

"轩之为什么这么说？"

"你既担心虞掌柜的安危，又不忍棕熊大哥被捕杀，还惦记着阿漪姑娘……你关心着每一个人，这说明你很善良，有一颗慈悲之心。"

白姬若有所思地说道："轩之，这是矛盾的。"

"什么？"

"我所做的事情是矛盾的。如果我救回虞掌柜，那么三冬山庄每天将会有无数动物惨死。对于已经死于或将来会死于三冬山庄的动物来说，我一点儿也不慈悲，甚至是恶人的帮凶。我不忍心棕熊被杀，对于今夜被它杀死的那些也有妻儿老小的匠人来说，我一点儿也不善良。"

元曜似乎想起了什么，神色悲伤。

"如果小生今晚没有因为恻隐之心而放出熊大哥，那些匠人也不会惨死了。可是，如果不放出熊大哥，它将会跟它的兄弟一样，被匠人虐杀而死。小生也不知道自己是做了好事还是坏事。"

白姬说道："好事与坏事，善良与邪恶，有时候是因立场而异的，因果有时候也是复杂且矛盾的。"

元曜沉默不语。

寒冬时节，万物萧索，路边的石头旁开出了一朵无名的小花。

小花洁白无瑕，恍若琉璃，在夜风中摇曳生姿。

元曜若有所思地说道："世间万事，总是充满了矛盾。也许，善良是矛与盾之间开出的小花。"

白姬也看见了乱石之中的那朵花。

"太脆弱了，矛盾之中的善良很容易就被摧折了……"

白姬话音未落，一只毛茸茸的动物突然从树林里跳了出来，正好踩在小花上，把花踩断了。

元曜仔细一看，原来是一只浅灰色的矮胖猫从树林里蹿了出来。紧接着，又有两只胖猫跑了出来。

白姬定睛一看，原来是三只兔狲。

兔狲长得跟猫十分相似，不过额头比猫宽，耳朵圆钝，四肢肥短。兔狲全身的被毛丰厚细密，尤其是腹部的毛，几乎拖曳在地上。

这三只兔狲是三兄弟，叫乌大、乌二、乌三，它们原本在树林里飞跑，似乎要赶去什么地方，所以在山林里抄近路蹿来蹿去。

兔狲三兄弟没料到蹿出来时会迎头遇见白姬、元曜和离奴，不由得吓了一跳。但看见离奴时，它们淡绿色的瞳孔收缩了一下。

乌大问道："黑瘟猫，你又来俺们兔狲的地盘偷鸡摸狗？"

离奴没好气地问道："喷！爷什么时候偷鸡摸狗了？好歹爷也是猫中吕布，是个顶天立地的真英雄，不像你们三只缩头兔，总是抱团攻击爷。"

乌大怒道："你骂谁缩头兔？俺乃是狲中赤兔！赤兔马知道吗，那是马中的王者，有超凡之能……"

离奴乐了，问道："爷是吕布，你是赤兔，你还不是爷的坐骑？"

乌大的脸一阵红、一阵白，他问道："呸！你个三姓家奴①还敢狂妄？"

扑哧。元曜听见猫跟兔狲吵架还引经据典，忍不住笑了。

离奴瞪了元曜一眼，元曜急忙正色。

---

① 三姓家奴：特指吕布，贬低讽刺之语。因为吕布本姓吕，当丁原义子时姓丁，当董卓义子时姓董，三姓家奴由此而来。

离奴还想骂回去，白姬制止了它。

"离奴，不得继续无礼！"

乌大见白姬喝止了离奴，就得寸进尺，想报往日之仇，继续骂离奴。

乌二急忙阻止道："老大，现在不是在这儿跟猫嚼舌头的时候，得赶紧回去把我们刚才看见的事情报告长老。"

乌三也说道："老大，还是算了吧。今天黑猫那边也是三个人，三对三，咱们没胜算的。"

乌大一想，也就作罢，打算继续赶路。

白姬见乌大准备走，笑道："乌大，你们急着去哪儿？"

乌大说道："白姬大人，我们急着回族里呢。今天没有烤栗子分给你。"

乌大、乌二、乌三经常在冬天的雪地里烤栗子吃，白姬赶路经过，总会向它们讨一些吃，然后留下一串铜钱或者一个小物件作为交换。

白姬笑道："我今天也没有心情吃烤栗子。乌大，你且留步，我想向你们打听一些事情。"

乌大问道："什么事情？"

白姬说道："两只水獭的事情。"

一听到"水獭"两个字，三只兔狲的神色倏然变了。

乌大苦着脸："不会是那只吃了鬼王的妖血朱果的水獭吧？俺当时就知道迟早要出大事……"

乌二小声嘀咕："今夜不是确实出大事了吗？"

元曜一愣，问道："这怎么又跟鬼王有关系了？"

白姬喃喃道："妖血朱果？怪不得……原来如此……可是，还是有些不对劲儿。"

离奴忍不住问道："乌大，那两只水獭是不是都死了？"

乌大说道："只死了一只，另外一只活着呢。不仅活着，这只水獭恐怕还会给这片山林带来大祸。不行，俺们得赶紧回去报告长老，让大家连夜离开，去洛阳的亲戚那里躲一阵儿。"

元曜好奇地问道："到底发生了什么事？"

乌大正要回答，白姬说道："说重点，从鬼王那儿说起，我比较关心鬼王在这件事里扮演了什么角色。"

第十一章 妖　血

乌大瞪着圆溜溜的眼睛，说道："从鬼王说起吗？那天，天气很冷，俺们三兄弟在树林里转悠，想找一些野栗子，晚上烤来吃。俺们正在四处找栗子树，只觉得一股邪恶阴冷的鬼气袭来，俺们远远地就看见鬼王了。白姬大人，您也知道，鬼王一向杀人不眨眼，吃非人不吐骨头，俺们这些低级妖怪看见他都得绕道走。本来俺们是打算躲开的，却发现鬼王似乎在跟谁做什么勾当，也是那天吃午饭时喝了几两酒，酒壮兔狲胆，俺们仨按捺不住好奇心，就悄悄地凑过去探看。"

元曜好奇地问道："你们看见什么了？"

乌大说道："俺们从树丛中潜过去，就看见鬼王和两只水獭在说话。一只水獭躺在地上，全身是血，可能是死了；另一只水獭哭得很伤心。俺们仨怕被鬼王吃掉，不敢凑得太近，听不清它们在说什么。不多时，只见鬼王拿出妖血朱果，递给了那只在哭的水獭，那水獭犹豫了一下，接过妖血朱果，吞了下去。白姬大人，您也知道妖血朱果是干什么的，果不其然，那只水獭接着就发了狂……"

元曜打断乌大的话，问道："妖血朱果是干什么的？"

白姬说道："妖血朱果是一种丹药，鬼王用它来控制低阶的妖灵。一般来说，妖灵吃下妖血朱果就会魔化，在获得鬼王一部分力量的同时，成为鬼王狩猎人魂的爪牙。我猜测，可能是鬼王无意中遇见逃离了三冬山庄的阿漪和阿鲸，阿漪强烈的悲伤、愤怒、仇恨吸引了鬼王，他认为可以利用这只绝望而走投无路的水獭，所以蛊惑阿漪吃下了妖血朱果。毕竟，仇恨蕴藏着强大的、可以利用的力量。"

元曜吃惊地问道："阿漪姑娘是鬼王的爪牙？"

白姬有些迷惑："按道理说，是这样。"

乌大说道："那只水獭发狂之后，俺们仨越看越害怕，就偷偷地跑了。既然鬼王的事情已经说清楚了。白姬大人，俺们就先告辞了。俺们还急着回族里报信呢。"

白姬问道："你们报什么信？"

乌大苦着脸说道："哎呀，还不是水獭的事情。今天真是邪门儿，这荒山野岭有很多水獭在跑，还有三三两两、衣冠不整的人也在跑。更离奇的是，俺们在树林里发现一辆翻倒的马车，马车旁边，一个女水獭把一个男人吊在一棵树上，把他挠得皮开肉绽、半死不活。"

乌二纠正说道："老大，那不是女水獭，是一个女人。"

乌三说道："二哥，那虽然是一个女人，却被水獭妖附身了。老大也没说错。"

乌大头疼地说道："管它是水獭还是女人，反正这片林子是不得安宁了。俺们兔狲还是避一避吧。"

白姬略一沉吟，问道："你们看见的马车在哪里？带我去看看。"

乌大、乌二、乌三一合计，决定让乌三给白姬一行人带路，乌大、乌二先回族里了。

乌三带着白姬、元曜、离奴一路穿山越岭，去找马车。

元曜心中疑惑万分，阿漪的事情还没搞清楚，怎么又冒出一个被水獭妖附身的女人？这让元曜又想起了在三冬阁后院见到的中了邪的虞夫人。

元曜心念电转，突然听见夜风中传来了一声声虚弱的哀号。

这哀号声中好似夹杂着痛苦，却又显得虚弱乏力。

在前面引路的乌三停下了脚步，小声说道："就在前面了。白姬大人，我心肠软，看不得血腥的东西，就先告辞了。"

白姬点点头，径自往前面走了。

离奴也急忙跟了上去。

元曜对乌三道了一句："多谢引路，乌三兄弟路上小心。"

乌三挥了挥爪，跑了。

白姬、元曜、离奴循着虚弱的哀号声往前走去，在转过一丛半人高的荒草时，他们看见了一辆翻倒的马车。马车旁边不远的地方，一个血肉模糊的男子被吊在了一棵歪脖子树上。

周围没有其他人，只有这名被吊在树上的男子，白姬一行人并没有看见乌大所说的被水獭妖附身的女人。

冬夜寒冷，寒风如刀，男子浑身赤裸，被一根藤蔓绑住吊着。他的身上被野兽的利爪抓出了数道伤口，深可见骨，猩红满地。

虽然伤重，但男子没死，还在发出虚弱而痛苦的哀号声。

元曜心善，一看见这情形，顿生怜悯与悲伤。他顾不得许多，急忙向男子跑去，打算把男子放下来。

离奴左右看了看，发现确实没人，就走过去帮元曜。

白姬静静地站着，侧耳听夜风中传来的各种声音。

元曜、离奴把男子放下。

元曜仔细一看男子的脸，不由得吃惊地说道："这不是三冬阁的管事吗？！"

那管事看清了白姬、元曜，虚弱地问道："救救我……好痛啊……我是不是要死了？"

白姬看了一眼管事的伤势，说道："放心吧，你这些都是皮外伤，死不了。"

元曜问道："是谁把你伤成这样？"

管事恐惧地说道："是夫人……下午，你们走后，我就叫人备马车，准备去山庄找主人商量夫人的事。等我忙完店里的事，出城时已经是傍晚了。马车在山路上行驶，车夫在赶车，我坐在车里，夫人突然就从我背后冒出来了。夫人被妖邪附体，力大无穷，嘴里长出獠牙，指甲有一尺长，吓死人了。夫人一口咬向我的脖子，我偏头躲开，被咬中了肩膀。夫人又去攻击车夫，马车就翻了。车夫吓跑了，马也吓跑了。我被夫人抓住，被扒掉衣服，吊了起来。夫人口中喃喃念着复仇之类的话，说要剥掉我的皮，剔开我的骨与肉，我吓得苦苦求饶。夫人神志不清，不念主仆情分，在我身上划出了一道一道的血痕，疼得我死去活来。我以为今夜必死无疑，但不知道为什么，夫人划了一半，突然就丢下我走了。"

白姬问道："虞夫人为什么突然走了？"

管事说道："不知道，好像是听见什么了，她突然停手，然后转身走了。"

白姬问道："虞夫人走了多久了？"

管事虚弱地说道："我被吊在树上，浑身疼痛，感觉度日如年，说不清楚她走多久了……"

夜风呜咽，林木沙沙作响。

白姬似乎听见了什么，喃喃问道："……鬼王怎么也来了？今夜这荒山野岭真热闹。"

管事瑟瑟发抖地问道："不知道夫人会不会又回来？得赶紧离开这儿，你们能带我去三冬山庄吗？这儿离山庄不远，沿着这条小路一直走，走半炷香的时间就到了。我好冷、好疼啊……山庄里有火炉、热水、伤药……"

元曜怕吓到管事，不敢告诉他三冬山庄现在的情形。

白姬环顾四周，说道："你伤成这样，不宜挪动，我们三个人没办法扶你去山庄。这样吧，那马车旁边还算挡风，我们把你扶过去，你就在这里等着，不要动，我们去山庄叫几个人手来抬你。"

元曜直冒冷汗，那三冬山庄里现在哪里还有人？

管事摇头说道："不要把我留在这里，夫人又回来杀我怎么办？"

白姬说道："你放心吧，我大概猜到虞夫人去哪里了，她不会回来的。"

也许是白姬的语气中有着坚定的力量，又或者是管事隐隐感觉出白姬不是寻常人，而且自己确实没法挪动，只能等人救援，管事同意了。

他感激地说道："我还以为今夜肯定凶多吉少，不是痛死，就是冷死，幸好遇见了你们。"

元曜、离奴把管事扶到马车边，又从车中拿出了御寒的毛毯和羊皮水囊。虽然管事浑身是伤，但是冬夜太冷，他们也顾不得许多，帮他裹上了毛毯，又喂他喝了些水。

元曜还在管事身边生了一堆火，给他取暖。

白姬说道："你且撑着，我们去找你的主人。"

管事说道："请千万快一些，让主人派人来救我，我怕自己撑不住。"

元曜心想：虞掌柜被阿漪掳走，现在生死未卜，他的处境比你还危险，怕是不能来救你了。我们还得找到虞掌柜，看能不能救下他呢。

白姬点点头，转身离开了。

元曜、离奴急忙跟上。

离开管事视线范围之后，离奴倏地化为一只猛虎大小的九尾猫妖。

离奴伏地，问道："主人，现在是要去鬼王那儿看看他在干什么勾当吗？"

白姬问道："离奴，你也感受到鬼王的气息了？"

离奴说道："鬼王身上那股尸臭味，哪怕隔了十里远，再把鼻子捂住，我也能闻到。"

白姬笑道："那就去看看吧。"

月光下，离奴驮着白姬、元曜飞奔在荒林之中。

不多时，离奴停在了一个山崖边。

离奴四顾一看，十分眼熟，正是自己把阿漪推落的那个山崖。

黑雾缭绕，鬼气森森，山崖边站着一个特别醒目的巨鬼。

巨鬼身高一丈，肌肉虬结，身形仿若山岳，红发獠牙，狰狞凶恶，睥睨之间有着一股不怒自威的霸气。

巨鬼旁边，站着一个拿着三齿铁叉的恶鬼。恶鬼头发冒着绿色火焰，眼睛生在头顶上，半月形的鼻子一孔朝天，一孔朝地。

正是鬼王和夜叉。

鬼王的脚下，伏地跪着两个人。

元曜仔细一看，跪伏着的竟是阿漪和虞夫人。

元曜再一看，不远处还躺着一个人，看服饰似乎是虞掌柜，不知生死。

离奴停在山崖边的一瞬，鬼王和夜叉同时转头望来。阿漪和虞夫人也抬头望向白姬一行人。虞夫人口生獠牙，尖利的指甲长约一尺，已是妖魔的样子。

阿漪更诡异，她的眼睛是纯黑色，那种黑暗仿佛地狱的深渊。

鬼王一看见白姬就觉得头疼。

虽然白姬总跟鬼王套近乎，鬼王却把白姬看成死敌，因为白姬总是跟他作对，破坏他的各种图谋，让他恨得牙痒。而且，他也觊觎缥缈阁里的奇珍异宝，想要一朝屠龙，占有缥缈阁。不过，几千年来，他的愿望一直没法实现，因为他打不过白姬。他很讨厌白姬，又干不掉她，还经常被她捉弄，真的是头疼。

第十二章　愿　望

鬼王警惕地盯着白姬，沉声问道："是你？你怎么会出现在这儿？"

白姬走向鬼王，笑道："最近没什么因果，我愁得睡不着觉，来这山崖边吹吹夜风、散散心。真是巧了，不想竟遇到了鬼王您。"

鬼王还没说话，夜叉已经鼻孔朝天地问道："白姬大人，您这是糊弄谁呢？就算是要找山崖散心，长安城四面有山，从终南山到蓝田山，从药王山到骊山，大大小小几十个山崖，城里还有乐游原，您都不去，偏偏跑来这个名不见经传的小山崖边吹夜风散心？"

离奴一听，问道："你这夜叉人丑话也多，就算长安附近有几百个山崖，我们就爱来这个山崖散心，你管得着吗？"

夜叉一听离奴骂它长得丑，心中很生气，想要骂回去，可是瞥了一眼鬼王，发现鬼王神色不悦，顿时不敢再作声了。

元曜担心虞雍的安危，往地上瞅，却看不真切。

鬼王瞥了白姬、元曜、离奴一眼，似乎明白了什么。他指着伏在地上的阿漪和虞夫人，对白姬问道："这是你的因果？"

"正是。"

白姬并不否认，指着伏在地上的阿漪说道："阿漪是缥缈阁的客人，跟我买下了欲望。"

鬼王笑道："阿漪不可能跟你产生因果，阿漪吃下了妖血朱果，早就发狂魔化，神志不清，是不可能进入缥缈阁的。"

妖灵吃下妖血朱果，会心智全失，成为鬼王摄取人魂的工具。它们的心底，只剩仇恨与愤怒。

鬼王喜欢挑选内心充满仇恨的傀儡作为自己的爪牙。

白姬走向阿漪，说道："阿漪，你抬起头来。"

阿漪抬起头，面无表情，嘴边鲜血淋漓，仿佛撕咬过什么，漆黑的眼眸如同地狱深渊。

元曜一看，以为虞雍被阿漪咬死了。

顾不得许多，元曜急忙去探看倒地的虞雍。

虞雍衣裳被抓得稀烂，浑身是血痕，脸上、手上还有被咬的痕迹。他本来就被大棕熊抓伤了手臂，现在又被咬成这样，看上去十分凄惨。

元曜猜测，阿漪把虞雍掳走，可能是想折磨他泄愤，折磨够了，才会杀死他——就像长安城里凄惨死去的五名贵妇一样。

元曜急忙伸手，探虞雍的鼻息。

还好，虞雍没死，还有一丝气息。

白姬盯着阿漪的眼睛，问道："你的愿望是什么？"

阿漪眼神空洞，没有回答。

虞夫人发出了一声嘶吼，抬起头，脸十分可怕，长满了野兽一样的细毛，獠牙如刀。

"恨，好恨啊……"

虞夫人身后有一团模糊的阴影。

那是许多水獭的幻影，这些水獭因为临死前被活活剥掉了皮，痛苦而绝望，充满了戾气。

这些水獭幻影大多很模糊，只是一些虚幻到近乎透明的影子，最清晰的一只左脸上有一道月牙形的斑纹。

"杀死所有图谋我们皮毛的人类，人类太贪婪、太残忍了，为了一己私欲残害我们，我们死不瞑目……"

"好痛啊——"

"我的皮没有了,我好冷啊,浑身好疼……"

"为了皮毛能散发出水莲花一样的香味,他们活生生地敲破我们的头骨,把香料汁液从我们的头顶灌进去,等一炷香后,香料从头顶的经脉浸入我们的皮肉,他们才开始剥皮。"

"好痛苦啊——"

虞夫人发出了许多声音,都是死不瞑目、充满了怨恨的水獭魂灵所说的。

元曜听了,心中很难过。

白姬仍旧望着阿漪,问道:"你的愿望是什么?"

阿漪张开嘴,发出了一个男子的声音:

"我要杀死所有穿我族皮毛的人,我要他们也尝一尝被活活剥掉皮,在寒冷与痛苦之中活活疼死的滋味。"

白姬发出了一声微不可闻的叹息,说道:"我在问阿漪,并没有问你,阿鲸。"

"啊啊啊——"

虞夫人发出了痛苦的哀号。

阿漪脸颊抽搐了一下,眼角流下了血泪,漆黑如深渊的眼睛之中浮现出了一只灰白水獭,水獭转而幻化成一个身形单薄的少女。

少女在深渊之中徘徊,迷茫而悲伤。

鬼王有些吃惊,问道:"水獭……水獭吃下了妖血朱果,居然还会有神识?"

一般来说,妖灵吃下了妖血朱果,便会妖化成魔,失去自我,内心只剩下仇恨。鬼王会利用它们的仇恨,达到自己的目的。

那天鬼王路过这片荒林,遇见了阿漪和濒死的阿鲸。

阿鲸临死前充满了仇恨,叮嘱阿漪一定要为自己报仇,为同族雪恨。

阿漪的眼中也充满了仇恨,可更多的是悲伤,更深的是绝望。阿漪根本没有能力为阿鲸报仇,九死一生地逃出来之后,甚至都不知道自己还有没有勇气再踏进那座山庄。

鬼王从阿漪的仇恨与绝望之中看出了可以利用的契机。

鬼王需要大量的人魂炼制丹药,壮大自己和恶鬼道的力量。但是,因为国师光臧的存在,他不敢让自己的属下过于明目张胆地杀戮取魂。如果恶鬼肆虐,光臧一定不会坐视不管,会来找鬼王的麻烦。

鬼王需要一些不是自己属下的孤魂野鬼替自己猎魂。这样光臧追查起来，查不到他的头上，即使查到了，他也能狡词推脱。

鬼王出现在阿漪身边，给了阿漪妖血朱果，诱惑阿漪吃下，说这样阿漪就可以拥有复仇的力量。

阿漪在悲痛与绝望之中吃下了妖血朱果，迷失了本心，化作了恶魔。

阿鲸死不瞑目，一缕怨魂残留世间，徘徊在阿漪身边。

仇恨是控制傀儡的最好的丝线。

阿漪和阿鲸从此成了鬼王的傀儡，复仇的同时，替鬼王猎取人类的生魂。

每个月，与阿漪相遇的那一天，鬼王会在子夜时分来到这片与阿漪相遇的荒林，拿阿漪猎取的人魂。

今天正好是约定之日，鬼王来拿人魂，却遇见了白姬一行人，还发现自己的傀儡居然神识尚存，这是从来没有过的事情。

白姬没有理会鬼王，盯着阿漪的眼睛，问道："阿漪，你勇敢一些，直视自己的内心，看看仇恨与报复之下你真正的愿望是什么？如果你真的只想杀戮与复仇，那你的神识应该早就堕入地狱，化作业火与灰烬了。"

似乎听见了白姬的话语，阿漪眼睛中的少女猛然回过头，少女的脸与阿漪的脸重合。

阿漪漆黑如夜的眼睛逐渐恢复了正常，黑白分明。

阿漪如梦初醒，望了一眼四周，看见了鬼王，十分恐惧；看见了虞夫人和虞夫人身后阿鲸的影子，又十分悲伤。

阿漪流下了眼泪，说道："白姬，我想拯救我的族人，只想救它们，我救不了阿鲸，失去了阿鲸……我不想再看见族人死亡了。我也不想再杀人了。"

元曜忍不住问道："阿漪姑娘，长安城里的五名贵妇是你杀的吗？"

阿漪一愣，咬着牙点点头，说道："是我……"

虞夫人身后的影子突然躁动不安，发出了声音：

"不是她，是我们杀的。"

"那些穿我们皮毛的人，死有余辜。"

"…………"

阿漪说道："那些女人是我杀的。它们只是一些怨魂，并没有杀人的能力，我吞下妖血朱果之后，有了强大的力量。我带着阿鲸和它们去往山庄，它们附身在虞夫人身上，我们通过虞夫人，报复购买獭裘的人……"

离奴迷惑地问道："那爷在这山崖遇见要跳崖的你，又是怎么一回事呢？"

元曜也问道："阿漪姑娘，你在缥缈阁里说的那些话是在欺骗我们吗？你为什么说阿鲸死了，只有你一个人逃离了三冬山庄？"

阿漪也有些迷惑，说道："自从吃下妖血朱果，我有时候会像做梦一样，一会儿在长安城里杀人泄愤，一会儿回过神儿来，却又在这山林里徘徊，充满了悲伤，无能为力。我并没有欺骗你们，当我在这山林里徘徊时，会忘记自己杀人的事，认为阿鲸死在了山庄里。我不知道为什么会这样？……"

离奴小声说道："这只水獭莫不是得了失心疯……搞不好，这水獭也会忘了爷把它推下悬崖的事……"

阿漪神色迷茫，喃喃说道："我也不知道，为什么会这样……"

白姬叹了一口气，说道："杀戮与复仇并不是你真正所渴求的，你内心深处并不希望那样做。你吃下了妖血朱果，神志不清，却还有一部分神志保护着你真正的欲望——你想要拯救，而不是杀人。你为了保护自己的内心，想要忘掉吃下妖血朱果之后所发生的一切，所以改变了自己的记忆。这一切，连你自己也未曾察觉。"

阿漪的眼角再一次流出了血泪。

虞夫人身后的幻影之中，那只左脸上有一道月牙形的斑纹的水獭，眼神中也满是悲伤。

白姬对鬼王说道："鬼王陛下，把这只水獭让给我吧。"

鬼王想了想，说道："也不是不行，反正这样的傀儡也用不久，所剩的时间也不多了。但是，按缥缈阁的规矩，一物换一物，你用什么跟我交换呢？"

被妖血朱果控制的傀儡，都是利用邪恶的丹药催化，以快速消耗自己的生命为代价，强行借用鬼王的力量。它们最短三个月，最多一年，就会耗尽生命、衰竭而亡。这样即使光臧盯住了一个傀儡，最终也查不到鬼王身上。

对于鬼王来说，阿漪这大半年来已经给他带来了五个人魂，差不多也没有什么用处了。不过，把阿漪白白地送给白姬，鬼王还是不甘心的，总得换一点儿好处。

白姬挑眉，问道："你想要什么呢？"

鬼王说道："你十年之内不在平康坊卖符咒。"

鬼王盘踞于歌舞升平的平康坊，在各种欲望之中狩猎人魂，将沉沦于声色犬马之中的灵魂勾入地狱，作为自己炼丹的药引。

白姬偶尔会化作龙公子，去平康坊消遣玩乐，顺便将驱邪的符咒卖入温柔乡，破坏鬼王的猎魂炼丹大计。

白姬说道："三年。三年之内，我不将符咒卖入平康坊。"

"成交，这只水獭是你的了。"

鬼王欣然同意。如果不同意，今晚他与白姬势必要打起来，他可能会白白地丢掉一个爪牙，倒不如见好就收。

第十三章　选　择

月色凄冷，山崖荒凉，恶风呼啸如鬼泣。

鬼王与白姬达成协议之后，就带着夜叉离开了。他并不想参与白姬的因果，也不关心人与非人之间的怨恨与喜乐。

白姬对阿漪说道："你现在有两个选择，一个是活着，一个是死去。"

阿漪望着白姬，眼神迷茫。

白姬说道："活着的话，因为妖血朱果，你最多只能活半年。这半年里，你可以继续使用鬼土的力量，随意地杀戮人类，发泄你心中的仇恨。另一个选择是死去，我需要一个充满怨恨的灵魂，将它的记忆附在黄泉花粉之上。我已经在三冬山庄的所有水獭皮上洒下了黄泉花粉，人类只要穿上獭裘，触碰到黄泉花粉，就会看见怨魂的记忆，看见水獭凄惨的死状，感受到水獭临死前的痛苦与绝望。大多数人的内心有着善良的一部分，他们对自己看不见的苦难无动于衷，但是一旦看见了，还是会因为良知而痛苦不安，然后拒绝伤害别人。这就是我让你等我去采黄泉花的原因。唯有这样，才能保全你的同族，让它们在将来逃脱被捕捉的残酷命运，从此不再沦为人类的皮裘。"

元曜想起了之前在三冬山庄里，他们离开右边院落时，白姬从衣袖中拿出黄泉花粉，将之吹散于一张张悬挂在院落之中的獭皮上的情形。她这么做的目的竟是如此。

阿漪瑟瑟发抖，在生与死之间挣扎，眼中有犹豫。

白姬喃喃说道:"即使没有发生今晚的变故,我也会给你这个选择。别忘了,你与我的交换条件是不惧死亡,献出生命。"

元曜不由得愣了愣。

原来,白姬不是开玩笑,也不是因为没有皮裘参加迎雪宴而丧心病狂,她确实要阿漪死亡。下午在缥缈阁,阿漪选择拯救同族时,就已经注定要牺牲自己了。

元曜的心中十分悲伤。

阿漪抬起头,直视白姬的眼睛,神色平静。

"只要能够拯救我的同族,我愿意献出生命。"

"不——"

虞夫人身后的阴影开始躁动不安。

阿鲸突然变得狂躁,它的双目逐渐通红如血,发出了撕心裂肺的哀号:

"不,阿漪,你不能死——"

阿漪望向虞夫人的身后,十分悲伤。

"阿鲸,我的哥哥,从吃下妖血朱果的那一刻,不,还要更早一些,从溪河乡被人类摧毁,火焰吞噬我们的家园时,我就知道,我难逃一死。我现在已经不再害怕死亡了,在黄泉之国,我可以与你,与被人类杀死的阿爹、阿娘,还有族人们重逢——"

阿鲸狂躁而悲伤,说道:"阿漪,你不能死,我好不容易把你救出来,拼死地把你救出来,你要活下去——"

阿鲸和那团阴影躁动不安,虞夫人也被影响,狂躁地用指甲抓挠地面,十指指甲被掀起,鲜血淋漓。

虞夫人突然匍匐在白姬脚下,阿鲸对白姬说道:"求求你,放过阿漪,你需要充满怨恨的灵魂,我们可以代替阿漪,成为你需要的怨魂,我们的怨恨足够让所有人战栗。"

白姬饶有趣味地笑了。

"这也不是不行。黄泉花粉需要附上怨恨的力量,让人类恐惧,这份怨恨来自你们或者阿漪,并没有区别。"

阿鲸松了一口气。

白姬又说道:"不过,即使你们愿意代替阿漪成为怨魂,将怨恨附之于黄泉花粉,阿漪也仍旧难逃一死。她吃下了鬼王给的妖血朱果,为了借用鬼王的力量复仇,已经提前耗尽了生命,最多只能再活半年了。"

阿鲸十分难过。

阿漪却很平静。

元曜心中难过，问道："白姬，难道真的没有办法让阿漪姑娘活下去吗？"

白姬想了想，说道："只有一个办法，让妖血朱果离开阿漪的体内，那么阿漪就能活下去。换一个说法，即需要一个法力高深的妖灵以自身为媒介，将妖血朱果从阿漪身上引入自己身上。这样做很危险，运气好的话，我能在妖血朱果离开阿漪身体的瞬间，用龙火将之焚烧成灰烬；运气差一点儿的话，这个妖灵就会吞下妖血朱果，心智尽失，衰竭而亡。"

阿漪听见白姬说自己能活下去，眼中燃起了一丝对生的渴望，可是听到最后，那一丝对生的渴望又熄灭了。她根本不认识法力高深的妖灵，不会有法力高深的妖灵肯为了救她而不顾性命。

阿鲸十分悲伤，自己只是一缕没有形体的怨魂，即使愿意牺牲，也没有能力救阿漪的性命。

元曜苦恼地说道："早知道就挽留一下鬼王，让他不要急着走了。说不定他也有恻隐之心，肯大发慈悲，救阿漪姑娘一命。"

离奴不高兴地说道："书呆子，你犯傻了。鬼王就不是一个好东西，能有慈悲之心，那太阳得从西边出来。指望他来救这只水獭，还不如指望爷。"

元曜一愣，这才想起离奴虽然只是一只黑猫，但好歹也修行了千年，也算是一个法力高深的妖灵。

离奴说道："主人，还是离奴辛苦一遭，救这水獭一命吧。"

白姬神色严肃，说道："离奴，你可想清楚了。能不能在妖血朱果离开阿漪身体的瞬间用龙火将之焚烧成灰烬是看运气的，我也不敢保证。"

离奴叹了一口气，说道："主人，离奴总不能见死不救。更何况，就在这里，离奴曾把这只水獭推下山崖，虽然不是离奴的过错，但这只水獭毕竟摔断了腿。如果离奴真的不幸出事了，就当是弥补推这只水獭掉下山崖的过错了。"

阿漪望向离奴，眼神复杂。

"猫大哥，摔断腿的事我没有怪你，你不必冒险这么做……"

离奴打断阿漪，说道："别说了。爷从来不欠人情，总得为你的腿伤负责，你如果死了，爷下半辈子猫心难安。"

元曜既担心离奴的安危，又不忍心阿漪死去，想劝离奴慎重考虑，却又不知道该说什么。

白姬见元曜焦虑且为难，说道："轩之，既然这是离奴的决定，我们应该尊重离奴。"

元曜点点头。

阿漪跪坐在地上。

离奴走到阿漪面前，半跪下来。

离奴神色凝重，沉默了一会儿，刚鼓足了勇气，却又转头对白姬说道："主人，您可千万别走神，一定要看准时机，不能让妖血朱果进入离奴体内啊！"

白姬说道："我……尽力。"

离奴又一次鼓足勇气，然而又回头说道："主人，如果离奴因为妖血朱果死了，这杀猫之仇是记在鬼王身上的，您得去替离奴报仇雪恨。您一定要把这妖血朱果给鬼王那家伙灌上十颗，不，一百颗，离奴才能死得瞑目。"

白姬说道："没问题。"

离奴鼓足勇气，闭上了眼睛，当瞬间再度睁开眼睛时，离奴的瞳孔变成了碧绿色。

与此同时，离奴张开了嘴，一颗翠碧如猫眼石的珠子从离奴的嘴里缓缓吐出。

那是离奴修炼千年的内丹。

内丹对于妖灵来说比生命更重要，将之暴露出来是十分危险的。

术士为了炼丹，会夺取妖灵的内丹。为了增进修为，妖灵之间也会互相抢夺、吞噬对方的内丹。

离奴却相信白姬，并不害怕在她面前将内丹吐出，也相信她能够保护自己周全。

翠碧色的猫丹飞向阿漪，在阿漪的头顶徘徊，最后停留在阿漪的眉心。

阿漪神色剧变，额头上浸出汗水，表情因为痛苦而变得扭曲。

一股红色的妖气在猫丹的牵引下，在阿漪的身体中游走。

阿漪痛苦地发出了呻吟，浑身仿佛被火焰灼烧一般疼痛。

突然之间，红色的妖气从阿漪的眉心冲出，化作了一颗红色的珠子。

因为是被猫丹吸引而出，妖血朱果以迅雷不及掩耳之势冲向离奴，眼看就要没入离奴的眉心。

说时迟，那时快，一道金色的火焰凌空而至，包裹了妖血朱果。

妖血朱果在离奴的眉心前燃烧，火焰如炽。

离奴的眼中映出金红色的火焰。

阿漪软倒在地。

一个弹指间,龙火将妖血朱果烧成了灰烬。

猫丹缓缓回到了离奴的身体中。

离奴恢复如常。

元曜松了一口气。

白姬说道:"好了。没事了。"

虞夫人身后,那团水獭怨魂的暗影在蠕动。

白姬从衣袖之中拿出一个高约两寸的圆肚瓷瓶,打开圆肚瓷瓶的盖子,对着瓶口微微吹了一口气,一片若有若无的黄色粉末飞烟一般涌出。

这是黄泉花的粉末。

黄泉花粉在半空中飘飞,幻化成一朵火焰莲花。

白姬看了一眼阿漪,又看了一眼水獭怨魂,说道:"你们,谁献祭出怨恨的力量,让人类战栗?"

水獭怨魂之中,阿鲸望向阿漪。

阿漪也望向阿鲸。

它们隔着生死,望着彼此。

千言万语,尽在不言中。

"我。"阿漪望着火焰莲花,眼神决绝地说道。

阿漪还是想自己去做这件事。阿鲸选择了复仇与杀戮,阿漪选择了救赎。既然是自己的选择,还是自己去承担代价。

阿漪因为腿伤,只能慢慢地爬向火焰莲花。

离奴拍着腿说道:"这只傻水獭,爷冒死救它一命,它居然还去找死?!早知道,爷不救它了。"

虞夫人抽搐了一下,像一株瞬间凋谢的花一般委顿在地。

那团水獭的怨魂离开了虞夫人,飘向了火焰莲花。

水獭怨魂经过爬行的阿漪身边,阿鲸低头看向阿漪,眼神悲伤。

"阿漪,你要活下去——"

阿漪摇头,泪如雨下。

"不,阿鲸,我不想一个人活着,我想跟你们在一起——"

水獭怨魂没入了火焰莲花,它们在火焰之中扭曲起来,黄泉花粉勾起了它们临死前的回忆,它们发出了痛苦的哀号。

"好疼啊,不要剥我的皮,不要撕扯我的筋肉——"

"好热啊,不要给我灌下滚烫的汁水,我的头好痛啊——"

"好冷啊,没有了皮毛,在寒风中好冷啊,风像剥皮的刀子一样锋利,一刀一刀,割得身体好疼——"

…………

阿鲸脸上也露出了痛苦的表情,在火焰之中向阿漪伸出了手。

阿漪也朝阿鲸伸出了手。

"阿漪,你要活下去,回溪河乡去,重建我们的家园——"

阿鲸和那团水獭的怨魂逐渐消失在火焰莲花之中。

阿漪泣不成声,说道:"好。"

不一会儿,那团水獭怨魂与火焰莲花一起消失了,地上只剩下一堆水獭皮。

这堆水獭皮之中,最显眼的一张是银白色的,上面有三道红纹,光华耀眼。

阿漪望着那张银白色的獭皮,眼泪不断地滑落,喃喃说道:"阿鲸,你放心,我会回溪河乡,重建我们的家园……"

月色凄迷,山崖边风声呜咽,仿佛无数惨死的怨灵正在哭泣。

阿漪伤心欲绝,望着那一堆獭皮流泪。

白姬、离奴和元曜去查看半死不活的虞雍和虞夫人。

天寒地冻的,总不能把这对昏死的夫妻丢在山崖边。

白姬从衣袖里拿出一沓纸人,吹出了六个无面白衣人。四个白衣人扶起了虞雍和虞夫人;另外两个,将那一堆獭皮拾了起来。

元曜忍不住问道:"白姬,你把这堆水獭皮捡起来做什么?"

白姬说道:"留着做个纪念。阿漪,如果你不介意的话,能把它们的皮留给我吗?"

阿漪回过神儿来,点点头。

"生命都不在了,皮毛并不重要。白姬,你想要的话,就留着吧。阿鲸与我血脉相连,永远活在我的心中。"

白姬说道:"你能这么想,阿鲸和你的族人们必定很欣慰。"

元曜忍不住问道:"白姬,你不会想把这些皮毛做成獭裘,去参加迎雪宴吧?"

白姬笑而不答。

白姬本打算将虞雍和虞夫人送到三冬山庄,谁知半路上却遇见了一群举着火把、拿着武器的人。之前逃出山庄的一部分匠人去附近的村庄里求援，叫来了帮手，还报了官府，官府也派人一起来查山庄血案了。

白姬让纸人将虞雍和虞夫人放在人群会经过的路边，就带着元曜、离奴、阿漪避开人群，骑着天马回缥缈阁了。

元曜奔波了一晚上，很累了，回到缥缈阁之后，便铺下寝具休息了。

刚刚躺下，元曜突然想起了一件事。

今晚发生了太多变故，他们后来只顾着虞雍夫妇，好像把管事给忘记了，他还赤着身子蜷缩在翻倒的马车边，等着白姬、元曜去叫人抬他呢！

"呃！"

元曜急忙去里间找离奴。

里间之中，阿漪坐在青玉案边发呆，没见到离奴。

阿漪告诉元曜离奴今晚睡厨房。

元曜急忙跑去厨房，跟离奴商讨管事的事情，看要不要再去一趟南郊。

离奴刚要睡觉，不耐烦地说道："没必要去啦，那么大一辆马车翻倒在大路边，又离山庄那么近，除非那群举着火把的人都是瞎子，不然肯定早就发现那个管事了。即使没发现，现在天都快亮了，他最多再熬一个时辰，过路的人也会发现他啦。不用去啦，管事死不了的。"

元曜一听，也就作罢。

"对了，离奴老弟，你为什么睡厨房？"

离奴沉默了一下，骂道："爷就爱睡厨房，不行吗？睡醒了，方便做饭，不行吗？哎，你这书呆子一天话真多，不给你做饭了！"

元曜笑道："离奴老弟，你还是很善良的。阿漪姑娘遭遇了各种令人悲伤的事情，今夜又是生离死别，我们确实应该多关心阿漪。你把暖和的里间让给阿漪休息，不去打扰阿漪，是对的。"

离奴叹了一口气，说道："看着这只水獭的遭遇，爷也觉得很悲伤。用你们人类的话说，叫物伤其类吧。有些人为了一己私欲，能做出各种疯狂的事情，让其他的生灵遭受灭顶之灾。无论是水獭还是猫，我们这样的小生灵受到伤害，大多数时候是无能为力的。即使借用邪恶的力量报复，也只会让自己沦为恶的傀儡，跌入更深的地狱，万劫不复。"

元曜心中难受，流下了眼泪。

"离奴老弟，你不要难过，如果你受到伤害，小生会保护你的。"

"哈？！书呆子，你是不是说反了？虽然猫很弱小，但爷是大妖怪！虽然人类很可怕，但你好像没什么用。"

元曜挠挠头，说道："反正小生不会让离奴老弟你受伤害的。小生即使弱小，也会保护白姬和你，也想保护这世界上所有遭受伤害的人或非人。"

离奴打了一个哈欠，说道："随便吧，不想反驳你了，反正书呆子你一直在犯傻，爷也习惯了。好困啊，我睡觉了。"

元曜也打了一个哈欠，跟离奴道了晚安，就去睡了。

第十四章　尾　声

寒冬时节，白雪纷飞，长安城被积雪覆盖，变成了一座银色之城。

缥缈阁，后院。

一盆红红的炭火旁边放着一张梨花木案。

梨花木案上，放着一个红泥火炉和几盘精致的点心。

红泥火炉上温着一壶清酒。

白姬将一些蜡梅花瓣丢入了清酒中，酒香之中浮出蜡梅的清芬。

白姬、元曜、韦彦正在温酒赏雪，阿漪也坐在一边，望着纷飞的大雪。

韦彦是来送之前买纸人的银子的，今天也没什么事，又见白姬、元曜在温酒赏雪，便也留下一起附庸风雅。

那晚过后，阿漪本想第二天就告辞，离开这座令自己伤心的城市，回溪河乡去。但是阿漪腿伤严重，行动不便，赶不了远路，白姬、元曜便劝阿漪留下，养好腿伤之后再走不迟。

阿漪就住了下来，一晃便半个月了。

厨房那边发出乒乒乓乓的声音，是离奴和一只大棕熊正在把几百斤红萝炭堆在柴火间。

其实都是大棕熊在干力气活儿，离奴只是蹲在一边指手画脚。

三冬山庄的事件之后，因为目击者都看见了大棕熊杀人，大棕熊便被官府悬赏通缉，猎人和术士都在捕猎它。大棕熊东躲西藏，本想逃离长安，但是又惦记着兄弟的熊皮。三冬山庄出事后就被官府封锁了，一直是无人的状态，它找不着虞雍。

大棕熊想进城找白姬，但因是低阶妖灵，在城门口徘徊了几次，都不敢进入千妖伏聚、百鬼夜行的长安城。

大棕熊十分苦恼，在城门口徘徊时，恰好遇见了从城里出来的离奴。离奴出城，是去终南山查看自己定下的红萝炭的烧制进度。

离奴便把大棕熊带进了城。

白姬让大棕熊在缥缈阁住下，她和元曜去了一趟三冬阁，探望受伤的虞雍夫妇，顺便找虞雍要熊皮。

元曜以为虞雍经过这次劫难会吸取一些教训，不说从此不卖皮毛了，好歹不会再残害动物了，但是虞雍并没有吸取教训，心心念念的是官府什么时候才能打开三冬山庄的封条，山庄什么时候才能再度恢复。三冬山庄里的獭皮都是早就被人定下的，虞雍养伤之中不忘催促裁缝们赶工缝制，赶紧出货。因为水獭都跑了，他还寻思着再派人去南方收购一些水獭。

管事大难未死，也没吸取教训，拖着病体跟着虞雍忙前忙后，招募新匠人。他还琢磨着能炮制出什么新式毛裘，怎么才能赚更多的钱。

虞夫人倒是因此一事变了心性，从此只穿棉衣，吃斋念佛。她还劝虞雍关闭三冬山庄，不要再造杀孽了，只卖猎户送来的皮毛。虞夫人说："卖皮毛裘绒，是为了给人御寒，在寒冷之中护人性命，这是没有问题的。但是，不要因为过度的欲望与虚荣，残杀无辜的生命。"

虞雍只听了一半，为了安慰夫人，倒也开始在三冬阁里卖棉衣。

虽然虞雍没有吸取教训，但是倒也守信用，主要是怕大棕熊又来杀他，他同意把两张熊皮还给大棕熊。这两张熊皮早就卖出去了，虞雍花了三倍价钱赎买回来，还向买家赔礼道歉。

大棕熊一直在缥缈阁等熊皮，昨天才等到。它抱着两张熊皮大哭了一场，今天本想告辞归乡，可是又下起大雪，而且离奴定下的红萝炭被送来了，它只好帮忙堆炭。

六出冰花一点儿一点儿飘落，天地间一片银白，十分梦幻。

白姬喝了一口素瓷杯中的梅花酒，说道："雪花飘落的景色真美啊。"

元曜捧着温暖的酒杯，说道："冬日温酒赏雪，真是让人心情宁静呢。"

阿漪感慨道："溪河乡中，四季无冬，看不到这么美的雪景。"

韦彦喝了一口温酒，懒洋洋地说："这雪景看着看着，只觉得头脑中一片空白，让人想睡觉了。"

元曜问韦彦："丹阳，最近坊间有什么有趣的事情吗？"

韦彦听见元曜问坊间八卦,一扫疲乏,兴奋地说道:"最近在坊间闹得沸沸扬扬的就是三冬阁的事了。你们还记得五名贵妇的命案吗?坊间传言,是三冬阁的虞夫人干的!不过,官府和不良人查了一圈,发现事情有些怪力乱神,又没有虞夫人杀人的确凿证据,就列为悬案,不了了之了。而半个月前,三冬阁在郊外的一座山庄也出事了,据说一头发了疯的熊深夜从笼子里跑出来,袭击匠人,死伤了数人。虞掌柜、虞夫人都受了伤,险些丧命。"

韦彦的话又勾起了元曜的回忆,他心中有些难过。

阿潇也因此心中悲伤,低下了头。

白姬一直在抬头看雪花纷飞,看得很出神,嘴角还不时浮现出一丝诡笑,似乎没有听见韦彦的话。

韦彦兴奋地说道:"还有更离奇的事!一些贵妇买了三冬阁的獭裘之后,都连番做噩梦。她们说自己穿了獭裘之后,一闭眼就会看见水獭被杀死和剥皮的凄惨景象。她们感觉很难过、很悲伤,有些甚至抑郁得病倒了。贵妇们都不再穿獭裘了。有些心肠慈悲的,甚至连别的皮裘都不穿了,还阻止家人穿皮裘。今年冬天,穿棉衣恐怕会成为新的风尚。你看我今天都穿着棉衣。"

韦彦今天穿的是一件花团锦簇的崭新棉服。

元曜刚才看见韦彦时就觉得很纳闷。韦彦一向喜欢穿珍贵奢华的皮裘,以炫耀自己的品位和财富,满足自己的虚荣心。以往,才初冬时节,韦彦就迫不及待地裹上了皮裘,今天天寒地冻,他反而只穿了一身单薄的棉衣。

元曜说道:"穿棉衣也挺好的。在城内活动,也够御寒了。"

韦彦继续说道:"是的,不过出远门或去郊外冬猎,还是需要穿厚实的皮裘,不然会冻死的。"

元曜突然想起了什么,问道:"白姬,你是不是忘记什么事情了?今天好像是太平公主在芙蓉园举行迎雪宴的日子,你是不是忘记去了?"

白姬从赏雪之中回过神儿来,笑眯眯地说道:"我记得啊,昨天就找了一个借口推辞了,没有去。"

元曜好奇地问道:"为什么呀?"

白姬喝了一口温热的梅花酒,笑道:"就像韦公子说的,现在长安城的新时尚是棉衣。芙蓉园在郊外,又在曲江边,本来冬天就潮湿寒冷,芳林台上四面空旷,寒风夹雪,穿厚实的皮裘都不一定能御寒,穿着棉衣傻站着可够受的。我刚才借着漫天飞雪,用离神倚物之术探看了一眼芳林台,她们果然都穿着棉衣，硬撑着在风雪之中站着呢。据我观察，她们今年的争奇斗艳之法是看谁在寒风之中站得更优雅、更持久、更有风姿。我见有些人冻得手都红了，头发上也落满了雪，还有些人脸都紫了，却还倔强地站着，不肯输给别人。"

元曜完全不能理解，叹道："贵妇们这么做有什么意义？大冬天的，冻着凉了可怎么办？她们的想法真是让人难以捉摸……"

韦彦打了一个哈欠，说道："她们可能是太闲了。这些贵妇们饱食终日，无所事事，也不用为生计发愁，总得找点儿什么事情打发无聊的时间，跟我一样……"

白姬、元曜没法反驳。

白姬、元曜、韦彦一边赏雪喝酒，一边闲聊。

韦彦只喜欢诡异的事物和离奇的八卦，而赏雪这种安静宁神的事情，容易让他犯困。梅花酒喝得有点儿多，他有些酒乏，便去暖和的里间躺下小憩。

白姬、元曜、阿漪继续赏雪聊天。

离奴和大棕熊在厨房里忙完了，穿过风雪，走了过来。

元曜急忙给离奴和大棕熊分别倒了一杯温酒。

离奴喝了一口温酒，说道："终于把三百斤红萝炭归置好了，累死爷了。"

大棕熊也喝了一口酒，说道："不是吧？都是洒家在出力干活儿，你这黑猫就趴在一边闭目养神，哪里累着你了？"

离奴不高兴了，说道："就你这大笨熊话多。爷虽然没干什么，但是一直盯着你干活儿，也很累的。"

元曜给大棕熊倒满酒，说道："有劳熊大哥出力了，辛苦了，多喝一杯温酒。"

大棕熊说道："不辛苦，应该的。你们帮了洒家许多，洒家无以为报，这点儿小事，举手之劳而已。"

阿漪说道："白姬、元公子、猫大哥，我也该谢谢你们。你们帮了我太多太多，也救了其他水獭的性命。"

白姬笑道："我和轩之也没有做什么，这都是你自己的选择，是你的善良和勇敢救了你和你的族人。不过，离奴倒是冒死救了你。你要感谢的话，就感谢离奴吧。"

阿漪看了离奴一眼，有些羞涩，脸上泛起了一丝酡红。

"猫大哥，你是一个好人。我一定会报答你的恩情。"

离奴一听，问道："你怎么报答爷？"

阿漪羞涩地说道："等我回溪河乡重建家园之后，我……会再回长安……找你……"

阿漪的声音越来越小，最后一句只有自己听得见。

离奴听见阿漪说回溪河乡，眼前一亮。

"阿漪，你什么时候回溪河乡？"

阿漪说道："我腿伤也痊愈了，正想跟你们告辞，打算明天就启程回去。"

白姬问道："你明天就走了吗？早点儿回去也好，三冬阁的獭裘卖不出去，水獭们也都暂时安全了。你早日回去，便能早日重建溪河乡，完成对阿鲸的承诺。"

阿漪坚定地点点头。

大棕熊说道："对了，洒家也该跟你们告辞了。本想今天就走，但是风雪天、留客天，今天走不了。看这天色，明天应该能放晴，洒家明天就跟这水獭妹子一起出城吧。它南下，洒家北上，各自回家乡，完成该做的事情。"

白姬说道："也好。明天是一个晴天，适合踏上新的道路。"

离奴问道："阿漪，你回溪河乡之后会想爷吗？"

阿漪一听，脸上一红，心中有些羞涩，但还是点点头。

"会的。"

"你想爷的时候，记得给爷捉一些鱼，要个大体肥的，然后托人送来长安。爷最近跟卖鱼的闲聊，他说南方的溪河乡盛产一种鱼，是极其美味的珍馐，北方是没有的。嘿嘿，爷一直盼着你早日回去，所以天天给你做好吃的，给你煎药、敷药，希望你的腿能早点儿好。"

"原来你对我照顾得无微不至，是因为一直盼着我早点儿回去给你捉鱼……我还以为你对我……"阿漪失望地说道。

离奴嘿嘿笑道："不要光捉鱼，听说溪河乡里别的鱼也十分肥美，反正鱼多了不愁吃，你都捉一点儿托人送来吧。"

"……行。"阿漪垂头丧气地说道。

大棕熊说道："猫兄弟，其实北方也有美味的鱼，洒家最爱吃北鳟鱼了。"

离奴好奇地问道："北鳟鱼是什么鱼？吃起来什么味道？"

大棕熊说道："北鳟鱼是一种特别肥嫩鲜美的鱼，一条能有半个洒家这么长，它们从河里逆游入海。每到它们逆游的季节，洒家和两个兄弟就在河边等着,运气好的话,能吃个饱。如今,没有了两个兄弟,只剩洒家一个人,孤苦伶仃了。"

大棕熊想到伤心处,泪流满面。

元曜安慰了大棕熊几句,又给它满上了梅花酒。

离奴继续缠着大棕熊问北鳟鱼,大棕熊便给离奴详细地描绘和解释了一番,并答应了如果捉到北鳟鱼,就托人给离奴送来。

一股寒风吹过,风中夹雪,冷气袭人。

大棕熊、阿瀰、离奴因为有皮毛附体,都没有感觉到寒冷,元曜却不由得打了一个寒战。

元曜靠近炭火取暖,又喝了一口温热的梅花酒驱寒。他望着飞雪,心中有些空茫。

"白姬,小生一直有一个疑问。"

白姬笑道:"什么疑问呢?"

"人类究竟该不该穿皮裘御寒呢?不穿皮裘的话,人类会冻死;穿皮裘的话,又会伤害无辜的生命。"

白姬笑了笑,说道:"草木饮风露,牛羊吃草木,虎豹吃牛羊,人类猎虎豹,虎豹也攻击人类。世间万物,生生不息,环环相扣,互食血肉,辗转偿命。生与死是自然规律,捕猎与被捕猎也是天道法则,只要不过度、不贪婪、不滥杀,就是顺应自然的。虞掌柜并不是不该售卖皮裘给人类御寒,而是不应该因为贪婪而残害生灵。同样是获取皮毛,猎人射死猎物获取皮毛,与活活地将猎物剥皮,用残酷的方法炮制猎物来获取皮毛,这中间的残忍程度隔着天与地的距离。狩猎和捕食,是人类赖以生存的方法,这是顺应天道的。不过度滥杀、不过度索取、不过度破坏,是人类对天地万物的敬畏,也是人类对自己的仁慈。"

元曜说道:"小生好像明白了。人类要生存,免不了伤害别的生命。但是,我们要明白自己这么做是情非得已,要对死去的生命心怀感恩。"

"也不仅仅是人类,其他的生灵也一样,比如离奴会吃鱼,阿瀰会吃鱼虾,大棕熊也会吃鱼,大家都是在自然法则之中,借命而活。"

离奴一听,急忙说道:"主人,离奴虽然吃鱼,但是从来不虐杀鱼,也不会无缘无故地滥杀鱼。只有肚子饿的时候,离奴才打鱼的主意。而且,离奴对鱼心怀感恩,每一条鱼都是吃完、不浪费的。"

元曜说道:"小生也不是全然吃素,也会食荤腥。这么一想,小生也会伤害别的生命。"

白姬笑道:"世间万物都是借命而活,这也是自然之道。轩之不必太过在意,太过在意这种事情,会陷入魔障。"

元曜说道:"那小生就心怀感恩,多做善事,让这个世界变得更好,以此来回报被小生借用了生命的生灵。"

白姬笑道:"轩之能这么想,很好呀。阎浮提众生,起心动念,无不是罪。啊,这天地飞雪的景色真美,仿佛世界都变得雪白而洁净了。"

元曜心有所感,摇头晃脑地吟道:"重雪千里白,三界婆娑开。一杯岁寒酒,空明见灵台。"

白姬还没开口,离奴已经问道:"书呆子,你就不能把猫写进你的诗里吗?"

元曜一愣,问道:"离奴老弟,小生为什么要写猫?"

离奴说道:"你的诗,爷都听不懂,根本不知道你写的是什么,你写只猫进去,爷听起来亲切一些。"

元曜笑道:"行,那小生接下来写一首《冬日与离奴老弟赏雪赋》吧。"

离奴笑道:"好呀。"

白姬笑道:"轩之把龙也写进去吧,我听着也亲切一些。"

元曜笑道:"可以。"

阿漪小声问道:"元公子,能不能把我也写进去?这是我此生第一次看见雪,又跟猫大哥和你们在一起,也想被写进诗里。"

元曜说道:"可以的。"

大棕熊问道:"也不差一只熊吧?小兄弟,把洒家也写进去吧。"

元曜说道:"……行。"

于是元曜在众人的起哄之中,开始构思冬日与龙、猫、水獭、熊一起赏雪的诗词。

一阵风吹来,飞雪飘舞,天地空茫。

寒冬又到了。

第二折　望舒荷

第一章　楔　子

汉朝，中平元年。

未央宫，西苑。

汉灵帝卖官鬻爵，荒淫无道，大肆搜刮民脂民膏，在西苑建了一处"裸游馆"。

一千多间宫室之中，有渠水绕过各个门槛，四处环流。宫人们采来绿色的苔藓和水草，覆盖在台阶上面。

渠水之中，遍种莲荷，让整个西苑看起来如梦似幻，仿如仙境。

莲荷之中，还种植着一种南国进献的荷花。

这种荷花名曰望舒荷[①]，高约一丈有余，花大如伞，莲叶何田田。望舒荷十分珍奇，白天花叶都是卷曲闭合的，只有在有月光的晚上，花叶才会在月光之中舒展开来。

盛夏酷暑时节，汉灵帝会挑选一些玉色肌肤、身体轻盈的美貌宫女，在渠水之中执篙划船，戏水唱歌。

这一年，南方的疍民[②]又投汉灵帝所好，进贡了一个珍奇之物——鲛人。

南海之外有鲛人，鱼尾人身，如鱼水居。

[①] 望舒荷：相传是一种月出叶展的莲花。《拾遗记·后汉》："（灵帝 西园）渠中植莲，大如盖，长一丈，南国所献。其叶夜舒昼卷，一茎有四莲丛生，名曰'夜舒荷'。亦云月出则舒也，故曰'望舒荷'。"

[②] 疍（dàn）民：也称为连家船民，早期文献也称他们为游艇子、白水郎、蜒等，是生活于南方沿海的民族。他们终生漂泊于水上，以船为家，有许多独特的习俗，是个相对独立的族群。

鲛人被千里迢迢运来长安，抵达未央宫时，已经奄奄一息了。

汉灵帝将这个鲛人放入西苑，作为观赏之物。

在西苑之中，鲛人逐渐恢复了生命力。鲛人有着丰茂如海藻一般的幽蓝色长发，皮肤雪白如凝脂，眼眸亮如光华耀眼的珍珠，尾鳍如同华丽的羽扇，有着流畅而漂亮的弧度。鲛人不会说话，但似乎能听懂人类的语言，会恐惧、难过，也会开心。

夏风微凉，圆月东升。

月光下，荷花在西苑中盛开，流光溢彩，如梦境一般美丽。

汉灵帝见望舒荷开了，又在裸游馆举行宴会。

一艘艘花舟半沉入水中，宫女们头戴碧绿的荷叶，口含娇艳的荷花，在水光之间嬉戏。

宫女们有的弹丝竹；有的翩翩起舞；还有的一舒歌喉，唱起了婉转的招凉之曲：

凉风起兮日照渠，青荷昼偃叶夜舒。

惟日不足乐有余，清丝流管歌玉凫，千年万岁嘉难逾。

裸游馆的僻静处，丝竹的喧哗淡去，一个鱼尾人身的身影正靠在长满青苔的台阶上，抬头望着明月。

一名宫女坐在鲛人身边，正在给鲛人的背上涂抹药膏。

鲛人的身上有着红肿的痕迹，像是起了某种皮疹。

汉灵帝奢华无度，为了让裸游馆更加香艳旖旎，将西域进献的珍贵的茵犀香分发给宫人，命她们煮成汤水沐浴，让身体散发出旖旎的香味。宫人们又将沐浴之后混杂着脂粉的水倒入河渠，称之为流香渠。

鲛人的皮肤十分娇嫩，被西域香料浸染，便会起红肿的皮疹，甚至尾鳍的鳞片也会脱落。

鲛人只能躲入没有被流香污染的水渠僻静处。

宫女不过二十余岁，容貌秀丽，皮肤洁白如玉。她一边小心翼翼地给鲛人涂抹药膏，一边伤心地说道："你以后，千万要等早上和傍晚放水的时候再去河渠中央，那时候香料都被冲走了，水会干净一些。"

鲛人回头望了一眼宫女，点点头。

宫女望着鲛人，眼神悲伤。

"我在这座偌大的未央宫里待了十二年，看过了太多的腥风血雨。我没有朋友，也不敢跟任何人成为朋友，甚至不敢跟人多说一句话。我看过了太多人因为说话而惨死，看过了太多的人为了爬向高处，为了满足欲望，至交之间尔虞我诈，姐妹反目成仇，最后谁也没有得到想要的东西。不知道为什么，第一眼看见你，我就觉得很亲切，忍不住想跟你亲近一些。我再熬两年就二十五岁了，按照规矩，就可以离开皇宫，被放归家乡了。"

鲛人温柔地望着宫女，静静地聆听她的话语。

"我的家乡在江南的一座小城里，那里跟这西苑挺像，也是四面环水，每到夏天，水中就开满了荷花，可漂亮了。我的名字叫阿舒，母亲说，生我的时候，窗外的荷叶正好都舒展开来，所以就给我起了这个名字。你的家乡是什么样子的呢？"

鲛人望着月亮，似乎想起了遥远的家乡，也想起了家乡的亲人，流下了眼泪，眼泪化作一粒粒珍珠，滚落水中。

阿舒有点儿着急，急忙让鲛人不要再哭了。

"别……别哭了，千万不要让人看见你的眼泪，如果她们知道你的眼泪会变成珍珠，一定会鞭打你、折磨你，让你不停地哭的。"

鲛人忍住悲伤，止住了眼泪。

"听大家说，你的家乡在南方的海中，你住在海底吗？难以想象啊，我甚至没见过海。"

鲛人摇摇头，表示自己不是住在海底，开始向阿舒比画一些场景。

阿舒看不懂，但是很开心，假装自己看懂了。

"那一定是很美的地方。"

阿舒想起了什么，又有些担忧地皱起了眉头，说道："我听说，有该死的方士在向陛下胡说八道，说吃下鲛人的心脏可以长生不老。不知道陛下会不会信，我有些担心你。"

鲛人眼神温柔，伸手拂过阿舒的眉心，似乎要抚平她的担忧。

阿舒的眉头舒展开来，她似乎下了某种决心，说道："如果……如果陛下真的信了，我就带你逃走，我一定要带你逃走……"

鲛人望着阿舒，眼中饱含着担忧。

鲛人与阿舒并肩坐在水渠之岸，望着天上的明月与星辰，荷花在她们身边开出了一片水叶连天的幻景。

一阵风吹过，水殿那边的丝竹与调笑声传来，充满了欲望与糜烂，将人性摧枯殆尽。

第二章　囚　牛

长安，缥缈阁。

夏至时节，天气渐热，一候鹿角解，二候蝉始鸣，三候半夏生。

因为没有什么生意，离奴无精打采地倚靠在柜台边，一边吃着青瓷碟中的香鱼干，一边守着店面。

后院之中，元曜坐在廊檐下读书，似乎在思考什么难解的问题，抬头望着天上的浮云沉思。

白姬坐在草地上，拨弄着一架古筝。她在尝试弹一首新曲，纤手在丝弦上如蜻蜓点水，断断续续地拨出十三弦音。

见白姬停下了拨弦，元曜忍不住说道："白姬，小生有一些对于四季的迷惑。"

白姬笑道："春夏秋冬，四季有序，轩之有什么迷惑啊？"

"夏季对应乾卦，六爻皆阳，那为什么夏至又被称为阴阳半开阖，阴阳争死生的时节呢？"

白姬笑道："至，极也。万物皆是盛极必衰，阴阳也是如此。到了夏至这一天，阳气达到鼎盛，阴气便会滋生，世界会由阳逐渐转为阴。阴阳之气说起来玄妙，但并非缥缈，万物都能感知阴阳的变幻。"

元曜好奇地问道："万物如何感知呢？"

白姬说道："白昼变短，黑夜变长，一些喜阴的植物开始出现，阳性的生物却开始衰退了。这都是很明显的阴阳之气的交替变化。"

"原来如此。"元曜恍然，接着问道，"白姬，夏至时节，一候鹿角解，鹿角真的会在夏天掉落吗？"

白姬笑道："会的。鹿角不解，兵戈不息，如果鹿角不掉落，那就不是好兆头呢。"

元曜有点儿忧愁，说道："今年的鹿角可能没有掉落，听说徐敬业在扬州起兵十万，意图谋反，武皇陛下已经派兵前去平叛了。"

白姬问道："这些事情跟缥缈阁没有什么关系，轩之不用操心太多，不如弹弹古筝，读读闲书。说到古筝，轩之知道筝不仅是乐器，还是一种兵器吗？"

"啊？"

白姬将古筝立起来，笑道："筝横为乐，立地成兵。一开始，筝是在战场上用来打敌人的,把它竖着挥起来,杀伤力还不小呢。后来,人们才在筝上面加上琴弦,变成乐器。"

元曜说道:"长见识了。不过,要把筝挥舞起来当武器,得需要很好的臂力呀。"

白姬笑道:"虽然我弹这新曲不顺,不能弹出好听的筝曲,但是舞筝的臂力还是有的。我就舞筝为兵,给轩之见识一下吧。"

说完,白姬便拎起巨筝,轮转如电,舞得虎虎生风。

元曜看得惊呆了。

白姬、元曜正在舞筝玩,走廊另一头传来一阵脚步声。

离奴带着一名青衣男子来到了后院。

男子不过二十余岁,面容俊秀,气质文雅。他清瘦而挺拔,一身青色襕袍剪裁合体,将他衬托得丰神俊朗。他的眼眸是青色的,睥睨之间,又散发着与生俱来的高贵风仪。

男子看见白姬在舞筝,不由得一愣,他眼中闪过一丝担忧,目光紧紧地盯着飞舞如风的筝。

离奴大声说道:"主人,今天有稀客,大公子来了。"

白姬回头一瞥,心念一动,顿时分了神,手上一个不稳,巨筝便直坠而下,眼看就要砸在地上。

说时迟,那时快,男子一个箭步飞掠而上,奋不顾身地朝古筝扑去。

男子将落下的古筝揽入怀中,顺势仰倒在草地上。

咯噔——

巨大的古筝挟着沉重的力道正好砸在男子的胸口,空气中响起了一声肋骨断裂的声音。

元曜吓了一跳,急忙过去。

"这位兄台,你没事吧?要不要请大夫啊?"

男子抱着古筝坐起身来,看见古筝完好无损,露出了笑容。

"还好。这蒙恬[①]所造的四象筝没有摔坏,它可是人世间的第一架

[①] 蒙恬:秦朝时期名将。据说,筝是蒙恬发明的。汉代应劭《风俗通义》载文:"筝,谨按《礼乐记》,五弦,筑身也。今并、凉二州筝形如瑟,不知谁所改作也。或曰蒙恬所造。"

筝呢。"

白姬以手扶额,说道:"裘荀,虽然你们囚牛①一族痴迷音律,雅好乐器,但你也用不着以身体来挡挥舞的筝。万一碰到了头,即使不死,也会被敲傻的。"

离奴撇嘴,嘀咕道:"大公子本来就有点儿傻傻的,一听见音乐,就跟掉了魂似的。主人,您的九个侄子,就没一个正常的。"

元曜一愣,望着抱着古筝傻笑的男子,问离奴:"离奴老弟,这位兄台是白姬的侄子吗?"

离奴说道:"是的。这是裘大公子。"

裘荀抱着古筝站起来,似乎断了一根肋骨,不过这对他来说也不是什么大事。他将古筝双手捧给白姬,说道:"姑姑,这架古筝是举世难寻的珍贵之物,希望您能够爱惜它。"

白姬接过古筝,说道:"知道了。"

古筝离手之后,裘荀才仿佛突然有了知觉,捂住胸口,痛苦地跌坐在地上。

白姬一见,说道:"坏了,这是真的伤到了。"

元曜急忙问道:"这可怎么办?我要不要去光德坊把张大夫请来?"

白姬说道:"轩之、离奴,先把他扶进里间吧。"

元曜、离奴一起把裘荀扶进里间,安置在贵妃榻上。

白姬去二楼找来了治伤的丹药。

元曜端来温水,给裘荀服下了药丸,裘荀怏怏无力地躺在贵妃榻上。

白姬跪坐在青玉案边,一边喝凉茶,一边长吁短叹:"唉,浪费了我一颗结续复伤丹。早知道,我就不舞筝取乐了。"

裘荀服下了结续复伤丹,调息了一番,才缓过劲儿来。

元曜见裘荀脸色恢复如常,才松了一口气。他走到白姬对面,跪坐下来。

---

① 囚牛:中国古代神话传说中的神兽,爱好音乐。《治世余闻》有云:"囚牛,龙种,性好音乐。"传说,囚牛是众多龙子之中性情最温顺的,不嗜杀、不逞狠,专好律音。龙头蛇身的囚牛耳音奇好,能辨万物的声音,常常蹲在琴头上欣赏弹、拉、拨弦的音乐,因此琴头上便刻上它的雕像。

"平常你们几个都很少上岸走动,更不会不打招呼就来缥缈阁。"白姬看着裘荀,问道,"裘荀,你今天来缥缈阁,是发生了什么事情吗?"

裘荀望着白姬,欲言又止,最后还是问道:"姑姑,您知道四海之中,龙族之内现在所发生的事情吗?"

白姬:"不知道,我不管那些事情已经很久了。"

裘荀:"您想知道吗?"

"我不想知道。我回不去海中,知道和不知道也没有什么区别。谁想做龙族之王的话,可以来找我。打败我,杀死我,他就是龙王了。"白姬说道。

裘荀说道:"这些年,确实有一些野心勃勃的龙想要当龙王,想要来找您。"

白姬喝了一口凉茶,说道:"我一个也没见到。"

裘荀:"它们都被龙隐杀死了。每一条想要来挑战您的龙,都被龙隐截杀在海中,它们甚至连岸都上不了。"

白姬笑道:"看来这些年,龙族已经没有什么像样的战士,只剩一些废物了。它们连龙隐那家伙都打不过,还想来挑战我?"

裘荀:"姑姑,今非昔比,龙隐现在的力量强大得令人害怕。他不仅重建了鲸落之屿,还代替您统领了东、南、西、北四方之龙,甚至连十方妖族都不敢违逆他。凡是不服从他的妖族,都惨遭他的毒手,消失在了海域之中。"

白姬挑眉,说道:"我不认为四方之龙会服从龙隐,龙隐也不具备统领十方妖族的力量。"

裘荀:"据说天地大战之后,龙隐重伤流落到了鲛人的浮织之岛,他在浮织之岛不知道经历了什么,得到了被封印在鲛人领地的上古祖龙的力量。"

白姬笑道:"有点儿意思了。"

裘荀继续说道:"现在,龙隐与鲛人一族走得很近,鲛人族也一跃成为十方妖族之首。"

白姬问道:"裘荀,你特意来缥缈阁,就是想跟我聊这些海域闲谈吗?"

裘荀神色严肃,说道:"不是,我是想来告诉您,龙隐打算来缥缈阁。他可能按捺不住,想要当龙王了。"

元曜一直全神贯注地听着,听到这儿,不由得惊了一惊。

白姬也愣了一下,继而眼神一扫平时的慵懒,变得凌厉如刀锋。她嘴角浮出一抹诡笑,说道:"有趣了,看来我得做好招待故人的准备了。"

裘苟说道:"姑姑,我们囚牛一族向来和善淡泊、与世无争,龙隐归来之后,在四海之中挑起了无数争端。比起龙隐,我父王更希望您当龙族之王,所以我们一得到消息,就急忙来告诉您了。希望您能提前做好准备,千万不能被龙隐打败。"

白姬说道:"九个侄子,海域众生,就只有你来告诉我这件事,看来还效忠于我的人不多了。"

裘苟垂首说道:"囚牛一族,将永远效忠于您。"

白姬喃喃地说道:"我需要好好思量一番了。"

因为受伤,裘苟躺在贵妃榻上闭目休养。

白姬走到后院,跪坐在廊下,安静地望着天上的浮云。

元曜也来到后院,看见古筝还放在草地上,担心青草上的露珠会沾在古筝上,腐蚀了琴弦,就走过去,弯腰拾起了古筝,准备将它放入里间。

"鹿角不解,兵戈则起。轩之,看来今年的鹿角,恐怕没有掉落呢。"白姬说道。

元曜站住。一个时辰前,他与白姬还在无忧无虑地闲聊四季时序,闲聊鹿角解、蝉始鸣、半夏生。现在,他们忽然就有了担忧的事情,生与死的重量迎面压来,让人的心情沉重而烦闷。

"白姬,龙隐来了可怎么办啊?要不,你去哪儿躲避一下?"元曜担忧地问道。

白姬扑哧一声笑了,说道:"不想见鬼王、光臧国师,甚至武皇陛下、太平公主,都是能找借口躲一躲的,但是龙隐可躲不了。或者说,如果他是冲着取代我成为龙族之王的目的而来,我根本躲不掉,只能迎战。"

元曜愁道:"这可怎么办呢?据裘兄所说,龙隐从鲛人那儿获得了什么力量,可能现在比你更厉害。白姬,反正你也回不了海中,不如把龙族之王的位置让给龙隐……"

"不行。"白姬打断元曜的话。

"为什么?难道你想当龙族之王吗?"

白姬摇头,说道:"自从天地大战之后,我被流放于陆地,不能入海,我就没把自己当作龙王了。龙族不需要这么狼狈的、如同丧家之犬的王。在这漫长的岁月中,我沉浮于人与非人的欲望里,采撷因果。我所做的事情,已经与龙族毫无关系了。我并不执着于做龙王,只是龙王之印是镌刻在生命里的，我无法将它让给任何人。新龙族之王的诞生，必定伴随着旧龙王的死去，这是龙王的宿命。龙族之王是没有退路的，不是生，就是死。"

"啊？！"元曜心中惆怅，眉头紧皱。

白姬安慰元曜："轩之不用担心，没事的。"

"白姬，龙隐是怎样的人？你跟他有怎样的渊源？"

白姬望着天上的浮云，似乎想起了一些遥远的回忆。

"我跟龙隐的渊源要从很久以前说起了。杀死了冰夷之后，我跟烛龙反目成仇，不想留在陆地上，就回到了海中。我隐居在海市，遇到了龙隐。那时候，他还是一个身负血海深仇、被仇人追杀、亡命天涯的少年。我见他孤苦弱小、无法自保，就动了恻隐之心，收他为徒，将他养大。后来回想起来，我真的后悔这么做，后悔把他养大。龙隐跟了我很多年，他本性邪恶、野心勃勃，为达到目的不择手段。我几次三番差点儿被他害死。当上龙王之后，我本来有机会杀死他的，可是终究还是没有动手，把他留在身边替我管理四方海域。现在想一想，我真是后悔当初没杀掉他。"

"白姬，你本性善良，不忍伤害自己一手养大的徒儿，也是人之常情。"

"我没有杀他，不是因为师徒之情，从他第一次置我于死地开始，我们就断绝师徒关系了；更不是因为我善良。我留下他，是因为我的自大与贪婪，我把他当作能够使用的工具，用他的力量助我管理海域众生，自大地以为自己能够控制住他，不被他反噬。现在看来，这是一步错棋。世间万事，都在因果之中，可惜我不能看透过去之因与未来之果。"

元曜望向白姬，只见她的眼中有少见的忧愁，忍不住说道："白姬，你不要担心。无论是生还是死，小生会一直陪着你的。"

白姬侧头望向元曜，眼中的忧愁和阴霾散去了一些。

"好奇怪，不知道为什么，轩之这一说，我好像突然涌出了无穷无尽的力量。不仅龙隐，我好像连佛祖都能打败了。"

元曜直冒冷汗，说道："快不要胡说了。白姬，你还是拜一拜佛祖、念一念经文，恳求佛祖保佑你不要被龙隐打败吧。"

白姬笑道："也行。念经拜佛，也不费什么时间。"

白姬、元曜正在聊天，一名年轻的华衣公子沿着回廊走到了后院。

正是韦彦。

韦彦是缥缈阁的熟客，离奴都懒得招待他，只说了句"主人在后院"，就继续低头吃香鱼干了。

韦彦轻车熟路地走到后院，正好没头没尾地听见白姬说"念经拜佛，也不费什么时间"，他一抖玉骨洒金折扇，接茬说道："念经拜佛，虽然不费什么事，可是没什么用啊！"

白姬回头一看，笑道："韦公子今天怎么有空来缥缈阁？想来是发了俸禄了。"

元曜笑道："丹阳，你来了呀。"

韦彦摇着玉骨洒金折扇，愁道："白姬，我是特意来找你的。别提俸禄了，如果这件事情没法解决，我这辈子都没有俸禄了。"

韦彦一遇到解决不了的麻烦事，就会跑来缥缈阁找白姬。

元曜好奇地问道："丹阳，你又遇见什么事情了？"

白姬笑道："韦公子不要急，坐下慢慢说吧。"

韦彦便席地而坐，向白姬、元曜倾诉自己的苦恼。

第三章　异　象

夏草繁盛，碧色青青。

白姬、元曜、韦彦坐在廊檐下，一边吹着带着花草气息的夏风，一边聊天。

韦彦说起了自己的苦恼。

前阵子，刚入夏的时候，齐州突然出现了异象。

大明湖之中，长出了一株巨大的荷花。这荷花高约一丈有余，花大如伞，重瓣千层，一茎有四莲丛生。这株荷花的花叶在白天是卷曲闭合的，只有在有月光的晚上，才会在月光之中舒展开来。

仿佛为了应和这株奇异的荷花，一夜之间，大明湖中的所有荷花都提前盛开了。

大明湖里荷叶葱葱、芙蓉朵朵，水汽氤氲之中，还有白鱼在水莲之间游来游去，美如仙境一般。

初夏并非荷花盛开的季节，大明湖的这一异常景象顿时引来了大家的关注和议论。

州官也被惊动了,他们不知道这是好事还是坏事,赶紧请来了知晓天文地理又通晓幽冥玄怪的高人来探查,看这到底是怎么回事。如果这是凶兆,会引发不祥的灾厄,又该怎么化解。

高人探查一番,却说这是吉兆。

这株荷花名为望舒荷,乃是难得一见的珍奇宝物。据古籍中记载,汉朝时期,南国向汉灵帝进献此花,此花被种植于未央宫中,后来就绝迹了。

如今,大明湖出现此罕见之花,正是武皇陛下治世有方、盛德感天,才有此祥瑞之景,这是上天降下的吉兆。

州官一听,大喜过望,连夜就上了折子,让驿丞快马加鞭地送去长安,呈报给武则天了。

武则天看见奏报,心中喜悦,对望舒荷有些好奇。她琢磨着既然汉朝的皇帝能把望舒荷种在未央宫,那自己也一定能把望舒荷种在大明宫。

武则天下令,将望舒荷运来长安。

运送望舒荷的事情被派给了礼部,由礼部尚书韦德玄负责。

当时,韦彦正好被派到了齐州公干,在齐州完成了公务,正要回长安,就发生了大明湖中望舒荷盛开的事情。

韦德玄一看儿子韦彦在齐州,又正好要回来,就把运送望舒荷的事情交给韦彦了。

韦彦不敢懈怠,在当地挑选了几名善于种植荷莲的匠人,让他们将望舒荷完好无损地移出大明湖,放入了州官命人赶工制造的巨大水缸里。水缸里面灌满了大明湖的淤泥与湖水,以此来保持荷花在运送的路程中不致于枯死。

韦彦带着一队负责运送的士兵以及几名负责养护荷花的匠人,一路跋山涉水、日夜兼程,从齐州赶回长安。

望舒荷离开大明湖之后,路上就开始枯萎。

韦彦有点儿着急,匠人们也着急,为了养护望舒荷,他们多带了几缸大明湖的湖水,及时给荷花更换洁净的清水。州官还特意命人赶工制造了一驾可以打开车盖的半封闭马车,荷花喜欢阳光,晴朗的白天,匠人们就把车盖打开,让望舒荷沐浴阳光;晚上,则关闭车盖。花匠们还在马车内日夜燃烧无烟的炭火——因为初夏时节,路上寒冷,荷花喜欢暖热的环境,太冷了就会死亡。

韦彦和匠人们一路上小心翼翼地养护着,可望舒荷还是一天一天地枯萎,眼看就要枯死了。

韦彦愁得吃不下、睡不着，因为深知武则天的心性以及现在的时局。别的宝物也就罢了，路上出意外损耗了，负责运输的人最多是被降职、罚俸禄。但是这望舒荷不一样，有着特殊的意义，是武皇治世有方、盛德感天的祥瑞之兆。武则天一向最看重这些上天的恩德，加上今年徐敬业又在扬州举兵谋反，她更需要这些上天赐予的祥瑞来为自己站台，拉拢和安定民心。如果望舒荷在运输过程中枯死，吉兆一下子变凶兆，武则天一定会勃然大怒，到时候不仅自己脑袋保不住，只怕父亲也得获罪，韦家上下恐怕都要被流放。

韦彦思来想去，没有别的办法，只能加快了行程。只要在望舒荷彻底枯死之前，把它顺利地移交出去，总能免了死罪。

韦彦一边加快了行程，一边又留了另一条后路。他并没有将自己的行程如实上报，甚至没有告诉父亲韦德玄，他带着运送望舒荷的队伍，提前回到了长安，但没有进城。

韦彦把运送望舒荷的队伍安置在韦家位于长安城二十里外的一座僻静的庄园里。运送的人心知望舒荷成了这个样子是交不了差的，肯定难逃其罪，也没有别的活路，一切都只能听韦彦的安排。

韦彦在郊外安置好了众人，就悄悄地进城，跑来缥缈阁了。

白姬、元曜听完韦彦的话，都有些吃惊。

白姬说道："大明湖中望舒荷开，这有点儿意思。"

元曜心疼地问道："丹阳，你这一路从齐州日夜兼程地赶回来，想必很多天没睡好觉了吧？怪不得看你脸色很憔悴，也清减了不少。"

韦彦摇着折扇，说道："唉，我本来在齐州公干时，每天饮宴歌舞、吃吃喝喝，胖了许多。接下护送望舒荷的差事之后，我劳心劳力，既吃不下，也睡不着，短短二十天，瘦了二十斤。这件事如果不能解决，都不用武皇陛下砍我的头，我自己可能先愁得猝死了。"

元曜安慰韦彦："丹阳，你不要太过忧心，千万保重身体。"

白姬问道："韦公子，望舒荷已经枯死了吗？"

韦彦说道："几天前就一点儿活的迹象也没有了。大家都很害怕担这个责任。所以我才出主意，先加紧行程，悄悄地回长安，然后来找你想一个办法。白姬，你可一定要帮我，我们可是刎颈之交。"

白姬思索了一下，说道："这样吧。事不宜迟，我这就和轩之跟你一起去山园看一看望舒荷是什么情况。"

韦彦一愣，问道："白姬，你是不是忘记什么事情了？"

白姬迷惑，问道："我忘记什么了？"

韦彦说道："宰客呀。平常我有什么事情来求你帮忙，你肯定会眼珠一转，先狠狠地宰我一顿，才慢悠悠地帮我出主意。你今天怎么一下子就答应了？还不提银子的事？我来的路上，都已经做好把多年积蓄花光的心理准备了。"

白姬恍然，笑道："刚才有点儿烦心的事，都忘了赚钱了。本想着我可能……缥缈阁可能要关闭了，韦公子是熟客和老友，最后一单生意就当是情谊的回馈了。既然韦公子执意要付银子，那我也不能推辞，想一想价格……"

"别，别——"韦彦急忙打断白姬，说道，"我并没有执意要付银子，情谊无价，白姬，咱们都是刎颈之交了，就不要提银子了，还是以情谊回馈情谊吧。"

"嘻嘻，也行吧。"白姬笑道。

白姬、元曜收拾了一下，准备跟韦彦一起去郊外庄园。

白姬去里间跟裴荀说了几句话，又交代离奴照顾好他，才跟元曜、韦彦一起离开缥缈阁，登上了韦彦停在西市的马车。

车夫赶着马车穿过朱雀大街，飞快地往郊外驶去。

因为韦彦是偷偷回长安城的，怕路上被熟人看见，惹出事端，便把车窗紧紧地闭着，车帘也一直垂着。

夏季天热，车内沉闷，元曜在车内闷得浑身是汗，透不过气来。幸好，不多时马车便出了长安城，行驶在郊外的官道上。

韦彦把车窗打开，车帘卷起。

树荫葱郁，凉风习习。

元曜大口呼吸着郊外的新鲜空气，这才缓过了劲儿。

白姬跪坐在车内，一直在思考什么，一动也不动，仿佛不觉得闷热。

韦彦一直提心吊胆，出了长安城才松了一口气。他十分焦虑不安，一会儿结跏趺坐，一会儿又斜靠在马车上，心神不宁。

韦彦见白姬安静地跪坐着，似乎在想什么心事，忍不住问道："白姬，你刚才说什么缥缈阁可能要关闭了，是怎么回事？"

白姬回过神儿来，笑道："世间万事，有开始，便有结束。缥缈阁有开，自然就有关的一天了。如果缥缈阁关闭了，我就要独自远行了。韦公子，到时候还要麻烦你多照顾轩之了。"

韦彦一口应承，说道："这个不用你说，轩之是我的表哥，我自然会照顾他。"

元曜一听，心中不由得难过。

"白姬，无论天涯海角、碧落黄泉，小生都会陪着你的。你如果……远行，小生也跟你一起去。"

白姬笑道："轩之，快不要说傻话了。这件事情与你没有关系，回头我就把卖身契还给你。我远行之后，你就自由了。还有离奴，它也自由了。不过，离奴的卖身契可不好找，我忘了放哪儿了，而且上面的年限加加减减，是一笔糊涂账。"

元曜心中难过，还要说什么，韦彦已经开口："轩之，白姬都说不要你了，你就死了心吧。白姬，你关了缥缈阁是要去哪儿呀？是不是回老家成亲？到时候记得送一张喜帖来，我肯定托人给你送贺礼。"

白姬笑道："既不回老家，也不成亲。不过，还不确定要不要远行，说不定还能继续开缥缈阁。"

"哦。"韦彦点点头，说道，"虽然不知道发生了什么事，但还是希望你能留下，如果缥缈阁不在了，总觉得长安城里少了点儿什么，我也会觉得很寂寞的。"

白姬喃喃说道："我也希望能留下……不，我一定要留下。"

第四章　龙　隐

晴空万里，白云悠悠。

马车一路在郊外疾驰，穿过阡陌纵横的农田，往僻静的山中而去。山林之中，树木森森，夏蝉在树叶之下发出微弱而嘈杂的鸣声。

不多时，马车停在了一座山庄外。山庄依山而建，占地很广，远离村落和农田，十分僻静。

白姬、元曜、韦彦下车，早有家丁在山庄外面等候，将三人迎了进去。

韦彦将白姬、元曜带到了一处院落里。

一辆马车停在院子中央，马车的车顶是敞开的，露出了一口巨大的水缸。

水缸之中，有一株枯萎的巨型植物，隐约能看出一株荷花的形态。荷叶枯黄卷曲，荷花变成了灰黑色，这株濒死的望舒荷立在水波之中，显得突兀而孤单。

元曜望着水缸，心想：这望舒荷明显已经枯死了，极可能没办法活过来了。

从刚走进院落开始，白姬的目光就被望舒荷吸引了，她一直盯着枯萎的望舒荷，不知道在看什么。

韦彦急忙问道："白姬，这望舒荷为什么枯死了？它还能活过来吗？"

白姬问道："韦公子，你们移植搬运望舒荷的时候，是不是落下了什么东西？"

韦彦回忆了一下，说道："没有啊，我特意挑了几个善于种植莲荷的匠人，亲眼看着他们把望舒荷移植入水缸中。他们轻手轻脚、小心翼翼，连一片荷叶都不曾损伤，一瓣莲花都不曾落下。"

白姬说道："望舒荷本身是完好无缺，不曾被损伤的，可是你们把它的心和灵魂弄丢了。"

韦彦一愣，问道："什么？一株荷花还有心和灵魂？！"

白姬点头，说道："有的。"

韦彦想了想，有点儿惊恐，问道："是不是跟鬼手莲一样？它也有一个脾气古怪的花魄，最后又会出现一个手指大小的花灵？"

白姬笑道："望舒荷的情况跟鬼手莲不一样。韦公子，你放心吧，不会出现偷人手的花魄。望舒荷本身并没有灵魂，我在它的上面看见了一个沉睡的人类幻影。而这个人类幻影能够沉睡于望舒荷之中，靠的是一股水域之族的灵气。这股气息我太熟悉了，是鲛人的水织之灵。"

韦彦问道："鲛人？古籍中记载的半人半鱼的东西？"

元曜忍不住说道："鲛人不是东西，是一种水中的生灵。《搜神记》中有记载：'南海之外有鲛人，水居，如鱼，不废织绩，其眼，泣，则能出珠。'"

韦彦问道："可是大明湖之中没有看见鲛人啊？"

白姬沉吟了一会儿，问道："不应该没有，毕竟水织之灵才是这株望舒荷的心与灵魂……韦公子，大明湖之中，这株望舒荷的周围，你们有没有看见什么不寻常的东西？"

韦彦想了想，说道："倒是有一条白色的鱼……那条白色的鱼神出鬼没、虚无缥缈，像是一个幻影一样，总是绕着望舒荷转悠。我们移植望舒荷入水缸时，那条白鱼一直徘徊在我们身边，似乎想跟望舒荷一起进入水缸，不过被匠人们赶走了。"

白姬说道："啊，那条白鱼就是望舒荷的心与灵魂了。如果想要望舒荷活过来，韦公子恐怕得辛苦一遭，再回一趟齐州，去一次大明湖，将那尾白鱼也带来了。"

韦彦一听，顿时瘫倒在地。

"我日夜兼程地从齐州赶来长安，没有睡过一个安稳觉，没有吃过一顿安心的饭，现在又得启程赶回去吗？"

元曜看韦彦太过劳苦，出主意道："丹阳，不如你派信得过的人赶回大明湖去办这件事，你就在这庄园里好好休息几天……"

"这是掉脑袋的大事，我谁都信不过，还是亲自跑一趟吧。"韦彦有气无力地说道。

白姬说道："韦公子，这望舒荷没有水织之灵护体，最多还能活七日，你得抓紧时间了。"

韦彦站起身来，说道："事不宜迟，我这就去！"

为了节省时间，韦彦只挑了十名身强力壮的士兵，他们轻车简从、快马加鞭地赶回大明湖。大队人马和匠人们以及望舒荷都被留在了山庄，由山庄里的管家照料。

因为天色已晚，山庄离长安城有二十余里地，来不及在宵禁之前进城，白姬、元曜便在山庄之中住下了，准备明天再回缥缈阁。

管家不敢怠慢韦彦的贵客，给白姬、元曜准备了两间上房，又准备了美味佳肴，殷勤款待。

山庄之中亭台楼阁，风景如画，白姬也没有心情欣赏；对于摆满桌案的美味佳肴，也没有什么心情品尝。

元曜也是一样。

山高月小，水落亭台。

白姬睡不着觉，坐在亭台之中纳凉，看着从山腰飞下的瀑布出神。

元曜本来在油灯下看书，无意中从窗户望向外面，正好看见远处亭台上的那一抹落寞的白色身影。

元曜便放下书本，呆呆地望着窗外的亭台。

元曜知道，自从裘荀说了那些话，白姬就有了担忧的事情。他很想去亭台边陪着白姬一起纳凉，开解她的心绪，可是又怕打扰她的思绪。

元曜怔怔地望着亭台之中的白衣身影，觉得就这么一直看着她，陪在她身边，直到生命的终结，直到时间荒芜的尽头，是一件幸福和有意义的事情。以前，他以为这种平淡无奇却又珍贵无比的日常会是天长地久，然而世事无常，现在顷刻之间就要失去了。

元曜正在出神，突然一道银色的光芒闪过，一个人影骤然出现在他面前。

是一名银发男子。

男子剑眉星目，容颜俊美，他的气质遥遥如高山之独立。他一头雪发飘逸绝尘，一双金眸清冷如寒冰，却又霸气邪魅，他的肌肤之上隐隐有光泽流动。

元曜心中咯噔一下，惊得如坠冰窖。在鬼手莲事件中，白姬把耳朵弄丢了，元曜去给白姬找耳朵，在梦里跨越山海，到了鲸落之屿，看见了这个男子。

正是龙隐。

龙隐这就来了？！

元曜望着龙隐，心念电转。

龙隐突然伸出手，一把扼住了元曜的脖子。

龙隐力气很大，眼神冰冷，充满了杀气。

元曜被龙隐扼住脖子，只觉得头晕目眩、无法呼吸，眼看就要窒息了。

突然之间，一道金色的光芒闪过，一支金色的箭镞从窗外破空而至，箭尾带着红色的火焰。

利箭直指龙隐的眉心，挟着千钧力道，眼看就要将他刺穿。

龙隐只能松开元曜，闪身躲避。

箭镞落空，化作一道幻影，消失了。

元曜大口大口地呼吸，这才缓过气来。他怕龙隐还要攻击他，急忙跟跟跄跄地往书架后躲避。

龙隐却没有再攻击小书生，转头朝门的方向单膝跪下，行了一礼。

"隐，参见吾王。"

房门无风而开，白姬缓缓地走了进来，望向龙隐，神色愠怒。

"我还以为你早就已经忘了谁是四海之主，谁是龙族之王。"

龙隐垂头，说道："隐不敢。"

元曜急忙走到白姬身边，白姬看见元曜的脖子上的瘀伤，眼中闪过一丝心疼。

一阵疾风朝龙隐卷去。

龙隐并没有躲避，被这道疾风击中，身形颤抖了一下，嘴角涌出了一丝血迹。

白姬垂目望向龙隐，问道："你为什么要伤害轩之？"

龙隐说道："我看见他一直在暗中盯着您，以为他对您图谋不轨……"

元曜一听，急忙说道："我望着白姬，是因为不想去打扰她……不是对她图谋不轨。"

白姬冷冷一笑，问道："龙隐，是你对我图谋不轨吧？"

龙隐眼神闪烁，说道："隐不敢。"

白姬说道："你起来说话吧。"

"是，吾王。"

龙隐站起身来，望向白姬，清冷如寒冰的金眸之中有一团火焰。

"吾王，几千年没见，您的力量又强大了不少。"

"我在人间历练，是在修行，当然要寻求和获得力量。"

白姬也望向龙隐，用龙族的气脉感受他周身的灵力，不由得微微怔了怔，龙隐的力量是增强了许多，但她并没有从龙隐身上感受到不同寻常的强大力量。难道裘苟所言是假的？还是龙隐故意隐藏了力量的气息？

龙隐说道："吾王不曾荒废颓靡，是我海域众生之福，十方妖族、三十六旧部，都在等待吾王归来。"

白姬看不透龙隐此言是真心还是假意，转移了话题：

"隐，你为何上岸？"

龙隐说道："我上岸是受鲛人族之托，有一件事情要办。本想办完事情之后，去一趟缥缈阁参见您，却不承想今夜在这里遇见了您。"

白姬又问道："你为什么会出现在这儿？"

龙隐说道："是泉女带我来的。"

白姬挑眉，问道："泉女是谁？"

龙隐对着虚空说道："泉女，你出来吧。"

第五章　泉　女

一名蓝衣女子缓缓走了进来，步履无声。

泉女青丝垂肩，玉带绕臂，穿着一身蓝色翠烟衫和一袭水雾绿草烟罗裙。她身形婀娜，肩若削成，腰如约素，看起来仿如一尾灵动的游鱼。

泉女有着光洁如白玉一般的皮肤以及一头浓密如海藻的青丝。她的容貌十分美丽，明眸皓齿，闭月羞花。与人类不一样，她双耳的位置长着薄如蝉翼的鱼鳃。

元曜望着泉女的脸，不由得微微一愣。这泉女的容貌跟白姬长得有六七分相似，尤其是她的眼睛，简直跟白姬一模一样。

元曜暗暗思忖，泉女跟白姬长得如此相似，难道她们是亲戚？不过，看形态，这泉女明显不是龙，而是鱼，难道她是一条龙鱼？！

泉女朝白姬盈盈一拜，说道："鲛族泉女见过吾主龙王。"

白姬挑眉，问道："你是鲛人？抬起头来。"

泉女抬头，答道："是的。"

白姬凝望着泉女的脸，说道："你长得跟我很像，尤其是眼睛。"

泉女有些惶恐，垂头说道："泉女不敢！容貌乃是天生，泉女并不是有意要长得像龙王陛下，请龙王陛下恕罪……"

白姬说道："我并没有责怪你。相反，我觉得我们很有缘分。我喜欢你的眼睛，你的眼睛跟我的长得很像，仿若星辰宇宙都在其中，太漂亮了。"

元曜无奈地问道："白姬，哪儿有人这么露骨地自己夸自己？"

白姬笑道："轩之，偶尔夸夸自己，也很好呀。"

龙隐站在一边，静静地听着，望向元曜的目光中又一次涌起了难掩的杀意。

白姬问道："你为何来此？"

泉女看了一眼龙隐，目光有些瑟缩。

龙隐冷冷地说道："吾王问话，你如实回答。"

白姬有些不悦。

泉女说道："回龙王陛下，我是循着水织之珠的气息来到这座庄园，寻找我鲛族的公主。"

白姬有些疑惑，问道："鲛族的公主？"

泉女说道："事情是这样的……"

五百年前，鲛人族的小公主夷光因为顽皮，独自离开了鲛人的浮织之岛，说是要去山海之间探险。鲛王和王后发现小女儿不见了，就派鲛人去各大海域寻找。但鲛人们找了很久，也没有找到。

鲛王和王后十分担心，夷光还未成年，连自保的能力都没有，万一遇见了危险可怎么办？

不久之后，寻找夷光的鲛人传来了一个噩耗。

夷光在归墟之域遇上了地脉裂开，被海啸卷进了地底，不幸遇难了。

鲛王和王后非常伤心，很长一段时间内，他们都没有走出痛失爱女的阴影。

一个月前，正逢鲛人族举行一场千年一次的大祭典，大巫在祭典之中打开鲛人族的秘宝——八荒之镜，参详天地山海的奥秘，给予族人指引与启示。

无意之中，大巫在八荒之镜里感受到了夷光的水织之灵。这意味着当年在归墟遇难的小公主可能还活着。

大巫急忙把这件事上报给鲛王和王后。

鲛王和王后悲喜交加，迫切地想要把小女儿找回来。

大巫告诉鲛王，他从八荒之镜中感应到夷光的水织之灵在陆地上。

自古以来，鲛人族便很少去陆地上，害怕人类。人类喜爱奇珍异宝，鲛人的泪珠、油脂，甚至皮肤、内脏、鲜血，在人类的文字记载之中都是珍稀的材料。鲛人们一旦靠岸，便会被死敌——疍民捕捉、杀死、分割，将鲛人们身体的一部分变成人类代代相传的宝物。

鲛王有些苦恼。鲛人族世世代代远离陆地，对于陆地上的风土人情十分陌生，即使鲛王派遣一队勇士拼死去陆地上，也很难找到夷光，将夷光带回来。

王后想到了龙隐。

天地大战之后，龙隐重伤，流落到了浮织之岛，被鲛王和王后所救。龙王承受天罚，被流放于陆地，不得入海。很长一段时间里，四方海域空荡无主，龙隐逐渐将分崩离析的海族重新统一。如今四海八荒，皆以龙隐马首是瞻。鲛人族因为救过龙隐，并且献给龙隐祖龙之力，而一跃成为海域十方妖族之首，与龙隐关系密切。

王后认为可以找龙隐帮忙。

鲛王写信，派人送去鲸落之屿给龙隐，恳求他帮助鲛人族找回流落在陆地上的公主。

龙隐同意了。

每隔一段时间，十方妖族会给龙隐进贡珍宝和美女，鲛王给龙隐进贡的美女之中，泉女最受龙隐的宠爱。

鲛王便将大巫注入了灵力的水织之珠给予泉女，让她辅助龙隐，务必找到夷光。

龙隐带着泉女来到了陆地上，泉女靠着水织之珠的指引，追寻夷光的水织之灵，来到了长安郊外的这座庄园。

白姬问道："水织之珠指引的地方是后院的望舒荷吗？"

泉女答道："正是。我刚才已去看过，望舒荷上确实有一丝公主的水织之灵。只是还是不知道公主的踪迹。"

白姬说道："我知道夷光公主在哪里。"

泉女说道："请龙王陛下指点迷津。"

白姬眼珠一转，转移了话题。

"对于鲛王来说，夷光公主很重要吗？对于你来说，找回夷光公主，很重要吗？"

泉女说道："公主是鲛王和王后最疼爱的女儿，找回公主是王的命令，即使我拼却性命，也必须完成。"

白姬说道："据我所知，夷光公主正在赶往这里的路途之中，你们只需再等几日，她就会来到这里。不过，能不能将她找回，就是一件不确定的事了。"

泉女疑惑地问道："龙王陛下，此言何意？公主既然在赶往这里的途中，为何不能将她找回？"

白姬笑道："因为不确定我的'刎颈之交'带回的是什么……"

龙隐和泉女的所求与望舒荷有关，他们便留在了山庄里。管家一见多了两位客人，急忙又收拾了两间客房，殷勤待客。

白姬找泉女要了水织之珠，与元曜一起去往望舒荷边。

枯萎的巨大荷花立在粼粼水波之中，显得孤单而寂寞。

白姬将水织之珠靠近灰黑色的望舒荷，一点儿微弱如萤火的亮光在荷花上闪烁。

元曜在那微弱的萤火之光中看见了一个模糊不清的幻影。

是一个沉睡的人类女子。

女子容貌秀丽，身着白色宫装，她沉睡的姿态仿如一朵舒展的莲花。

宫装女子的胸口是红色的，像是红莲花瓣，又像是血色的火焰，那红色晕染出浓淡不一的渐变。

元曜以为女子胸口的红色是宫装上的绣花，但仔细一看，顿时吓了一跳。

女子胸口的红色是血迹，她的胸口有一个窟窿，本该是心脏的地方空空如也。

望舒荷濒临死亡，不能与水织之珠长久呼应。不一会儿，宫装女子的幻象便如晨雾一般消失了。

"白……白姬，这是怎么一回事？这女子的心呢？"元曜忍不住颤声问道。

白姬收了水织之灵，说道："看来，这是一个很悲伤的故事。究竟是怎么一回事，得等韦公子把白鱼带来，才能知道了。"

元曜问道："这名女子跟夷光公主是什么关系呢？"

白姬摇头，说道："不清楚，但她对于夷光公主来说，应该是很重要的人。重要到夷光公主愿意以自己的生命守护她的灵魂，一直守护了五百年。"

元曜很难过，说道："听起来，让人既感动，又悲伤。"

白姬看见元曜瘀红的脖子，忍不住伸手抚摩。

"轩之，脖子还疼吗？"

元曜摇头，说道："不疼了，没事的。"

一点儿柔和的光在白姬的指尖闪现。

元曜只觉得一股柔软的轻风轻触皮肤，凉润如水，脖子上的疼痛顿时消减了许多。

"轩之，你忍耐一下，尽量躲开龙隐，我也不知道他会做什么。"

元曜点点头。

白姬眼神逐渐变得冰冷，说道："等帮韦公子救活了望舒荷，我会让龙隐付出代价。"

元曜心中一惊，急忙说道："白姬，还是算了吧。万事以和为贵，既然龙隐并不是冲着夺取龙王之位而来，就不要挑起争端了。"

白姬望向元曜，问道："轩之，在你心中，什么是最重要的？"

你，你是最重要的。元曜在心中答道。

"小生觉得，没有争端是最重要的。你每天忙着收集因果，小生忙着读书和记账，离奴老弟忙着做鱼和吃鱼，这样的日子，在小生心里，是最重要的。"

白姬笑道："明白了。"

元曜忍不住问道："白姬，在你心里，什么是最重要的？"

白姬沉思着。

元曜又忍不住答道："一定是缥缈阁和因果，毕竟这是你在人间道历练和修行的意义。"

白姬笑道："因果很重要，不过轩之也很重要呀。"

元曜脸一红，心情有些不能平静，问道："小生也很重要吗？"

"对呀，轩之很特别，人和非人仿佛都能被你吸引，来到缥缈阁。不瞒轩之，以前我总是十年甚至一百年才有三五个因果，自从你来缥缈阁之后，我得到的因果多了很多！其实，我一直想着给你涨工钱，但总是在发工钱的时候忙忘了。"

一时之间，元曜心情低落。

"……白姬，你觉得小生重要，只是因为小生能够吸引妖鬼，给你带来更多因果？"

"对呀。"

"……也行吧。"

"轩之就像太阳一样，星辰被太阳吸引，围绕太阳旋转，人与非人被轩之的善良吸引，围绕轩之旋转。我也被轩之吸引，在我心里，轩之像太阳一样光芒万丈，是很重要的存在。"白姬笑道。

元曜听见白姬夸赞他像太阳一样光芒万丈，不由得沮丧顿消，变得高兴起来。

"白姬，在小生心里，你也很重要。你像月亮一样神秘而美丽，是小生写诗词的灵感之源。"

"唔，轩之，你写的诗词大多数我也读不懂……人类的诗词歌赋很难读懂呀。"

"小生可以教你写诗词，会写，就自然能读懂了。"

"算了，太麻烦了。我能读懂坊间话本，就很满足了。"

"呀，最新的坊间话本，小生忘记买了。"

"明天回缥缈阁了去买吧。"

"白姬，你刚才说给小生涨工钱……"

"轩之，今晚的月色真美啊。"

"涨工钱的事……"

"山里的夜风有点儿凉，不宜多说话，还是早点儿回去休息吧。"

"……………"

白姬和元曜一边闲聊，一边离开后院，去往客房。

一株合欢树后，龙隐静静地站着，望着白姬、元曜逐渐走远的身影。

他的眼中充满了各种混沌的欲望，像是狂暴之海的滚滚波浪，又仿佛是最幽暗的诡秘夜空。

第六章　窥　梦

　　夜已经深了，元曜回到客房之后，感觉有些困乏，就躺下休息了。

　　元曜决定，明天回缥缈阁之后，一定要联合离奴一起，跟白姬把工钱的事情讲清楚。

　　元曜迷迷糊糊地睡着了。

　　一阵清风吹过，飘来了水荷的香气，萦绕入梦。

　　元曜做了一个梦。

　　在梦里，他看见了一座广阔而华丽的皇宫，皇宫西苑的一千多间宫室之中，有渠水绕过各个门槛，四处环流。

　　渠水之内，有绿色的苔藓和水草覆盖台阶，还有大片的莲荷生长在水中，如梦似幻，仿如仙境。

　　莲荷之中，有的高约一丈有余，花大如伞，莲叶何田田。

　　月光下，粉红色的荷花与碧绿的荷叶舒展开来，光华流转，美得令人惊叹。

　　一名宫装女子坐在水畔的台阶上，以手托腮，望着水中央，嘴角含笑。

　　水波之中，一尾人鱼正在游动。鲛人披散着丰茂如海藻的幽蓝色长发，如同华丽羽扇的尾鳍在水中甩出流畅而漂亮的弧线。

　　鲛人在水中游动，看见了一朵很美的荷花，探出身来，伸手摘了。

　　鲛人一个转身，潜入水中。

　　一瞬之后，在坐在台阶上的阿舒面前，一朵美丽的荷花缓缓升起。

　　花瓣带水，娇艳欲滴，每一滴水珠之中都镶嵌着一轮明月。

　　碧绿的荷花枝上，有一只雪白的手。

　　鲛人从水中探出半个头，眨着大眼睛，调皮地望着阿舒。

　　阿舒接过荷花，笑盈盈地说道："谢谢你。"

鲛人破水而出，溅了阿舒一身的水珠。

阿舒一点儿也不生气，反而下了几个台阶，将腰部以下都泡在了水中。

鲛人坐在阿舒身边，他们俩一起纳凉望月。

阿舒问道："你叫什么名字？不知道你们鲛人有没有名字？"

鲛人点点头，表示鲛人有名字。鲛人不知道该怎么表达自己的名字，看见月光洒在水中的荷花上，一片轻纱般的光芒，鲛人灵机一动，对着月亮比画。

阿舒明白了，问道："你的名字和月亮有关？那我就叫你阿月吧！"

鲛人愣了一下，勉强点点头，接受了"阿月"这个名字。

"阿月，你一直不会说话吗？还是鲛人都不会说话呢？"

阿月一听，摇摇头，指着自己的喉咙比画了几下。

阿舒看懂了，问道："你是会说话的，鲛人们也会说话，但是你遇到了灾难，丧失了声音？"

阿月点点头。

阿舒有些难过，问道："那……你还能恢复声音吗？"

阿月摇摇头，又点点头。

阿舒喃喃说道："明天我去太医所问一问同乡，看看有什么药方能让人恢复声音。"

梦境之中，元曜游荡于这座虚无而宏大的宫殿里，不时地在缥缈的白雾之中看见不同的场景。

大多数时候是月夜。

阿舒和阿月在莲荷之间嬉闹。

阿舒给阿月带来了能够恢复声音的药汁。

药汁很苦，阿月喝了一口，蹙眉咂舌，不愿意再喝了。

阿舒变戏法一样地从衣袖里拿出蜜枣糕，放入阿月的嘴里。

阿月吃下甜丝丝的蜜枣糕，眉头舒展开来。

阿舒用蜜枣糕哄着阿月喝药，阿月为了那一丝甜蜜的味道，忍耐着喝下了苦涩的药汁。

喝了一段时间的药汁，阿月的声音居然恢复了一些。

在梦境里，元曜听见了人鱼的歌声。

那是美丽而空灵的歌声，仿佛洪荒初分，天地初开时的第一声海浪，又如在透明鲛绡之间游动的一尾灵鱼，在轻纱之间荡漾起一圈圈涟漪，让人遐思无限。

人鱼的歌声回荡在未央宫的上空,打开了月色莲天的幻境。

元曜看见龙首原的最高处,未央宫的正殿前,一棵巨大的珊瑚树在人鱼的歌声之中舒展了枝叶,树上结的一串串珊瑚果由绿色变成了血红色。

珊瑚树之中,有一个模糊的人影。人影红衣白发,身形佝偻,倚珊瑚树而生,看姿态似乎是一名老年女性。

珊瑚老妪远远地朝元曜招手。

"窥梦之人,过来。"

元曜懵懵懂懂之中,不由自主地朝珊瑚老妪飘飞而去。

珊瑚老妪满脸皱纹,饱经风霜,一双浑浊的眼睛深深地凹了下去,嘴里的牙齿都快落光了。

"老婆婆,请问您为何招呼小生?"元曜作了一揖,礼貌地问道。

"唉——"珊瑚老妪发出了一声悠长的叹息,接着说道,"她们需要一颗心,才能活下去。公主需要一颗心,才能逃走。窥梦之人,能把你的心借给她们吗?"

元曜惊了惊,即使天真、善良,也知道心是不能乱借的。人没有了心脏,是会死的。

元曜正要拒绝。

珊瑚老妪看了一眼元曜的胸口,又发出了一声叹息,说道:"算了,老身问错人了,你帮不了她们。"

元曜疑惑。

珊瑚老妪说道:"窥梦之人,你自己都没有心啊。"

元曜心中奇怪,低头朝自己的胸口望去,才发现自己的胸口空空如也,本该是心脏的地方只剩一个空洞的窟窿。

窟窿的周围正汩汩流血。

"啊——"

元曜一下子惊醒了。

夜色浓稠,元曜在黑暗之中坐起身来。

夏季天热,又加上在梦中被惊吓,汗水浸湿了元曜的衣裳,让他觉得有些热。

元曜下床,走到窗边,打算把窗户打开,透一透气。

窗外月光如水，一阵清凉的夜风吹来，让元曜觉得凉爽而舒适。

元曜正在琢磨刚才的奇怪梦境，突然听见夜风中传来一声声女子的啜泣。

谁？谁在哭泣？

元曜从窗户里伸出头，四处探看。

不远处的花园里，一座紫藤花架下，隐隐浮现出一个婀娜的身影。

紫藤花架下的石凳上，坐着一个青丝披散的女子。

女子正在伤心地哭泣。

紫藤花垂落如帘，遮住了女子的身形，元曜看不清楚究竟是谁。

深更半夜，是谁在伤心哭泣呢？元曜心中疑惑。

一阵夜风吹过紫藤花帘，花叶飘飞之中，女子的半边脸露在月光下。

竟是白姬。

元曜心中一惊，想都没想，急忙推开房门走了出去。

白姬为什么深更半夜伤心、哭泣？难道是她心中有难解的忧愁？无论如何，我一定要开导她，哪怕不能替她解忧，至少也要陪着她。元曜一边走向女子，一边想着。

元曜走到了紫藤花架下，首先被一地晶莹的珍珠吸引，然后才看清了哭泣的女子。

原来是泉女。

泉女坐在石凳上，神色哀戚，伤心地啜泣。她的眼泪落地，化作了一颗颗美丽的珍珠。

泉女看见元曜突然出现在自己面前，有些吃惊，一时之间忘记了哭泣。

泉女的脸跟白姬长得颇像，元曜刚才晃眼之间看错了，以为是白姬，才贸然走过来。

面对泉女，元曜十分尴尬，继续留下，好像不妥；转身离开，好像也不对。他只好开口说道："泉女姑娘，人生难免有很多难过的事情，凡事得看开一些，不宜太过于伤怀。"

泉女望着元曜，面露哀戚，说道："救救我，我好害怕……"

元曜一惊，问道："这是……出了什么事情了吗？"

泉女欲言又止，用跟白姬长得一模一样的眼睛望着元曜，眼神恐惧、无助、绝望。

"我和她们……都会死的……"

泉女说得没头没脑，元曜一头雾水。

107

"发生了什么事情？她们是谁？你们为什么会死？"

泉女瑟瑟发抖，颤声说道："我……我不敢说……我好害怕，没有人能救我们……"

元曜心中疑惑，又不敢追问，只能说道："泉女姑娘，你是鲛人，有什么事情，你可以求助于鲛王……"

泉女摇摇头，说道："从我们离开浮织之岛，被送往鲸落之屿的那一刻起，就已经将命运献祭给了四海之主、龙族之王，鲛王也无法保护我们。我们拿生命去侍奉龙王，是为了保护同族在海中的命运。"

元曜一听龙王，便说道："既然你侍奉龙王，那有什么难以解决的烦恼，可以去对白姬说。她虽然看起来不可靠，但本性善良，也很有责任感，一定会保护你的。"

听见元曜说起白姬，泉女的眼神更加悲伤、绝望了。

"龙王陛下……恐怕救不了我们……"

元曜以为泉女的意思是白姬不能入海，长久不在海中，所以她无法找白姬帮助自己。

元曜想了想，说道："那……你可以找龙隐帮忙。他既然代替白姬统领四海众生，肯定有王者的能力与气度，会帮助你的。"

元曜一提龙隐，泉女更加瑟瑟发抖了，欲言又止，几次张嘴，却无法成言。

这个时候，泉女突然看见了什么，望向元曜的身后，面如死灰，眼神中充满了恐惧。

元曜没有察觉，还在说话。

"不知道为什么，龙隐似乎很讨厌小生，还想要杀死小生，可能是因为他讨厌人类吧……"

泉女望着元曜背后，恐惧至极，甚至不敢落下涌出眼眶的眼泪。她的身体因为无力而缓缓地从石凳上滑落，跌在地上。

元曜感觉到了不对劲儿，循着泉女恐惧的目光回头一望。

一条巨大的黑龙潜伏在夜色之中，就在小书生的身后。

黑龙体态矫健，龙爪雄劲，它的头颅巨大如屋宇，虬髯戟张，目光冰冷而残忍。

小书生回头的瞬间，黑龙张开巨口，一口将他吞下。

"啊啊啊——"

元曜再一次惊醒。

从噩梦中醒来,元曜满头冷汗、浑身无力,平躺在罗汉床上,大口大口地喘着气。

元曜经历了两次噩梦,感到虚脱无力,头脑之中一片空白,不知道此刻是真实的还是梦境。

窗外的天空泛起了鱼肚白。

天,亮了。

第七章　忠　心

天气晴朗,柳树迎风。

花厅之中,管家让仆人备下了丰盛的早餐,招待白姬、元曜、龙隐、泉女四人。

白姬、元曜跪坐在梨花木案边,喝着清香的粳米莲子粥。

昨夜做了连环噩梦,元曜精神不好,也没什么胃口,看上去有些怏怏无力。

白姬一边喝粥,一边问道:"轩之,你这是怎么了?怎么精神萎靡不振?"

元曜打了一个哈欠,说道:"小生昨夜做噩梦了。"

元曜下意识地朝龙隐与泉女瞥去。

龙隐静静地侍立在白姬身后,他英俊的脸上没有表情,一双金眸冷如寒冰。因为龙隐站着,泉女也不敢坐下,低头站在一边。

泉女神色平静,从容而优雅,她的脸上看不出有什么悲伤、无助,更看不出昨夜哭过。

元曜暗忖,泉女的悲泣和求助果然是一场梦!昨夜真是做了一场离奇古怪的连环梦啊!

白姬看了一眼侍立在一边的龙隐,神色不悦地说道:"这里不是鲸落之屿,你不必侍奉在侧,去坐下吧。"

龙隐垂头,说道:"无论在哪里,隐不敢与吾王平起平坐。"

白姬看向龙隐，嘴角挑起一抹弧度。

"隐，你抬起头来。"

龙隐犹豫了一下，才抬起头，看向白姬。

白姬看着龙隐，说道："看着我的眼睛，再说一遍你对我的忠心。"

阳光照入花厅之中，白姬俊美的脸庞上辉映着晨曦的光芒，带着天神般的威仪，散发着王者的霸气。斜飞入鬓的眉毛之下，她的眼神深沉而锐利，让人难以看透，亦不敢去直视。

龙隐直视白姬的眼睛，他的金眸之中有浮云变幻，往事如云烟，沧海化桑田。

白姬嘴角挑起一抹弧度，与龙隐对视，等待他表忠诚。

龙隐的眼中闪动着难以抑制的激烈情绪，他无法表忠诚。

"吾王，天地之间，无论神佛，除了我，没有人能够伤害您。这，是我对您的忠心。"

白姬看着龙隐冷傲的脸，笑了。

"龙隐，你的这份忠心，真是让人感动。看来，我得对你另眼相看了。"

"隐对您的拳拳之心，可鉴日月，可表天地。"

龙隐的银发在晨曦的照耀下发出淡淡的光彩。他望着白姬的眼神，也炽烈到熠熠发光。

元曜觉得，龙隐的言辞是恳切的，他的眼神也是真挚的。或许是裘苟误会了，他并没有反叛之心，仍旧忠诚于白姬。

白姬眼珠一转，笑道："天地太远，日月缥缈，既然你对我忠心，就去替我做一些事情吧。"

龙隐垂头，说道："请吾王示下，隐赴汤蹈火，万死不辞。"

白姬笑得很愉快。

"放心吧，我要你去做的不是什么危险的事情。你死了，可没人帮我管理海域，统领妖族。我决定暂时不回缥缈阁了，就在这座山庄里待着消暑。刚才我看见婢女们在后山上摘杨梅，你去一趟昆仑之巅，替我取来千年寒冰，用千年寒冰之水煮成酸梅汁最解暑了。记住，要有雪莲生长的寒冰，那样的寒冰融化成水之后更纯澈，口感更佳。"

元曜一惊，白姬这是想干什么？

龙隐微微一愣，领首。

"遵命。"

白姬笑得很灿烂。

"你现在就去吧,用龙行之术,最迟明天就能把寒冰带回来,不过耗损一些妖力罢了。好心提醒你一句,绕开章尾山,别跟烛龙迎头遇上了,他跟你的旧仇还没消。"

"谢吾王提醒,隐这就去昆仑。"

龙隐行了一礼,退后离开。

泉女也行了一礼,跟着龙隐离开了。

白姬伸了一个懒腰,继续喝粥。

元曜放下了青瓷荷叶盏,问道:"白姬,你这是在做什么?平常也没见你喝酸梅汤一定要什么昆仑之巅的千年寒冰,这不是折腾人吗?"

白姬笑道:"轩之,我这是在让龙隐表达忠心,并不是折腾人。"

元曜说道:"龙隐已经表达了忠心,小生觉得他言辞诚恳,对你并没有二心。"

白姬挑眉,问道:"你忘了龙隐刚才说了什么吗?他的忠诚……让我毛骨悚然。"

天地之间,无论神佛,除了我,没有人能够伤害您。这,是我对您的忠心。

元曜想了想,说道:"白姬,龙隐的意思……不是想保护你吗?"

"……轩之,你就听不出他的言下之意、弦外之音吗?"

元曜摇摇头。

"除了他……这三个字,已经暴露了龙隐的野心,他的挑衅如此明目张胆、昭然若揭,轩之你还没听明白吗?"

"啊!这……"

元曜觉得,白姬的理解好像也对,毕竟龙隐说这句话时的眼神并非赤胆忠心,而是更复杂的情感。

"白姬,无论如何,你也不该折腾龙隐……"

"轩之,我这叫展示帝王的威仪。而且,昆仑之巅的千年寒冰,也许真的适合煮酸梅汤呢。"

元曜无语。

"白姬,你这哪里是展示帝王的威仪,分明是乱使唤人……"

"轩之,从某种程度上来说,帝王的威仪就是使唤人呀。"

"……好吧。白姬,今天不回缥缈阁了吗?"

白姬摇摇头,说道:"不回。我昨晚考虑过了,暂时不能回去,先住在这里。"

元曜奇怪地问道："为什么？"

"鲛人公主的事情暂时还没有眉目。我回缥缈阁，龙隐肯定会跟去。裘荀此刻在缥缈阁养伤，势必他们俩会遇上，龙隐性格多疑，会猜测裘荀为什么此时在我身边，是不是来向我通风报信。我不想让囚牛一族陷入麻烦之中。毕竟，我暂时没法回到海域，对于海族的生杀予夺，都是龙隐说了算。我保护不了效忠于我的人。"

白姬的眼中闪过一丝无奈。不过，转瞬之间，她又恢复了自信与神采。

元曜说道："那我们就在山庄之中多待几天吧。丹阳的这座别院位置真不错，有山有水，风景秀美，正好可以消暑。"

白姬笑道："夏日漫长，闲来无事，吃过早饭之后，我们去瀑布下游的河流边钓鱼玩呀？"

元曜摆摆手，说道："上午还是算了，不如下午去钓鱼吧。小生想吃过早饭之后去补个觉，昨夜做了两个梦，感觉好累、好乏。"

白姬笑道："轩之，你梦见了什么？"

元曜一边喝粥，一边说道："小生昨夜梦见了女子。"

"啊？梦见女子，还很累。哦，按人类的年龄，轩之也到了应该成婚的年纪……"

元曜急忙打断白姬，说道："不是，不是，小生是梦见了女子，但不是男女私情。"

白姬笑道："轩之，你梦见了哪位女子？"

元曜说道："小生梦见了四位女子，其中还有一位白发苍苍的老妪……"

"哈？！轩之梦得有点儿多，一口气梦见四位女子，好像不是很合适吧？而且，连老妪都有……"

元曜差点儿呛出一口粥，急忙说道："不是，不是，白姬，你想到哪里去了？你听小生说……"

元曜放下荷叶盏，将昨晚的梦境对白姬述说了一遍。

白姬安静地听着，神情逐渐变得严肃。

"白姬，小生梦中的宫女长得很像我们在望舒荷里看见的幻影……小生梦里出现的不会说话的鲛人是夷光公主吗？"

"也许是吧。"白姬点点头，继而又轻如叹息一般地说道："轩之真的很特别，能在时空之中溯游，窥见众生的梦境。"

元曜没有听见白姬对于自己的评价，又追问道："白姬，那个珊瑚老妪又是怎么一回事呢？她是珊瑚树妖吗？"

白姬说道："我想起了一件很遥远的事情。"

"什么事？"

"汉朝的时候，郁林郡有一个珊瑚市，是海客们买卖珊瑚的地方。这个地方我没有去过，只是听说元封二年，郁林郡向皇帝进献了一株巨大的珊瑚树，名叫珊瑚妇人。这株女珊瑚被种植在龙首原最高处，也就是未央宫的正殿前，珊瑚树一直枝繁叶茂地活着，经历了几代帝王，在汉宫之中如神灵一般存在。我也见过她几次，是一个睿智、有趣的老妇人。到了汉灵帝时，没有任何征兆，珊瑚树突然就枯死了。人们都说，珊瑚妇人的枯亡象征着汉室将衰。我当时在时间荒野中忙一些事情，很久没有关注人间。得知珊瑚妇人的死讯时，我感觉很突然，心中很遗憾。轩之在梦中遇见的老婆婆，应该就是她吧。"

元曜惊叹道："还有这种事情？那珊瑚老婆婆对小生说的话是什么意思呢？她为什么要借小生的心呢？"

白姬摇头，说道："不清楚。肯定是发生了一些事情，按照珊瑚妇人的寿命，她不应该突然死去，还能活很久呢。"

元曜说道："总觉得这个梦很悲伤。"

白姬说道："轩之，我比较在意你的第二个梦境。"

"小生也比较在意第二个梦境，泉女为什么哭泣求救？她遇上了什么困难？不过刚才小生看她并无异常，也许梦只是梦，并不是真实的。"

白姬说道："轩之，泉女是被选中的祭品，被送上鲸落之屿的祭品的命运……唉！"

"白姬，你叹什么气？"

"没有谁比我更明白祭品的宿命……因为我……我曾经沉迷于攫取祭品的生命，他们死亡的瞬间像是一幅极美的图画，那不是人工雕琢出的拙劣之美，而是自然之灵爆发出来的令人叹息的美丽，让人忍不住为这样的美而感动、流泪。夺取他们的生命，让我感觉愉悦，让我贫瘠的心灵变得充盈。我太过于沉迷于这种快感，各大部族为了讨好我，不断地给我送来源源不断的祭品，大部分是人类——他们兼具脆弱短暂的生命和充盈丰沛的情感。我沉迷于杀戮，沉迷于死亡的盛宴，那段时间，鲸落之屿附近的海水都变成了血红色。那个时候，可能我是六道众生的噩梦吧。"

"……白姬，你不要再说这些恐怖的往事了。小生听得头皮发麻。"

"轩之，我现在已经反省了。曾经我是被心魔迷惑，走入了歧途。在人间修行历练，我才明白自己的错误，每一个人，每一个生命，都是很宝贵的。八万四千法门，尽由一心而起，乾坤浩大，草木犹青，即使拥有强大的力量，也不应该践踏任何生命。"

元曜有些感慨，说道："白姬，看来佛祖惩罚你不能入海，在人间收集因果，还是有用的。俗话说，放下屠刀，立地成佛。你有向善之心、仁慈之念，这是很可贵的。"

白姬望着透窗而入的阳光，说道："我并非向善，也不仁慈，但是对于自己的过错，我承认、忏悔，也会改正。破坏和杀戮并不能得到力量，也不能得到真正的快乐。不说这些了，泉女的苦恼，不管是真实的还是轩之的梦境，我都会找时间问问她。如果她愿意向我倾诉，我会帮助她。毕竟，鲛人也是我的子民。"

元曜一愣，说道："白姬，小生觉得你突然有了龙王的风范了。"

白姬不高兴了，说道："我一直都有王者的风范与威仪，只是轩之呆头呆脑，没有察觉而已。"

不是的，白姬，你一直都是一副奸商的样子，总是琢磨着宰客以及克扣小生和离奴老弟的工钱，元曜在心中说道。

"轩之，你梦里见到的吞噬你的黑龙……算了，你不必理会了，我会给他找一些事情去做，让他远离你。"白姬低声自语道。

第八章 寒 冰

吃过早饭之后，元曜就去房间补觉了。

元曜睡了一觉，并无杂梦。他中午醒来之后，神清气爽，就去找白姬。

白姬在凉亭之中打坐纳凉，早已让管家准备了二人要用的渔竿、渔篓，以及防晒的蓑衣等。

吃过午饭之后，白姬、元曜一起去瀑布下游钓鱼，消磨时间。

瀑布下游流水潺潺，草木葱茏，十分清幽。

白姬、元曜正在钓鱼时，有一只纸鹤飞了过来。

白姬伸出手，将纸鹤引上指端。

元曜朝纸鹤看去，隐约看见纸鹤的背上似乎写了什么字。

隔得太远，元曜也没有看清。

白姬看了纸鹤上的字，笑了笑。

"轩之，你钓到鱼了吗？"

元曜看了一眼脚下的渔篓，说道："钓到了一条。"

白姬笑道："你给离奴送去吧。"

元曜一愣，问道："白姬，你的意思是咱们现在回缥缈阁给离奴老弟送鱼？"

白姬摇头，说道："不是。裘荀还在缥缈阁，肋骨断了，暂时下不了床，咱们肯定不能回去，我的意思是让这只纸鹤把鱼送去。"

"这是哪里飞来的纸鹤呀？"

白姬笑道："上午轩之睡觉的时候，我让纸人回缥缈阁给离奴和裘荀传话。我告诉离奴，我们这几天不回去了，让它看好店铺，并且让裘荀养好伤后再离开缥缈阁。这个纸鹤是裘荀送来回话的，上面还有一些多余的灵力，就这么毁掉了怪可惜的，既然我们在钓鱼，就让它给离奴带几条鱼回去吧。"

"原来如此。那就给离奴老弟捎一些我们刚钓上来的鱼吧。"元曜笑道。

白姬把自己钓到的两条鱼倒入了元曜的渔篓，再把渔篓用一条青藤系在纸鹤上。

"去缥缈阁吧。"白姬笑眯眯地对纸鹤说道。

纸鹤闻言，振翅起飞。渔篓有些沉重，它飞起来十分艰难。

纸鹤带着渔篓凌空飞远，飞得十分吃力，踉踉跄跄，摇摇摆摆。

元曜忍不住说道："白姬，这也太为难纸鹤了，它只是一只纸鹤啊——"

白姬手搭凉棚，望着飞远的纸鹤，笑道："希望它能顺利抵达，渔篓在路上可不要掉了。"

月上柳梢，夜风徐来。

凉亭之中，一盏凤首鎏金莲花灯下，白姬、元曜正在下棋。吃过晚饭后，两人就开始下棋了。

白姬不太擅长手谈，连输了三盘，眉头紧蹙，心情很不好。她一会儿说是瀑布的流水声太吵，影响她走棋的思路；一会儿又嫌弃空气中的花太香，熏得她头疼。

元曜决定，这一局让白姬赢。白姬如果不赢一局，他今晚就别想睡觉了，一整夜都得陪她下棋。

白姬盯着棋盘，思索怎么走棋才能赢。

元曦也盯着棋盘，思考怎么才能输得不着痕迹。

一个纤细婀娜的身影缓步进了凉亭，正是泉女。

泉女的手里托着一个托盘，托盘上放着两个绿釉碗，绿釉碗中盛着鲜红色的酸梅汤，红汁之中，冰块浮沉。

"龙王陛下，请用。"

泉女行了一礼，伸出纤纤玉手，将绿釉碗放在石桌上。

白姬抬眸，有些吃惊，问道："你们这么快就回来了？"

泉女低头说道："回龙王陛下，傍晚时分我们就已经回来了。这是用昆仑之巅的千年寒冰熬成的酸梅汤，里面的碎冰也是千年寒冰。请陛下恕罪，我不会做人类的食物，这是山庄的婢女做的。"

元曦忍不住多看了几眼冰块，觉得这千年寒冰看起来跟普通冰块也没什么不同。

白姬问道："龙隐呢？他怎么不亲自端来？"

泉女答道："主上……他受了伤，正在房间里调养。"

白姬挑眉，问道："哦？他怎么受伤了？"

泉女答道："我也不清楚，没有上昆仑山，在山下等待主上。他下来的时候就受了伤，听他说遇见了什么开明兽……"

白姬将棋子放在棋盘上，微微一笑，说道："好久没去昆仑山，我都忘了有两只开明兽在山巅镇守着王母之境的入口了。"

元曦无语，觉得白姬根本就没有忘记，她就是想让龙隐在山巅遇见开明兽。

白姬眼珠一转，又说道："泉女，你去告诉龙隐，今天我在瀑布下游钓鱼，发现这水里的鱼十分肥美，适合拿来烤着吃。这烤鱼的火，一定要朱雀守护的南明离火。我需要他去一趟南方的朱雀栖息之地，替我取来南明离火。如果明天晚饭时能吃到鱼炙，那就再好不过了。"

泉女微微一怔，继而点头说道："是，龙王陛下。"

元曦冷汗如雨，白姬又开始折腾龙隐了。这么明显的刁难，他都能看出来，龙隐不可能看不出来。万一龙隐一怒之下，不再忍耐，跟白姬打起来，这……这可就糟了。等等，龙隐奔波劳累，而且受伤了，现在打起来，白姬不一定吃亏。难道白姬一开始就是打算以这种方式消耗龙隐的体力和战斗力？

泉女退步要走。

白姬又叫住了她，说道："泉女。"

泉女低头问道："龙王陛下，您还有什么吩咐？"

白姬问道："你……有什么苦恼吗？"

泉女又是一愣，犹豫了一下，才说道："我没有苦恼。"

白姬问道："真的吗？如果你有什么苦恼或困境，可以告诉我，我会帮助你。"

泉女眼神犹豫，最后还是摇摇头。

"没有。龙王陛下，我没有苦恼。"

白姬看着泉女，说道："你不必急着回答我，还有时间。你好好考虑一下，随时可以来找我。"

泉女点点头，行了一礼之后，逃也似的匆匆离去了。

白姬望着泉女离开的背影，发出了一声微不可闻的叹息。

元曜端起绿釉碗，喝了一口冰爽的杨梅汁。

"这千年寒冰煮出来的酸梅汁，喝起来跟普通的酸梅汁也没有区别呀。白姬，你不喝吗？"

白姬摆摆手，说道："我没胃口，喝不下。"

"白姬，你怎么了？"

白姬说道："我以为他们最早也要明天才会回来，谁知不过半天，龙隐就打败了开明兽，从昆仑山巅取来千年寒冰……我都不一定做得到。他的实力深不可测，令人发愁。"

"这……他也受伤了。而且，你使唤他去找朱雀的麻烦了。"

白姬发愁地说道："我本意是试探他的实力，消磨他的时间和精力。现在，试探出的结果是猛虎在侧，随时准备吞噬我，我更忧心了。"

"白姬，这……当龙王好心累啊。"

"谁说不是呢？当龙族之王，就像是在万丈深渊上走独木桥，一个不注意，一个懈怠，就会跌下深渊，粉身碎骨。我突然有点儿明白，在我刚回海中的时候，赤龙为什么要布下天罗地网来追杀我了。他的心境我现在理解一点儿了。"

"赤龙是之前的龙族之王吗？是小生在浮生梦里看见的你在鲸落之屿上打败的那条红色的龙？"

白姬点点头。

"他曾经追杀过你？"

白姬点头，说道："冰夷死后，我心灰意冷地回了海中，本来准备在海市过一些平静的日子。可是，当时的龙王——赤龙却布下天罗地网，在四海之中捕杀我。我跟他素不相识、无冤无仇，当时十分纳闷。后来我才知道，在我踏入海中的那一刻，就有海巫向赤龙预言，说他在预知之梦中看见，不久之后，拥有盘古之力的白龙会杀死赤龙，成为新的海中之王。我是白色的，又拥有盘古之力，赤龙认为我会杀死他，就不放过我。我便带着龙隐四处逃亡，那段日子，我们挺惨的。"

元曜非常好奇，问道："然后呢？"

"然后？我不堪其扰，为了过一些平静的日子，也觉得或许当上龙王，生命会更有意思一些，就杀死了赤龙，成了龙王。"白姬说道。

元曜说道："从某种意义上来说，如果赤龙不多生事端去追杀你，说不定他现在还是龙王……"

"也不一定啦。如果我在海市过够了平静的日子，觉得当龙王更有趣，也会去挑战他的。以前不是很理解，但此刻，一想到龙隐，我跟赤龙的心情竟有些相似。我现在倒是能够明白他当时为什么要追杀我，他在害怕些什么。"

"他在害怕些什么呢？"

白姬望着挂在瀑布上的下弦月，说道："失去。失去生命，失去力量，失去荣耀，失去秩序感，失去拥有的一切美好的东西。最重要的——可能赤龙无法体会——失去时间，无法再守护一些重要的人。"

白姬从弦月处收回目光，望向元曜，眼神温柔。

元曜的眼神十分纯澈。

"白姬，小生觉得有些悲伤。虽然小生可能没有你的生命长久，但小生只想永远守护你……和离奴老弟。"

白姬笑了笑，说道："还是不要聊这么悲伤的话题了。虽然我理解了赤龙曾经的心情，但我不是他。我是不会被龙隐打败的，只要看见轩之，我就有源源不断的力量，没有人能够杀死我。"

元曜有些迷惑，问道："白姬，为什么你看见小生，就会有源源不断的力量呢？"

白姬一愣，想了想，说道："不知道，我只是如实说出自己的感觉。奇怪，轩之又不是聚能的宝物，为什么我会有这种感觉呢？"

"其实，小生看见白姬，也会突然涌起勇气，去做以前不敢做的事情。"

"啊？我也不是能激发人勇气的宝物啊……真是奇怪的心情，回头去曲江池边问问玄武，它活的时间比我还长，能够解释一些奇怪的现象。"

"白姬，明天还去钓鱼吗？"

白姬促狭一笑，说道："去啊，运气好的话，明天晚上能吃到南明离火烤出的鱼呢。"

"……白姬，你要喝这碗酸梅汤吗？"

"我不喝了，看着就心烦，没胃口。"

"那小生替你喝了吧。龙隐千里迢迢去一趟昆仑山，还受了伤，也不容易，不要浪费了千年寒冰……"

"那轩之就多喝几碗吧。"

第九章　风　暴

不知道是不是千年寒冰喝多了的缘故，元曜做了一个冰冷的梦。

梦境中，元曜身在倒映着荷花和莲叶的暗蓝色的水中，月光如白纱一样洒进来，为水底披上梦幻般的银辉。

一尾雪白的灵鱼游荡在元曜身边，一时远，一时近，虚幻而缥缈。

元曜听见水面上有声音传来。

是很熟悉的声音。

阿舒在说话。

"阿月，听说有方士向皇上进言，说吃下鲛人的心脏，可以长生不老。陛下可能已经想要杀死你了。"

一个空灵的声音哭泣道："那该怎么办？我不想死，我想回家，呜呜——"

阿舒沉着地说道："阿月，你不要慌。现在正值太后的诞辰，前后三个月内，皇宫中禁止滥杀。你是奇异的生灵，现在杀你，会折损太后的福报，惹得太后动怒，所以你暂时还安全。"

阿月难过地问道："等太后过完诞辰，我就要死了吗？"

"我们逃走吧！"阿舒咬咬牙，不过，她马上又无可奈何地说道，"宫墙那么高，宫门也守卫森严，我们怎么才能逃走呢？我们是没法逃走的。"

阿月低声说道:"我们去找珊瑚婆婆,她也许有办法。还有,我不叫阿月,我叫夷光,是鲛族的公主。"

阿舒笑了笑,问道:"我还是习惯叫你阿月。珊瑚婆婆是谁?她在哪儿?"

"我带你去见她。"

元曜听见阿舒和夷光在上面说话,便朝水面游去。然而,元曜头顶的水面如同一面虚幻的水镜,始终与他保持着一定的距离,无论他怎么拼命地往上游,也无法靠近。

元曜在水底徘徊,白色的灵鱼围绕着他游来游去。

蓝色的水底像柔软的丝绸,慢慢地舒展开来,梦幻而虚缈。灵鱼游动的身姿仿佛一条白色的飘带,随着水波起伏,泛着一点点幽光。

不多时,水面上又传来了声音,是一个苍老的女声。

元曜认得这个声音,是珊瑚老妇人在说话。

"苍天已死,黄天当立。黄色的烈火已经在山河之间燎原燃烧,你们只需要等待,等待草木枯黄的时候,宫门将会被燎原而至的黄色火焰打开,到时候你们可以趁乱逃出去,去往广阔的天地——"

夷光说道:"珊瑚婆婆可以预知天下大事,我们就等着吧。"

"离秋天也不远了,我会悄悄地做好逃走的准备。"阿舒下定决心,接着问道,"阿月,逃出皇宫之后,我们去哪儿呢?"

夷光说道:"我……想回家。"

阿舒笑道:"那我们就往南方走吧。我送你到海边,正好我还没有见过大海,可以看一看大海。"

夷光依依不舍地望着阿舒,说道:"阿舒,你跟我一起去鲛人的浮织之岛吧。"

阿舒微微一愣,问道:"人类能在你们鲛人所在的地方生活吗?我不会游泳,也没法在水底呼吸……"

夷光扑哧一声笑了,说道:"我们鲛人不是住在海底,浮织之岛是一片绵延的岛屿,上面有山、有树,有瀑布、湖泊,一年四季都开满了鲜花,结满了蔬果。浮织之岛周围的海水碧蓝如宝石、翠绿如美玉,沙滩的颜色跟黄金一样美丽,又柔软得像丝绸。对了,我的宫殿里还种着很多莲花和荷花,虽然没有望舒荷,但是也十分美丽。你见到了之后,一定会喜欢,如果你喜欢望舒荷,我会让仆人们也种一些,让你天天都能看见。"

阿舒感慨道:"听起来你的家乡像仙境一样。我的父母已经不在人世,家乡还有一个兄弟。因为分别太久,我与兄弟已经没有书信来往了,感情也不是很深。我是没有牵挂的。我,真的能去浮织之岛吗?"

夷光点点头,说道:"能去的。虽然从来没有人类在浮织之岛上生活过,鲛人对人类也有偏见,但我是尊贵的公主,你是我的客人和最好的朋友,我让你在浮织之岛上生活,没有人敢反对。"

阿舒忍不住笑了,说道:"尊贵的公主殿下,您现在是汉宫的阶下之囚,还有被杀死的危险,先不要说一些任性的话了。我们先计划一下路线,准备好逃亡的物品,等逃出皇宫,到了南海,再决定吧。"

"阿舒,你一定要跟我去浮织之岛。我舍不得与你分别,我会想念你的!"

阿舒笑着点点头。

元曜在水中漂浮,白鱼在他身侧游荡。不一会儿,他又听见水面上传来了声音,声音很嘈杂,似乎是在争执。

元曜侧耳倾听,仔细分辨,除了阿舒和夷光,还有一名男子的声音。

阿舒颤声问道:"太后诞辰之月,宫内不许杀生,你这是要干什么?"

男子阴邪一笑,说道:"师尊等不及了,我们太平道需要鲛人的心脏!既然皇帝不肯动手,我们自己来吧。"

水面有一道寒光闪过,是男子手中匕首的光。

水面上波光潋滟,人影憧憧,一时之间,夷光的惊叫声、阿舒的哭喊声、男子恶毒的言语,以及三人扭成一团的争斗声此起彼伏。

"啊——"

最后,男子发出了一声短促而痛苦的闷吼后,便没有了声音。

与此同时,一股鲜血流入水中,水面变成了火焰般的赤色。

阿舒大口大口地喘气,震惊地说道:"我杀了他……我杀了人……"

夷光颤声问道:"这……这该怎么办?"

阿舒拼命地平复情绪,说道:"别慌……别慌……要镇定,让我想个办法……"

阿舒、夷光正惊慌失措,突然又传来了一阵脚步声,似乎是提着灯巡逻经过的宫人们。

一阵惊叫之后,有宦官尖细的声音传来:

"杀人了,有宫女杀人了——"

"是鲛人发狂,杀人了——"

阿舒、夷光满身鲜血，在宫人们的惊叫声中面面相觑，瑟瑟发抖。

水面的残影渐渐淡去，各种声音也逐渐消失，只剩下一片浓得化不开的红色。

元曜十分好奇，想知道阿舒和夷光的命运，但是等了一会儿，水面再也没有声音传来。

水面的红色逐渐向下扩散，吞噬着元曜身边的暗蓝色。

那尾白鱼不知道什么时候已经消失了，只剩下元曜独自漂荡在蓝色与红色之间，沉沉浮浮。

红与蓝不断地融汇，汇聚成了太极的图案，太极图案不断地变幻，最后形成了一个巨大的旋涡。

元曜脑海中十分空荡，整个人飘飘荡荡，仿佛身处摇篮之中，心潮逐渐平静，神思逐渐远去。

元曜闭上眼睛，正要睡去的瞬间，眼前又出现了一个奇异的幻景。

苍茫的大海之中，有一座巨鲸化作的岛屿，鲸岛在茫茫沧海之中游荡。

鲸岛之上，白雾弥漫，有雄奇巍峨的山脉，有奇石嶙峋的峡谷，还有美轮美奂的宫殿。

华美的宫殿之巅，有一座观星台。观星台的后面，原本是海面的地方，被法术打开了一个缺口。缺口之下，是万丈深渊。

元曜浮游在鲸岛之上，在白雾之中穿梭，从他的角度，能够看见深渊下的黑暗海底。那无尽的黑暗之中卷起一阵阵激荡的风暴，潜伏着一群择人而噬的恐怖凶兽。

观星台上站着一群人。

看清了那群人时，元曜惊了惊。

白姬和龙隐在那群人中。

这座巨岛是鲸落之屿，而那群人都是龙。

那群人大多是侍卫的打扮，身着铮亮的盔甲，手执兵器。这群侍卫簇拥着一名高大威武的红发男子，红发男子身着华丽的长袍，头戴王冠，似乎是一位帝王。

红发男子正值盛年，高鼻深目，容颜英俊，但他的眼神十分凶恶，充满了暴虐的戾气。

龙隐站在红发男子身侧，脸色苍白，浑身微微颤抖——因为发自内心的恐惧。

白姬站在不远处,被一群侍卫围困着。她披散着长发,白衣有些褴褛,浑身血迹斑斑,她的背上有被锁镣捆缚的血痕,脸上也有法术灼烧的新伤。

地上,横七竖八,都是侍卫的尸体。

红发男子望着白姬,像是望着一只困兽,笑道:"你还能杀多少人?你逃不出鲸落之屿的。"

白姬没有理会红发男子,望向男子身边的龙隐,眼神中有着深深的失望。

"龙隐,这是你第二次背叛我,置我于死地了。"

龙隐低下头,不敢看白姬的眼睛。

"师父,我……我也没有办法,我们逃不开龙王陛下的天罗地网,不把你骗来鲸落之屿,我会死无葬身之地……"

不知道是因为怒火还是因为受伤,白姬吐出一口鲜血,怒道:"不要再叫我师父!我没有你这样的徒弟——"

龙隐颤声说道:"陛下答应过我,不会杀你的,会给你一条活路。陛下,请您放过我师父,海巫的谗言虚无缥缈、毫无根据,师父她淡泊名利,只想在海市过平静的日子,不会跟您争夺龙王之位……"

赤龙看了白姬一眼,笑了。

"龙祀人,孤很喜欢你,所以给你两个选择:一是做孤的王后,成为四海的女主人,等你生下孤的龙子,你与孤有血脉相连,就不会成为孤的威胁了;二是从这打开的风暴之狱跳下去,下面不仅有一群因为诅咒而发狂的独角魔咒——它们会闻血而动,把你撕成碎片,还有混沌[①]的巢穴。你逃得过独角魔咒,也逃不过混沌……"

白姬根本就懒得听完赤龙的话,转身朝悬崖边走去。

龙族的侍卫们急忙分开,让出了一条道路。他们望着白姬的眼神,不知道是敬佩,还是恐惧。

赤龙有些恼羞成怒,问道:"你不怕死吗?从来没有任何人能从风暴之狱中活着回来。"

---

① 混沌:中国古代神话中的四大凶兽之一。根据《左传》记载,四大凶兽分别是:混沌、饕餮、穷奇、梼杌。

白姬停住了脚步,她的眼中也有一丝恐惧,不过,她还是头也不回地走向悬崖,说道:"比起做你的王后,天天对着你那张恶心的脸,我宁愿去风暴之狱。"

赤龙暴怒,狂吼道:"你不怕死吗?!"

白姬回头一笑,眼神冰冷。

"赤龙,你最好祈祷我死了。如果我从风暴之狱中活着回来,就该是你的死期了。"

说完,白姬纵身从悬崖上跳了下去。

天风猎猎,浮云缥缈,白姬化作一条白龙,朝风暴之狱而去。

赤龙愤怒至极,气得要死。

"不——"

暴怒的赤龙身边,龙隐发出痛苦的哀号声,飞身奔上了悬崖,奋不顾身地追着白姬一起跳了下去。

一条黑龙追向白龙,两条龙发出了长长的龙吟,一起坠入了凶兽蛰伏的风暴之狱。

第十章　望　舒

白龙坠入风暴之狱的刹那,元曜一个激灵,醒了过来。

窗外的天色已经大亮了,阳光透过窗户照在了元曜的身上。

此刻,他觉得心中十分空茫,浮起了悲伤的情绪。

元曜坐起身来,这才发现枕头上有未干的泪痕。不知道这眼泪,是为了阿舒和夷光公主而流,还是为了白姬的过往而流。

吃早饭的时候,仆人告知龙隐和泉女不在,元曜猜测他们可能连夜去南方的朱雀之境取南明离火了。

白姬、元曜正在安静地喝粥,管家走进来,询问白姬、元曜今天在山庄中的安排,需要准备什么。

白姬沉默了一会儿,才答道:"钓鱼。"

管家正要下去准备白姬、元曜钓鱼的物件,白姬又问道:"韦公子现在到哪儿了？你有他的消息吗？"

管家答道："还没有少主人的消息。不过，从齐州到长安，虽然不近，但也不是很远，轻车简从，日夜兼程，走畅通无阻的官家驿道的话，少主人六七天也能回来的。"

白姬问道："望舒荷的情况怎么样了？"

管家有点儿发愁，说道："我亲自用心地照顾着，但是情况越发不好了，看起来就像是枯死了。不瞒您说，跟着公子从齐州来的那些匠人、军士都人心惶惶，一片愁云惨雾。有人按捺不住，还想逃走，被我拦下了。毕竟，这望舒荷一死，他们交不了差，脱不了干系，武皇陛下盛怒之下，他们都是死路一条。"

白姬说道："一会儿我去后院看一看望舒荷吧。总不能韦公子还没回来，就让它死了。"

管家说道："再好不过了。"

吃过早饭之后，白姬、元曜来到了放置望舒荷的庭院。

管家照看得非常用心。因为郊外山中，深夜难免温度低，怕望舒荷冻着，他还给马车搭了一个架子，蒙上了绸布。可是，即使管家照料得再精心，望舒荷的情况仍比前天更糟了。

望舒荷孤零零地立在水缸之中，枯黄的枝干，黢黑的花叶，毫无生机。

白姬在望舒荷边徘徊，垂头看着枯萎的荷花，不知道在想什么。

元曜安静地站在一边。

元曜不想让白姬知道自己在梦中窥探了她的过往，所以连同昨晚梦见阿舒和夷光公主的事情也没有告诉白姬。他觉得，现在的情况已经很微妙了，如果让白姬再度勾起被龙隐背叛的回忆，可能会让她更愤怒，她会跟龙隐起争端。他觉得多一事不如少一事，把夷光公主的事情解决了，白姬和龙隐能相安无事地分开，各归其位，就很好了。

龙隐对白姬的感情似乎十分复杂，那是元曜也不能明白的情愫，像大海一样深沉，又充满了悲伤，狂怒和绝望的时候，还会摧毁和吞噬一切。

元曜想了想自己对白姬的情感，觉得自己和白姬就像是飞鸟和鱼，一个在天上，一个在水底。鱼抬头，能看见飞鸟；飞鸟低头，也能看见鱼。但是，飞鸟和鱼身在不同的世界，只能隔着水面一起走过一段轻松欢乐的旅程。旅程的终点，分开的时候，是他生命的尽头。飞鸟只是一只小鸟，生命短暂；而鱼为鲲，是海中的永恒。

元曜正思绪万千，却听见白姬在喊他：

"轩之，快过来，望舒荷上又出现幻影了。"

元曜回过神儿来，只见马车上轻纱飞舞，白姬站在望舒荷边朝他招手。轻纱飞扬之中，元曜隐隐约约看见望舒荷上有一团晶莹的光。

元曜急忙走了过去，与白姬一起看向望舒荷。

望舒荷上，那名胸口绽开红莲的宫装女子仍旧在沉睡着。

与之前不同的是，宫装女子的幻影清晰了许多，而枯黑的荷花枝叶，有了那么一点儿枯黄色。这说明望舒荷的生命力似乎回来了。

元曜问道："白姬，是你给望舒荷恢复了生命力吗？"

白姬摇头，说道："不是。我刚才正想给它注入一些灵力，延缓一下它的生命，让它暂时不枯死，但是还没有开始，它就稍微有点儿复活的迹象了。"

元曜有些好奇，问道："这是怎么一回事呢？"

白姬想了想，说道："可能是韦公子已经带着这望舒荷的心与灵魂在半途了。心与灵魂靠近了，这望舒荷的生命力也回来了。"

元曜说道："太好了。希望丹阳能早日回来。"

白姬说道："最快也得要三五日。可怜的韦公子，估计又是通宵赶路，几夜没合眼。"

元曜说道："白姬，你可以让龙隐去接丹阳，这样也能让丹阳少辛苦几日。"

白姬扑哧一声笑了，说道："人有人途，妖有妖道。龙隐去的话，会吓到韦公子，还是让他自己努力吧。这是韦公子人生中该有的历练，得让他自己经历才行。现在用外力给他开辟捷径，他付不起代价，反而会让他将来的人生平添坎坷。"

元曜似懂非懂地点点头。

元曜望着望舒荷上的幻影，想了想，还是将昨晚关于阿舒和夷光公主的梦境告诉了白姬。

白姬听完之后，发出了一声微不可闻的叹息。

"原来，夷光公主和阿舒竟然经历了这些事。不知道她们后来怎么样了……"

元曜说道："小生也很好奇她们后来的境遇，不知道今晚会不会梦到。不过，后来发生的事情肯定很悲伤，她们没能逃出宫去。毕竟，阿舒现在沉睡在望舒荷里，还失去了心。"

白姬说道:"是啊,可惜她们没有逃出去……"
元曜本想告诉白姬关于鲸落之屿的梦境,但最终还是没有开口。

白姬、元曜钓了一天鱼。
下午,白姬、元曜回到山庄的时候,龙隐已经回来了,并且取来了南明离火。
元曜偷偷看向白姬,发现她的脸色瞬间变得很难看。这意味着龙隐的实力比她预想之中要强大很多,这让她略感忧心和麻烦。
龙隐和泉女都不会做人类的食物。管家自告奋勇,说自己很擅长做鱼炙,接过白姬、元曜的渔篓,亲自去厨房烹鱼去了。
黄昏时分,花厅之中。
白姬、元曜跪坐在梨花木案边,木案上除了各色佳肴,还摆放着一盘鱼炙。
龙隐和泉女侍立在白姬身边。
从外表上看不出龙隐受伤了,仍旧玉树临风、气宇轩昂,眉目间英气勃发,眼神冷似寒冰的精芒。
元曜吃了一口鱼炙,虽然还是吃不出南明离火跟普通火焰烤出的鱼的区别,但是管家的手艺不错,鱼烹制得焦香且鲜嫩,十分美味。
白姬看了龙隐一眼,问道:"听说你受伤了?"
龙隐垂头说道:"一点儿小伤而已,并无大碍。"
白姬笑道:"没有大碍就好。毕竟,接下来,我还有几件事情想让你去办呢。"
龙隐平静地说道:"请吾王示下,隐必定办妥。"
从龙隐的神情和语气中,白姬看不出他的情绪,便皱起了眉头。越是平静的海面,底下越是暗涛汹涌。若有航船驶过这片海域,必定会被卷入暗流之中,碎成齑粉。
泉女在龙隐身侧瑟瑟发抖,别人或许看不出来,但是她明白他心底的愤怒与疯狂,也明白因为自己的容颜,她将会陷入万劫不复。
花厅之中,白姬、龙隐、泉女各怀心思,气氛剑拔弩张,暗波诡谲。只有单纯的小书生毫无觉察,津津有味地吃着鱼炙。

接下来的几天,白姬一会儿说天气太热,想用玄冰天蚕丝做一件披帛,让龙隐去南疆之地找九命魔蚕;一会儿又说自己心神不宁、夜里睡不安稳，必须喝碧落蜂的蜂蜜来安神，又让龙隐去一趟碧落之谷，取碧落蜂的蜂蜜……

龙隐并不多话，也看不出情绪，一一照做。几番奔波下来，他明显疲惫了许多。

白姬的存心刁难，连元曜都看出来了，觉得有些担心。他不知道白姬在想什么，就算是脾气再好的人，被故意刁难，也会忍耐不住，要掀桌子打起来的。但是，他相信白姬，她这么做肯定有自己的道理，不过实在是让人担心。

自从梦见白姬的往事之后，元曜心中莫名其妙地悲伤，他不想再梦见白姬的往事。也许是不愿窥梦的情绪使然，他这几夜竟然不做梦了，连阿舒和夷光公主的梦境也没有了。

不再做梦，但又惦记阿舒和夷光公主的命运，元曜偶尔会来到后院，在望舒荷边看一看。

望舒荷逐渐恢复了生命力，荷叶与花枝上已经能见到绿色了。

夕阳近黄昏，山庄之中十分宁静。白姬在瀑布前面的凉亭里纳凉发呆，龙隐在客房里吐纳打坐，泉女坐在紫藤花架下穿针引线，缝制一件玄冰天蚕丝披帛。

元曜闲来无事，在山庄之中散步，就转到了后院，去看望舒荷。

水波粼粼，白纱曼舞，望舒荷立在黄昏之中，已经恢复了生命的活力。

一株巨大的荷花挺立在水中，荷叶层层如盘，碧绿如翡翠。而白玉色的荷花还没有盛开，花瓣卷曲着，含苞欲放，晶莹剔透。

在夕阳的柔和光线下，层层白纱曼舞之中，这株望舒荷仿佛画师刚刚完成的一幅水墨丹青。

元曜不由得看得出神。

神思恍惚之中，元曜听见望舒荷中传来了声音。

是珊瑚老妇人和阿舒的声音。

阿舒哭泣着说道："珊瑚婆婆，求求你，救救阿月，阿月会被术士杀死——"

珊瑚老妇人发出了一声哀叹，说道："老身也没有办法。公主保护了你，这是公主做出的选择。"

阿舒大哭。

在扭打之中，她杀死了术士的弟子，她和夷光正不知所措时，被巡逻的宫人们撞见了。

宫人们只看见一具死尸以及浑身是血的鲛人与宫女，有人猜测是宫女杀人了，有人猜测是鲛人发狂杀人了。

夷光为了保护阿舒，在众人面前现出了狂态，攻击阿舒和宫人们。

这下子惊动了皇宫中的侍卫和术士。

对于鲛人来说，只有成年之后才能拥有水织之灵，每个鲛人凭借自己的天赋，逐渐从自己的水织之灵中获得海的力量。

夷光才刚成年，虽然拥有水织之灵，但力量还没有觉醒，夷光根本就没有自保的能力，如果有能力的话，夷光也不会被疍民捉住，进献给汉灵帝，作为汉宫中珍奇的玩物了。

夷光被术士降伏，情况便糟糕了。术士原本就图谋鲛人的心脏，他们以长生不死为饵，骗皇上同意杀死鲛人。皇上也同意了，只是碍于太后的生辰不能滥杀，暂时没有动手。现在，杀死发狂后伤人性命的鲛人，是不在滥杀范围内的。

阿舒伤心欲绝。

本来只要熬到草木枯黄的时节，她和阿月便能逃出皇宫，天高海阔，从此自由。她甚至还能去往美丽的仙境，从此过着快乐的生活。然而，这一切美好的希望突然就破碎了。

"求求您了，珊瑚婆婆。阿月说您神通广大，您一定会有办法救它的！"

"唉！老身只是一棵珊瑚树，被种在这龙首原的最高处，借了地势的灵气，眼界宽阔一些，看得比别人远一些。老身没有通天之能，救不了鲛人的公主啊……"

"我该怎么办？呜呜——"阿舒悲伤地哭泣道。

"孩子，你找个由头出宫，去长安九市[①]一趟，在柳市之中有一个缥缈阁。缥缈阁的主人是一条白龙，曾经是海中之王，鲛人的事情她不会不管。只要你能找到缥缈阁，公主就还有救，虽然你可能需要付出代价……"

[①] 长安九市：西汉时长安有九市，是指东西九市。六市在西，三市在东，九市之间是相互独立的，并不集中在一起。唐朝长安城只有东、西两市，规模上比汉代大。《三辅黄图》里提到："（汉）长安市有九，各方二百六十六步。六市在道西，三市在道东。凡四里为一市。致九州之人在突门。夹横桥大道，市楼皆重屋。"

元曜惊一惊，心想：难道阿舒去过缥缈阁？怎么没听白姬说起。

元曜正在疑惑，他的耳边又传来了声音。

阿舒痛苦地说道："珊瑚婆婆，我找不到缥缈阁！我把长安九市都转遍了，每一间店铺我都进去了，每一个人我都问遍了，我的脚都磨出了血，我还是找不到缥缈阁啊——"

"唉——"珊瑚老妇人又发出了一声长叹，说道，"看来，你们跟缥缈阁的缘分还没到。"

阿舒爆发出了绝望的哭泣。

过了一会儿，珊瑚老妇人又说道："孩子，为了救公主，你愿意付出代价吗？"

阿舒停止了哭泣，说道："只要能救阿月，不管是什么代价，我都愿意付出。"

"这个代价，包括生命吗？"

阿舒一愣，继而咬咬牙，说道："包括。我愿意用自己的命换阿月的命。"

珊瑚老妇人缓缓地说道："那，公主就还有救。"

元曜十分震惊，还想知道后面发生了什么事，但是他听不见虚幻的声音了。因为山庄之中开始热闹起来，人声鼎沸。

山庄之外，一队人马飞奔而至，马蹄卷起了一地尘埃。

韦彦带着骑士们从齐州回来了。

山庄之中，管家和匠人、士兵们都喜出望外，急忙敞开大门，迎接韦彦一行人归来。

第十一章　夷光（上）

韦彦连日奔波劳累，一脸疲惫，整个人看上去消瘦了不少。

韦彦一下马，从管家口中得知望舒荷已经复活了，这才松了一口气；又得知白姬还住在山庄，顾不得喝口茶歇一下，急忙就让管家把白姬请来，向她请教白鱼的事情。

韦彦带回来一条诡异的白鱼。

大明湖中，望舒荷盛开，大家都只看见异荷盛开的奇景，没有人注意到一条白色灵鱼在水中游弋，一直围绕着望舒荷。

韦彦把望舒荷带走之后，白鱼孤零零地留在大明湖中，一天一天过去，它越来越没有活力，它的颜色越来越浅淡，近乎透明。

韦彦再次返回大明湖，到处寻找白鱼，他们找了整整一天，最后才在水草最底下，找到一动不动、近乎透明的白鱼。

韦彦把灵鱼装入一个琉璃鱼缸中，带着它返回长安了。

一路上，随着韦彦一队人接近长安，灵鱼发生了变化。

一开始，灵鱼毫无生机，近乎透明，仿若鲛绡。随后的几天，灵鱼逐渐恢复了白色，也有了生机。

韦彦仔细观察过灵鱼，发现它并不是实体，而是虚幻的影子。他觉得这灵鱼十分古怪，只想快点儿把它带回长安，然后找白姬问清楚是怎么一回事。

白姬和韦彦把灵鱼带到望舒荷边，感受到白鱼的灵气，龙隐和泉女也跟着来了。

白姬、韦彦一行人来到后院时，元曜正在望舒荷边发呆。

白姬笑道："轩之，到处没看见你，原来你跑来这里了。"

元曜一笑，说道："小生闲来无事，不知不觉就走来这里了。丹阳，你回来了？小生刚才听见外面有动静，猜测可能是你回来了。"

韦彦说道："唉！轩之，我这一路上可辛苦了，差不多要了我半条命，回头跟你细说……啊，这望舒荷活了呀！太好了！我能交差了，小命保住了！"

韦彦奔向了望舒荷，围着水缸看来看去，欣喜若狂。

元曜的注意力放在了白姬捧着的琉璃鱼缸上。

白姬穿着一身羊脂色的水仙散花长裙，挽着半透明的白烟披帛。她绾着简雅的倭堕髻，没有佩戴金玉之类的首饰，只在发髻上插着一朵山庄中种的胭脂牡丹。胭脂牡丹之下，压着一支血红色的珊瑚发簪。

白姬捧着鱼缸，鱼缸之中，有一条白色灵鱼在水中游来游去。

龙隐和泉女的注意力也在鱼缸中的灵鱼上。

龙隐喃喃说道："鲛人公主已经变成了这样，不可能恢复了……"

泉女也忧心忡忡地望着水中的灵鱼。

白姬看了龙隐一眼，勾唇一笑，说道："在我这里，没有任何不可能的事。我，最喜欢做不可能的事了。"

龙隐说道："吾王，鲛人公主已经魂飞魄散，只剩一点儿残魂，就算是神仙出手，也不可能将她复原。"

白姬笑道："龙隐，这么多年过去了，你也'死'过了几次，却还是这么没有长进，遇见事情就先绝望吗？你需要聪明一点儿、有想象力一点儿、有自信一点儿。"

龙隐神色微变，说道："可是……"

白姬没有理会龙隐，径自捧着琉璃鱼缸走向望舒荷。

夕阳已尽，月光如水。

望舒荷立在水缸之中，荷叶如盖，花朵紧闭。

白色灵鱼在接近望舒荷的那一瞬，从鱼缸中鱼跃而起，飞向了望舒荷。

扑通——

白色灵鱼没入了水中。

白色灵鱼在水中游动，带起一圈圈涟漪。

望舒荷上有光脉浮现，白玉般的荷花在月光下一瓣一瓣缓缓盛开。

望舒荷盛开，美不胜收，空气中浮动着令人心旷神怡的水荷之香。

白姬从衣袖中拿出水织之灵，放入盛开的荷花中。

一件奇怪的事情出现了。

望舒荷的花蕊之上出现了一个宫装女子的幻影。

女子容颜清秀，发如墨缎，皮肤胜雪。她正在闭目沉睡，神色安详。她的胸口有一片刺目的红色，远看像是宫装上绣的血色花纹，但仔细一看，是斑斑血迹。她的胸口有一个窟窿，仿佛心脏被谁剜走了。

白姬将手伸入水中，虚拂着白鱼之灵。

"你守护了她五百年，值得吗？"

白鱼环绕在白姬指端，仿佛有人性一般，点点头。

"你想回海中吗？"

白鱼点点头，又摇摇头。

白姬金眸灼灼，垂头望着水中的白鱼。

"你，有愿望吗？"

白鱼点点头。

白姬的手指上绽出一点儿金色光芒，一股强大的灵力注入水缸之中，将大明湖水染成了金色。

白鱼得到了这股强劲的灵力，倏然改变了形态，化作了一尾荷花大小的人鱼。人鱼从金色的水中破出，浮现在月光之下。

泉女大喜，说道："公主殿下，您还活着……"

夷光望向泉女，眼神温柔。可能是看见同族，不免想起了远隔天涯的父母、亲人，夷光又有些悲伤。

夷光转头望向沉睡在望舒荷之中的宫女，眼神痛苦而绝望。

"阿舒……阿舒她能活过来吗？"

白姬摇摇头，说道："不能。如果是刚死不久，只要您能付出代价，我也许能让她复活。但她已经死了五百年了，肉体早已经化为了泥土与尘埃，我没有办法复活她。"

夷光公主悲伤地说道："我守着她很久很久了，不知道是几百年，以为她还能醒过来，跟我说说话。最近，我发现她的灵魂越来越浅淡、越来越虚无，我连她的魂魄都守不住了。"

白姬说道："六道轮回，是自然的规律。人死亡之后，灵魂会归于天地与轮回。您和珊瑚老妇人逆天而行，将她的灵魂安放在望舒荷里，五百年已经是极限了。"

夷光悲伤地问道："珊瑚婆婆，她……她也死了吗？"

白姬没有回答，反问道："夷光公主，当年究竟发生了什么事？"

夷光望着白姬，眼神悲伤，缓缓道来。

因为发狂伤人，夷光被关入了皇宫中的水牢，要被处死。太平道的术士打算择一个吉日，剜鲛人的心脏炼丹。

吉日的前一夜，夷光恐惧万分。就在夷光独自在水牢里哭泣时，阿舒穿着一件连帽斗篷，来监牢之中探望夷光。

狱卒打开水牢就离开了。

夷光看见阿舒，如同黑暗之中看见一盏灯。夷光急忙离开水中，幻化出双腿，奔向阿舒。

阿舒和夷光对望无言，相拥而哭。

阿舒首先止住了眼泪，说道："阿月，你听我说，我们还有救。"

夷光慌乱无措地说道："我们该怎么办？"

阿舒镇定自若地说道："今天水牢值夜的兵长是我的老乡，我花光了这些年所有的积蓄和攒下的赏赐,买通了他。今晚谁从水牢出去,他们都会睁只眼,闭只眼。你穿上我的斗篷,马上出去,去找珊瑚婆婆。后面的事情,珊瑚婆婆会帮我们。"

夷光破涕为笑,说道:"好!我就知道,珊瑚婆婆会有办法救我们的!"

夷光穿上了阿舒脱下的斗篷,往监牢外走去。

阿舒却站在原地不动。

夷光奇怪地问道:"阿舒,你怎么不走?"

阿舒面色惨白,勉强笑了一下,说道:"你先去,我跟老乡还有几句话要交代。阿月,你快去吧,我一会儿就去珊瑚婆婆那儿找你。"

夷光点点头,就要离开。

阿舒悲伤地望着夷光,眼神温柔而绝望。

在夷光离开水牢的瞬间,阿舒不由自主地叫住了她:"阿月,你等等——"

夷光回头,说道:"怎么了?"

阿舒望着夷光,心情复杂而难过,泪如雨下。

"没事,就想再看你一眼。"

夷光心中疑惑,却不知道发生了什么事。

阿舒垂下头,催促道:"阿月,你快走吧,一会儿我去找你!"

"好。"

夷光点点头,头也不回地离开了。

夷光离开之后,阿舒走到门口,关上了水牢的门。

月光从水牢的石窗照入,洒下一地冰冷的清辉。

阿舒站在月光中,从衣袖里拿出一颗红色的珊瑚。她望着红色的珊瑚,眼泪禁不住地滑落,她的手因为对死亡的恐惧而发抖。

阿舒仰头,将红珊瑚吞入口中,咽了下去。

不一会儿,阿舒逐渐变成了人鱼的形态,容颜也逐渐幻化成了夷光的模样。

阿舒潜入水中,在月光下摆尾,激起一片水浪。

阿舒一边流泪,一边笑了。

她喃喃说道:"啊,浮织之岛真美啊,到处开满了鲜花,海洋的颜色碧蓝如宝石、翠绿如美玉,沙滩的颜色跟黄金一样美丽,又柔软得仿佛丝绸一般。阿月,我们在你的宫殿里种满望舒荷吧……阿月,你一定要活着回你的家乡去,这是我最后的愿望了。"

第十二章　夷光(下)

月光下,汉宫中,夷光披着斗篷,匆匆行走。

龙首原的最高处,一个鹤发鸡皮的红衣老妪拄着拐杖站着,似乎在等待什么人。

当珊瑚老妇人看见夷光匆匆而来时,不由得发出了一声叹息,喃喃说道:"人类居然真的能为了情义而奋不顾身。这两个孩子,真让人心疼啊——"

夷光看见了红衣老妪,急忙跑了过来,焦急地问道:"珊瑚婆婆,阿舒让我来找你。接下来,我们怎么逃出去呢?"

珊瑚老妇人望着恐惧而焦急的夷光,伸出手,拂过夷光的额头。

"公主,你先睡一觉,其他的交给老身。"珊瑚老妇人温柔地说道。

夷光眼前一黑,逐渐失去了意识,倒在了珊瑚老妇人的怀里。

等夷光睁开眼睛,恢复意识的时候,发现自己躺在一个珊瑚幻境里。夷光的身边是无边无际的红色珊瑚,抬头低头看不见天地,举目四望看不到尽头。

夷光明白,自己现在身在珊瑚树里,是珊瑚老妇人将自己藏了起来。

珊瑚老妇人似乎能感应到夷光,虚空中传来了她的声音:"公主,你醒了?"

"嗯。"夷光点点头。

珊瑚老妇人说道:"公主,接下来你在老身这儿躲一阵,等到草木枯黄的时候,宫门会被黄色的火焰打开。你可以趁乱离开,去往南海,回到浮织之岛。"

夷光站起身来,四处寻找,却找不到阿舒。

夷光问道:"珊瑚婆婆,阿舒呢?"

珊瑚老妇人沉默了一下,才说道:"老身能力有限,将你隐藏起来已经尽了全力。老身没有能力再隐藏一个人类。"

夷光想了想，感觉不对劲儿。

"阿舒呢？"

"那孩子……还在皇宫里。"

"我去找她。"

"公主，不要去——"

"为什么？阿舒是不是出什么事了？"

珊瑚婆婆眼中掠过一丝惊慌。

"珊瑚婆婆，一定是出事了，对不对？"

珊瑚婆婆欲言又止。

"珊瑚婆婆，求求你，告诉我到底出了什么事？阿舒她在哪儿？"

过了一会儿，虚空中才传来珊瑚老妇人的声音："……那孩子，已经死了，就在你刚才醒来的前一刻，她在宫里的太平观，被术士们活活地剜出心脏，死去了。"

夷光震惊，一下子瘫坐在地上，瑟瑟发抖，眼神绝望。

"公主，那孩子是自愿代替你而死的。她来求老身救你，老身能力有限，能做的，只是让她暂时幻化成你的样子，代替你而死。老身答应她，将你藏到宫门破开的那一天，你就自由了。那孩子临死的时候，还望着龙首原的最高处，露出了笑容。"

夷光心如刀绞，哀恸如天地幻灭，她绝望的眼中逐渐浮现出了仇恨和愤怒。她的心脏的位置突然闪现出了一点儿光芒，那点儿光芒逐渐明亮，越来越耀眼。那是鲛人的浮织之珠。

珊瑚老妇人似乎感应到了什么，颤声说道："公主，你现在不能觉醒啊！老身藏不住你的——"

如星辰在宇宙中炸裂，鲛人之珠爆发出了一股能量。与此同时，夷光的形态也发生了变化，她双目赤红如血，口中长出了尖锐的獠牙。

"我要去找回阿舒！我要杀死所有的人——"

珊瑚幻境在万丈光芒之中倏然破裂，鲛人的公主从龙首原的珊瑚树中走出来，如海啸一般裹挟着雷霆万钧之势，飞奔向太平观。

珊瑚老妇人无法阻拦，从珊瑚树中现出人形，拄着拐杖，望着狂怒远去的鲛人公主，皱起了眉头。

"公主竟在这种时候觉醒……这股可怕的海之力量恐怕会伤害无辜，给长安城带来毁灭性的灾难，这可如何是好？"

珊瑚老妇人望向了西苑，看见了裸游馆的望舒荷，眉头微微舒展了一点儿。

"还好，有这样的灵物在。那孩子不顾性命，看来老身也得舍弃自己的原体，赔上一条老命了。活了这么多年，万万没想到自己的大劫是在今天，但是不管这两个孩子，老身做不到啊——"

珊瑚老妇人回头看了一眼那棵枝繁叶茂的珊瑚树，又自言自语地说道："唉！从海市而来，被种在这龙首原几百年，看过了几代帝王，被皇宫里的人们当作神灵供奉，听着别人在珊瑚树下许下愿望。其实，老身也有愿望。人老思乡，落叶归根，老身想回海市呀。本想再见到那条白龙，就跟她买下归乡的心愿。好多年没见她了。现在，老身也保不住命了，但愿跟那条白龙还有些许的缘分，说不定将来还能有奇迹发生……"

珊瑚老妇人一边喃喃自语，一边拄着拐杖，慢悠悠地朝太平观而去。

皇宫之中发生了骚乱。

天空阴云密布，狂风吹云，形成旋涡。旋涡之中卷起一阵暴风，惊人的海啸从天际扑向了皇宫。

汉宫里的人们不知道发生了什么事，惊恐地四散奔逃。北方的宫墙也坍塌了，太后、妃嫔们慌得以为是天罚，纷纷在自己的宫室内拜佛祈祷，都吓得不知道该怎么办。汉灵帝本来就生病了，正在喝药，望向殿外，只见海啸狂浪铺天盖地而来，一下子就吓晕了过去，面如死灰，气若游丝。

西苑的太平观在风暴之中倒塌，连道观的地面都裂开了一道深渊。道观前的广场上原本摆着一座炼丹炉，如今炼丹炉翻倒在地上，炉火已经熄灭。广场上到处是术士的尸体，已经一个活人也没有了。

夷光抱着阿舒的尸体，木然地跪坐在丹炉前。

珊瑚老妇人跨过横七竖八的术士尸体，走向夷光和阿舒。

夷光抬头，望向珊瑚老妇人，目光空洞如死。

"珊瑚婆婆，阿舒为什么变得这么冰冷了？"

珊瑚老妇人看了一眼夷光抱着的、被剜去心脏而死的宫装女子，说道："人类失去了生命，就会变得冰冷了。"

夷光根本就没有听进珊瑚老妇人的话，想了想，问道："鲛人有冰眠期，每活到一千年，就会浑身冰冷，陷入沉眠，等再次醒过来时，会蜕掉旧的鳞甲。阿舒也是这样吗？她也在冰眠吗？"

珊瑚老妇人叹了一口气，说道："公主，这孩子已经死了。"

夷光愤怒，身上又开始涌出星辰炸裂一般的耀眼光芒。

天空黑云如盖，仿若阴沉的海洋，旋涡之中卷起一阵狂风，从天际扑向皇宫的海啸越来越近了。

珊瑚老妇人神色一变，急忙说道："公主，您不能毁了这座皇宫、这座城市，这里还有很多无辜的生命。您如果再造杀孽，就真的回不了浮织之岛了。"

夷光绝望地说道："我要把这里变成海洋，然后跟阿舒一起沉睡在海底，等冰眠期过了，我们就能一起醒来了。"

珊瑚老妇人急了，问道："公主，你想这孩子活过来吗？"

夷光木然而空洞的眼神恢复了一丝清明。

"珊瑚婆婆，我该怎么做？"

珊瑚老妇人望了一眼从天际呼啸而至的海啸，说道："灵魂才是人类的本源。你抱着她的肉身沉睡是没有用的。老身用灵力将她的灵魂藏起来，不让她入地府轮回，你守护着她，或许有一天，她能醒过来。"

夷光点点头，说道："我会永远守护着她的灵魂。"

珊瑚老妇人发出了一声微不可闻的叹息。

"你抱着她，跟老身来。"

珊瑚老妇人拄着拐杖，走向裸游馆。

夷光抱着阿舒，跟了上去。

裸游馆和太平观都在西苑，相隔不远。不多时，珊瑚老妇人和夷光便走到了。

因为发生了骇人的变故，妃嫔们和宫女们都吓得待在宫殿里不敢出来，裸游馆里一个人也没有。

水渠之上，一大片荷花在安静地绽放，姿态各异，亭亭玉立。望舒荷在其中最显眼的位置，荷叶碧绿如盘，荷花白洁胜玉，只是没有盛开。

珊瑚老妇人踏入水中，走到望舒荷边。

夷光也抱着阿舒走了过去。

珊瑚老妇人伸手，抚摩着望舒荷，说道："很好，望舒荷不愧是奇异之物，水灵之气很充足。"

没有月光，望舒荷在白昼也缓缓盛开了。

珊瑚老妇人将布满皱纹的手伸向死亡的阿舒，覆盖在阿舒的灵台上。

夷光看见一个幻影从阿舒的尸体上升起。

一个宫装女子安静地沉睡着，是阿舒的魂魄。

珊瑚老妇人将阿舒的魂魄移到了望舒荷中。

阿舒沉睡在了望舒荷里。

望舒荷缓缓地闭上了。

珊瑚老妇人将拐杖举起来，缓缓地从拐杖中抽出一柄锋利的鱼肠剑。

剑光森寒，如水流动。

夷光正在疑惑，珊瑚老妇人倏然将鱼肠剑刺入了夷光的腹部。

"啊——"

夷光发出了一声惨叫，感觉腹部很痛，突然觉醒的力量因为受伤而在逐渐涣散。鲛人心脏之中的水织之珠的光芒也在逐渐暗淡。

天空中，乌云逐渐散去，从天际扑向皇宫的海啸也如幻影一般消失了。

珊瑚老妇人拔出了鱼肠剑，神色哀戚。

夷光捂着腹部，痛苦地说道："珊瑚婆婆，你这是……？"

珊瑚老妇人说道："公主，对不住了，你现在觉醒得不是时候，海洋赐给你的力量太强大了，会给这座城市带来毁灭。老身在龙首原上观察了这座城市几百年，渐渐地对它有了感情，对生活在这座城市的芸芸众生也有了感情。那些蝼蚁一样的生命，虽然短暂而脆弱，但也有喜怒哀乐、生离死别。老身不忍心看着他们因为你的愤怒而死亡，所以对不住你了。"

夷光有些愤怒，正要开口，突然看见珊瑚老妇人横转鱼肠剑，刺入了自己的心脏。

刺目的红色鲜血从珊瑚老妇人的胸口喷出。

夷光十分错愕，说道："珊瑚婆婆，你……？"

珊瑚老妇人的血和鲛人的血在水中融合。

珊瑚老妇人逐渐与望舒荷融为一体。

望舒荷上发出了奇异的光彩。

珊瑚老妇人笑了笑，说道："老身没有什么能耐，只能散尽这些年的修为，与望舒荷融为一体。以后很长的一段岁月里，老身化为望舒荷，用尽所有的灵力，庇护你们这两个傻孩子。"

珊瑚老妇人说完便消失了。

与此同时，龙首原最高处的珊瑚树，前一刻还枝繁叶茂，后一瞬便枯萎死亡了。

夷光愣了一下，才回过神儿来。夷光垂头看着在水中摇曳生姿的望舒荷，又看了一眼阿舒冰冷的尸体，夷光的心变得很空茫，只剩下一个执着的愿望。

"阿舒,我会一直守着你的。"

夷光潜入水中。

一尾白色的人鱼之灵从水中跃起,围绕着望舒荷游来游去。

第十三章 珊 瑚

众人听完了夷光讲述的过往,都十分安静,气氛有些悲伤。

元曜心中难过,人与非人,一旦产生了羁绊,那些情谊比山还高、比海更深。阿舒为了夷光而死,夷光守护了阿舒五百年;珊瑚老妇人舍弃了性命,保护着夷光和阿舒。

白鱼说道:"珊瑚婆婆没有料到人世多变,也高估了自己的灵力,她的灵力是远远不够的。为了守护阿舒和望舒荷,我不断地损耗自己的灵魂——心脏中的水织之珠——鲛人灵魂的所在。一开始,我是人鱼的形态,后来逐渐无法维持,只能依靠一点儿一点儿地损耗水织之珠勉强支撑。如你们所见,我现在连实体也没有了,只是一尾虚幻的白鱼。而且,我耗尽了所有的灵力,已经没办法再守护阿舒了。"

白姬恍然,说道:"这就是大明湖中望舒荷盛开的原因吗?"

白鱼说道:"我的灵魂已经耗尽,守不住阿舒了,我即将消失在这个世界上。我想在我们消失之前,再看一眼望舒荷盛开的美景。"

泉女说道:"公主,鲛王和王后还在等着您回去。我奉命来接您回去。"

"我现在变成了这个样子,已经回不去了。我跟阿舒一起消失,也不错。"白鱼顿了顿,接着问,"父王和母后,他们还好吗?"

泉女说道:"听说您在归墟遇难,沉入地底,鲛王和王后悲伤了很久,现在他们一切安好,只盼着您回去。"

白鱼回忆道:"归墟遇难,那是很遥远的事情了。当时我年纪还小,贪玩且胆大,听说归墟的地脉会裂开,特意跑去看,不料被海啸卷入地下,从海底地下被卷到了疍民的居住之地,结果就被捉住了。当时,因为喉咙受伤,我还不能发声,被千里迢迢送入了汉宫,遇见了阿舒……"

白鱼提到阿舒的名字,开始伤心落泪,一粒粒珍珠滚入水中。

望舒荷中，阿舒的幻影微微颤动了一下。

白姬伸出手，轻轻抚摸着望舒荷的花瓣。

"六道轮回，是无法逆改的规则。它已经到了大限，必须离开了。"

一道金色的光芒笼罩了望舒荷，源源不绝的灵力汇聚在阿舒的幻影上。

阿舒在金色的光芒中苏醒过来，缓缓地睁开了眼睛。

沉睡了五百年的人类灵魂在望舒荷中苏醒，漫长的岁月也消磨不去她临死前的强烈愿望，她如梦魇般地喊道："阿月，快逃走，你要回自己的故乡——"

白鱼望着阿舒，哽咽道："阿舒，你终于醒了？我们一起走，一起逃出宫去，去浮织之岛……"

阿舒低下头，看见了白色的灵鱼。

失去了心脏的宫女与失去了形体的灵鱼隔空相望。

这一眼，相隔五百年。

"阿月，是你吗？我去不了浮织之岛了，感觉自己很快就要像泡沫一样消失了。能再次跟你说话，像是做梦一样。我睡了好久，做了好长的梦，梦里你一直在我身边。"

白鱼十分悲伤，说道："阿舒，是我害死了你。如果不是为了救我，你不会遭受剜心而亡的痛苦，还能回到自己的家乡，跟亲人团聚。"

"不，阿月，你是我最好的朋友，我在皇宫里待了十二年，没有任何朋友，很孤独。遇见你，和你相处的那段日子，虽然短暂，却是我最开心的岁月。而且，你给了我最美好的希望，去往一个没有人去过的仙境，永远过快乐的日子。虽然这个梦想最后没有实现……"

阿舒的身影在一点儿一点儿地消失，从脚开始，如风沙散去。

白鱼十分难过，问道："阿舒，你要去哪里？"

阿舒茫然地说道："我也不知道，应该是去人类最后该去的地方吧。阿月，能跟你相遇，真好。再见了，你要回海中去，以后要听父母的话，不要再任性乱跑了。"

"阿舒——"

白鱼的眼中不断地落下珍珠。

阿舒一点点地消散，最后只剩了胸口的那一抹红莲。

红莲与一粒珍珠融合，那粒珍珠上便有了一丝血红的纹路。

白姬伸手，捞起了那粒有一抹红纹的珍珠。

"鲛人泣泪，珍珠凝血，人与非人的感情真美啊！"白姬喃喃地说道。

元曜望向白姬，白姬的话让他想到了自己和白姬。他对白姬的感情，虽然他自己也不是很明白，但是一想到要与她告别或分离，也会痛苦得如同被剜去了心脏一样。

泉女忍不住问道："龙王陛下，公主看起来越来越虚弱了，怎样才能恢复啊？"

白姬回过神儿来，说道："夷光公主是被珊瑚老妇人庇护的，要想恢复如初，必须借助珊瑚老妇人的力量。"

泉女还没开口，龙隐已经说道："吾王，珊瑚老妇人已经散尽妖力，死了。"

白姬笑道："树这种存在，生命力很顽强。一段枯木插在土里，都有可能生根发芽，长成参天大树。这望舒荷上还有珊瑚老妇人的灵力，她并不是不能复活。"

龙隐观察了一下望舒荷，说道："确实还有一股珊瑚之灵，可是只有珊瑚之灵，没有珊瑚树的本体，也是枉然。"

白姬笑道："那你就去找珊瑚树的本体呀。"

元曜忍不住问道："白姬，龙首原上的珊瑚树已经死了五百年了，你让龙隐兄现在上哪儿去找珊瑚树的本体？这不是刁难他吗？"

白姬笑道："好了，我不逗你们玩了。"

白姬伸手，从倭堕髻上取下压鬓的珊瑚发簪，说道："这就是了。当年，我得知珊瑚老妇人的死讯，十分惋惜，就去了一趟汉宫。龙首原上只剩下枯萎的珊瑚树，我折了一段树枝，作为念想儿。后来，闲来无事，我把珊瑚树枝雕刻成了发簪，放在了缥缈阁。听轩之说梦见了珊瑚老妇人，我猜想用得上这支发簪，就让离奴找出来，用纸鹤送来了。"

元曜恍然。

白姬将珊瑚发簪放在手心，靠近望舒荷。

白姬喃喃念着咒语，珊瑚发簪和望舒荷同时光芒大盛，金色的光芒照亮了沉沉黑夜。

白姬的额头上微微沁出了汗水。

珊瑚发簪熠熠发光。

珊瑚老妇人逐渐在黑暗之中现出了身形。她仿佛午睡刚醒一般，打了一个哈欠，环顾四周之后，目光凝聚在了白姬身上。

"白姬大人，我们果然是有缘分的，老身祈盼的奇迹已经发生了。"

白姬笑眯眯地说道："好久不见呀，珊瑚夫人。"

"差一点儿，就永远见不到了。"

珊瑚老妇人看了一眼空荡荡的望舒荷，又看了一眼水缸之中安静如死的白鱼。阿舒消失之后，白鱼就一直木然不动、呆滞无神。

"这两个孩子……果然还是离别了吗？"

白姬说道："那个人类已经死了太久了，我也无能为力。珊瑚夫人，鲛人公主能不能恢复，就靠您了。"

珊瑚老妇人点点头。

珊瑚老妇人拄着拐杖，颤巍巍地走到水缸边，对着水中的白鱼伸出了树皮般的手。

一道红色的光芒在水中扩散，与金色的光芒交织，包裹了水中的白鱼。

"公主，这是您在这五百年里不断地把水织之珠粉碎，注入望舒荷的灵力，现在老身将它还给你。"

元曜看见白鱼的体内逐渐出现了一颗水织之珠。一开始，水织之珠是残破的，因为白姬和珊瑚老妇人的灵力，它逐渐恢复了完整，并且发出蓝色的光芒。

水织之珠恢复完整的那一瞬，白鱼从水面破空而起，化成了一尾美丽的人鱼。

人鱼有着丰茂如海藻一般的幽蓝色长发，皮肤雪白如凝脂，眼眸亮如光华耀眼的珍珠，尾鳍如同华丽的羽扇，有着流畅而漂亮的弧度。

泉女望着夷光，说道："太好了！公主，以您现在的状态，可以回浮织之岛了。"

夷光回头，看了一眼空荡荡的望舒荷，神色怅然若失。

白姬伸出手，将一粒红纹珍珠递给它。

"回去吧。这是她的心愿。"

夷光颤抖着从白姬的手中接过了红纹珍珠，又流下了眼泪，珠落如雨。

"阿舒是我最好的朋友，我永远也不会忘记她。"

白姬又问珊瑚老妇人："珊瑚夫人，您是想回龙首原的最高处，继续观察人间，还是跟鲛人公主一起回海中？"

珊瑚老妇人说道："人间已经待够了。人老思乡，老身还是回海市去吧。"

"行。"

白姬将珊瑚发簪也交给了夷光，说道："夷光公主，麻烦你送珊瑚夫人回海市。"

"是。龙王大人。"夷光接过珊瑚发簪,说道。

白姬笑道:"我现在只是一个西市的商人而已,并不是龙王,我甚至无法回到海中。"

夷光说道:"您身上有龙王的咒印,您就是海中之王。"

白姬笑而不语。

珊瑚老妇人说道:"白姬大人,缥缈阁的规矩是万事皆有代价,一物换一物,您救了老身和公主的性命,我们需要拿什么来交换?"

白姬看了龙隐一眼,笑道:"代价嘛,现在还没想好,我回头会派人去向你们收取的。"

"愿为您效力。"珊瑚老妇人垂首说道。

"愿为龙王大人效命。"夷光垂首说道。

一阵风吹过,望舒荷在月光下飘摇,美丽如梦幻。

第十四章 尾 声

仲夏,午后。

缥缈阁,后院。

晴空万里,白云朵朵,云朵飘浮在天边,仿佛是海洋里翻滚的银色浪花。

因为没有什么生意,白姬坐在廊檐下练习弹古筝,元曜坐在白姬旁边磨墨写诗。离奴在大厅里无精打采地看店,时不时地吃一口青瓷碟中的香鱼干。

离望舒荷事件,已经过了一个月了。

韦彦将望舒荷交接之后,望舒荷被匠人们种植在了大明宫的太液池里,一时成了皇宫里的盛景,并被传为坊间奇谈。

韦彦跟一众匠人、军士们也得到了武则天的赏赐。

夷光公主、珊瑚老妇人与龙隐、泉女一起回去了海中。

龙隐和泉女离开的那一晚,元曜做了一个奇怪的梦。

咚咚——

元曜正在灯下读书，有人敲门。

元曜打开门，却是泉女站在门外。

泉女神色哀伤，她的手中端着一个红木牡丹纹托盘，托盘上放着玄冰天蚕丝披帛。

元曜不明白泉女深更半夜来找自己干什么，便问道："泉女姑娘，你有什么事吗？"

泉女说道："披帛缝制好了，请元公子转呈给龙王陛下。"

元曜说道："白姬就在隔壁，你可以直接给她……"

泉女哀伤地说道："我不敢打扰龙王陛下。"

"那小生帮你转呈吧。其实，白姬是一个心地善良的好人，你有什么难处可以告诉她，她会帮助你的。"元曜一边接过托盘，一边说道。

泉女犹豫了一下，说道："元公子，请您提醒龙王陛下，一定要小心龙隐……他太可怕了，对龙王陛下充满了恨意，迟早会对龙王陛下不利……"

元曜一惊，问道："此话怎讲？"

泉女鼓足了勇气，说道："龙隐有一座不许外人踏入的地宫，只要去过那座地宫，就知道他有多憎恨龙王陛下了。"

"为什么？"元曜好奇地问道。

泉女瑟瑟发抖，咬着嘴唇，说道："那座地宫里，全都是寒冰封冻的尸体或尸体的一部分。寒冰之中，最多的是白色的龙。不是龙族，尸体就只是一部分，跟龙王陛下最像的一部分。我不知道该怎么用语言描述地宫中的景象，太可怕了！龙隐会在各大部族送到鲸落之屿的祭品中寻找像龙王陛下的人，留在他的身边。我也是被他选中的。龙隐喜怒无常，经常折磨我们、鞭打我们，我们命如草芥，都活不了多久。我目睹过那些像龙王陛下的祭品的宿命，她们有的手长得像龙王陛下，就被砍掉了手；有的笑容像龙王陛下，就被割掉了头，凝固了笑容，被封冻在寒冰中……龙隐是一个疯子，他对龙王陛下充满了仇恨，才会以这种方式宣泄仇恨。我恐怕也活不了太久了，我好害怕。"

元曜十分震惊，说道："还有这样的事情？！泉女姑娘，你得赶紧告诉白姬，让她帮助你。"

泉女摇摇头，哭道："我不能。祭品的宿命，就是牺牲自己，换取族人的安宁与繁荣。这是我们自愿的。在我踏上鲸落之屿时，就接受了服从死亡的命运。龙王陛下也无法真正帮我，她现在被困在海之外，是被放逐的囚徒，海中众生的命运都在鲸落之屿上。鲛人一族离不开龙隐，龙隐会庇护鲛人，让鲛人更加繁荣强盛。如果龙隐不在了，鲛人会失去庇护，又会被其他部族欺凌，我不能背叛自己的族人。"

"那你现在对小生说这些……白姬如果知道地宫的事，肯定要跟龙隐起争端的……"

泉女的眼泪滑落，一地珍珠。

"这些天，我一直很矛盾，尤其是龙王陛下说要帮我时。我想活下去，但又不能舍弃自己的族人。龙王陛下跟传说中完全不一样，既不凶狠残暴，也不冷血嗜杀，是一个温柔的好人。在她救夷光公主时，我看见她的眼中有着悲悯苍生的柔情，我想提醒她，提防龙隐。她是一个好人，不能被龙隐那个疯子伤害……不行，元公子，你还是不要告诉龙王陛下地宫的事了，千万不要告诉她……我也不知道自己在说什么，我是偷偷地跑来的，现在心情很乱……"

元曜安慰道："泉女姑娘，你且镇定一些。不如我们还是去找白姬商量一下吧，她就在隔壁。"

泉女摇头，盈盈一拜。

"算了，已经很晚了，还是明天再找龙王陛下吧。谢谢你，元公子，你也是一个善良的好人。"

"也好，明天再说。"元曜说道。

泉女转身离开时，回头看了一眼元曜，与白姬十分相似的眼中全是哀愁。

第二天醒来，元曜才想起，昨晚夷光公主、珊瑚老妇人复活之后，就跟龙隐、泉女一起离开了，他们四人并未留在山庄中过夜。

昨晚泉女深夜来访，只是一场梦吗？

元曜看着木桌上托盘里的玄冰天蚕丝披帛和门口一地雪白的珍珠，陷入了迷惑。

因为泉女的来访如梦似幻，元曜便没有把泉女的话告诉白姬，只是说泉女托梦送来了玄冰天蚕丝披帛。

白姬看着披帛上绣纹精致的白龙，叹了一口气，说道："这一针一线，缠绕的都是绝望与哀愁。她还是不信任我，没有向我求助啊。"

元曜说道："也许泉女姑娘有自己的权衡与考量，才做出了沉默的选择。"

白姬说道："每个人的命运都是自己做出的选择。"

夏风吹过草木，碧色飘摇。

元曜提笔半天，也没有什么灵感，便放下了毛笔。

白姬熟练地弹着一曲《观海听涛》，元曜便凝神听着，心情随着古筝的声音时而宁静，时而激荡。

一曲终了。

白姬拿起木案上荷叶盘中的一片西瓜，笑道："夏天还是适合弹古筝、吃西瓜。"

白姬又看了一眼元曜面前空白的纸，笑道："我的筝曲已经练习得很熟了，轩之却还没有写出诗来。"

元曜托着腮说道："小生没有灵感。"

白姬笑道："为什么没有灵感呢？夏天，万物生机勃勃，是很适合写诗的季节呀。"

元曜问道："白姬，夷光公主和珊瑚老夫人她们现在在哪里呢？"

白姬笑道："夷光公主在浮织之岛，珊瑚夫人也在浮织之岛，她还没回海市，我昨天还接到珊瑚夫人的信了。"

"白姬，泉女姑娘还好吗？"

白姬的脸色倏然变了，手上的西瓜掉在了地上，她的眼中有难以抑制的愤怒。

长安城的上空刚才还晴空万里，转瞬之间变得阴云密布、狂风大作，云层之上，隐隐有惊雷滚过。

元曜从来没见过白姬如此愤怒，心中十分恐惧。

"白姬，你怎么了？"

白姬回过神儿来，慢慢平复了情绪。

阴云逐渐散去，天空又慢慢恢复了晴朗。

"我没事，一时之间没有控制好情绪，吓到轩之了。"

"白姬，难道泉女姑娘出了什么事？"元曜颤声问道。

白姬平静地说道："泉女死了。"

元曜十分震惊。

"珊瑚夫人在信中说，龙隐认为泉女背叛了他，杀死了泉女，还挖出了她的眼睛。夷光公主十分愤怒，但也没有办法。"

"啊？！是不是因为她给小生托梦，被龙隐察觉了，才会惨遭毒手。"

元曜十分难过，不由得流下了眼泪。

白姬平静地说道："也许是吧。每个人的命运都是自己的选择。泉女如此，龙隐也一样。"

"白姬，龙隐为什么如此残暴？"

白姬苦笑了一下，说道："他本性如此。我曾经也将万物的生命看作不值得一提的存在，看作是我闲暇时的消遣。他跟着我耳濡目染，本性就更加残忍暴虐了。"

"可是，看起来，龙隐在你面前十分温和顺从，不像是那么残忍的暴君。"

"轩之，私塾中，最顽劣的学生在夫子面前不也装得很温顺听话吗？如果不是珊瑚夫人告诉我，我也不知道泉女的死讯。"

元曜心中十分难过，白姬也很难过，两人在悲伤之中沉默了许久。

"白姬，你打算怎么办呢？"

白姬叹了一口气，慢慢说道："刚得到泉女之死的消息时，我比现在还愤怒十倍。泉女跟我长得很相似，尤其是眼睛，龙隐不仅杀死她，还剜掉她的眼睛，这明显是对我的挑衅与示威。我想过写信叫龙隐来长安，与他一战，只活一个。可是，冷静下来一想，无论我们两个之中活下来的是谁，对我都没有好处。如果我死了，缥缈阁就会消失，我在时间荒野之中经营了几千年的梦想也会毁于一旦，我可能再也得不到那个谜题的答案；如果龙隐死了，海中的局势就会混乱，将会不断地有野心勃勃、想当龙王的龙来这儿向我挑战。我倒是觉得无妨，但你和离奴恐怕会陷入危险——并不是所有的挑战都是光明磊落的。到了那种地步，我只能让你们离开缥缈阁。我思考了很久，发现暂时只能忍耐。如果我能回海中就好了，只有我能够重回海中，龙隐才没有存在的必要，这个死局才能破解。"

元曜忍不住说道："白姬，你跟龙隐可以试着沟通，毕竟你们曾经是师徒，有过不浅的情分，或许其中的仇恨、猜忌、纠结都能开诚布公地讲清楚，彼此的心结能够消释。"

"轩之，这个世界上，有很多复杂的心结是没法沟通或消释的。如果沟通有用，我就收不到那么多因果了。泉女之死，彻底断绝了我和龙隐沟通的可能，我不能原谅。一切众生都活在因果之中，龙隐是我种下的恶果，我必须承担这个恶果。"

"唉！"

元曜也不知道该说什么了。

白姬、元曜又沉默了许久，白姬看上去很悲伤，元曜也觉得很难过。

良久之后，白姬先开口了。

"算了,不提龙隐的事情了。轩之,今晚月色应该不错,我们去大明宫里欣赏望舒荷吧。"

元曜说道:"好呀。说不定看见望舒荷在月光下盛放的美景,小生就有灵感,能写出诗赋了。"

"那我也把四象筝带着,去望舒荷边练习新曲子吧。"

元曜一愣,问道:"这,半夜三更在太液池边弹古筝,会不会吵到皇宫里的人睡觉?"

"我们吃下隐身果再去,就不会被皇宫里巡逻的金吾卫逮住了。"

"不是会不会被逮住的问题,而是深更半夜在禁宫里弹古筝,会吵到人睡觉,不太厚道。而且,吃下隐身果,他们只听见古筝声,看不见人,这更会吓得睡不着了啊。"

"好吧,那就不带四象筝了,带一壶芙蓉酒去赏荷、赏月吧。"

"如此,甚好。"

"轩之,我突然想到,宫人们深更半夜看见两只酒杯漂浮在太液池边自斟自饮,更吓人吧?"

"那就不吃隐身果?"

"不吃隐身果,万一遇见了光臧国师,会有些尴尬。"

"那该怎么办呢?"

白姬、元曜十分发愁。

一只黑猫走了过来,说道:"哎,主人、书呆子,你们变成猫去皇宫看荷花不就行了。猫是最好的隐身法术呀。"

白姬说道:"也对,那就变成三只猫去吧。"

"可是,看见三只猫在太液池边推杯换盏地喝酒、赏荷花,宫人们心中会更害怕啊……"元曜小声地说道。

黑猫正在吃一片西瓜,闻言一愣,说道:"三只猫?主人、书呆子,离奴就不去了。离奴不爱看荷花,天气太热,也懒得走动,只想在缥缈阁里躺着。"

白姬笑道:"太液池里有鱼哟!皇宫里养的鱼,应该很肥美。"

黑猫眼前一亮,说道:"那离奴还是去吧。离奴也是一只风雅的读书之猫,努一把力,也是能赏月看荷、饮酒吟诗的。"

"那就一起去吧。"白姬笑道。

闲谈不知热,但惜夏日长。

一阵风吹过,青草葱茏,仲夏又到了。

第三折　人面兔

第一章　端　午

仲夏时节，天气炎热。

今年长安的夏天来得格外早，也格外热，才仲夏五月，刚近端午节，就已经酷暑难耐了。

缥缈阁的后院之中，草木青青，蝉鸣声声。

午后时分，白姬悠闲地坐在廊檐下，穿着一袭白色水波纹冰丝长裙，披着一条轻纱般的半透明鲛绡披帛，整个人像是笼罩在一团白色烟雾里。

元曜也坐在一边，正在往梨花木案上摆放餐具。

梨花木案上，放着一个黄金绞丝盘，盘子里放着一串五色新丝缠的角粽。除了粽子，还有一盘紫色玛瑙般的葡萄、一盘西瓜和一壶蜜花酒。

白姬时不时地扇一下手中的盘花牡丹绢扇，悠闲地望着不远处的胡十三郎。

古井边，桃树下，一只红色的小狐狸正在一个火炉边炙子鹅。

今天上午，胡十三郎来访，它奉老狐王之命，给白姬送来了端午节的粽子，还送来了一份当季的子鹅。

小狐狸认为离奴不会做地道的炙子鹅，所以留下来亲自下厨。

离奴一见胡十三郎要越俎代庖，使用它的厨房，十分生气。但是胡十三郎是来送礼的，离奴不敢发作，眼不见、心不烦，说是要买鱼去，就顶着日头出门了。

炙子鹅的方法十分复杂、讲究。子鹅必须选百日左右的鹅，把肥嫩的鹅肉煮到半熟，然后切丝。吃的时候，现吃现炙，一般是佐以豆酱、瓜菹、姜丝、蒜末、橘皮、花椒等佐料，再裹上鸡蛋汁，在明火上烤得焦香四溢。

小狐狸烤得十分认真，空气中浮动着令人垂涎欲滴的烤鹅香味。

元曜闻着烤鹅的香味，肚子有些饥饿，可是又惦记着离奴。

"白姬，离奴老弟去买鱼，去了那么久，怎么还不回来？"

白姬笑道："大概是它不想回来吧。无妨的，离奴很机灵，丢不了。"

"这都快吃午饭了,离奴老弟不回来吃饭吗?"

白姬笑道:"离奴一向不爱吃粽子,也不爱吃不是鱼的食物,外面那么多食肆,它会在外面吃的,饿不着它。"

胡十三郎烤好了一盘炙子鹅,端了过来。

"白姬、元公子,炙子鹅烤好了,你们尝一尝。"

白姬笑道:"辛苦十三郎了,你也来一起吃吧。"

胡十三郎揉着脸,说道:"看来,那黑猫是不会回来吃午饭了,某给它也做一盘炙子鹅,放在厨房,等它回来吃。也叫它尝尝某的手艺,让它自愧不如。"

白姬笑道:"不急,吃完了午饭再烤也不迟。"

胡十三郎揉着脸,说道:"也行。"

白姬、元曜、胡十三郎便一起坐下,开始吃粽子和炙子鹅。

胡十三郎送来的粽子是八宝粽,清香软滑。

元曜一口气吃了三个,还吃了五块焦香细嫩的炙子鹅。

白姬不是很爱吃糯米食物,但也吃了一个,她对炙子鹅赞不绝口。

胡十三郎十分高兴。

白姬、元曜、胡十三郎愉快地吃完了午饭。

吃饱喝足,就有些疲累,白姬去里间的贵妃榻上午睡了。

胡十三郎收拾了残羹冷炙,又开始在火炉边给离奴做一份炙子鹅。元曜看胡十三郎作为客人还如此忙碌,十分过意不去,想要帮忙,但是胡十三郎婉拒了他的好意,让他去歇着。

元曜便在大厅里守着店面,翻看账本。

夏日宜眠,翻着翻着,元曜就趴在柜台上睡着了。

"喂——喂喂——"

元曜被一阵声音吵醒,又觉得有人在敲他的头。

元曜睁眼一看,柜台上站着一只喜鹊。

喜鹊白毛覆蓝羽,头顶有一点儿红色。它精神奕奕、趾高气扬,正在拿喙啄元曜的头。

元曜认识这只喜鹊,它叫吉。

吉是给长安城中千妖百鬼传递喜讯的鸟,因为一年到头喜事也不多,它也兼做媒人糊口。

元曜一见吉,心中咯噔一下,上次它来缥缈阁是"玉面狸事件",带了一堆人的生辰八字来向白姬提亲,还差点儿让鬼王跟白姬成亲。无事不登三宝殿,它这次来,莫不是又给白姬做媒?

"吉,是你啊。你怎么来缥缈阁了,有什么事吗?"元曜紧张地问道。

吉说道:"你这呆书生别紧张,我不是来给白姬做媒的,只是顺路来跟你们说一句话。"

元曜有些好奇,问道:"什么话?"

吉说道:"你家的黑猫出事了……"

元曜惊了惊。

"是这样的。你家黑猫在金光门外跟一只兔子吵起来了,它们俩在大日头下吵了一个时辰,互不相让,最后都中暑晕倒了。离奴和那只兔子现在被围观的好心人安置在槐翁的茶棚里,你们快去把它抬回来吧。"

"啊?!多谢吉兄来报信!小生这就找白姬一起去抬离奴老弟!"

元曜朝喜鹊作了一揖,道谢之后,就急忙去里间找白姬了。

"不客气!快去吧。去晚了,小心那黑猫被坏心的妖鬼给掳走吃掉。"

喜鹊说完,便振翅飞走了。

元曜叫醒了白姬,将喜鹊的话说了一遍。

白姬睡眼惺忪,惊讶地说道:"吵架吵到中暑?离奴还真有毅力呢!金光门也不远,一般情况下,也没有妖鬼敢对离奴不利。轩之,你跟十三郎去一趟吧。"

说完,白姬又倒下睡了。

元曜只好去找胡十三郎。

胡十三郎一听,马上放下手上的活儿,跟元曜一起出门去找离奴了。

金光门离西市很近,往西走,过了群贤坊就到了。

金光门是长安九门之一,是一个比较偏僻的城门。长安城的百姓进出城很少走金光门,所以来往的行人不多,因为离西市比较近,只有一些往西市运送货物的商队经过。

盛夏时节,又是最热的下午,此时金光门内外没有商队,行人也寥寥无几。

元曜和胡十三郎走出金光门。

金光门外不远处的几个茶棚里也没有客人。

元曜问道:"这些茶铺都没有人,离奴老弟究竟在哪个茶铺呀?"

胡十三郎说道:"这是人类的茶铺,我们非人的茶铺不在这儿。元公子,你跟某来。"

胡十三郎带着元曜，转入了金光门外的树林里。

树林之中，一棵大槐树下，也有一间茶铺，跟外面的茶铺隔得不远。非人茶铺生意比人类的茶铺好，里面坐着一些奇形怪状的"人"，正在悠闲地聊天、喝茶。

胡十三郎带着元曜走进茶铺，这些"人"便盯着元曜，像是望着一盘美味佳肴，有的还流下了口水。

喀喀。

胡十三郎低声咳嗽了一下，也许是畏惧于九尾狐族的威势，也许是畏惧于胡十三郎本身，这些"人"便收起了贪婪的目光，不敢再盯着元曜了。

元曜环顾四周，茶铺靠着这棵古槐树搭建而成，面积并不大，一眼可以望见里外，他并没有看见中暑的离奴。

茶铺的掌柜是一个满头白发的驼背老翁。

胡十三郎问道："槐翁，你这儿有没有来过中暑晕倒的黑猫和兔子？"

槐翁说道："有的。就在刚才，是被一些好事的人送来的。"

元曜着急地问道："黑猫在哪儿？"

槐翁慢条斯理地说道："你们是来找黑猫的？你们来晚了，它跟兔子都被兔子的主人带走了。"

元曜疑惑地问道："兔子的主人？敢问这位兔子的主人姓甚名谁？住在哪儿？"

槐翁摇头，说道："茶铺来往之人都是萍水相逢之客。这……老朽就不知道了。"

胡十三郎揉着脸，说道："槐翁，黑猫为什么跟兔子吵起来？"

槐翁还没回答，坐在不远处的一只野猪妖说道："这件事情，俺看见了。黑猫抱着一堆箬竹叶，急匆匆地往城里走。那只兔子是一个仆人，也抱着一堆从城里采买的东西，从金光门里出来。也是凑巧，它们俩就撞上了，黑猫的箬竹叶洒了一地，兔子买的吃食和器物也摔坏了。它们俩就吵了起来，兔子不依不饶，要黑猫赔偿摔坏的东西；黑猫认为是兔子先撞了自己，也要兔子赔偿踩坏的箬竹叶，它俩情绪激动地争执起来。因为日头毒辣，天热得跟炭火烤一样，吵了大概一个时辰吧，它们俩就中暑晕倒了。俺们看不过去，就把它们俩抬到茶铺了。"

元曜问道："箬竹叶……难道离奴老弟是想包粽子吗？"

胡十三郎想了想，问道："那个兔子的主人是怎么找来的？"

野猪妖说道："他就在这附近等仆人去采买东西，应该是从路人口中打听了,才来的。"

胡十三郎问道:"这个主人是人还是非人?"

野猪妖说道:"当然是非人。那也是一只兔妖,看道行至少有五百年的修行了;长得……唉,比俺好看多了;脾气也很好,彬彬有礼,十分温和,跟这个书生差不多。"

胡十三郎环顾茶铺,从衣袖中掏出一锭银子,递给槐翁,说道:"谢谢大家照顾那只晕倒的傻黑猫。天气暑热,作为感谢,某请大家喝一碗凉茶,吃一些消暑的点心,请大家不要推辞。如果大家有那位兔子主人的线索,也烦请告诉某一声,某不胜感激。"

茶铺里的非人们一听有免费的茶水、点心,便都开始续杯和要茶点了,气氛一下子热络了起来。

槐翁看生意变好了,一边忙碌,一边喜笑颜开。

一只松鼠说道:"我见过那位兔主人,知道兔主人住在哪里。"

胡十三郎问道:"兔主人住在哪里?"

松鼠说道:"兔主人住在泾河下游,竹山山阴。出了金光门,往西走七八里,有一座竹山,兔主人的宅子就在竹山山阴。你们到了竹山附近,找人打听鳏夫之宅,就能知道了。"

元曜一愣,问道:"鳏夫之宅?这位兔主人丧妻了?"

松鼠说道:"是的。兔主人丧妻多年,一直鳏居未娶,是一个很痴情的人。"

"哦。"元曜说道。

胡十三郎又拿出一锭银子,递给松鼠,说道:"多谢了。这一点儿微薄的谢礼,请务必收下,买些瓜果吃。"

松鼠推辞了一番,最终还是收下了。它过意不去,又低声对胡十三郎和元曜说道:"你们俩去鳏夫之宅还是要小心一些。那座宅子怪怪的,有些不对劲儿的地方。那个兔主人也很怪异。"

元曜一惊,问道:"松鼠兄弟,此话怎讲?"

松鼠挠挠头,说道:"不是我不告诉你们,是我也不知道。我只是听住在竹山附近的朋友说,那座宅子和那个兔主人有怪异之处。这种没有根据的话,我本来也不想多说,但是收了这位胡公子的银子,总不能不提醒你们。你们小心一些是不会错的。"

胡十三郎点头,说道:"谢谢你的提醒。元公子,我们现在就去竹山吧。"

元曜点头,说道:"行。走吧。"

第二章 石 宅

渭水下游,竹山山阴。

竹山上种满了竹子,一棵棵苍劲挺拔的竹,有着油光铮亮的竹皮和翡翠一般的竹叶,连绵成一大片碧玉一般的莹绿色。竹林遮住了毒辣的阳光,给大地投下一片怡人的阴凉。

元曜和胡十三郎在竹山中徘徊了许久,险些迷路,也没有看见有宅院。最后他们向一只竹鼠打听,才找到了正确的方向。

元曜、胡十三郎朝着竹鼠指点的方向走,走了没多久,果然看见了一座安静而古朴的宅院。

从外面看,这座宅子大约三进院落,白墙黑瓦,朱门墨匾,白墙上攀缘了穿石绕檐的苍翠藤蔓。

元曜抬头看大门上的匾额,可能是时间久远的缘故,匾额上的"石"字十分模糊了,得努力辨认,才看得出来。两边的门柱上刻着一副对联,字迹也已经斑驳了。

元曜凝目细望,半蒙半猜是颜真卿的墨迹:烟霞闲骨骼,泉石野生涯。

元曜觉得,这位鳏居的兔妖主人还颇有些风雅。

咚咚——

胡十三郎已经伸手敲门了。

不一会儿,一个灰衣兔仆打开了门。兔仆探出头,打量了一眼元曜和胡十三郎,疑惑地问道:"你们找谁呀?"

胡十三郎说道:"请问你家主人今天有没有带回来一只中暑晕倒的黑猫?我们是那只黑猫的朋友,是来找它的。"

兔仆说道:"您二位稍等,小的去通报主人一声。"

兔仆这么说,那就是兔妖主人确实带离奴回来了。想到离奴就在石宅里,与自己一墙之隔,元曜松了一口气。

兔仆进去了一会儿,马上又出来了。

"主人有请二位，请随小的进来。"兔仆礼貌地说道。

"有劳带路。"元曜说道。

兔仆带着元曜和胡十三郎走进了石宅，石宅中甬路相衔、山石点缀，他们穿过一道曲折的抄手游廊，来到了后院。

后院之中十分雅静，草地上种满了绣球花，南边有一棵点缀了点点金黄的枇杷树；北边有一方清泉凝聚的水池，水池之中，有锦鲤游来游去。

庭院的正东方挂着帐幔。帐幔内放着一张花梨木案，木案上堆着一些名人书帖，还摆着笔墨纸砚。碧竹笔筒之中，插着大大小小、长长短短的毛笔，如树林一般。

看来，这里是兔妖主人的书斋。

元曜远远地朝书斋望去，飘飞的帐幔之后，隐隐约约能看见一名穿着湖蓝色襕袍的儒雅男子和一只黑猫。

男子正跟黑猫说些什么，黑猫抱着一只青瓷双耳碗，一边吃碗里金黄的枇杷，一边愁眉苦脸地听着。

黑猫正是离奴。

兔仆带着元曜、胡十三郎走到了书斋外。

隔着帐幔，元曜听见男子在说："无论青春欢笑时明媚美丽的笑容，还是苍老的脸上岁月斑驳的痕迹，我的感情，不会随着时间的流逝而改变……"

元曜心中有些奇怪，不明白男子和离奴在说些什么。

兔仆说道："主人，两位客人带到了。"

"有请。"男子说道。

离奴隔着帐幔已经看见元曜、胡十三郎了，高兴地问道："书呆子、臭狐狸，你们怎么来了？"

元曜说道："离奴老弟，听说你中暑晕倒了，我们是来接你回去的。"

离奴一边吃枇杷，一边说道："爷已经没事了。"

男子看了一眼胡十三郎，又看了一眼元曜，笑道："两位是这位离奴小兄弟的朋友？"

元曜急忙作了一揖，答道："小生姓元，名曜，字轩之。不知道兄台怎么称呼？"

男子大约不惑之年，面如敷粉，唇似点朱，留着柳叶胡，眼角有一点儿皱纹，看上去玉树临风、文质彬彬。

男子也回了一礼，说道："鄙人姓石，名生。"

元曜说道:"原来是石生兄。"

胡十三郎说道:"某叫胡十三郎。"

元曜、胡十三郎、石生互相见过礼,便坐下了。

兔仆退下,不一会儿,端来了两杯凉茶。

石生笑道:"我的管家阿符年纪大了,脾气也不好,跟这位离奴小兄弟在金光门外起了一点儿龃龉,发生了不愉快的事情。我看离奴小兄弟孤身一人昏迷不醒,不忍心留它在那鱼龙混杂的茶铺,就把它带了回来。离奴刚醒过来没多久,再歇一歇就没事了。阿符年纪大了,不如年轻人恢复得快,还在房间里躺着呢。"

元曜说道:"原来是这么一回事。多谢石生兄了。离奴老弟,你跟一个老人家起什么争执,幸好没有大事。"

离奴一边吃枇杷,一边说道:"不是爷要起争执,是那只老兔子……不,阿符先撞了爷,还不依不饶。爷本来就憋了一肚子气,当然不能忍让了。"

胡十三郎揉着脸,说道:"你这黑猫真小气,某只是来缥缈阁送粽子,顺便用了一下你的厨房,你就气得跑出去了。害得某跟元公子走了七八里山路,来这儿找你。"

离奴不高兴了,问道:"你送粽子来缥缈阁是什么意思?你是瞧不起爷吗?难道就你狐狸会包粽子,猫就不会包粽子吗?"

元曜说道:"离奴老弟,你果然是为了粽子的事情生气。十三郎送粽子来,是一份浓厚的情谊,并没有别的意思。"

离奴嘀咕道:"总觉得这狐狸是特意来嘲笑爷不会包粽子的。包粽子也没什么难的,爷摘了一堆箬竹叶,准备回去学……"

离奴的声音很小,只有它自己能听见。

石生问道:"缥缈阁?天上琅嬛地,人间缥缈乡,你们是从那个传说中的缥缈阁来的?"

元曜答道:"正是。难道离奴老弟没有告诉石生兄吗?"

石生说道:"刚才我只问了离奴小兄弟的名字,没有细问别的。其实我最近在找缥缈阁,但一直没有找到,没想到踏破铁鞋无觅处,得来全不费功夫,今天居然遇上了缥缈阁的人。"

元曜一听,问道:"石生兄找缥缈阁做什么?"

石生犹豫了一下,说道:"我有一些疑惑的事情,想找缥缈阁的白姬解惑,听说她是一个无所不知、无所不能的人,而缥缈阁能解决大家的疑难和麻烦。"

元曜笑道:"白姬并不是无所不知、无所不能,不过确实会帮大家解决疑难和麻烦。石生兄,你有什么疑难的事情呢?"

石生沉默了,不知道该怎么开口。

黑猫一直在吃枇杷,小狐狸看着又圆又大的金色枇杷,也有点儿想吃。小狐狸伸爪去青瓷双耳碗里摸枇杷,却被黑猫打了一下。

"臭狐狸,想吃枇杷,自己去摘。"黑猫说道。

胡十三郎十分生气。

元曜说道:"离奴老弟,十三郎为了找你,不辞辛苦,赶了七八里山路。十三郎担心你的安危,还花了两锭银子,向妖鬼们打听你的所在。你给十三郎吃几颗枇杷,又有什么要紧?"

离奴听了,把青瓷双耳碗递给了胡十三郎。

"喏,吃吧。"

胡十三郎把头扭向一边,生气地说道:"某不吃了。谁稀罕吃你的枇杷?"

离奴说道:"吃一颗吧。"

胡十三郎说道:"不吃。"

离奴指着沉默不语的石生说道:"这枇杷是他老婆的骨灰养出来的,酸甜可口,汁水又多,很好吃的。"

胡十三郎愣了愣。

元曜一惊,嗔怪地说道:"离奴老弟,你又在胡说些什么?太失礼了!"

离奴说道:"爷没有胡说,是他刚才说的。你们来之前,他一直在给爷说他和他老婆的陈年往事,爷刚中暑醒来,头还晕晕乎乎的,也没听清太多。但是,他老婆死了之后,他把她埋在了院子里,还种了一棵枇杷树,爷可是听得清清楚楚。喏,就是那一棵枇杷树。这些枇杷是从那棵枇杷树上摘的,不就是他老婆的骨灰养出来的吗?"

元曜顺着离奴指的方向望去,庭院南边确实有一棵枝繁叶茂的枇杷树,现在正是枇杷成熟的季节,绿叶之中硕果累累、点点金黄。

石生说道:"离奴小兄弟说得没错,这棵枇杷树是我在亡妻死的那一年亲手种的,亡妻就埋在枇杷树下面。刚才,离奴小兄弟说胸闷头晕、想吃枇杷,我就派人给离奴小兄弟摘了一些。看见枇杷,我就想起亡妻,忍不住便说了一些往事。"

元曜急忙说道:"石生兄,请节哀。离奴老弟一向天真烂漫,不懂事,言语冒犯，还请见谅。"

石生说道："无妨，无妨。"

之前元曜、胡十三郎在竹山里迷路了，耽误了一些时间，此刻已经快要傍晚了。现在带离奴走，他们来不及在下街鼓响起之前赶回长安。更何况，离奴还没彻底恢复体力，所以石生挽留三人住一夜再走。

元曜、离奴、胡十三郎便同意了。

元曜担心自己和离奴夜不归宿，白姬会担心，便求石生让兔仆走一趟，去缥缈阁送信。石生同意了，兔仆领命去了，但是找不找得到缥缈阁，就看缘分了。

石生招待元曜、离奴、胡十三郎吃了简单的晚饭，又给三人准备了客房。石生待客礼貌而周到，元曜对他很有好感，十分感激。

晚饭之后，元曜又去探望了跟离奴起冲突的管家阿符。

阿符年过花甲，满头银发，还躺在房间里休息。阿符对待元曜挺客气的，但是一提起离奴，还是非常生气。

元曜便替离奴道了歉，又劝阿符好生养息，保重身体。

月上竹林时，元曜从阿符的房间里出来回客房，经过庭院时，看见石生正站在水池边，对着枇杷树吟诗：

如彼翰林鸟，双栖一朝只。

如彼游川鱼，比目中路析。

石生吟的是潘岳的悼亡诗中的诗句。

石生的声音充满了深情与哀恸，元曜仿佛感受到了落单的鸟儿的彷徨，分开的比目鱼的悲伤。此情可待成追忆，被生与死所分隔的深情哀婉而凄绝。

元曜没有打扰石生追思亡妻，悄悄地走了。

元曜回到了客房里，离奴和胡十三郎还没有睡，正在油灯下聊天。

胡十三郎小声说道："这座宅子和这个主人都有些奇怪。"

离奴躺着说道："妖怪的宅子，不奇怪才叫奇怪呢！"

胡十三郎说道："某说的不是那种奇怪，是不对劲儿。"

元曜便接过了话，问道："十三郎，什么不对劲儿？"

胡十三郎想了想，说道："元公子，这座宅子的主人姓石，兔妖很少有姓石的。"

元曜一边铺寝具,一边问道:"妖怪的姓氏还有讲究?"

胡十三郎说道:"有的。妖怪修炼成人形之后,混迹在人类的世界里,通常都会取跟自己本相谐音或有一定关联的姓氏。比如狐族,大部分都姓胡,细分一下,也有姓苏、涂山的;比如白姬,姓龙,但她是白龙,所以也姓白;比如孙上天,灵猴类都是猢狲,所以它姓孙。还有很多,元公子可以自己细想,大多是这个规律。兔妖一般的姓氏是屠,不过白兔也有自称姓玉、姓月、姓雪、姓白的,但我从没听说过有姓石的。石跟兔子,没有任何关系。"

元曜有点儿好奇,问道:"为什么妖怪混迹在人类之中,要取与自己本相有关的姓氏呢?"

胡十三郎说道:"这个,某也不知道。这在妖怪之中是不成文的规矩,但一直流传,据说这样做可以伪装得更像人类,不会被人类识破真身,带来厄运。"

元曜似懂非懂地点点头。

离奴说道:"快拉倒吧。爷可从没见过姓毛的猫。我们猫就不按这套破规矩来,爱叫什么叫什么。"

胡十三郎问道:"你们猫一直在人类的屋檐下蹭饭吃,跟人类混居在一起,还用伪装什么?"

离奴无法反驳,只好小声说道:"狗也一样。就你们这些山林里的野兽规矩多,我总觉得你们取谐音的姓,像是生怕人类不知道你们是什么玩意儿似的……"

元曜问道:"兔妖姓石,在小生看来也没有什么异常。十三郎,是不是你多虑了?"

胡十三郎揉着脸,说道:"也许吧。还是早点儿休息,明天早点儿离开吧。"

"嗯。"元曜说道。

第三章 夜 梦

深夜时分,明月皎洁。

元曜从梦中醒来，隐约听见了夜风中有女子的哭声。

元曜心中奇怪，借着从轩窗洒入室内的月光，看了一眼离奴和胡十三郎。

黑猫和小狐狸都睡得很熟，呼吸均匀，鼾声轻微。

呜呜……呜呜呜……

夜风之中，女子的哭声时近时远，不绝如缕。

元曜眼角的余光扫到了窗外。

一个白衣女子从轩窗外走过。

白衣女子身材纤细，罗衣飘飘，步履轻盈，裙裾随风。

元曜愣了一下。

不一会儿，白衣女子再一次从窗外经过。

元曜有些蒙。

白衣女子一次一次反复从窗外经过。

元曜心中害怕，急忙去推睡在他左边的离奴。

"离奴老弟，醒醒，快醒醒……"

黑猫睡得很沉，元曜推了半天，黑猫毫无反应。

那白衣女子再一次从轩窗外经过，衣袂飘忽，仿如鬼魅。

元曜又去推睡在他右边的胡十三郎。

"十三郎，十三郎……"

小狐狸也睡得很沉，元曜推了半天，小狐狸也没有反应。

白衣女子再一次从轩窗外经过。

元曜心中害怕，但又很好奇，最终还是按捺不住好奇心，起身走到了轩窗边。

白衣女子再一次从轩窗外经过。

她一身白色罗裙，衣袂飘飞，因为披头散发，所以看不清脸。她走到游廊尽头的拐角处，转了过去。

元曜开门，走出房间，到了游廊。

游廊之中白雾弥漫，不远处的廊檐下，两盏羊角风灯发出青荧荧的光芒。

元曜走向了白衣女子消失的地方。

游廊尽头，拐过去便是一道月亮门儿。

月亮门儿内，是后花园。

元曜站在月亮门儿下，四处张望。

夜深人静,生命力旺盛的繁茂杂草之中浮动着缥缈的白雾。

白衣女子在月亮门边消失了,女人的哭声也消失了。

咯咯咯——咯咯——

月亮门儿内,又有女子的笑声随风传来。

元曜心中好奇,走进了月亮门儿内。

月亮门儿内的后花园还是白天的样子。

一个清泉凝聚的水池,在月光下碧波荡漾,水池之中,有锦鲤游来游去。草丛之中,满地的绣球花繁茂而蓬勃,汇聚成了一片蓝色花海,一层是神秘的幽蓝色,一层是宁静的深蓝色,一层是梦幻的浅蓝色。

庭院南边,是一棵枝繁叶茂、硕果累累的枇杷树。庭院的正东方,白色的帐幔在夜风之中飞舞。帐幔之后,是石生的书斋。

元曜听见女子的笑声从书斋的方向传来。

女子的笑声之中还夹杂着男子的呢喃笑语,十分亲密。

夜半无人,谁在私语?

元曜心中好奇,鬼使神差地穿过绣球花海,走向了书斋。

书斋还是白天的样子,帐幔内放着一张花梨木案,木案上堆着名人书帖,摆着笔墨纸砚。碧竹笔筒之中,插着大大小小、长长短短的毛笔,如树林一般。

书斋后面,是石生的卧房。

卧房里,有灯火,还有人。

书斋与卧房之间,摆放着一架四折螺钿纹云母屏风。屏风上绘着四时图,有春、夏、秋、冬四季,内容都是一名男子和一名女子的日常生活。春天,两人一起骑马去郊外,踏青赏花;夏天,两人一起纳凉,看天星、扑流萤;秋天,两人登高望远,欣赏漫山红叶;冬天,两人在庭院里围炉赏雪,玩投壶游戏。

元曜白天只顾着离奴,没有细看屏风,现在借着月光和烛灯光仔细一看,发现屏风上四时图中的男子穿着湖蓝色襕袍,好像是石生。而女子绾着飞天髻,簪着玉兰花,穿着一袭白色衣裙,身形纤细,罗衣飘飘。

这不正是刚才那位白衣女子吗?!

虽然那位白衣女子披头散发,没有绾发髻,但是和图中女子的身形姿态十分相似。

元曜正在思忖,屏风后面的笑语打乱了他的思绪。

透过薄薄的屏风,元曜看见了两个人。

一名男子，一名女子。

女子跪坐在梳妆镜前，一动也不动。

男子手持螺黛，伸手挑起女子的下巴，正温柔而仔细地给女子描眉。

"子君，别动，不然画歪了，不好看。"

咯咯咯——

女子发出了银铃般好听的笑声。

元曜从男子的声音听出，他是石生。

石生不是丧妻鳏居吗？深更半夜，房间里怎么还有一个女子？难道是他的侍妾？

古代男子丧妻之后，即使有侍妾长期陪伴，只要不娶，也叫鳏居。

元曜觉得不应该再窥探别人的闺房隐私了，转身打算离开，但是女子的笑声让他觉得心中发毛。

咯咯咯——咯咯咯咯——

元曜回头望了一眼，透过屏风的间隙，看见女子穿着一袭红艳如滴血的裙子。

"子君，你真美。希望我们相伴如鸳鸯，永不分离。"

咯咯咯——

元曜一愣，鳏居男子有侍妾虽然是正常的事情，可是石生晚上还对着亡妻埋骨的枇杷树吟诵出情深义重、感人肺腑的悼亡诗，现在又跟侍妾海誓山盟、描眉缱绻，心态的变化也太快了。

不过，这也不关自己的事情。

元曜转身，悄悄地走了。

元曜穿过绣球花海，走过了月亮门儿，回到了客房的院落。他刚踏过月亮门儿，又听见了女子呜呜咽咽的哭声。

元曜回头一看，月亮门儿的另一边，后院的枇杷树下，有一个白衣女子的身影。

白衣女子孤孤单单地站在枇杷树下，似乎在抬袖抹泪。

元曜再一定睛望去，白衣女子却又消失不见了。

元曜十分纳闷，回到了客房，小黑猫和小狐狸还在床上沉沉地睡着，他也躺下睡了。

第二天，元曜醒来时，离奴和胡十三郎也都醒了。

离奴和胡十三郎似乎各有心事，虽然醒了，都在发呆，没有起床。

元曜想起昨晚奇怪的经历：哭泣的白衣女子、诡笑的红衣女子，还有石生的海誓山盟，不知道是梦境，还是真实，他也发起呆来。

胡十三郎首先开口了，说道："元公子，某昨晚遇见怪事了……"

元曜回过神儿来，问道："什么怪事？"

胡十三郎揉着脸，说道："某半夜醒来，听见有女子在啼哭，心中正惊疑，就看见一个白衣女子在窗外走来走去。某觉得很奇怪，想叫醒你跟臭黑猫，但你们都睡得十分沉，怎么也叫不醒。某就跟着那位白衣女子走出了房间，穿过了游廊，来到了白天到过的后花园。然后，就看见了这家丧妻的男主人，跟一个女子在卧房里画眉毛，说一些亲密的话语。某知道这是情侣间的隐私，本来想避走，可是女子的笑声很恐怖，不像是正常的人。某觉得一定要探个究竟才能放心，就用了隐身术，想绕过屏风去看一看……"

"啊，十三郎，你还绕过屏风去看了？"

"……元公子，难道你也遇到了这件怪事？"

元曜点头，答道："是的。小生昨晚也经历了这些，不过小生没有绕过屏风，直接回来了。十三郎，你绕过屏风，看见了什么？"

胡十三郎揉着脸，愁道："什么也没看见。某根本绕不过屏风，太奇怪了，像是有强大的法术设置了某种结界，某在屏风的迷宫里打转，转了一夜，这才刚醒过来。"

元曜疑惑。

离奴忍不住说道："爷的经历跟你们倒是有点儿不同。"

元曜奇怪地问道："离奴老弟，你也遇到了这件怪事？"

离奴说道："遇到了。前面跟你们差不多，爷半夜醒来，听到了女人在哭，你们俩睡得跟死猪一样，爷怎么叫也叫不醒。爷睡眠浅，禁不得吵，就想去骂一顿那个哭泣的女人，叫她闭嘴。结果，走到了后院，又听见有女人在笑，这笑声比哭声还瘆人，爷就想先骂笑的女人。结果，绕来转去就到了书斋，看见姓石的在给一个红衣女人画眉毛。爷一看，姓石的画眉毛的技术不行，那眉毛画得一高一低，估计那红衣女人发出笑声，就是在嘲笑姓石的画眉技术不行。爷就抢过了螺黛，替他画。"

元曜冒出冷汗，说道："离奴老弟，情侣之间画眉是闺房之趣，你闯进去替人家画？！"

胡十三郎也惊异地问道："黑猫，你没被那诡异的屏风拦住吗？"

黑猫摇头，说道："没有啊，爷听见那女人笑得让人毛骨悚然，就推倒了屏风,闯进去了。爷正好看见姓石的画眉毛的技术不行,就替他画了。"

元曜和胡十三郎沉默。

过了一会儿,元曜问道:"后来呢?你闯进去,替石生兄给他的侍妾画眉,他没有生气吗?"

离奴想了想,有点儿迷惑地说道:"怪就怪在这里,爷只记得抢过了螺黛,在一张脸上画眉毛,后来就什么都不知道了。那张脸也想不起来了,那张脸……那张脸……好像只有眉毛……"

胡十三郎问道:"黑猫,你睡糊涂了吧?哪儿有人的脸上只有眉毛?"

离奴挠挠头,十分迷惑。

元曜也挠头,问道:"昨夜,我们仨做了同样的梦吗?"

胡十三郎拼命地揉着脸,问道:"昨晚的一切到底是不是梦啊?"

烈日当空,天气炎热。才刚到吃早饭的时候,太阳便已经炙烤着大地,空气中热浪袭人了。

石生热情地招待元曜、离奴和胡十三郎吃早饭,好像什么事情也没发生,看不出什么异常。

元曜开始怀疑,昨晚发生的一切可能是一场梦。可是,他一个人做梦也就罢了,胡十三郎和离奴难道也一起做了同样的梦?

元曜一边喝粥,一边旁敲侧击地问道:"石生兄昨晚睡得还好吗?"

石生一愣,有些迷惑。

元曜急忙解释道:"小生的意思是天气太热,夜晚难眠,石生兄睡得可还好啊?"

石生答道:"自从亡妻过世,我心如古井水,夏日亦寒冬,也感觉不到什么炎热,睡得跟平常一样。莫不是我招待不周,三位因为暑热没有睡好?早知道,就该让仆人替你们准备些冰块放在客房了。"

元曜说道:"哪里、哪里,石生兄已经招待得很周到了,我们仨都睡得很好。"

胡十三郎点头,附和说道:"睡得很好。"

离奴却直接说道:"哪里睡得好了?你家里有两个女人,一个哭,一个笑,吵死了。你看,因为睡不安生,爷的黑眼圈都熬出来了。"

元曜吃惊地说道:"离奴老弟,太失礼了!"

胡十三郎揉着脸,说道:"黑猫,你是黑色的,看不出有黑眼圈。"

石生一愣,问道:"两个女人?在我家里?不可能的。自从亡妻过世,我这宅院里就没有女子了。这座宅子里,除了我,只有阿符和两个小厮。阿符年纪大了,很多事情忙不过来,我倒是打算去城里雇两个仆妇,一个管厨房,一个管洒扫,不过天气太热,我懒得进城去办,就拖延下来了。"

元曜一怔,说道:"可是,昨夜……那个,可能是做梦吧。"

离奴说道:"这宅子里不可能没有女人,我们都看见你深更半夜给一个红衣女人画眉毛。其实,鳏夫家里藏两三个女人也没什么,你没必要不承认,我们又不捉奸。"

元曜说道:"这宅子里有没有女子不重要,这是石生兄的私事,我们不该多问。"

石生说道:"真的没有。亡妻去世之后,这宅子里就没有女人了。"

第四章 阿 符

既然石生坚持说石宅里没有女人,元曜也就不再追问了,就当昨晚经历的事情是一场离奇的梦境。

吃过早饭之后,元曜便告辞回缥缈阁。

石生说道:"我最近一直在找缥缈阁,有一些疑惑的事情想向白姬请教。但是今天我还有一些琐事,无法随你们一起进城,改日我再去缥缈阁拜访。今天就让阿符送你们回去吧。"

元曜说道:"多谢石生兄。你实在太客气了,不劳阿符相送,我们自己回去就行了。"

石生笑道:"天气暑热,这里离长安城有七八里地,走回去太累了,还是让阿符驾马车送你们一程。反正,昨天采买的东西……阿符今天还得进城去西市采买物品,送你们也是顺路的事情。"

元曜说道:"那就多谢了。"

石生说道:"请一定要转告白姬,我改日会去拜访她。"

元曜说道:"肯定的。"

阿符昨晚休息了一夜,已经从中暑中彻底恢复了。他驾着马车在石宅外,等着送元曜、离奴和胡十三郎回长安城。

阿符穿着一身深褐色短打,脚踏一双芒鞋,安静地坐在马车上。他年逾古稀,满脸皱纹,有着一头蓬乱的灰白头发和一双深陷在眼窝里的褐色眼睛。阿符沧桑的眼神中满是忧郁,他的皱纹里仿佛也隐藏着一波三折的往事。

阿符招呼元曜、离奴和胡十三郎上马车。他对待元曜、胡十三郎很客气,但对待离奴没有什么好气。

阿符吐了一口唾沫,说道:"呸,清早看见黑猫,真不吉利。"

离奴听了,回嘴道:"哟,老兔子,你还想吵架呀?"

阿符脾气不好,答道:"吵架就吵架,老朽还怕你不成?"

离奴挽起了袖子,还要开口,元曜急忙阻止了离奴。

"离奴老弟,大热天的,你快少说几句吧。咱们赶紧回缥缈阁才是正事。"

"也行。主人估计都饿坏了,爷得回去给她做饭。"

离奴便钻进了马车,不再说话了。

胡十三郎从刚才起就一直盯着阿符。胡十三郎上马车之前,又回头看了一眼石宅,眼中充满了疑惑。

元曜惭愧地对阿符说道:"离奴老弟年轻不懂事,不知道尊重长者,小生替离奴道歉了。"

阿符一笑,说道:"无妨,老朽也没那么小肚鸡肠。后生,你文质彬彬、温和有礼,一看见你,老朽就忍不住想起了一些往事。哎,不说了,上车,走吧。"

元曜有些疑惑,但也不好多问,便登上了马车。

元曜、离奴和胡十三郎坐在马车里,阿符驾着马车,向长安城驶去。

一路上,马车穿过碧绿的竹山,驶过纵横的阡陌,也没什么事,就是离奴看见了一片箬竹林,让阿符停了马车,下去采了一些箬竹叶。阿符脾气暴躁,跟离奴又差点儿吵起来,被元曜劝止了。

胡十三郎一直没有作声,只是疑惑地望着阿符。

不多时,马车便到了长安城。

阿符将马车驶进了金光门,到了西市,又按元曜的指点,将马车停在了通往缥缈阁的死巷外,放下了元曜、离奴和胡十三郎,然后告辞了。

胡十三郎站在死巷外,望着阿符驾着马车走远,拼命地揉着脸。

元曜有点儿奇怪,问道:"十三郎,你怎么了?"

胡十三郎说道:"太奇怪了。"

元曜问道："什么奇怪？"

胡十三郎说道："这位阿符很奇怪。阿符是一只褐色的兔妖，至少有八百年的道行，比那位石生要强多了。奇怪的就是这个，阿符为什么给石生做仆人？妖怪之中，谁的道行深、法力强，谁就是主人，这是不成文的规矩。"

"这……"

元曜也不懂妖怪的规矩，听胡十三郎一说，也觉得奇怪了。

离奴抱着箬竹叶，说道："规矩是死的，妖怪是活的，妖怪也不一定全然按照规矩来做事情。比如爷和主人，爷比主人强大多了，可还是做仆人，也做得挺开心。"

胡十三郎一愣，问道："黑猫，你是不是中暑昏了头，你能比白姬还强大？"

元曜沉默了一会儿，说道："离奴老弟，有自信是一件好事，但是盲目自信不妥当。"

离奴说道："爷没有昏头，也没有盲目自信，爷的厨艺确实比主人强大。爷一走，主人就没饭吃。"

"啊，终于到缥缈阁了。"

"你们让开，让开，别挡路！"

死巷外突然响起了声音。

元曜回头一看，却没看见人，低头一看，原来是五只老鼠。

一只灰老鼠在前面开路，四只黑老鼠托着一个三层红漆木食盒，它们累得气喘吁吁。

刚才发出声音、叫元曜三人不要挡路的，就是这五只老鼠。

元曜有些吃惊。

离奴一看，惊奇地说道："这不是万珍楼的老鼠吗？你们来缥缈阁做什么？"

引路的灰老鼠看了离奴一眼，说道："哦，是小黑呀。是这样的，白姬在万珍楼定了一些菜肴，我们是来送餐的。"

离奴有点儿蒙，问道："主人让你们送菜肴？"

"是的。昨天晚上，白姬派了一个纸人来万珍楼，说是想吃一些美味佳肴，徐掌柜就配了一些当季热卖的菜肴，让我们送来了。今天早上，白姬的纸人又来送信儿，徐掌柜只好又配了菜肴，我们给送来了。"

胡十三郎笑道："黑猫，你不是说你一走，白姬就没饭吃吗？某看，你一走，白姬吃得更好了。"

黑猫说道："爷是说，爷一走，主人就没鱼吃了。"

灰老鼠说道："有鱼的，这食盒里徐掌柜配了我们卖得最好的乳酿鱼……"

"你闭嘴。"离奴说道。

"主人真不容易，爷一走，她就只能吃老鼠做的食物。万珍楼爷是去过的，还待过一阵儿学厨艺。万珍楼的菜肴味道虽然还行，但毕竟是一群老鼠在地下厨房做的，黑灯瞎火，鼠多手杂，多多少少不干净，偶尔吃一下可以，长期吃容易闹肚子。运气不好，还得闹鼠疫……看来，爷一刻也不能离开缥缈阁。"

"嘿！什么鼠疫？你这黑猫可别信口开河，砸我们万珍楼的招牌！"灰老鼠生气地说道。

"哎，回头爷得劝劝主人，健康为重，不要因为口腹之欲，不顾身体……"离奴不理会灰老鼠，自言自语地说道。

元曜见四只黑老鼠抬着三层食盒，每只都累得汗流浃背、气喘吁吁，便顺手提起了食盒。

"多谢元公子。"

"谢谢。"

两只黑老鼠向元曜道谢。

元曜笑道："举手之劳，不必客气。"

另外两只黑老鼠抱怨道："唉，其实我们万珍楼是不外送食物的，毕竟每天光顾的客人太多了，他们都得排队才吃得到。"

"但是，徐掌柜害怕得罪白姬大人，不敢拒绝，非得折腾我们这些柔弱的厨子来干挑夫的重活儿……"

元曜冷汗。

元曜、离奴、胡十三郎和五只老鼠一边说话，一边走进了死巷。

缥缈阁，大厅。

白姬站在货架旁边，正摆弄一些西域香料，听见声音，回头一看，笑道："轩之、离奴、十三郎，你们回来了？呀，午饭也送来了吗？"

元曜放下三层红漆木食盒，笑道："我们刚从石宅回来。白姬，昨天兔仆来传信，你收到了吗？"

白姬笑道："收到了。离奴，你还好吧？要不要再去歇一歇？"

离奴笑道："主人，离奴已经恢复了元气，不用歇着。"

白姬笑道："夏天不适合动怒吵架，要心态平和。中暑可不是闹着玩的。"

离奴说道："离奴以后尽量不在夏天吵架。"

"天气太热了，我以为你们今天也不会回来，就定了一些吃食。"

白姬走到柜台边，从陶罐里拿出一锭银子和五吊铜钱，递给引路的灰老鼠，笑眯眯地说道："有劳了。这锭银子拿去给徐掌柜，是这两天的菜肴钱，多出的就不用找了。这五吊钱是给你们的，拿去喝杯凉茶吧。"

灰老鼠接过银子，笑道："多谢白姬。"

一只抬食盒的黑老鼠说道："白姬大人，下次这只黑猫不在，请一定要再让我们送菜肴。"

另一只黑老鼠奇怪地说道："哎，你刚才不是还抱怨连天，不想送菜肴来吗？"

"刚才不是没有这一吊赏钱吗？一吊钱，是我半个月的工钱了。徐掌柜抠搜，又不肯给我们涨工钱，我上有老，下有小……"

引路的灰老鼠说道："好了好了，别废话了，你们赶紧把菜肴从食盒中拿出来，我们还得回东市呢。万珍楼客人多，厨房里人手不够，还等着我们回去帮厨。"

四只黑老鼠要去腾食盒，离奴急忙说道："别动，放着爷来。爷的厨房不能进老鼠。"

元曜忍不住说道："离奴老弟，你曾经在万珍楼的厨房里学厨艺，这些老……厨师都是你的师父，你不可无礼。"

离奴一想，说道："也行。那你们跟爷一起来。臭狐狸，你也来搭一把手。顺便教爷怎么包粽子。"

胡十三郎揉着脸，说道："某一点儿也不想教你。"

离奴、胡十三郎和老鼠们拿着食盒进了厨房。

白姬走到元曜身边，打量了一下他，笑道："轩之，又遇见奇怪的事情了？"

元曜问道："白姬，你怎么知道？"

白姬眨眨眼，笑道："因为我们身无彩凤双飞翼，心有灵犀一点通。"

元曜脸一红，问道："白姬，这句话你从哪儿看来的？"

白姬说道："坊间话本里。"

元曜说道："这句话不能乱用，是情侣之间才能用的。"

白姬说道："那我们可以做情侣呀。"

"这……这……"

元曜瞬间红了耳根,手足无措,不知道该怎么办。

白姬扑哧一笑,说道:"好了,我不逗轩之了。轩之的疑惑都写在眼睛里了。"

元曜渐渐恢复过来,调整了慌乱的心绪,说道:"昨晚我们确实遇到了奇怪的事情。"

"哦?发生了什么事呢?"白姬饶有兴趣地问道。

于是元曜便把昨天在石宅遇见的事情和三个诡异的梦境说了一遍。

白姬若有所思,说道:"丧妻鳏居的兔妖,一个哭泣的女人,一个大笑的女人……梦中之梦,梦外之梦,很有趣。"

"白姬,石生兄说改日会来缥缈阁。他有一些疑难问题,想找你帮忙解决。"元曜说道。

白姬笑道:"可以,我等着他来。"

白姬、元曜闲谈之间,五只老鼠已经放好了菜肴,跟白姬告辞之后,又抬着三层红漆木食盒离开了。

第五章 牵 丝

吃完午饭,胡十三郎本来打算告辞,但是天气太热,顶着日头走,恐怕会中暑,胡十三郎就打算傍晚太阳下山之后再走。

胡十三郎趴在回廊的阴凉处午睡,可是离奴不让胡十三郎睡,一定要胡十三郎教自己包粽子。没有办法,胡十三郎就继续教离奴怎么包粽子。

夏日午后,闲来无事,白姬坐在里间的青玉案边看一本坊间话本。

元曜坐在白姬旁边,一边翻看《论语》,一边发呆。

白姬看着坊间话本,突然好像想到了什么,对元曜说道:"轩之,你去把离奴叫来。"

元曜回过神儿来,放下《论语》,去后院叫离奴。

离奴和胡十三郎正在后院用箬竹叶包粽子,离奴包的粽子里塞满了香鱼干。

胡十三郎一脸嫌弃,又懒得说离奴。

元曜心想:香鱼干口味的粽子,味道一定离奇怪。

"离奴老弟,白姬叫你。"元曜说道。

"哦。"

离奴放下了粽子,擦干净手,跟着元曜来到了里间。

"主人,什么事情?"离奴问道。

白姬问道:"刚才听轩之说,你们昨天在石宅里遇到了奇怪的事情。离奴,三个人之中,就只有你进入了石生的卧房,你看见的那名红衣女子是什么样子的?"

离奴想了想,说道:"没有脸……那个女人没有脸。不对,仔细一想,那个姓石的也没有脸……"

元曜奇怪地说道:"离奴老弟,你不是还给那位红衣女子画眉毛了吗?她怎么能没有脸呢?"

离奴说道:"爷说得不仔细,不是没有脸,是没有眼睛、鼻子、嘴巴……眉毛是爷给画的。"

元曜迷惑。

白姬指着坊间话本的一页,问道:"没有脸的人,是不是这个样子?"

元曜转头望去,白姬指着的那一页坊间话本上,画着一幅牵丝傀儡戏的图画。元曜仔细一看,这一张内容写的是最近在乐游原上,有吐蕃艺人在表演丧家乐[①]。

离奴点头,说道:"有点儿像。仔细一回忆,姓石的跟那个红衣女人的头顶上好像还有一根透明的丝线。"

白姬笑道:"原来你们闯入了人家的牵丝戏里了。"

元曜好奇地问道:"什么意思?"

白姬笑道:"如果我没猜错的话,石生应该是思念亡妻,所以深夜以牵丝傀儡戏的方式表达对亡妻的思念。那个无脸的红衣女人并不是他的侍妾,而是一个傀儡,是他回忆中的妻子。而画眉这个场景,应该是他妻子还活着时,他们俩经常做的事情吧。"

[①] 丧家乐:傀儡戏的一种说法。傀儡戏历史悠久,发源于汉,而兴于唐。杜佑《通典》记载:"窟礧子,亦云魁礧子,作偶人以戏,善歌舞,本丧家乐也。汉末始用之于嘉会。"

离奴撇嘴，说道："经常画眉，技术还那么差，他妻子活着时一定很苦恼。"

元曜恍然道："原来如此。那么石生兄确实没有说谎，他的宅院里并没有女人。哎，也不对，那个白衣女人又是怎么一回事？"

白姬说道："这个我就不知道了。"

傍晚时分，吃过晚饭之后，胡十三郎告辞了。白姬送给胡十三郎一坛西域流霞酿，让胡十三郎带给老狐王，算作回礼。

小狐狸很开心地道了谢。

离奴给了胡十三郎一串下午包的小鱼干粽子。

小狐狸勉为其难地收下了。

时光如梭，转眼又过了三天。

这一天中午，下了一场骤雨。狂风骤雨之后，天放晴了，盛夏涌动的燥热也消去了。

元曜站在大门口，呼吸着夏日雨后清新芬芳的空气，望着不远处碧绿的柳树，柳叶上的雨珠浑圆而透明，十分美丽。

死巷外走来了一个人。

那是一名温文儒雅的中年男子，穿着一袭湖蓝色襕袍。

元曜一下子认出来了，正是石生。

石生一边走，一边左顾右盼，似乎在寻找什么。

"石生兄，你来了。"元曜急忙出去招呼道。

石生听见元曜的声音，看见元曜走出来，才仿佛迷障尽去，看见了死巷尽头的缥缈阁。

"原来缥缈阁在这里呀。"石生喃喃自语道。

元曜笑道："缥缈阁一直就在这里。石生兄，快请进。"

石生点点头，好奇地踏进了缥缈阁。

白姬正在里间结跏趺坐、冥神静养。

"白姬，石生兄来访了。"

元曜带着石生走进了里间，白姬便睁开了眼睛。

白姬看见石生，不由得微微一怔，眼神中有点儿疑惑，但片刻之后，又仿佛明白了什么，眼神逐渐恢复了清明。她饶有趣味地盯着石生，嘴角浮起了一抹诡笑。

白姬站起身来，笑道："原来是石先生。早就听轩之提起过您，离奴顽皮,多有叨扰,让您费心了。"

石生说道:"不客气。那件事本来就是我家阿符的过错,与离奴小兄弟无关。"

白姬笑道:"请坐下说话。轩之,叫离奴去沏一壶消暑的冰露茶。"

元曜便去后院,叫醒了在廊檐下睡午觉的离奴,让离奴去沏茶。

黑猫懒得动弹,骂了小书生一句,让他自己去沏茶,就又团起来睡了。

元曜没有办法,只好自己去厨房沏茶。

元曜沏好了一壶冰露茶,又切了一盘蜜瓜,用一个花梨木托盘装了,端进了里间。

里间,青玉案边,白姬和石生正在交谈说笑。

白姬笑道:"刚才下了一场骤雨,石先生没有拿雨伞,也没有淋湿,想来应该是跟仆人一起进城的吧?"

石生笑道:"是的,我跟阿符一起驾马车来的。阿符将马车停在西市,在马车里等待。"

白姬笑道:"阿符也来了?不如请他也来喝杯茶?"

石生说道:"阿符说要守着马车,不肯跟我来找缥缈阁。"

白姬笑道:"哦,那就算了。请问,石先生的姓名?籍贯何处?"

石生说道:"我姓石,名生,家乡就在长安郊外的蓝田山中。"

白姬笑道:"石先生贵庚?"

石生想了想,说道:"我在蓝田山中修行了五百年。"

白姬笑了笑,又问道:"三百六十行,请问石先生是做什么营生的?"

元曜觉得有些奇怪,以往白姬从来不会主动细问客人的各种事情,都是客人为了达成目的主动倾诉。她今天对待石生,与以往对待别的客人有些不太一样,与其说是她想知道石生的姓名、籍贯、年龄,更像是她想让石生知道他自己的姓名、籍贯和年龄。

太奇怪了,元曜心想。

元曜放下了冰露茶和瓜果,跪坐在青玉案边,将冰露茶倒入了三盏荷叶杯中,分别放在石生、白姬和自己面前。

石生想了半天,说道:"我曾经走街串巷,以表演牵丝傀儡戏为营生。我会自己制造一些表演的木偶,还会自己写剧本,然后去东市、乐游原、芙蓉园表演。不过,这都是年轻时的事情了,亡妻过世后,我就不怎么做这些了,家里还有几亩闲田,早年还有一些积蓄,倒也可以度日。"

白姬拿起荷叶杯,喝了一口冰露茶,笑道:"能听一听您跟您妻子的往事吗？"

石生脸上浮起了悲伤，说道："我的妻子跟您一样，也姓白，名叫子君。她住在长安城万年县，她的父亲，也就是我的泰山大人，是一名私塾先生。我当年走街串巷，表演牵丝傀儡戏，遇到了子君。我们一见钟情，情投意合。我是兔妖，她是人类，我们的感情遭到了她家人的反对，不过我们还是经常偷偷地约会。那时候，我们真的很快乐，充满了浓情蜜意，子君经常从家里偷跑出来，我们在芙蓉园里一起赏花游玩，甚至一起偷偷到洛阳去看牡丹花会。"

白姬笑道："原来坊间话本里那些男女夜奔的事情是真的呀。"

元曜说道："这种事情是不对的，有违媒妁之言，伤风败俗，更有违圣人之训，不是君子所为。啊，石生兄，小生没有说你，你跟夫人后来喜结连理了，就不算违背圣人之训了。"

石生说道："儿女私情，情难自禁，即使知道违背圣人之训，也难以控制自己的感情。我和子君情比金坚，一起对抗各种阻碍，功夫不负有心人，最后终于得到了岳父大人的首肯，成了夫妻。"

元曜忍不住问道："小生冒昧问一句，石生兄，你的岳父为什么不同意你们的亲事呢？"

石生叹了一口气，说道："岳父认为，人妖殊途，不能在一起。我与子君的寿命是不同的，我可以活很多年，子君只能活百年，人类会很快衰老，三十年、四十年后，我还是年轻时的模样；子君却已经白发苍苍，满脸皱纹了。岳父认为，我们不是良配，无法长相厮守，我会抛弃垂暮之年的子君。即使最后在子君的坚持下，他老人家勉强同意了亲事，也没有给予我们真心的祝福。可是，实际上，造化弄人，岳父的担心是多余的，子君先我而去，只剩我一个人在孤独的岁月中被悲伤淹没。"

白姬问道："您夫人是因何去世的？"

石生流泪，答道："难产。稳婆尽了全力，大人和小孩都没有保住。"

白姬说道："请节哀。"

石生以袖擦泪，说道："这份彻骨的悲痛已经过去很多年了，以前一想起来，我会难过得仿佛天地都坍塌了，现在倒是能坦然一些了。但是，我还是很难过。我曾经想过，子君会先我而去，只留我一人，承受漫长的孤独与寂寞。但是，没有想到，她是在感情最炙热的时候，以这种方式突然离开。与子君别离后，我把余生所有的光阴都封存起来，浸透在悲伤里，思念她、缅怀她。"

白姬喃喃说道："这种事情还真是少见啊……"

石生愣了愣。

元曜问道："白姬，你在说什么呢？"

白姬回过神儿来，才意识到自己失言了，遮掩道："我的意思是，人与妖相恋，很少见。对了，石先生，你来缥缈阁，是为了什么事呢？"

石生说道："我……我开始长出一张人脸了。"

白姬问道："什么意思？"

石生说道："最近照镜子，我发现我的本相上逐渐长出了一张人脸。"

白姬盯着石生，问道："你的本相……长出人脸？"

石生担忧地道："是的。一开始，是一双人类的眼睛，后来有了鼻子、嘴巴，就是我现在幻化成人类的这张脸。这张脸长在了我的本相上。兔头上长出人脸，是很怪异的事情。白姬，这是怎么一回事呢？"

白姬沉默了一会儿，问道："石先生，你很在意长出人脸这件事情吗？"

石生说道："当然在意。这太奇怪了，让人心中不安。"

白姬喝了一口冰露茶，问道："石先生，冒昧地问一句，你家里现在有些什么人？"

石生说道："我家里就只有我、阿符和两个小厮。"

白姬笑道："又是阿符。阿符是什么来历呢？"

石生说道："阿符是我的管家，一直跟随在我身边，替我料理家宅里的事情。"

白姬问道："石先生，阿符跟着你多久了？"

石生突然有些头疼，扶着额头，答道："很多年了，具体多久，我想不起来了。我突然有点儿头疼，头好疼啊……"

白姬笑道："看来，我必须见一见阿符了。"

第六章　黄　昏

石生说道："阿符就在死巷外，一棵大槐树下，我去将他叫来。"

元曜说道："还是小生去吧。"

元曜起身，走出了缥缈阁，去死巷外找阿符。

死巷外，大槐树下，并没有马车和阿符。

元曜又在周围转了一圈，也没看见马车和阿符。

元曜回到缥缈阁，跟白姬、石生说没有见到阿符。

元曜说道："也许阿符是买东西去了，过一会儿就会回来。"

石生有些疑惑地说道："今天并没有物品需要采买，我们是特意来西市找缥缈阁的。阿符一开始就不愿来，是我执意要来的。"

白姬问道："石先生，阿符不同意你来缥缈阁吗？"

石生说道："阿符一直都不同意。他认为是我想多了，长出人脸并没有什么，不需要放在心上，更不需要找人解惑。"

白姬若有所思地说道："哦。"

石生在缥缈阁里待了许久，元曜每隔一段时间便去死巷外的大槐树下看一看，阿符一直没有回来。

眼看着日头偏西了，白姬做出了决定。

"不等阿符了，我们去石先生的家里看一看吧。这件事情其实很简单，很容易解决。"

石生同意了。

"那我们现在就走？"

白姬看着石生，说道："走之前，我需要确认一件事情。"

石生问道："什么事情？"

白姬问道："石先生，你真的想知道自己为什么会长出人脸吗？也许，不知道的话，这场镜花水月的美梦会持续得更久一些，你会更幸福一些。"

石生想了想，坚定地说道："我想知道自己为什么会长出人脸，为此我寝食难安。我一定要知道原因。"

白姬叹了一口气，说道："也行吧。反正，从你长出人脸的那一刻，这场梦境就有了裂缝，不会再长久了。"

元曜忍不住问道："白姬，你说的是什么梦境？"

白姬说道："一场纪念死亡的爱情的梦境。"

元曜十分疑惑。

白姬从大厅里的《百马图》上召唤出三匹天马，就跟元曜、石生一起离开了。

离奴留在缥缈阁里看守店面。

日头西斜，黄昏薄暮，郊野的群山被金红色的夕阳浸染，笼罩上了一层似真似幻的薄薄红晕。

渭水之上,升起了一弯金色的月亮,几颗星辰发出了晦暗的光芒。水中之月与天上之月互相映衬,模糊了真实与虚幻的界限。

竹山,石宅。

白姬、元曜、石生来到石宅时,夕阳已经消失不见了。

竹山之中,在黄昏时刻,呈现出三种斑驳陆离的颜色:一片翡翠般的碧绿色,一片晚霞般的金红色,一片幽暗的灰黑色。

元曜将三匹天马拴在竹林里,让它们吃草。

白姬站在石宅外,笑道:"气乘风则散,界水则止。得水为上,藏风次之①。这儿的风水很好,很适合做坟墓。"

石生有些迷惑。

元曜一愣,说道:"白姬,你胡说什么,太失礼了。"

白姬笑道:"我的意思是石夫人葬在石宅的枇杷树下是很好的,这座宅子是一处风水宝地。"

石生有些悲伤,没有说话,转身去敲门。

咚咚——咚咚咚——

石生敲了许久,也没有人开门。

石生有些疑惑,问道:"阿吉、阿祥去哪儿了?怎么这么久还不来开门?难道是在后厨吃饭……"

白姬笑道:"我来敲吧。"

白姬走到石宅门口,抬手,刚要敲门。

吱呀——

朱红色的大门缓缓地打开了。

大门里面,没有人。

门是自己开的。

白姬笑道:"石先生,看来,你家的大门没有关紧。"

石生十分疑惑,自语道:"不对,大门刚才明明是关紧的。"

白姬望着朱门后面黄昏中的石宅,神色逐渐严肃起来。

白姬再一次对石生问道:"石先生,你确定想知道自己为什么会长出人

---

① 出自郭璞《葬书》。郭璞,晋代著名学者。

脸吗？一旦踏进这个大门，一切就不能逆回了。"

石生望着朱门之内，坚定地点点头。

"我想知道真相。"

白姬说道："那如你所愿。"

白姬踏进了石宅里，石生也跟着进去了。

元曜也抬步走进了石宅。

在走进朱门的那一刻，元曜仿佛听见晚风之中传来了女子的哭声。他回头看了一眼竹林中的三匹天马，却发现了四个影子。一只褐色的兔子站在三匹天马旁边，睁着血红色的眼睛，望着石宅。

元曜有些吃惊，揉了揉眼睛，仔细一看，那只褐色的兔子却又不见了，只有三匹天马在竹林里悠闲地吃草。

石宅之中，空无一人，石生带着白姬、元曜穿过抄手游廊，来到了后院。石生让白姬、元曜站在后院稍等，他去厨房看一下阿吉和阿祥在不在。

白姬、元曜站在后院中，眼前是一片血红色的绣球花海。

不远处，那一棵枇杷树孤独地立在院墙下，枝繁叶茂，金果累累。

元曜有些奇怪，问道："咦，这些绣球花之前是蓝色的，现在怎么变成红色了？"

白姬笑道："这些绣球花本来就是红色的。"

元曜说道："不对，是蓝色的。小生记得很清楚。"

白姬笑道："那是因为轩之被幻象蒙蔽了。蓝色的绣球花，是梦境中的幻象；这些红色的绣球花，才是真实存在的。"

元曜挠挠头，说道："小生没有做梦时，这些绣球花也是蓝色的呀。"

白姬笑道："这座石宅本身就是梦境，你醒着与睡着，都是在做梦。"

元曜十分迷惑，正要细问，石生走过来了。

石生一脸迷惑地说道："奇怪，阿吉、阿祥不在厨房，他们去哪里了？我又去厢房看了，阿符也还没有回来。"

白姬笑了笑，问道："石先生，赶了这许久的山路，在院子里站着怪累的，能去您的书斋坐下歇会儿吗？"

石生说道："当然可以。失礼了，家里没有仆人，一下子就乱套了。请随我来。"

石生引着白姬、元曜来到了书房。

因为天色昏暗，石生亲自点上了四叶兽首鎏金莲花灯，书斋一下子亮堂了起来。石生又顺便揭开了孔雀蓝釉狮耳香炉，打算点燃熏香。

"等一等。"白姬制止了石生，笑道，"幻梦香就不必再点了。"

石生迷惑道："什么是幻梦香？这只是普通的甘松香，味苦而辛，能宁神静气。甘松香很适合夏天用，也很适合我的心境，多年来我一直用它。"

白姬笑而不语。

石生便盖上了孔雀蓝釉狮耳香炉，不再点香了。

白姬转头端详书斋，看见了摆放在书斋与卧房之间的那一架四折螺钿纹云母屏风。

云母屏风上绘画着四时图，是春、夏、秋、冬四季，还有石生与妻子的日常生活。

白姬仔细看了看屏风上的四时图，嘴角露出了一抹诡笑。

白姬笑道："石先生，我能去屏风后面看看吗？"

石生说道："可以的。屏风后面是我的卧房，也没有什么东西，只有一些早些年表演牵丝傀儡戏时雕刻的木偶。"

白姬、元曜跟着石生走过云母屏风，来到了卧室。

卧室之中，十分雅致，昏暗的光线中，只有一张檀木雕福禄寿罗汉床，一面鹤足立地葡萄纹铜镜。

石生点燃了卧室中的八叶桂树铜灯。

光线明亮起来，元曜才看见正对着檀木罗汉床的那面墙上，放了一个多宝槅。多宝槅上，摆放着许多木制人偶。

那些木雕的人偶高约一米左右，头上和关节上悬着透明的丝线。它们都没有脸，从打扮上看，有男有女，有老有少，有贩夫走卒，有帝王将相。这些形形色色的木偶都落满了灰尘，结满了蛛网。其中，只有几个比较新的，一个是穿着湖蓝色襕袍的石生，一个是穿着红衣的女子，红衣女子的脸上有两弯整齐的眉毛，还有一个穿着褐色短打的白发老仆和两个小厮。

元曜望着红衣女子的木偶，心中充满了疑惑。觉得这个红衣女子似乎在哪里见过，仿佛是在梦里。

白姬望着多宝槅上没有落灰的几具木偶，又露出了一抹诡笑。

"这些牵丝傀儡很别致呢。"白姬赞道。

石生说道："这些都是我以往走街串巷表演用的，都是糊口的工具。"

白姬笑道："石先生，这些木傀儡都是你自己雕刻的吗？"

石生说道："是的。"

白姬笑道："突然很想听牵丝戏，石先生能给我们表演一段吗？"

元曜愣了愣，觉得白姬有些失礼，但是又觉得白姬这么做肯定是有原因的。

石生一怔，半晌过后才说道："可以的。"

白姬笑道："轩之，我们可以看牵丝戏了。"

元曜点点头。

第七章　波折（上）

月上中天，灯影幢幢。

白姬、元曜跪坐在石生的卧室之中。

石生从多宝槅下取出了一个半人高的柳木箱。

柳木箱子上面积了很多灰尘。

石生吹去灰尘，打开柳木箱子。

原来，那个柳木箱子并不只是一个箱子，随着石生将箱子一层一层打开，一个设计精巧的舞台出现在白姬和元曜面前。

舞台的布景是一间有花有月的厢房，古朴而优雅。

石生看了一下舞台的布景，说道："这还停留在《会真记》呢。现在来不及做别的布景，就给你们演一段《会真记》里的红娘传书吧。"

白姬笑道："《会真记》街头巷尾一直在演，都听腻了。我想看一些别的。"

石生问道："您想看什么？"

白姬说道："这个闺阁的布景也挺适合悼亡，既然是丧家乐，我想听一些思念亡人的戏曲，比如思念亡妻什么的……"

元曜忍不住说道："白姬，你这未免有点儿失礼……"

白姬笑而不语。

石生说道："我每时每刻都在思念子君，有时候也会演一出牵丝戏，怀念我们的过往。你们想看的话，我就给你们演一段吧。"

石生将穿着湖蓝色襕袍的男子木偶和穿着红衣的女子木偶拿到了舞台边，开始表演了。

舞台之上，男子与女子一见钟情，相遇相知，后来拜堂成亲，喜结连理。西厢房中,他们花前月下,吟诗饮酒。然而,好景不长,舞台之上只剩下了男子形单影只,孤独一人。

石生在幕后唱道:"梧桐半死,鸳鸯失伴,夜半空床听雨声,头白如雪发如霜,令人不堪断肠。"

元曜听得热泪盈眶,他觉得石生对妻子的怀念令人感动,他们生死分离令人哀伤。

元曜擦了擦眼泪,转头看了一眼白姬,却见白姬笑眯眯的,仿佛是在看一幕滑稽的喜剧。

元曜不由得一愣,问道:"白姬,你怎么不哭呢?"

白姬一头雾水,问道:"轩之,我为什么要哭?"

元曜哽咽着说道:"即使不哭,你也不能笑啊。石生兄在演生离死别的悲伤剧情,你怎么笑得出来?"

白姬笑道:"这一出悼亡戏确实发自肺腑,情思缠绵,令人哀伤。我笑的不是这一出戏,而是另一出幽默的戏。"

元曜奇怪地问道:"还有幽默的戏?小生怎么没看见?"

白姬笑道:"因为轩之在戏台上,正在演出。"

元曜十分迷惑,问道:"小生明明在看戏,怎么会在戏台上演出?"

白姬说道:"不识庐山真面目,只缘身在此山中。那一出戏,木傀儡不知道自己是在表演,而轩之也在陪着它演戏。"

元曜更迷惑了。

"白姬,小生不明白你在说什么。"

舞台上,石生的木偶还在临窗对月,抒发对亡妻的思念。

"荏苒冬春,寒暑流易,之子归黄泉,阴阳永隔离,孤魂何茕茕,安知灵与无……"

白姬诡异一笑,说道:"轩之少安毋躁,等一会儿我再替你解惑,今晚的戏是一波三折的。"

不多时,石生表演完了悼亡的戏,从舞台后走了出来,跪坐在地上。

石生神色哀戚,眼角还有泪痕,许久没有说话,似乎还没有从戏中走出来。

白姬说道:"岁寒无与同,朗月何胧胧。石先生,时间是可以冲淡一切的,人与非人,都很善忘,死亡与离别,哪怕当时无法接受,随着时间的流逝,也会变得越来越淡……"

石生打断白姬,说道:"不会的。子君的离世让我痛彻心腑,这份痛苦与悲伤从来没有因为时间的流逝而变淡。"

"那是因为时间还不够长。"白姬看着他，接着问，"请问，石夫人去世多少年了？"

石生的眼神有些迷惑，他想了想，说道："很久了。"

白姬问道："多久了？"

"我不记得了。"石生想了半天，似乎头又开始痛了，他抱住了头，说道："应该几百年了，我已经被悲伤淹没很久了，时间对于我们兔妖来说，漫长得仿佛没有尽头，我记不起来了。"

"那石夫人去世是在哪一个季节呢？是万物复苏的春天，还是万物沉寂的冬天？"

"我也记不起来了。"石生抱着头，痛苦地说道。

"不可能记不起来。即使时间可以冲淡悲伤，却无法忘记悲剧发生的那个时刻。如果这场生离死别刻骨铭心的话，即使一万年后，也能将那个时刻记得很清楚，那是万物萧条的冬天，昆仑山白雪皑皑，我现在都还清楚地记得去往龙渊的路上，那凛冽如刀的寒风……啊，说远了，我的意思是，石先生既然因为妻子的离世而常年陷入悲伤之中，想来这场离别是刻骨铭心的。而刻骨铭心的离别，即使记不清楚是哪一年、哪一月、哪一日，石先生至少也该记得是发生在哪一个季节。"

白姬的声音缥缈如风。

元曜微微一愣，昆仑、龙渊，白姬是想起了与冰夷的离别吗？虽然她从来不曾提过，好像也不在意，但是现在听来，这场离别对她来说是刻骨铭心的。

石生说道："我真的记不起来了……或许是因为我活得太久了，对于兔妖来说，时间太过于漫长，时间没有意义，季节也没有意义。"

白姬笑道："对于妖怪来说，时间或许漫长到失去意义，但是对于你来说，生命不过百年。"

石生十分迷惑。

元曜也觉得十分迷惑。

"白姬，石生兄是兔妖……"

白姬笑道："不，他是人类。"

石生神色骤变，又痛苦地捂住了头。

元曜看了看石生，他从小就能看见普通人看不见的事物，而且能清楚地分辨人与非人。人与非人的区别，一般人或许看不出来，但在小书生眼里，就像是红与绿的区别那么大。在他看来，石生的身上并没有任何人类的气息，石生并不是人类。

元曜肯定地说道："白姬，这次是你弄错了，石生兄不是人类。"

白姬只是笑了笑，没有回答小书生，而是对石生说道："石先生，刚才你表演了傀儡戏，十分精彩。作为回报，我也请你看一场戏。"

石生抬起了头，眼神迷茫。

元曜问道："白姬，你要表演什么戏？"

一阵夜风吹来，卧房里的八叶桂树铜灯倏然熄灭了。

"嘘！"白姬一只手以指压唇，一只手指着那扇四折螺钿纹云母屏风，小声说道："轩之，安静一些，好戏开始了。"

灯灭之后，卧房里一片漆黑，但四折螺钿纹云母屏风的另一边，书斋里却灯火辉煌。

元曜发现，坐在卧房里看屏风，因为透过来的光亮的关系，屏风上的四时图更清晰了。

忽然，一阵缥缈的白雾飘过，屏风上的四时图消失了。

元曜定睛望去，发现屏风上出现了一些画影，看轮廓是山水花鸟、城坊街巷。山水花鸟的场景似乎是郊外，有一片竹林，有一座山。而城坊街巷就是普通的城市，看布局像是长安城，又不像，贩夫走卒，往来于城中。

城坊街巷之中，有一名男子走街串巷，表演傀儡戏，每到一处，便吸引了许多人围观。

元曜望着屏风上变幻的画影，忍不住问道："白姬，这些画影是怎么一回事？是你干的吗？"

白姬以袖掩面，说道："不是。我跟轩之一样，也是观众。"

"那这些画影是怎么一回事？"元曜好奇地问道。

"我施了一点儿小法术，让屏风上凝聚的思念来诉说'真相'。这扇屏风，是一扇门，分隔了生与死，连接了真实与虚妄，还是某人的藏身之处。"白姬笑道。

某人的藏身之处？！元曜一惊，还要细问。

白姬却说道："轩之，别说话了，看戏吧。"

元曜只好按捺下好奇心，不再问了。他望向四折螺钿纹云母屏风，继续观看变幻的画影。

山水花鸟的场景之中，出现了一座竹山，竹山的深处，有一座宅院。宅院之中，往来的皆是兔子。从一间闺房的窗口望去，房里的一只兔子摇身一变，变成了一名窈窕女子。

女子悄悄地溜出了兔宅，跑去了人来人往的城里。

女子在城里走来逛去，被街头的傀儡戏所吸引，一直看到了散场。

表演傀儡戏的男子从舞台后走出来，正好看见了这个喧闹繁华的戏剧散场之后仅剩的观众，两人互相望着彼此，久久不动。

过了一会儿，男子首先反应过来，朝女子作了一揖，然后开始捡拾观众看完表演之后留在场中的赏钱。

女子把自己的玉镯褪下，放在了地上。

可能是玉镯过于贵重，不适合拿来作为看傀儡戏的赏钱，男子把玉镯拾起来，还给了女子。

女子又把玉镯放在地上，转身跑了。

男子望着女子跑远的背影，直到看不见她了，才拾起了玉镯。他从衣袖中拿出一块汗巾，小心翼翼地包起来，珍惜地放入了怀中。

第八章　波折（下）

从此以后，兔妖经常幻化成女子，从竹山的兔宅出来，来到城中，观看男子的傀儡戏。两人渐生情愫，关系越来越好，当男子从怀中将玉镯小心翼翼地掏出来，送还给女子时，两个人便私订终身，成了情侣。

男子与女子的爱情遭到了女子的父亲——老兔妖的反对。女子不顾父亲的反对，与男子偷偷私会，深夜逃走。两人历经坎坷，最终打动了老兔妖，结为连理。

男子与女子成婚之后，在竹山的山阴处建了一座宅院，宅院幽静而雅致，大门口挂着"石宅"的匾额。

男子与女子在石宅之中过着琴瑟和鸣、神仙眷侣的日子。

春夏秋冬，严寒酷暑，时间飞快地流逝，他们一直感情融洽、举案齐眉、十分恩爱。

岁月如梭，一晃多年。

从形象上看，男子从一个青涩少年变成了一个长着胡子的中年人，皱纹爬上了他的眼角，风霜染白了他的鬓发。而女子一直都是原来的样子，岁月不曾改变她一丝一毫。

男子命中无高寿，毫无征兆地无病而终。

阴阳相隔，女子伤心欲绝，生无可恋，甚至在男子的尸体前上吊殉情。

幸好，老兔妖及时赶到，救下了女儿。

在老兔妖的开解之下，女子暂时打消了殉情的念头。她将男子的尸体埋在了后院中，在埋尸体的地方种下了一棵枇杷树。

女子独留在世，心哀如死。

余生再无倾城色，一草一木皆相思。

不久之后，女子病倒了，奄奄一息地躺在床上，形如槁木，似乎很快就要死去。

老兔妖来探望女儿，十分着急，最后似乎想出了一个办法。

故事发展到这里，元曜就有些看不懂这个故事的内容了。

因为女子消失不见了，而男子又复活了。老兔妖变成了老仆人，留在了石宅里，还多了两个小厮。

元曜看得一头雾水。

石生看到这里，头疼得像要炸开一样，他死死地抱住了头，浑身微微发抖。

白姬问道："石先生，你想起来了吗？"

石生抬起头，浑身颤抖，双目变得通红如血。

元曜觉得石生变得有些不对劲儿，心中害怕，急忙靠近了白姬。

石生缓缓开口了，说道："原来我早就死了啊。"

白姬叹了一口气，说道："这句话对，也不对。看来，你还是没醒过来。"

元曜心中十分迷惑，白姬的话是什么意思？！

石生用血红的眼睛望着白姬，说道："我不明白你的话……"

白姬望着石生，说道："石先生确实早就去世了，他的尸体被埋在院子里的枇杷树下。可是你，还活着，一直活着。"

石生垂头，望着自己的双手，自言自语道："石生死了，我还活着……我还活着，我是谁？"

随着石生不断地问自己，逐渐化作了一只兔子。

一只毛色雪白的兔子。

这只兔子十分怪异，因为它长了一张人脸，而那张人脸，是石生的模样。

元曜大吃一惊。

"白姬，这……这是怎么一回事？"

白姬低头望着人面兔，说道："石先生……不，石夫人，你现在醒过来了吗？"

人面兔瑟瑟发抖。

"唉——"

四折螺钿纹云母屏风上，传来了一声悠长的叹息。

随着叹息声落下，一只褐色的兔妖从屏风中走了出来。

褐色兔妖化作了一个穿着深褐色短打的老仆人。老仆人满脸皱纹，长着一头蓬乱的灰白头发和一双深陷在眼窝里的褐色眼睛。褐色兔妖沧桑的眼神中满是忧郁，皱纹里仿佛也隐藏着一波三折的往事。

元曜认得这个老仆人，正是一直不见踪迹的阿符。

阿符说道："白姬大人，您不该这么做，这对她来说太残忍了。"

白姬说道："这是她自己的选择。我给了她两次做选择的机会，她都选择了知道真相。你爱女心切，给她创造的疗伤的梦境是无法持续到永远的。她已经长出了人脸，这并不是好兆头，再不让她醒来的话，她或许会陷入可怕的魔障之中。"

阿符愁道："自从她长出人脸，老朽也不知道该怎么办了。也许，冥冥之中，自有天意，既然她能找到缥缈阁，寻求到您的帮助，那一切就听您的。"

灯火摇曳，人面兔突然发出了女子的声音。

"我想起来了……我不是石生，石生是我的夫君……他早就已经死了……"

人面兔伏地而哭，十分悲伤，令人断肠。

元曜还是很迷惑，忍不住问道："白姬，小生一头雾水，这到底是怎么一回事？"

白姬说道："这件事很简单。如轩之刚才在屏风上所见，石先生并不是兔妖，而是一个普通人类，走街串巷，以表演傀儡戏为营生。兔妖是石夫人。他们相爱相知，相伴一生，石先生寿数已尽，去世了。石夫人用情至深，受不了这个打击，心哀如死。石夫人的父亲爱女心切，就用自己所能想到的办法开导女儿，给女儿治疗心伤。他耗费妖力，让这座石宅陷入了一场虚幻的梦境，将女儿和女婿调换了角色。自己化作管家阿符，陪伴在女儿身边。"

元曜看了一眼阿符，问道："原来您是石先生的泰山大人。小生遇见的石先生，其实是石夫人吗？而枇杷树下埋着的，是石先生？"

白姬说道："是的。阿符，你怎么会想出这么一个办法？一般人都想不出来。"

阿符叹了一口气，说道："老朽一开始就不同意这门亲事，人妖殊途，不是良配。石生死后，子君这孩子陷入悲伤，眼看就不行了。老朽就想着，或许他们俩调换一下角色，交换一下心境，会好一些。老朽虽然是兔妖，但在人间走过一些年，见过不少事情。一般来说，女子丧偶之后，会长久地陷入悲哀之中，不能自已，甚至殉情；男子丧偶之后，少则几个月，多则几年，都能从悲伤之中走出来，另外寻觅新的感情。所以，老朽觉得，让子君以为自己是石生，说不定过上几个月、几年，子君就能从悲伤之中走出来。到时候，等子君平复了哀伤，老朽再告诉子君真相。可是，好像也不太行，子君不仅没有从悲伤之中走出来，还深陷其中，长出了人脸。"

元曜无语，阿符大费周章地编织出这个梦境，在竹山创造了一处鳏夫之宅，让女儿变成了女婿，自己扮作仆人，竟然因为他认为男子比女子薄情。

阿符走到了人面兔身边，说道："子君，这场梦到此为止了。我们非人的生命还很漫长，石生那孩子，也一定不希望你陷入悲伤，走不出来。"

浮生梦醒，人面兔抬起头，望向阿符，说道："阿爹，谢谢你，给了我这一场梦境。我现在心情很乱，需要好好想一想这一切了。"

阿符慈爱地望着人面兔，说道："孩子，我们的生命还很长，你还有很多时间来想通这一切。"

白姬对阿符说道："事情已经解决，石夫人的疑惑也解开了。天色已晚，我与轩之今夜恐怕要在您这儿打扰一宿了。"

阿符说道："这儿有些简陋，恐怕白姬大人住不习惯，老朽驾马车带二位去离这儿不远的另一处宅院吧，那里是老朽的家宅，比这儿舒适、华丽一些。"

元曜一想，阿符口中的家宅，应该就是屏风上看见的往来皆是兔子的兔宅吧。

白姬说道："太麻烦了，我懒得动了，就在这儿将就一宿吧。"

阿符说道："也行。"

人面兔留在卧室之中，对着屏风出神，久久无言。

白姬、元曜跟着阿符离开了。

阿符给白姬、元曜安排了两间客房。说是两间客房，其实是一间，中间只用一架水墨画屏风隔断。因为石宅比较小，没有多余的客房，而让贵客住仆人住的厢房是失礼的行为。

阿符还给白姬、元曜准备了晚饭，待客十分周到。

大梦已醒，这座石宅看似没有改变多少，却又仿佛改变了很多。就像后院的绣球花海，虽然无论哪种颜色都很美丽，但是红色的花海和蓝色的花海，还是让人产生截然不同的心境。

元曜站在轩窗边赏月，后院的墙边探出了一枝枇杷叶，元曜的心情十分复杂。之前，他以为枇杷树下埋的是石夫人，却没想到埋的是石生。

"人类与妖怪真的殊途吗，是不能相爱的吗？"元曜心中有些悲伤，十分失落。

白姬一边吃着青瓷双耳碗里的枇杷，一边说道："人妖虽然殊途，但是人类有一句话，叫殊途同归。人与非人，最终都会去往同一个地方，只不过一个早些去，一个晚些去而已。"

元曜问道："人与非人都会去什么地方？白姬，你怎么吃上枇杷了？"

白姬一边吃，一边说道："人与非人，都会死亡，都会去往虚无的死亡之地。啊，阿符准备的晚饭很丰盛，我不小心吃多了，刚才看见树上的枇杷结得蛮好，就让阿符摘了一些来吃，既消暑，又消食。"

你吃了晚饭，又吃枇杷，会更积食吧？元曜在心中说道。

"白姬，小生还是不明白，石夫人为什么会长出人脸。"

白姬说道："因为子君入戏太深，在梦中醒不过来了。子君把自己当成了石先生，久而久之，本相上就长出了石先生的脸。"

元曜问道："白姬，人与非人的爱情都是悲剧的吗？"

白姬想了想，说道："从我收集的各种因果来看，人与非人的爱情基本没有圆满的，结局都很悲伤。人与非人本身就不同，很难长久相爱，即使能够长久相爱，互不厌弃，还有寿命长短的隔阂，比如石先生和石夫人。非人的一方，注定要承受这份爱情所带来的巨大的悲伤、漫长的孤独和永远的寂寞。爱得越深，越难以承受这份痛苦。人类失伴，最多百年孤独；而非人失去了爱侣，如果走不出来的话，就是永远的劫难了。"

"啊？！"

元曜以前从未想过人与非人的爱情会是怎样的结局。听白姬这么一说，他突然觉得异常悲伤和沉重。他是人类，生命短暂；白姬是龙，生命漫长。如果他们相爱，他必然会先一步离去，只剩她一个人在漫长的时光中承受离别的痛苦。她痛苦的时间，甚至会比他们相处时快乐的时间要长。

"白姬，你千万不能爱上小生！那样对你来说，太痛苦了！"元曜想都没想，便脱口说道。

他说完之后，才意识到自己有些失言了，瞬间变得面红耳赤，不知道该怎么办。

白姬一头雾水，奇怪地说道："轩之，我没有爱上你。不是，你为什么突然这么说？"

"小生只是顺口一说，白姬你不要放在心上。"元曜急忙解释道。

"哦，好的。"白姬一边吃枇杷，一边说道。

元曜悲伤地说道："石先生是幸福的，而石夫人太可怜了。"

白姬说道："这也是没有办法的事情。对于深情之人，欢愉过后，便是灭亡。爱这种情绪，到了极致，也会毁灭一个人。"

爱，到了极致，也会毁灭一个人吗？

元曜又想到了石夫人。

白姬吃够了，将青瓷双耳碗递给元曜，说道："轩之，不要胡思乱想了，吃几颗枇杷，就早点儿休息吧。明天我们还得早起回缥缈阁呢。"

元曜接过青瓷双耳碗，收回了思绪，拿起了一颗枇杷，看了一会儿，又放下了。

"一想到枇杷树下埋着石先生，小生就吃不下。"

白姬已经在床上躺下了，听见元曜这么说，便说道："一般来说，鲜花或果树下面埋着尸体，开出的花朵会更鲜艳，结出的果实会更甜美⋯⋯以往，为了阿绯能开出更灿烂的桃花，结出更甜美的桃子，我跟离奴会在开花前的冬季和结果前的夏季去找鬼王要一些他炼丹剩下的人类尸体，埋在桃花树下。不过，轩之来了之后，怕吓到轩之，我们就不这么干了。"

元曜听得头皮发麻，说道："白姬，快不要说了，吓死小生了！"

"哦，好吧，不说了。"白姬说道。

不一会儿，屏风另一边传来了白姬的鼾声。

这条龙妖这么快便睡着了？果然是有其主必有其仆，有其仆也必有其主，白姬跟离奴老弟一模一样，没心没肺，能吃能睡。

元曜也在床上躺下了，可是多愁善感、思绪万千、东想西想，久久不能入睡。直到弦月西沉的后半夜，他才睡了过去，做了一夜香甜的梦。

第九章　尾　声

晴空灿烂，万里无云。

缥缈阁，后院。

夏日的午后，白姬和元曜闲来无事，在廊檐下消暑。

一壶冰露茶、一盘西瓜、一盘葡萄、一串五色丝缠的角粽。粽子里面混合着胡十三郎送的八宝粽和离奴包的小鱼干粽，吃到哪一种，全凭运气。

元曜刚才运气不好，拿到了一个小鱼干粽，因为黑猫也在旁边蹲着，扔掉的话会被骂，他只能愁眉苦脸地吃着。

蓝天之下，院墙之外，远远地探出一棵合欢树的树冠。不知道是谁家的合欢树，生命力旺盛到长出了院墙。

这个季节，合欢树上开出了许多红色的小绒花，像火焰一样艳丽而绝美。一阵清风吹过，火红色的小绒花从树上飘飞下来，如漫天红雨，十分美丽。

白姬捧着一杯冰露茶，安静地欣赏着远处的合欢花。

黑猫也在吃一个小鱼干粽子，吃得津津有味。

黑猫一边吃粽子，一边问道："主人、书呆子，听你们说起来，离奴之前是在给一个木傀儡画眉毛？"

白姬说道："是的。那座石宅的'念'太强大了，你们仨不小心闯入了石夫人的傀儡戏和阿符的梦之结界中。"

元曜笑道："离奴老弟，小生见过了那个红衣木傀儡，你画的眉毛还挺整齐的，颇有美感。"

黑猫被夸赞了，很开心。

"那爷以后天天给书呆子你画眉毛！"

元曜差点儿呛到，急忙说道："不用了！不用了！小生的眉毛不需要画……离奴老弟，你还是给自己画吧。"

离奴有点儿苦恼，说道："爷是黑猫，画了眉毛也看不见，白瞎了这手艺……"

元曜无语。

白姬说道："轩之，吐蕃人好像还在乐游原上表演丧家乐，明天我们去看看呀。"

元曜吃惊地说道:"呃,白姬,你还没看够傀儡戏吗?小生总觉得木傀儡有点儿吓人,不想去看。一切像人而没有生命的东西,细看之下,都挺恐怖。不知道人类为什么会想到制造木傀儡这种东西。"

白姬笑道:"大概是因为人类太过自大,也太过寂寞,想体验造物之神的乐趣,才制造出类似于自己的东西吧。说到木傀儡,最早就是周穆王时期的偃师①制造出来的'木人'了,不过他制造的'木人',跟丧家乐表演用的木傀儡,略有不同。"

元曜好奇地问道:"有什么不同呢?"

白姬神秘地一笑,说道:"'木人'与真人别无二致,能说话、行动、思考……"

元曜忍不住打断白姬,问道:"木人还能思考?"

白姬笑道:"能。'木人'的思考方式是人类设计的,它们有灵魂,却不是鬼神之术。它们是与人类截然不同却又极其相似的存在。"

元曜一头雾水,完全听不懂白姬的话。

"小生听不懂,也没见过或听说过这样的东西……"

白姬笑道:"因为这种东西触犯了神明的法则,违背了天地的规律,神明不允许它存在,已经被彻底铲除了。不过,虽然这种'术'被封禁,但种子还在,深埋在土壤之下,等待着新神取代旧神的那一日,等待着天地规律发生改变的那一刻,它们会通过人类之手卷土重来,创造出前所未有的新的世界。"

元曜一脸蒙,说道:"白姬,小生更听不懂了……"

白姬笑道:"算了,不说偃师的木人了,说一说木傀儡吧。其实木傀儡不仅可以用来表演,也可以用于战争呢。"

元曜想了想,笑道:"说到木傀儡和战争,小生倒是想起了一个典故。"

白姬问道:"什么典故?"

元曜笑道:"陈平六计安天下,汉高祖亲率大兵征讨匈奴,从平城突围的那一计。"

---

① 偃师:是《列子·汤问》中记载的一位工匠,善于制造能歌善舞的人偶。"偃师献技"是列子在战国时期科学发展的基础上所独创的科学幻想寓言,寓言中用人工材料组装的歌舞演员,不仅外貌完全像一个真人,能歌善舞,而且有思想感情,以假乱真。

白姬一听便明白了，笑道："平城突围之计啊，确实木傀儡起了大作用。这一计也跟男女情爱有关，利用了忌妒的心理。"

黑猫听不懂，问道："主人、书呆子，你们在说什么？离奴也是读书之猫，想长一点儿学问。"

元曜说道："平城突围之计，是汉朝时的事情。汉高祖亲征匈奴，到达平城时，被冒顿单于率四十万精兵围困住了。汉军坚守了七天七夜，平城之中粮草将尽，形势十分危急。汉高祖身边的谋士陈平献了一条计策。陈平探知了围困平城四面的匈奴敌兵之中，有一面的敌兵是由冒顿单于的妻子阏氏率领的，阏氏善妒，不能容忍冒顿单于身边有侍妾。陈平就让工匠赶制了一些真人大小的木头人，雕成女子面容，穿上华丽的舞裙，用机关操纵着它们在城墙上跳舞。阏氏远远一看，以为是真人，又隐隐看见这群舞女一个一个都十分年轻、美丽，她害怕攻下平城之后，冒顿单于会收这些美女作为侍妾，就带着自己的军队退走了。汉高祖和陈平就从阏氏这一面突围，逃出生天了。"

离奴听了，说道："这阏氏真傻，放跑了汉高祖和陈平。冒顿单于可以收美女做侍妾，她也可以收汉高祖和陈平做男宠啊！哦，肯定是汉高祖和陈平长得太丑了，她瞧不上，不过这一城的汉军里，总能找出几个美男子吧？"

元曜震惊，说道："离奴老弟，这是不可以的，皇后是不能这么做的！"

离奴回嘴道："快拉倒吧。谁说皇后不能有男宠了？爷虽然没读过书，但也见过世面，当年那个皇后贾南风，也是常来缥缈阁走动的，她就苦恼自己那一堆男宠不安分。现在听说她还设了一个控鹤监①，养了一大堆男宠，如果不是畏惧光臧那个牛鼻子，很多有一副好皮囊的非人都想去控鹤监吃软饭呢！"

元曜冒出冷汗，只好说道："武皇陛下是不一样的，贾皇后也与众不同。小生也不知道这些事情，不谈这些了⋯⋯"

---

① 控鹤监：武则天为招纳男宠，设立了控鹤监，由张易之和张昌宗掌管。因为控鹤监秽乱深宫，狄仁杰上书"二张在陛下左右，实在有累皇上的盛名，皇上志在千秋，留此污点，殊为可惜"，控鹤监就被撤销了。

白姬说道："人与人的爱情是很复杂和麻烦的，人性本就很复杂，人心是望不到底的，不同的时候人会有不一样的想法。两个短暂的生命凑在一起，各自都有无穷无尽的欲望，想要在有限的生命里得到更多、拥有更多，来填满内心的空洞，来对抗对死亡和虚无的恐惧。两个人的欲望都太多，又不能同步，就会同床异梦。"

元曜想起了石生和石夫人，说道："人与妖的爱情要纯粹一些，然而因为生命的长短不同，总会别离，让人悲伤。"

白姬捧着冰露茶，说道："是的，很多时候，两个相爱的人，因为死亡而分开，亡者会带走生者心的一部分，让人悲伤。"

元曜小心翼翼地问道："白姬，你又想起了冰夷吗？你们……曾经是相爱的吗？"

白姬一愣，说道："不是。我与冰夷不曾相爱，我从未进入过他的内心，他也未曾进入过我的内心，而他被留在了遥远的虚无之地，孤身一人。"

不知道为什么，元曜觉得松了一口气。

"可是，他带走了我的心的一部分，我至今无法忘记他的死亡。"白姬说道。

元曜不知道该说什么，便陪着白姬陷入了沉默。

许久之后，元曜问道："白姬，石夫人会从丧偶之痛中走出来吗？"

白姬说道："石夫人也许会，也许不会。"

元曜说道："小生觉得，人与非人的相爱，还是让人难过。"

白姬望着远处的合欢花，说道："这合欢树朝开暮合，花叶交结，看上去像是情侣，所以被人类寄予了此生同心、世世合欢的寓意。其实，合欢树并不会此生同心，也不一定世世合欢。但是轩之，你看，此时此刻，它花叶交结，十分美丽。所以，人与非人之间，享受每一个相爱的此刻就很好啦。那些彻心彻骨爱一个人的瞬间，那些情浓时恨不得互为血肉的欲望，都是情真意切、令人欢喜的。"

元曜望着远处火焰一般的合欢花树，心中的迷惑顿时散去了一些。

"是啊。这么一想，石先生和石夫人的结局倒也不那么令人伤感了。"

白姬笑道："就像牵丝傀儡戏一样，虽然肯定会剧终散场，但是观众看的时候觉得很精彩、很开心，这就足够了。啊，轩之，我们明天去乐游原看吐蕃人表演丧家乐吧！"

元曜说道："小生不想去，太热了。"

"那我今晚让长安城下一场雨，明天会凉快一些。轩之，去吧？"白姬问道。

"白姬，你就是让长安城下一场雪，小生也不太想去，主要是小生有点儿害怕木傀儡……看了，我会做噩梦。"

"那我自己去吧。"白姬失望地说道。

元曜见白姬神色失落，忍不住说道："算了，小生还是陪你一起去吧。"

白姬奇怪地说道："轩之，你不害怕做噩梦了吗？"

元曜说道："唔，如果能梦见你，噩梦也会变成美梦的……"

白姬笑道："那轩之就天天都梦见我吧！"

离奴在旁边说道："书呆子，你最好也梦见爷，听玄武说，梦见黑猫，会天降横财。爷每天都想梦见自己，总是没法梦见……"

元曜奇怪地说道："还有这种说法？！"

离奴说道："当然有呀。"

元曜说道："那小生努力梦见离奴老弟你吧。梦见你了，白姬说不定就肯涨工钱了。"

白姬一边喝着冰露茶，一边望着远处，说道："合欢花太美了，让人沉醉其中，听不清轩之说了什么。"

元曜垂头丧气。

一阵风吹来，合欢花轻舞飞扬，如一朵朵小红伞一般，十分美丽。

仲夏又到了。

第一章　楔　子

月夜，荒郊。

山谷之中，一棵死树静静地立在月色中，纠结的枯枝仿若鬼手，捕捉着夜色之中那一缕似真似幻的箫音。

坐在死树上吹箫的人，着一身宽大的黑色斗篷，风帽遮住了大半张脸。

从黑斗篷中探出的手修长而有力，从手的形态上看，像是一名男子。

吹箫男子手上的玉箫炽艳如血，流转出一层薄透莹润的红光，还闪动着一些咒语图符。

这支玉箫应该是某种法器，这个吹箫男子可能是一名降妖伏魔的术士。

明明没有风，吹箫男子的黑色斗篷却无风飞舞。

斗篷的风帽被夜风吹落，原来是一名风华正茂、玉面红唇的少年。

冷星数点，乌云遮月，四周变得十分阴冷。

吹箫的少年术士一直在这处山谷中等待着什么。此时此刻，仿佛发生了什么事情，他突然变得十分警惕。

地面上，泥土破开，有什么植物以缓慢的速度破土而出。

因为乌云遮住了月亮，山谷中黑蒙蒙的，十分昏暗，看不清楚从土里冒出来的是什么。

少年术士更警惕了，仿佛猎豹一般观望四周，默默地念着驱妖的口诀，手上的玉箫红光大炽。

一阵夜风吹过，月亮从乌云后滑出。

清亮的月辉洒满人间。

山谷之中，从地下破土而出的，是一群人！

从外形上看，这些从泥土中长出来的人都是少年和少女。

少年和少女一半的身体埋在泥土里，另一半的身体探出来。他们的皮肤苍白到可以看见皮肤下的血管。他们的眼睛都睁着，却没有瞳仁。一些雪白色的仿佛植物经络的东西紧紧地缠绕着他们，从他们身上吸取着血肉与精气。他们微微张着嘴，嘴巴里似乎有什么，但是看不清楚，隐约可见一点儿白色。

看清了这满山谷的"人"，少年术士十分恐惧，他的双手微微发抖——请他来捉妖的人，没有说是这样的情况。从这漫山遍野的血尸盛宴之中，他明白自己轻敌了，低估了这次要对付的妖物。可是，妖物已经被他的箫声挑衅，现身应战了，他现在退走也来不及了。

少年术士只能硬着头皮，小心翼翼地应战。

少年术士游走在那群从地下冒出来的少男少女之间，明白这些诡异的土中之人是不需要防备的，因为他们都是妖物的血食。他需要防备的，是隐身在背后的妖。

少年术士感应着妖气，十分警惕地观察，小心翼翼地戒备。

突然，月光之中，一条雪白的裙裾出现在地上。

这条白色裙裾在地上缓缓滑过，波浪一般，仿佛是谁在拖着裙裾疾走。

同时，夜风之中飘荡着一缕香气。这一缕香气清芬如花朵，又浓郁如脂粉，十分旖旎，让人沉迷。

无形的香味仿佛一只只鬼手，向降妖的少年术士探去。

少年术士闻到了这股香味，瞬间有些神思恍惚，但立刻又恢复了清明。

少年术士在满地血尸之中，追着白色裙裾而行。

当白色裙裾不再动时，少年术士的面前出现了一个人影。

那是一个美丽的少女。

少女青丝垂肩，冰肌玉骨，穿着一袭雪色白裙，拖曳着一条月光一样虚无缥缈的披帛。

少女巧笑倩兮，美目盼兮。

少年术士一看，这不是自己的师妹吗？他一直很喜欢自己的师妹，对她有着爱慕之情。

少女一边微笑，一边对着少年术士轻轻招手。

少年术士见师妹朝他招手，便走了过去。

"师妹，你怎么也来长安了？你是来助我一起除妖的吗？"

"嘻嘻嘻——"师妹发出了诡异的笑声。

坏了！在朝师妹踏出第一步时，少年术士便反应了过来。

师妹远在天山，在执行她自己的任务，此时绝对不可能赶到长安来协助他。

其中一定有诈！

然而，已经晚了。

在少年术士踏出第一步时，地面突然塌陷了。

少年术士掉进了一个蜘蛛网一样的东西里，然后被白色的网状物包裹。

少年术士拼命地挣扎，默念咒语，试图驱动玉箫反击。可是，白色的网状物细如游丝，它们缠绕着少年术士的手，深深地勒进了他的血肉之中，他疼得松开了手。

玉箫掉落了。

少年术士被蜘蛛丝一样的白网缚住，他的皮肤渐渐变得苍白，他的瞳仁逐渐消失，他逐渐失去了意识，双眼只剩下空洞的白色。

少年术士张开的嘴中，逐渐冒出了一点儿雪白。

那一点儿白色仿佛有生命力一样，十分有规律地、如心脏一般地跳动。

夜风之中，响起了一个满足的声音：

"啊，美味极了，少年人的精气，真是充满了无穷无尽的活力呀……实在是太鲜美了，这是人间最美味的佳肴……"

山谷中，一群少男少女半埋在土壤之中，睁着白色的眼睛，沐浴着清冷的月光。

突然，悄无声息地，泥土缓缓地破开，地上又冒出了一个被白网覆盖的人。

正是刚才的少年术士。

一阵夜风吹过，满山谷的少男少女在月光中随风摇曳，像是长了一地的植物。

第二章　恶　妖

盛夏，长安。

缥缈阁的后院，元曜拿着剪刀站在院墙下，打算采摘一些攀缘在院墙上的野蔷薇，拿去插在里间的羊脂花瓶里。

刚下了一场骤雨，阳光又破云而出，空气中弥漫着青草和泥土混合的味道，十分纯净自然。

元曜深深地呼吸了一口气，只觉得心旷神怡，非常惬意。

元曜正在剪野蔷薇，却听见离奴站在廊檐下喊他："书呆子。"

元曜回头一看，黑猫站在廊檐下，身上的毛湿漉漉的。

元曜奇怪地说道："离奴老弟，你不是跟阿黍相约去曲江池边郊游了吗？怎么这么早就回来了？还浑身都淋湿了？"

阿黍是离奴的童年玩伴，不过后来阿黍全家搬走了，两只猫就天各一方。自从"玉面狸事件"之后，离奴和阿黍重逢了。阿黍住在它的主人波斯王子苏谅的府宅中，因为同在长安城，隔得不远，离奴和阿黍经常会相约一起玩。

黑猫一脸怒气，说道："别提了。书呆子，你过来一下，爷有一件事情想拜托你。"

元曜便拿着野蔷薇走了过去，问道："什么事情？"

黑猫说道："爷跟阿黍绝交了，从此之后，不再往来。"

元曜一惊，问道："这……发生什么事了？离奴老弟，情谊可贵，你要慎重一些。"

黑猫指着自己的一身湿毛，气道："不跟阿黍绝交，爷对不起自己的猫毛！"

原来是这么一回事：

离奴和阿黍在曲江池边游玩，天有不测风云，突然就乌云滚滚，下起了雨。但两只猫都没带伞，四周也没有避雨的地方。

幸运的是，在雨下大的时候，离奴和阿黍看见了一株巨大的秋田葵。

这株秋田葵长在田陌上，只有一片大叶，两只猫便摘下了，一起举着当伞。

大雨中，两只猫一起举着秋田葵叶行走，寻找能够躲雨的地方。但是，这片秋田葵叶不够大，遮不住两只猫。

大雨中，只见那片秋田葵叶一会儿倾向黑猫，一会儿倾向无尾猫，左右晃动，摇摆不定。

离奴和阿黍都不愿淋雨，一开始只是暗暗地较劲，将秋田葵叶往自己的头上挪，后来不知不觉，它们就开始在大雨中抢夺起来了。

秋田葵叶比较脆嫩，经不住两只猫用力抢夺，一下子根茎断裂，叶子也被它们撕破了。

离奴和阿黍一下子暴露在大雨中，便互相埋怨对方，指责对方自私自利。

因为离奴和阿黍的脾气都很暴躁，很快埋怨就变成了争吵和对骂。一气之下，两只猫就在大雨中绝交了。

大吵一架，绝交之后，离奴和阿黍不欢而散，各自冒着雨回家了。

元曜听完离奴的叙述，不由得冷汗直流。

"这……这……离奴老弟，你跟阿黍是朋友，应该礼让对方、体恤对方，不该为了一片秋田葵叶而绝交。事已至此，你和阿黍还是各自冷静几天再和好吧。"

离奴生气地说道："爷才不要跟阿黍和好，爷要跟它彻底绝交！对了，书呆子，爷拜托你一件事情。"

元曜问道："什么事情？"

离奴说道："你替爷写一份账单。"

元曜奇怪地问道："什么账单？"

离奴说道："爷跟阿黍一起去玩时，像是听书、看戏、喝茶、吃饭，还有去平康坊，很多时候阿黍说它忘了带钱包，都是爷出的银子。既然绝交了，爷得把这些钱要回来。对了，还有逢年过节以及阿黍的生日，爷送给阿黍的各种礼物。书呆子，爷好好回忆一下，一一告诉你，你替爷写成一个账单。"

元曜无语。

"离奴老弟，这大可不必吧？就算是真的绝交了，朋友之间也没有道理计算这些账目。还有，平康坊是烟花之地，你们俩还去平康坊玩？！"

离奴说道："平康坊爷是不爱去的，都是阿黍要去，阿黍硬拖着爷去的。不过，阿黍对人类美女也没什么兴趣，只是冲着各个舞乐坊里养的好看的美猫去的，比如'长相思'里养的樱雪，是一只长毛白猫；还有'温柔乡'里养的阿蓝，是一只蓝眼猫……它就是借着喝花酒的名义去看猫的。"

元曜笑道："离奴老弟，既然跟着阿黍一起去，你没有看上平康坊里哪一家的美猫吗？"

离奴说道："没有，爷看了一圈之后，觉得它们都没有爷长得好看。爷漆黑如夜、神秘高贵，还有着一双绿宝石一样的眼睛，比它们那些庸脂俗粉好看多了。"

元曜一下子噎住了。

离奴说道："哎，去平康坊花了不少冤枉银子，如果不是陪阿黍，爷根本就不想去。这些在平康坊里的花销得全部记在阿黍的头上！书呆子，你先去里间准备纸笔,爷去梳洗一下,就来找你。"

黑猫说完,就跑去古井边,打理湿透的猫毛了。

元曜走到里间,在多宝槅上的羊脂花瓶里插上了野蔷薇。他本来不想帮离奴写账单,但是又怕离奴骂他,只好取了笔墨纸砚,放在了青玉案上。

元曜跪坐在青玉案边,望着通往二楼的楼梯发呆。

白姬在二楼的房间里睡觉,还没有醒。昨天晚上,白姬去参加了一个千妖百鬼的聚会,早上天亮时才回来,一觉睡到了现在还没醒,连午饭都没有下来吃。

元曜担心白姬起床之后肚子饿,就起身去厨房,装了一盘墨子酥、一盘蔷薇糕,又沏了一壶阳羡茶,端来里间,放在了青玉案上。

元曜做完这一切时,离奴也梳洗干净,过来了。

黑猫跳上青玉案,蹲下。

"书呆子,开始写吧。"

元曜劝道:"离奴老弟,其实真的没必要,这样做也不太好……"

黑猫说道:"少废话,爷让你写,你就写。"

元曜没有办法,只好滴水磨墨、铺纸挥笔。

黑猫一边回忆,一边说道:"先从最近的开始吧。今天上午,萧家馄饨铺,阿黍吃了两碗虾肉馄饨,爷付的钱,一共八文钱;中午,芙蓉园外,阿黍吃了一根糖葫芦,两文钱……"

元曜无奈地说道:"离奴老弟,就算是要记账,你就记一些大笔的,这些鸡零狗碎的就算了吧。"

黑猫斩钉截铁地说道:"不行,积少成多,都得记上。"

元曜没有办法,只好一边听离奴说,一边硬着头皮写。

离奴的记性很好,从今天的花销一直念叨到上个月,从夏天的一直回忆到去年冬天的。都是一些零零碎碎的账目,它跟阿黍一起听书、喝茶、看戏、吃饭的各种花销,少则一文钱,多则几两银子。

元曜一边写,一边忍不住问道:"离奴老弟,你怎么只说自己出的钱?你们俩一起玩,阿黍不可能一文钱不花,它的花销你也得写出来吧?"

离奴说道:"爷的账目,当然只记爷花出去的,阿黍虽然也花了不少银子,但那是阿黍的账目,与爷没有关系。"

元曜说道:"这……礼尚往来,其实你和阿黍的花销都差不多。离奴老弟,情谊长存,不如算了,不要斤斤计较这些了。"

离奴固执地说道:"不行。爷一定要计较,给阿黍花的银子够买很多香鱼干了,既然我们俩绝交了,银子必须得要回来,爷拿去买香鱼干吃!"

……

元曜不知道该说什么。

就在这时,白姬从楼上伸着懒腰下来了。

白姬穿着一条珍珠白的软烟罗长裙,裙裾上用银线绣着栖枝飞莺。她挽着一道月光色的散花水雾披帛,披帛长长地拖曳在地上,如同水波一般。她乌黑的秀发随意地绾起,梳着简雅的倭堕髻,鬓边插着一支镶嵌夜明珠的碧玉步摇。

白姬远远地看见黑猫悠闲地坐着,元曜正在奋笔疾书,青玉案上堆着厚厚一沓写了字的纸,不由得笑了。

白姬笑道:"看来轩之今天很有灵感,下笔如有神,都快写出一部诗集了。"

元曜听见白姬的声音,抬起头来,苦着脸说道:"白姬,你起床了?小生不是在写诗……"

白姬走到青玉案边,跪坐下来。

白姬笑道:"那你在写什么?"

元曜不知道该怎么说,离奴已经开口了:"主人,离奴跟阿黍绝交了,书呆子在替离奴写账单。这些账单都是去向阿黍要债用的。"

白姬一愣,拿过一张纸看了一眼。

元曜说道:"白姬,你劝一劝离奴老弟,这么做是不合适的。"

白姬放下纸张,笑了笑,推说道:"既然这是离奴的想法,就随它去好了。我刚起床,先去洗漱了,你们继续写。"

白姬飘去后院了。

黑猫见白姬不反对,就更大声地继续念着各种账目,元曜只好继续愁眉苦脸地写。

白姬洗漱完毕,去大厅转了一圈,因为没有客人上门,她就又回到了里间,跪坐在青玉案边,看元曜和离奴记账。

白姬拿了一块墨子酥,一边吃,一边看元曜写字。

白姬似乎想起了什么,说道:"轩之,待会儿你也帮我写一些东西。"

元曜拉长了苦瓜脸,问道:"白姬,难道你也跟谁绝交了,要清算账目吗?"

白姬笑道:"不是,我要轩之帮我写的东西是战书。"

元曜手一抖,吃惊地说道:"战书?什么情况?白姬,发生了什么事情？你要向谁下战书？"

黑猫兴奋地搓爪，问道："主人，你要跟谁打架了？一定要带离奴一起去。"

白姬咬了一口墨子酥，说道："鬼王。"

黑猫高兴地说道："太好了！离奴早就看鬼王那家伙不顺眼了，看这次不扒了他的僵尸皮！书呆子，你先别写这鸡毛蒜皮的账单了，干大事要紧，先替主人写战书！"

离奴老弟，你也知道自己的账单是鸡毛蒜皮的事情吗？！元曜在心中说道。

"白姬，究竟发生了什么事？你为什么要向鬼王下战书？"

白姬喝了一口阳羡茶，说道："我一千多年没跟鬼王正式打一场了，很多新来的妖鬼都不知道谁才是这长安城里必须敬畏的存在。"

元曜想了想，问道："白姬，是不是昨晚的妖鬼聚会上发生了什么事情？那是什么聚会？你说十分危险，不让小生跟去……"

平常白姬夜行，一般都会问小书生去不去。很多时候，元曜即使说不去，也会被白姬强行带着一起夜行冒险。昨晚的妖鬼聚会，元曜本来闲来无事，想跟白姬去看一看，长一长见识，白姬却说很危险，不能带他去。

白姬说道："昨晚的妖鬼聚会是恶妖之宴，参加宴会的都是雄踞一方且作恶多端的妖鬼。恶妖之宴确实十分危险，不能带你去。长安和洛阳的妖鬼，一共二十八个，不，二十九个，忘了加上自己了。"

元曜好奇地问道："恶妖们为什么聚会？恶妖们是为了一起饮宴歌舞吗？"

白姬答道："怎么可能？这些盘踞一方的恶妖都是大妖怪，平常遇见了，都会想吞食掉对方。更多的时候，恶妖们井水不犯河水，各自在自己的地盘上做自己的事情。恶妖之宴，是为了划分势力范围。"

元曜好奇地说道："什么意思？小生不明白。"

白姬说道："长安城有一百一十坊，长安城周边有八水数百山，恶妖们会划分这些城坊和山水，归于自己的地盘。恶妖们会在自己的地盘里活动，猎食人类或低阶的妖灵。比如鬼王，盘踞在平康坊，摄取人魂，炼不死丹药；比如鹰虎君，城西长安县大庄严寺那一带都是鹰虎君的势力范围，鹰虎君喜欢在寺庙里藏匿妇女，修欢喜禅，干一些不清不楚的勾当。长安城里还有几位，更多大妖怪的地盘在城外。洛阳那边也是如此。"

元曜问道："为什么恶妖要划分范围呢？"

白姬说道："为了避免不必要的冲突和麻烦，这跟你们人类划分'家'和'国'是一个道理。划分完毕之后，恶妖们各自约束部下，不去侵犯别人的'家'，不去别人'家'里猎食，不去觊觎别人'家'里的东西。如果不划分地盘，大家混乱狩猎，很容易就遇上了，会起冲突，引起不必要的争端。"

元曜恍然道："白姬，听你这么说，恶妖们早已经分好了地盘，这次为什么又聚会呢？"

白姬说道："恶妖之宴，三百年会举行一次。因为随着时局不同，大家会审时度势，重新划分地盘。后浪推前浪，江山会换代，有些大妖怪会死去或离开长安城，比如佘夫人，之前八咫鸦迷惑鬼王时，佘夫人想趁机取代鬼王，抢夺鬼王的地盘，结果被鬼王打败，现在已经离开长安城了。佘夫人的地盘，本应该归鬼王所有，但是佘夫人的三个坊十分荒芜偏僻，不适合鬼王摄取人魂，鬼王也瞧不上，就一直处于无主的状态。这次恶妖之宴，就要重新分配。最主要的是，武皇陛下登基，定神都洛阳，以后很长的一段时间里就有两个帝都了。这次恶妖之宴，就是把长安、洛阳及其周围城坊重新划分一下。"

元曜笑道："原来恶妖之宴是这样的情况。早知道，小生就跟你一起去长一长见识了。虽然与会的都是恶妖，但是听起来并不危险，而且蛮有趣的。"

白姬看着元曜，像看一个傻子。

"轩之，都已经说了是恶妖了……难道你以为恶妖之宴中，大家是坐下来，一边喝酒谈笑，一边划分地盘？"

元曜一愣，问道："难道大家是站着划分地盘？"

白姬还没有回答，黑猫已经说道："主人，书呆子比较傻，还是离奴来解释吧。书呆子，恶妖之宴其实是大家混战打群架，少分了一个坊，想抢对方一座山，一言不合，就要开干呀！一般来说，恶妖之宴上总是血肉纷飞的，得死几个大妖怪。"

元曜大惊失色地说道："这么危险？！白姬，你为什么不带离奴老弟去？小生是没什么用处，帮不上什么忙，但是离奴老弟好歹能帮你一些。"

白姬沉默了一下，才说道："毕竟，我是监督者，不是参与者，我去恶妖之宴只是监督恶妖们划分地盘，保证宴会的公正性。跟它们打起来也挺累的，打赢了，也没有什么实际的好处。"

元曜迷惑不解。

离奴笑着说道:"嘿嘿,爷脾气不好,每次跟着主人去,看着这些作恶多端的妖怪就很烦,妖怪们在那儿磨磨唧唧地分地盘,爷会忍不住跟妖怪们吵起来。这些大妖怪也很讨厌,有一些脾气贼大,不依不饶的,主人为了保护爷,就只能干翻恶妖们了。爷记得有一年的恶妖之宴中,一共有十八个恶妖,因为跟爷吵架,最后都被主人杀死了。爷跟主人站在一地的恶妖尸体之中,心中很茫然,恶妖们都死了,这地盘就不知道该怎么分了。"

元曜直冒冷汗。

白姬回忆着,说道:"那是很早之前的事情了。那一年,鬼王还在深山古墓里修炼,还没来人类的帝都,鹰虎君估计都还没出生。那次之后,我就告诫离奴,不许在恶妖之宴上惹是生非。可是离奴也不听,后来我就不带离奴去了。"

离奴说道:"主人,主要是恶妖们都不干好事,恶妖们划分地盘是为了猎食人类,残害无辜。爷容忍恶妖们作恶,一年得死多少普通的人类和弱小的无辜妖灵?离奴看不得这些,一时脾气上来,忍不住就……"

白姬说道:"这也是没有办法的事情。这个世界上,善与恶是必须同时存在并保持平衡的。这些邪恶的大妖怪盘踞一方,自然会有降妖的术士去平衡它们的恶。阴与阳、善与恶如同昼与夜一般,都必须存在。离奴,如果把修行看作登山,你现在只是在山腰。等你攀到了山顶,看清了这个世界的全貌,就会明白,这些相反之事共同存在,才能给天地万物的运转提供生生不息的能量。"

离奴有点儿迷惑,说道:"主人,离奴不懂这些。"

白姬说道:"你将来会懂的。"

第三章 孟 青

元曜忍不住问道:"白姬,你为什么是监督者呢?"

白姬说道:"因为我既不作恶,也不行善,只是一个在人间道收集因果的旁观者。"

离奴说道："因为主人是最强大的妖怪，无论东都，还是西京，全是主人的地盘。那些恶妖要划分领地，必须得到主人的同意。"

元曜恍然，说道："原来如此。"

白姬叹了一口气，说道："现在，在这群新的恶妖眼中，我已经不是最强大的了，恶妖们都认为鬼王才是这长安城中最强大、最恐怖的存在。"

元曜说道："这又从何说起？"

白姬说道："昨天晚上，在恶妖之宴中，鬼王和跟他走得近的那一群恶妖谈笑风生，说什么'绣虎雕龙，只是看着可怕，不过尔尔''降龙伏虎，也不是不可能的事情'，还说起了叶公好龙的典故，说人类是不会真的喜欢龙的。当时的情况太乱，另一些恶妖为了争夺地盘打了起来，我只顾着看打斗，没有反应过来。后来，宴会结束之后，我在回缥缈阁的路上一想，鬼王和他那一群党羽偷偷议论着绣虎雕龙、降龙伏虎，这不都是在嘲笑我吗？叶公好龙，人类与龙，这不是暗指轩之不喜欢我吗？我很生气，本来想直接去平康坊把鬼王拖出来打一顿，可是看恶妖们争斗了一夜，感觉很累，就决定先回来睡一觉，之后再下战书。"

元曜有些脸红，小声说道："小生没有不喜欢龙……"

白姬问道："轩之，你在说什么？"

元曜急忙搪塞道："没……没什么。小生只是说，原来白姬你是为了这些小事情而想向鬼王下战书。小生觉得，这是不是有些小题大做了？"

白姬说道："轩之，这不是小事情。在千妖百鬼的世界里，弱肉强食，实力为王。实力让人恐怖与敬畏，也会让危险自动绕开，能够省去很多麻烦。一旦让人认为你变弱了，就像是狮王露出了伤口，会引来环伺在侧的敌人的攻击，被杀死和分食。更何况，这些邪恶的大妖怪都贪婪残暴，表面上恭敬，其实都把缥缈阁视为一个宝藏，一直在等待时机，想要屠龙夺宝。打败鬼王，杀鸡儆猴，能让这群嗜血的狂热之徒的脑子清醒一些，也让恶妖们明白，要心存敬畏，不该有不安分的妄念。"

元曜说道："白姬，你真的决定向鬼王下战书吗？"

白姬点头，说道："决定了。"

元曜说道："那行吧。小生会替你写一封礼貌的战书，写清楚你只想和鬼王切磋一下，点到为止。"

白姬柳眉倒竖，怒道："点到为止？鬼王要是不把叶公好龙的事情说清楚，我想把他撕成碎片。"

元曜一惊，说道："这万万不可！白姬，你为什么对叶公好龙耿耿于怀？……"

白姬不高兴地解释道："因为叶公好龙不就是轩之不喜欢我的意思吗？不知道为什么，绣虎雕龙、降龙伏虎，我都觉得没什么，唯独叶公好龙这句话，我听了很不高兴。"

元曜说道："叶公是叶公，小生是小生，小生没有不喜欢白……龙。"

白姬以手支颐，望着元曜。

元曜脸一红，急忙说道："小生的意思是小生跟叶公不同，小生很喜欢龙，因为龙是一种很神奇的存在，而且十分美丽，有时候很可爱。"

白姬一听，笑道："听轩之这么说，我的心情好多了。仔细一想，轩之的建议也很有道理，毕竟我跟鬼王也是多年老友了，没必要赶尽杀绝，那就点到为止，只揍他一顿吧。"

元曜松了一口气。

离奴问道："主人，昨晚的恶妖之宴中死了几个大妖怪？"

白姬喝了一口阳羡茶，说道："死了五个。"

离奴问道："这一次的恶妖之宴中有什么有趣的新妖怪吗？"

白姬想了想，说道："这次的恶妖之宴里添了不少新面孔，不过我对新人也没什么印象，只记得那几张相熟的老面孔了。毕竟，按照以往的情况来看，我没有必要浪费精力去记住新面孔。因为新的恶妖大部分都熬不过三百年，不是被其他的恶妖吞噬，就是被降妖伏魔的术士除掉。恶妖要想在千妖伏聚、百鬼夜行的东都与西京长久地盘踞着，同时还得躲过人类术士的猎杀，是很艰难的事情。这些新面孔的恶妖，十之八九都熬不住。"

离奴失望地说道："既然主人没有印象，那就是新来的大妖怪都不怎么样，看来将来的三百年里，鬼王那老僵尸又得继续神气了。"

白姬笑道："所以我才打算揍他一顿，让他不再神气了呀。"

离奴一听，又开心了，催促元曜说道："书呆子，快写战书。爷迫不及待地想看鬼王被主人揍趴下了。"

元曜苦着脸，说道："离奴老弟，白姬拿鬼王立威，是有她不得已的缘由，你就别煽风点火、看热闹不嫌事大了。"

在白姬和离奴的催促下，元曜只好写了一封战书。他字斟句酌，尽量用华丽的辞藻和引经据典的修辞，把战书写得真诚而恳切。乍一看上去，战书像是一篇白姬向鬼王抒发惺惺相惜的情感的赋。

战书被离奴送去了平康坊。

然而，一连两天过去，也不见鬼王传来回信。

这一天上午，缥缈阁中生意冷清。

白姬闲来无事，又在琢磨战书的事情。

"按照礼数，应战或不应战，鬼王也该给我一个回话。离奴送去的战书如石沉入海，这是什么意思？"

离奴说道："主人，一定是鬼王那老僵尸不敢应战，假装没有看见战书。"

元曜也不知道是怎么回事，不过白姬跟鬼王避免了冲突，让他松了一口气。

离奴问道："主人，不如离奴再送一封战书去？"

白姬还没回答。

元曜苦着脸问道："离奴老弟，小生写的账单你送去苏府了吗？你还是把心思用在向阿黍讨债上吧。"

离奴发愁地说道："前天就送去了。不过，阿黍也没有给爷回话，恐怕想赖账。"

白姬、元曜、离奴三人正站在大厅里说话，有人走进了缥缈阁。

今日缥缈阁难得有客人。

元曜回头望去，来者是一名身形魁梧的年轻男子。男子约莫二十三四岁，高鼻深目，栗色卷发，不似中土人。他穿着一身金线滚边绣西番莲图案的长袍，眸子是深碧色的，仿佛两潭寒水。

元曜认得，正是波斯王子苏谅。苏谅在"玉面狸事件"中跟白姬、元曜结缘，还在缥缈阁里住了一段时间，是老相识了。

白姬笑道："苏公子，好久不见了。"

元曜急忙迎了上去，笑道："苏兄，你怎么有空来缥缈阁了？"

离奴左右张望，没见阿黍跟着苏谅一起来，眼神中有一丝失望。

苏谅说道："白姬、元老弟，我来是有事情想求助于你们。"

白姬笑道："苏公子，请进里间说话吧。"

里间，蜻蜓点荷屏风旁，白姬、苏谅跪坐在青玉案边，寒暄了几句近况。

黑猫在大厅里看店，元曜去厨房沏了一壶六安茶，端入了里间。

白姬笑道："苏公子有什么烦恼？"

元曜在青玉案边跪坐下来，倒了三杯六安茶，分别放在苏谅、白姬和自己面前。

苏谅望着白瓷杯中橙黄色的茶水，说道："白姬，我想请你帮我找一个人。"

白姬笑道："找谁？"

苏谅说道："一个名叫孟青的术士。他今年十八岁，据说是一个眉清目秀的英俊少年，但是我也没有见过他，不知道他长什么模样。"

元曜好奇地问道："苏兄既然跟这位孟青连面都没有见过，为何要找他？"

苏谅说道："是我妹妹飞鸽传书，托我打探孟青的下落。这个孟青是我妹妹的师兄。"

元曜问道："苏兄你还有一个妹妹？"

苏谅说道："是的。我妹妹从小就有奇志，要做降妖伏魔的术士，帮助被妖魔鬼怪残害的芸芸众生。她及笄①之后，不顾父母反对，去了青城山拜师学降妖之术。她长年离家，我们不常相见，但我们兄妹的感情很好，她拜托我的事情，我得尽心尽力，替她办妥。"

白姬问道："苏公子，令妹为何要找孟青？难道这位孟青失踪了吗？"

苏谅点头，说道："孟青已经失踪一个多月了。我妹妹的信中说，孟青是奉师命来长安城降妖的，来了之后就失踪。恐怕是凶多吉少。我妹妹跟孟青有不浅的交情，拜托我打探孟青的消息，活要见人，死要见尸。"

元曜问道："苏兄，令妹既然挂念孟青，为什么她自己不来长安寻找？"

苏谅说道："青城山门规森严，没有师命，门人不能擅自离开。青城山的人都认为孟青已经为了执行除妖任务而牺牲了，只有我妹妹还不肯放弃。"

白姬问道："孟青来长安城是除什么妖？"

苏谅说道："我要是知道这个就好找了。可惜，我也不知道，已经去信询问了，在等我妹妹传来消息。"

白姬说道："既然如此，那苏公子可以等令妹传来消息，得到了线索，再寻找孟青。现在没有头绪，我们无头苍蝇似的乱找，也是白费功夫。"

苏谅犹豫了一下，才说道："虽然我妹妹还没传来消息，但是我已经有

---

① 及笄：又叫"既笄"，指古代女子满十五岁。

一丝线索了。因此，我才来找白姬你帮忙。"

白姬问道："什么线索？"

苏谅说道："孟青的降妖法器是一支引魂箫。小苏昨天在平康坊的黄金台玩博戏，说看见夜叉的腰间插着这么一支人类术士用的箫。也许是孟青的引魂箫。夜叉是鬼王的左膀右臂，如果引魂箫落在了夜叉手里，那孟青极有可能是来长安城除鬼的。鬼王是长安城中最可怕的魔王，小苏也不敢去探问，劝我来缥缈阁找你帮忙。"

白姬笑道："青城山的术士千里迢迢跑来长安城除鬼王？这倒是有点儿意思……"

苏谅忧心忡忡地说道："白姬，拜托你去鬼王那儿打探一下孟青是生是死。我估计是凶多吉少了。"

白姬眼珠一转，说道："行。不过，苏公子，你也知道鬼王是长安城中最可怕的魔王，我一个柔弱女子，手无缚鸡之力，去饿鬼道那么可怕的地方打探孟青的生死下落，得冒着很大的风险。一个不慎，连小命都保不住……"

元曜暗暗地翻了一个白眼。

苏谅说道："白姬，你放心，我不会让你白辛苦一趟的。需要多少银子，你尽管说。"

白姬说道："都是老友，我也就不虚报价了，十两金子。"

苏谅一惊，说道："只是打探一句消息就要十两金子，也太贵了。"

白姬以袖掩面，说道："苏公子，你不要小看了消息，有时候，一个有用的消息，是需要拿身家性命一搏才能得到的。这样吧，都是老友，除了消息，我还把引魂箫附赠给你。如果孟青不幸身亡，你把引魂箫拿去送给令妹，也能让她留着做一个念想儿。"

苏谅想了想，问道："如果孟青还活着呢？"

白姬笑道："救人的话，那就是另一个更贵的价格了。"

苏谅沉默，一时之间，也不知道是希望孟青死了还是希望孟青活着。

事情定下来之后，苏谅就打算告辞了。临走时，他突然想起了什么，说要见离奴。

元曜便去大厅里叫来了离奴。

苏谅从衣袖里拿出一沓纸，放在青玉案上。

"离奴，这是小苏让我带给你的。你前天给小苏送了一沓账单，要它还钱。小苏气得要死，连夜催促账房也写了一堆账目，托我拿来给你，让你也还钱。我也没细看，不知道你们在干些什么，告辞。"

苏谅说完就离开了。

黑猫望着青玉案上的一堆账单，气得浑身发抖。

元曜瞥了一眼青玉案，阿黍送来的账单跟离奴逼迫他写的账单差不多，也是记载着某年某月某日离奴吃了什么、喝了什么、花了多少钱。

元曜忍不住说道："离奴老弟，阿黍的账单堆起来比你的厚一些，看来你该给阿黍还钱了……"

"书呆子，你闭嘴！"离奴生气地说道。

白姬坐在青玉案边出神，不知道在想什么。

元曜说道："白姬，你在想什么？"

白姬笑道："轩之，我们今天去平康坊玩吧，好久没去黄金台赌一把了。要是手气好赢了的话，今晚我请你喝葡萄美酒，看大食的舞娘跳拓枝舞。"

元曜想起了上次白姬火烧黄金台的事，忍不住说道："输赢都是小事，看不看拓枝舞也不重要，白姬你千万不要再烧黄金台了！"

白姬笑了笑，上楼换胡服去了。

黑猫望着一堆账单，气得在青玉案上团团转。

元曜怕黑猫迁怒他，就去大厅待着了。

第四章　战　书

长安，平康坊。

平康坊，又称为平康里，位于长安城东北部，当时的歌舞艺妓绝大部分集中在这里。平康坊中，酒楼、戏场、青楼、赌坊遍布，十分繁华热闹。

黄金台位于平康坊的西边，是长安城中最大的赌场。黄金台曾被白姬烧毁过一次，如今重建之后，由两层楼变成了三层高楼，檐牙高啄，驭云排岳，看上去更加金碧辉煌、气势恢宏了。

白姬、元曜走进了黄金台。

大厅之中，赌徒们熙熙攘攘、沸反盈天。因为现在是白天，所以这些赌徒基本都是人类，有的人在玩樗蒲，有的人在玩双陆，有的人在玩叶子戏，有的人在玩六博戏。还有一些赌徒正围着赌桌玩猜大小，他们一掷千金，赢的人兴高采烈，输的人垂头丧气。

蛇女与蝎女照旧在巡场，不过白天没有露出妖态，看上去是正常的艳丽女子。

蛇女一看见白姬，急忙扭着腰，从二楼的栏杆边款款走下来。蝎女也停止了巡场，急步走了过来。

蛇女、蝎女十分热情，蛇女笑盈盈地问道："白姬大人，您怎么来了？"

蝎女笑道："白姬大人、元公子，请去楼上的雅间奉茶。"

元曜感觉，今天的蛇女、蝎女热情得有些异常。平时，鬼王手下的四位得力妖女，玳瑁不用说了，看见白姬就是冷言冷语；蛇女、蝎女、鹰女看见白姬，都是内心恐惧，却保持着场面上的虚情假意，这么热情很少见。

白姬也微微愣了一下，才笑道："玄武说我这个月逢艮有金，会在东北方位有一笔横财。我一想黄金台不就在东北吗？今天闲来无事，就来碰一碰运气了。"

蛇女殷勤地笑道："白姬大人，您说笑了，什么横财不横财的，再过些时日，黄金台都是您的了。不，现在也差不多算是您的了。"

蝎女也笑道："玄武算卦还挺准的，回头我也找玄武算一卦去，看我什么时候有财运。"

白姬心中纳闷，不过一想，又明白了。

"哦，我说鬼王为什么不给我回信，原来是怕挨揍之后丢脸面，所以不想应战，打算把黄金台送给我，息事宁人。也行吧，但这黄金台我拿了也没什么用，赌场虽然是一个聚宝盆，但还得雇人看管打理，时不时还会出事，很麻烦……"

蛇女笑道："白姬大人，这就不劳您费心了，有我们这些属下替您看管打理。"

蝎女也笑道："管理赌场，我们很有经验，您大可放心。"

白姬好奇地说道："你们的意思是我接了黄金台，就雇用你们俩帮我管理？你们俩是鬼王的得力下属，跟着他很多年了，这就想反水不跟他了？"

蛇女和蝎女面面相觑、满脸疑惑。

蛇女说道："鬼王陛下对我有救命之恩，我永远不会背叛他。"

蝎女也说道："我也一样。我从没想过离开饿鬼道。"

白姬问道："那你们俩是什么意思？不离开鬼王，你们怎么帮我管理黄金台？"

元曜听了半天，忍不住问道："这两位大姐是不是生活压力太大，想做两份差事？同时给鬼王和白姬你干活儿？"

蛇女说道："元公子，你说对了半句，我们俩是打算同时效忠于鬼王陛下和白姬大人，但这不是两份差事，而是一份差事。"

蝎女说道："白姬大人跟鬼王陛下很快就要喜结连理，成为一家人了，我们俩效忠于谁都一样。"

白姬、元曜大惊。

元曜急忙问道："两位大姐，你们在胡说什么？"

白姬说道："蛇女、蝎女，你们俩把事情说清楚。说不清楚的话，你们今天就准备再重建一次黄金台吧。"

元曜说道："白姬，你别冲动，千万不要再烧黄金台了。这中间肯定是有什么误会。"

蛇女和蝎女面面相觑、十分迷惑。

蛇女问道："白姬大人，前两天您不是送了一封情书来给鬼王陛下吗？那封情书我们都看了，什么'心之忧矣，如匪浣衣。静言思之，不能奋飞'，什么'高岸为谷，深谷为陵。有匪君子，如切如磋'，还有什么'知我者谓我心忧，不知我者谓我何求'……您的情书写得情真意切、感人肺腑，鬼王陛下看了，也被您的真情所打动，决定接受您的爱意。"

白姬的脸逐渐黑了。

蝎女说道："白姬大人，您在情书之中，约了城外龙首原相见。鬼王陛下认为，与您约会应该浪漫一些。女性都喜欢与心上人在美丽的场景中约会定情，龙首原现在十分荒凉，不够浪漫。听说缥缈阁中有一棵桃花树，料想您喜欢桃花，鬼王陛下已经亲自领着玳瑁和一大群人去龙首原种桃花树了。十里桃花，连夜赶种，明天就能种好了。白姬大人，今晚您应该就能收到鬼王陛下的回信，没想到您等不及，亲自来了。"

元曜忍不住说道："现在是夏天，即使种了桃花树，桃花也不会开啊。"

蝎女笑道："用法术，别说是桃花，就是梅花也能在夏天开。不过耗费一些妖力而已，只要能让白姬大人开心，鬼王陛下是乐意的。"

白姬黑着脸说道："我送来的不是情书……"

蛇女笑道："白姬大人，您不必觉得难为情。山有木兮木有枝，心悦君兮，也得让君知呀。您对鬼王陛下有情，鬼王陛下也对您有意，这是天大的喜事……"

白姬问元曜："轩之，我让你写战书，你到底写了些什么？"

元曜冷汗如雨，说道："白姬，小生写的是战书，因为担心你与鬼王冲突过大，就写得比较婉转，弱化了敌意，还用了一些惺惺相惜的典故。这……这也不应该被鬼王看成情书啊！"

蛇女惊道："啊，闹了半天，不是情书吗？鬼王陛下在龙首原种桃花树，已经忙了两天两夜没合眼了。"

蝎女说道："这下子比较尴尬了。这十里桃花也白种了。"

白姬看了元曜一眼，说道："也没有白种。谁写的情书，谁就去桃花树下跟鬼王约会定情好了。"

"不要啊，白姬。"小书生抱头说道。

白姬说道："闹了这么一出，我也没心情在黄金台玩博戏了，直接办事情吧。蛇女、蝎女，你们把夜叉叫来，我有事情问它。"

蛇女、蝎女面面相觑，不知道白姬为什么找夜叉，但又不敢违逆，只好点头。蛇女将白姬、元曜带到了二楼的雅间奉茶，蝎女去福地叫夜叉了。

二楼雅间中，白姬、元曜一边等待夜叉，一边闲聊。

元曜苦恼地问道："白姬，这可怎么办？如何向鬼王解释战书的误会？"

白姬饶有兴趣地望着人眼桃花茶中浮浮沉沉的眼珠，说道："没必要解释，揍他一顿就完事了。"

"唉，都是小生的过错，才让鬼王误会了，害得他跑去龙首原辛辛苦苦地种桃花，小生心中很过意不去。"

"那轩之可以陪鬼王一起看桃花呀。"白姬笑眯眯地说道。

元曜急忙摆手，说道："不要，不要，鬼王一怒之下，非得撕碎了小生不可。"

白姬、元曜正在闲聊，夜叉推门进来了。

夜叉拿着三齿铁叉，头发上冒着绿色的火焰，它长得十分丑陋可怕，眼睛生在顶门上，半月形的鼻孔一个朝地，一个朝天。

夜叉问道："白姬大人，听说您找我？"

元曜朝夜叉的腰间望去。

夜叉的腰带上插着一支炽艳如血的玉箫。

白姬问道："夜叉，最近是不是有术士来饿鬼道降妖伏魔了？"

夜叉摇头，答道："没有。除了光藏国师，哪一派的术士敢找鬼王陛下的麻烦？就算是江城观里的那些牛鼻子，一听是平康坊的单子都是不接的。

术士不自量力地来福地降妖,那是提着灯笼进茅厕——找屎(死)。"

元曜忍不住说道:"夜叉兄弟,这句俗语这么用不恰当,听起来好像福地是茅厕一样。"

夜叉眼睛一翻,回嘴道:"我没读过书,当然不知道怎么用俗语。元公子,你饱读诗书,怎么也把战书写成情书了?"

元曜脸一红,嗫嚅道:"夜叉兄弟,你也知道了?"

夜叉说道:"刚才过来的路上,听蝎女说的。我一会儿还得去龙首原,告诉鬼王陛下这件事。唉,愁死了,不知道该怎么开口,才能让鬼王陛下的怒火小一点儿。鬼王陛下一旦发怒,我们这些做下属的,也没有好日子过了。"

白姬正色道:"夜叉,既然你还有事情要办,我就不跟你绕圈子了。你腰间的引魂箫是从哪里得来的?你是不是杀了一个术士?"

夜叉说道:"我很久没跟术士动过手了。"

白姬问道:"那你的引魂箫是从哪儿来的?"

夜叉的脸突然有些红了,它有些不好意思地说道:"这支箫是我那相好的送的。我新认识了一个相好的,她不嫌我貌丑,我们俩正打得火热⋯⋯"

白姬问道:"你相好的是什么人?她住哪儿?"

夜叉说道:"她也住平康坊,在南曲的'竹笙馆',是一个舞娘。"

白姬问道:"她是人类?"

夜叉摇头,说道:"不是,她是蜘蛛精。人类美娇娘,也瞧不上我这副模样的。"

白姬问道:"她叫什么名字?"

夜叉说道:"若丝。"

白姬伸出手,说道:"引魂箫给我,你可以走了。"

夜叉有些舍不得情人送的东西,央求道:"白姬大人,这箫不值钱,我给您银子⋯⋯不,金子,行不行?"

白姬说道:"不行。"

没有办法,夜叉只能从腰间解下引魂箫,双手奉上,呈给了白姬。

白姬接过引魂箫。

一道金光闪过,灵力通过白姬的指尖,注入引魂箫。炽艳如血的箫上流转出一层薄透莹润的红光,还闪动着一些咒语图符。

白姬观察了一番,自语道:"这引魂箫是高阶的法器,持箫之人也不是平凡之辈,看来是遇上大妖怪了⋯⋯"

白姬又问道:"夜叉,你知道最近长安范围内的哪一个大妖怪跟人类术士起冲突了?"

夜叉摇头,说道:"我不知道。白姬大人,您也知道规矩,恶妖之宴已经划分好了地盘,别人'家'里的事情,我们都是不管的。"

白姬笑道:"夜叉,我看你是被蜘蛛精迷昏了头。这引魂箫都出现在平康坊,送到你手上了,怎么可能是别人'家'里的事。分明是有人想把祸水引向鬼王,挑动青城山的术士来找鬼王的麻烦。我猜,它是看上了平康坊的人气,想把鬼王干掉,占有平康坊……"

夜叉如梦初醒,打了一个寒战。

"白姬大人,那该怎么应对?"

白姬又笑道:"夜叉,你又昏了头,我跟你家鬼王是死敌,还下了战书,打算揍他一顿。看见有大妖怪想干掉他,我当然静观其变啦。你最好去找鬼王,告诉他这件事,好好商量对策吧。"

夜叉一听,说了一句"白姬大人,告辞",急急忙忙地就走了。

白姬拿着引魂箫,陷入了沉思。

元曜忍不住问道:"白姬,孟青现在到底是生是死?"

白姬回过神儿来,说道:"不知道。轩之,我们去南曲的'竹笙馆'看一看吧。"

元曜说道:"好。"

第五章　若　丝

南曲,竹笙馆。

青楼临大路,高门结重关。竹笙馆位于平康坊最热闹的南曲,与"长相思""温柔乡"隔了一条街。从外面看上去,竹笙馆与旁边的青楼歌馆没有什么区别,都是重门高楼、绿窗水影,彩色的琉璃瓦上折射出绚烂的光华。

白姬、元曜走向竹笙馆。

元曜问道:"白姬,这竹笙馆有妖鬼的气息吗?"

白姬看了一眼竹笙馆，扑哧一笑，说道："轩之，这平康坊的三曲之内，很少有青楼妓馆没有妖鬼之气。"

元曜想了想，说道："也是。夜叉兄弟的相好是一只蜘蛛精，蜘蛛精既然在竹笙馆，那竹笙馆里肯定有妖气了。"

说话之间，白姬、元曜走到了竹笙馆外。

现在是下午，还不到青楼里挂灯迎客的时间，竹笙馆非常安静，外面没有仆人，里面也没有丝竹声、欢笑声。

白姬想了想，没有进去，而是走到了对街。

元曜急忙跟上。

白姬等了一会儿，看见了一个挑着担子走街串巷的卖货郎，拦住了他。

"这位小哥，等一等。"

元曜朝卖货郎的担子望去，发现货物都是胭脂水粉、眉黛头油。

卖货郎一看两个贵公子叫住了他，以为是给相好的姑娘买胭脂水粉的，便放下了货担，笑道："二位要买些什么？我这儿有上好的桂花头油，还有新蒸的玫瑰胭脂……"

白姬笑道："胭脂和头油都来一点儿，我们俩拿着送相好的。"

元曜无语。

"好咧！"

卖货郎很热情地开始打包两份桂花头油和玫瑰胭脂。

趁着卖货郎打包时，白姬问道："这竹笙馆看着颇为雅致，里面最貌美的娘子是谁？"

卖货郎笑道："这竹笙馆里的头牌娘子名叫姑射雪，长得跟仙女一样好看，总是穿着一身白色的裙子，大家又叫她雪裙仙子。"

白姬说道："我以前怎么没有听说过竹笙馆里有这么一位神仙娘子……"

卖货郎笑道："这位雪裙仙子是新来的，来了才半年。她来了之后，这竹笙馆的生意才开始好起来，不过老鸨姚三娘是一个没有福气的人，生意刚好起来，日进斗金，她却得了一场大病，卧床不起。姑射雪跟姚三娘情同母女，姚三娘病倒了，就多亏她撑着这竹笙馆了。"

白姬问道："这竹笙馆里有什么怪异的事吗？比如怪力乱神之类的事情？"

卖货郎摇了摇头，说道："没有听说。说到怪力乱神的事情，前街的'长相思'里闹得最凶了，不是闹黄大仙，就是闹无头鬼，最近又在闹吊死鬼。竹笙馆里倒是从没听说过有这些事情。"

白姬笑了笑，不再问了。

卖货郎似乎想起了什么，又说道："不过，我听同行们闲聊时说起，竹笙馆里也有奇怪的事情——一些年轻的娘子不见了。据姑射雪说，那几位年轻娘子是不干这一行，交了赎身的银子，自己回老家了。但是，我同行中有人跟其中一位失踪的娘子是同乡，家人来信中说她并没有回去。现在外面不太平，可能是离开长安的路途上遇见了什么事情吧。哎，出门讨生活都不容易，希望人没事。"

白姬喃喃说道："还有人失踪呀……"

卖货郎包好了货物，元曜接过了两包桂花头油和玫瑰胭脂。

白姬付了银子。

卖货郎重新挑起货担，开开心心地走了。

元曜拎着两包胭脂头油，问道："白姬，你买这些做什么？"

白姬笑道："当然是送相好的娘子呀。"

元曜苦着脸问道："咱们哪儿有什么相好的娘子？"

白姬朝竹笙馆走去，笑道："没有的话现在就去找一个，也不迟。"

竹笙馆中十分冷清。现在还不到上灯时，又位于背街，所以没什么客人。不过，二楼的宴厅里隐隐传来丝竹之声，白姬料想也是有宴饮之客。

白姬、元曜站在竹笙馆中，一名妖娆的黑衣女子从珍珠帘后走了出来，迎向二人。

黑衣女子双瞳剪水、风流万种。她梳着堕马髻，簪着紫牡丹，穿着一身黑色绣着蛛网花纹的长裙，挽着烟罗紫披帛。

元曜仔细一看，黑衣女子身后幻化出八只节肢长足，还有一片蛛网。这不是一只蜘蛛精吗？

黑衣蜘蛛精看了白姬和元曜一眼，以为是两个来寻欢的客人，便笑道："两位公子来得真早，不知是想要饮宴作赋，还是看歌舞？"

白姬笑道："当然是看歌舞。"

黑衣蜘蛛精笑道："行。两位公子看着面生，不知道你们有没有相熟的舞娘？"

白姬笑道："你叫什么名字？"

黑衣蜘蛛精说道："若丝。"

白姬笑道："我们相熟的舞娘那就是你了。不过，我更想见一见你们这儿的雪裙仙子，不知道是否有幸一睹玉颜呢？"

若丝微微一惊，重新打量了白姬、元曜二人一番，才说道："你们来得不是时候，姑射姐姐今天已经出门赴宴去了。我不记得见过你们，我们并不相熟，你们是不是认错人了？……"

白姬笑道："没有认错。你与夜叉相熟，我们也与夜叉相熟，把夜叉去掉，不就是我们相熟了？"

元曜忍不住说道："白姬，人与人之间的交情往来是不能这么算的，不能把夜叉去掉。"

白姬笑道："不能去掉，那就把这些玫瑰胭脂和桂花头油当作夜叉吧。若丝姑娘，这是夜叉托我们送给你的小礼物，请务必收下。我与轩之想清饮几杯，听说你的舞姿绝美，倾城倾国，如果能给我们跳一曲拓枝舞，就再好不过了。"

白姬说完，从衣袖中拿出了一块黄金。

一听到白姬提起夜叉，若丝的脸色倏然就变了，她似乎有些恐惧。惊惧之下，若丝对黄金也不感兴趣了，推辞道："不，不，实在是抱歉，我……我昨天不慎扭到了腰，今天没法跳拓枝舞。不过，两位公子请尽管宴饮，我会安排别的舞娘为你们表演。"

白姬收了黄金，笑道："扭到腰了？不能看你跳舞，真是太遗憾了。"

若丝笑道："拓枝舞是这段时间坊间最流行的舞蹈，别的舞娘也都会跳，而且跳得很好。阿花，你带两位公子去春水间稍坐，我去安排舞宴。"

一名侍女走了过来，要带白姬、元曜去春水间。

若丝眼神瑟缩，转身想走。

白姬伸手，拉住了若丝的衣袖。

"若丝姑娘，你别走。"

若丝勉强笑道："公子，你这是干什么？"

白姬笑道："总觉得让你一走，我就再也见不到你了。所以，我还是先问你几句话吧。"

若丝一惊，反问道："你们究竟是什么人？来这竹笙馆干什么？"

白姬笑道："我们都说了跟夜叉相熟，你在这平康坊待着，还能不知道我们是谁的人？"

若丝的脸瞬间变得煞白，若丝颤声说道："你们……是鬼王派来的？！"

白姬笑了，没有回答这个问题，只说道："夜叉糊涂，被你的美色迷惑了，鬼王陛下可是慧眼如炬，清醒着呢。"

若丝一听到鬼王，花容失色，微微发抖。鬼王十分残暴可怕，对于不听话的妖鬼,他有着一百种恐怖的处理方式,比如有些会被丢进饿鬼之池,活生生地被饿鬼分食殆尽;有些会被放入百鬼汤鼎,在宴会上被鬼王吃掉。

白姬看见了若丝的恐惧,从衣袖中拿出引魂箫,问道:"若丝,这支引魂箫,你是从哪儿得来的?"

若丝看见自己送给夜叉的引魂箫在白姬手里,顿时完全相信白姬、元曜是被鬼王派来的了。她因为心中隐藏的秘密即将暴露而感到恐惧,却又不甘心,想要拼死一搏。

"这是……我捡来的。"

白姬问道:"你在哪儿捡的?"

若丝强自镇定,说道:"平康坊北曲的姻缘桥边。我与夜叉相好,在姻缘桥边捡到了这个,就送给了它,图一个好姻缘。"

若丝明显在说谎。

白姬眼珠一转,也没有拆穿若丝,问道:"这引魂箫真的是你捡来的?"

若丝用力地点点头,说道:"是的。"

白姬说道:"行。我信你。毕竟你的道行太浅,与这引魂箫的主人相差悬殊,不可能是抢夺来的……"

若丝松了一口气。

白姬说道:"若丝姑娘,鬼王并不反对你与夜叉来往,但是术上的东西出现在夜叉身上,鬼王很不高兴,你以后注意一些,不要乱送东西。这件事就算了结了。我回去跟鬼王交代,说你是无意的,这是一场误会。"

若丝如释重负,急忙说道:"我以后一定注意。"

白姬打算告辞。

若丝以为蒙混过关没事了,居然挽留白姬、元曜,殷勤地说道:"时间还早,两位公子难得来竹笙馆,不如且歌且乐,饮宴歌舞一番,再行回去交差?"

白姬推辞道:"不了,我们还是先回去交差,回头有空了再来消遣。"

白姬转身离开了竹笙馆。

元曜将手里拎的两包胭脂、头油递给若丝,说是夜叉送的,就离开了。

白姬出了竹笙馆,朝黄金台的方向走,元曜跟在她身后。

白姬一直沉默地走着,眼神不时地瞥一眼身后。

元曜也不说话,就跟着白姬走。

走了许久，都快要到黄金台了，白姬才松了一口气，笑道："尾巴终于离开了。轩之，这蜘蛛精还挺小心谨慎，派了一个人跟着咱们俩。"

元曜一愣，问道："啊？还有人跟着我们？"

白姬说道："人家都跟了一路了。轩之，你太迟钝了。"

元曜辩解道："小生不是迟钝，只是没注意。白姬，若丝姑娘为什么要派人跟着我们？"

白姬说道："她估计是想确定咱们到底是不是替鬼王办事的。见我们到了黄金台，这个尾巴才走。"

元曜问道："白姬，你是故意往黄金台这边走的吗？你为什么要假称是替鬼王办事的？"

白姬笑道："因为我不想参与恶妖之间的斗争呀。不过，为了找孟青，又不得不参与，我只能假托鬼王的名头了。"

元曜问道："白姬，这到底是怎么一回事？小生觉得若丝姑娘在说谎，你怎么信了若丝的话？引魂箫肯定不是捡的，孟青会不会被蜘蛛精抓走了？"

白姬笑道："连轩之这么迟钝的人都看出了若丝在说谎，我能信若丝的话吗？我这叫将计就计，引蛇出洞。"

元曜一愣，问道："什么意思？"

白姬说道："若丝只是一个修为很浅的蜘蛛精，是打不过引魂箫的主人的，更没有胆子算计鬼王，跟鬼王作对。若丝背后应该有一个大妖怪，在命令若丝做这些事情。大妖怪的目的很可能是干掉鬼王——让青城山的术士跟鬼王争斗，鹬蚌相争，大妖怪坐收渔利。若丝只是一枚棋子，我假意相信若丝，是为了让若丝背后的大妖怪放松警惕。不这么做的话，若丝很可能会被大妖怪灭口，成为弃子。"

元曜有些感动，说道："白姬，原来你是担心若丝姑娘的性命，才假意相信若丝姑娘。你真是一个善良的好人。"

白姬扶额，说道："轩之，若丝死了，引魂箫的线索就断了，幕后的大妖怪也会消失踪迹，再查起来会很麻烦。我这么做是为了保住线索，放长线钓大鱼，并不是为了保住若丝的命。"

元曜说道："都差不多，反正白姬你是一个善良的好人。"

白姬说道："接下来我们就等着鱼上钩吧。"

元曜迷惑地问道："什么意思？"

白姬笑了笑，说道："肚子好饿，时间也不早了，我们先找一个地方吃晚饭吧。"

元曜说道:"现在离开平康坊,应该还能在下街鼓响起时赶回缥缈阁,吃离奴老弟做的晚饭。"

白姬笑道:"不回缥缈阁了,就在平康坊里吃吧,一会儿还得去竹笙馆。"

"啊,还去竹笙馆?"

白姬眨眨眼,笑道:"是的。这一次,我们悄悄地去。"

第六章　离　间

白姬、元曜已经走到了黄金台,他们在黄金台附近转了转,周围没有吃饭的食肆。如果去旁边的风月楼,倒也不是不能吃饭,但免不了又要开歌舞宴,会耽误晚上的事情。

白姬想了想,说道:"哎,我们既然都走到这里了,还是去黄金台蹭饭吃吧。"

元曜的头摇得跟拨浪鼓似的,他劝道:"白姬,不要,刚才闹了那么一出天大的误会,我们怎么好意思再去黄金台?鬼王万一回来了,看见了小生,非得把小生撕碎了。"

白姬一边走向黄金台,一边笑道:"谁叫轩之写文章喜欢堆砌辞藻,又空洞无物?这很容易引起误会的。写文章这种事情,贵在言辞达意,简洁明了,如果我来写战书的话,最多七个字。"

元曜十分好奇,认为再怎么用词简洁,战书也不可能只写七个字。

"白姬,哪七个字?"

白姬想了想,说道:"龙首原,打架!时间?"

元曜一下子噎住了。

白姬笑道:"战书这种东西,只要写清楚时间、地点、干什么就行了,不需要太多不必要的废话。出于对鬼王的礼让,我让他选时间,所以七个字就够了。"

元曜一时之间不知道该说什么。这种战书,也只有白姬才能写得出来吧。"

白姬走进了黄金台。元曜因为好奇七字战书的写法，只顾着听白姬说话，不知不觉也跟了进去，等反应过来，才发现自己已经置身在赌场里了。

已是夕阳近黄昏，白昼与黑夜的界限开始变得模糊起来。

黄金台中，赌客们还是熙熙攘攘、沸反盈天，与白天不同的是，蓬头兽尾、獠牙鬼面的非人赌客变得更多了。

蛇女本来倚在栏杆边出神，一看见白姬、元曜又来了，急忙迎了过来。

"白姬大人，您怎么又来了？"蛇女的声音有些紧张。

白姬笑道："我跟轩之刚才在乐坊惹了相熟的娘子生气，被赶了出来，本来想回缥缈阁，谁知已经敲了下街鼓了。现在我们腹中饥饿，又无处可去，只好来黄金台找一些吃食果腹了。"

蛇女小声说道："白姬大人，您还是赶紧走吧。鬼王陛下已经回来了，现在正在二楼雅间中对着夜叉发怒呢。他见到了你们，尤其是您，可不得火上浇油……"

"鬼王这么快就回来了呀？"白姬眼珠一转，笑道，"那我和轩之还是去别处吃晚饭吧。"

元曜也有些害怕，催促道："白姬，咱们赶紧走吧。"

白姬、元曜刚转身，还没走出黄金台，背后便有一股狂劲的飓风席卷而来。

狂风所过之处，大厅里正在玩博戏的人与非人都被卷飞了。

那股飓风直直地袭向白姬。

白姬不动如山，甚至都没有回头，挥袖之间，一道金光闪过，化解了飓风的威力。飓风逐渐变小，继而幻化成了一点儿金光，凝固在她的手指之间。

元曜回头望去，一个特别醒目的巨鬼站在二楼的栏杆边。

那是一个身高一丈、肌肉虬结的巨鬼。巨鬼的身形仿若山岳，他红发獠牙、狰狞凶恶，有着一股不怒自威的霸气。

正是鬼王。

鬼王发出了一声惊雷般的暴喝声：

"气死本座了，你们如此戏耍本座，还敢来黄金台？！"

鬼王雷霆震怒、龇牙怒目，元曜十分害怕。

啪——

白姬回过头，微微一笑，打了一个响指。

那道飓风突然带着万钧之势，回卷向站在二楼栏杆边的鬼王。

一些刚刚爬起来的非人又被飓风卷飞了，鬼哭狼嚎地跑了。

飓风直接掀翻了二楼的栏杆，毁掉了一部分雅间。

鬼王急忙闪身躲避，从二楼飞跃而下，同时双手十指暴长，燃起了绿色的鬼火。夜叉也急忙拿起铁叉，摆出战斗的姿势，跟在鬼王身后。

鬼王和夜叉一起攻来，白姬的眼眸瞬间变成了金色，她身上激荡出一股妖力，眼看就要化身为一条战龙。

元曜眼见白姬和鬼王就要打起来，十分着急，急中生智，大声说道："鬼王陛下，请住手！龙首原，打架！时间？"

鬼王不由得一愣，顿时停止了攻势。

"你这书生在说什么？"

夜叉也提着铁叉，一脸迷惑地站住了。

"鬼王陛下，听起来，元公子是要向您下战书啊？"

白姬忍不住莞尔一笑，瞬间也没了战意。

"轩之，你终于学会正确地下战书了。"

元曜急忙说道："鬼王陛下，小生不是向您下战书，小生是重新表达上一封信的内容。上一封不是情书，而是战书。白姬并没有爱慕您。都是小生词不达意，给您造成了误会，万分抱歉。"

鬼王说道："这条奸诈的龙妖没有爱慕本座，本座真是松了一口气，谢天谢地。这两天本座一边种桃花，一边仔细地想了想，她一肚子坏水，跟她成亲，肯定没有好日子过。本座不仅得不到缥缈阁里的奇珍异宝，说不定连福地里辛辛苦苦攒了多年的家当都得被她搜刮去。"

白姬扑哧一笑，说道："鬼王陛下，你尽管把心放在肚子里，福地里也没有什么像样的宝物，我也从来没有打过福地的主意。我不想跟你成亲，只想跟你打架而已。"

鬼王浓眉一挑，问道："现在就打吗？"

白姬一笑，说道："如果你不怕黄金台又被毁掉一次，现在也行。"

鬼王说道："本座现在很累，而且有别的事情要做，还是改天再约战。"

白姬笑道："我现在肚子很饿，一般肚子饿的时候，我就控制不住自己的暴躁情绪……"

鬼王说道："蛇女，带他们俩去雅间，给他们俩准备吃的。"

白姬又笑道："吃得不好，我也容易控制不住自己的怒气。"

鬼王很烦地说道："给他们俩准备宴席，不要怠慢。"

蛇女领命，说道："是，鬼王陛下。"

白姬又说道："鬼王陛下，我有一件事情想问你。"

鬼王心烦，问道："什么事？"

"恶妖之宴那晚，究竟是谁在你的耳边说'绣虎雕龙''降龙伏虎'，还有'叶公好龙'？"说到叶公好龙时，白姬有些咬牙切齿，似乎还有些耿耿于怀，接着说道，"我当时注意力都在恶妖的争斗上，只听见是你那边传来的声音，似乎是你和你周围的人在说话，没有注意具体是谁。"

鬼王一愣，说道："原来你下战书是为了这个？龙妖，本座不学长舌之妇，从不在人背后说这些无用的闲言碎语。跟本座交好的几个恶妖也不是长舌之人，更不会挑拨你我的关系。你是不是听错了？"

白姬回忆了一下，恶妖之宴上人多口杂，她突然也不是很记得这些闲话是不是鬼王及其党羽说的，但是很确定自己听见了"绣虎雕龙""降龙伏虎"以及"叶公好龙"，至于是谁说的，她也没看清，反正是从鬼王所在的方向传来的。

白姬笑道："鬼王陛下，看来是有人想要挑拨离间我们之间深厚的友情啊！"

鬼王没好气地说道："本座跟你没有什么深厚的友情！反了它们了，居然吃了熊心豹子胆，如此处心积虑地算计本座，一会儿挑动你来下战书，一会儿又挑动青城山的术士跟本座结仇，本座找出它来，非得把它的头捏爆！"

白姬笑道："想来，鬼王陛下的心里是已经有怀疑的人了？你能不能给我也提示一下？我这些年都没怎么注意参与宴会的恶妖是谁，现在一点儿线索也没有。"

鬼王冷冷地一笑，问道："你为什么对这件事这么上心？是不是青城山那边有人去缥缈阁找你了？你想找引魂箫的主人？"

白姬笑了笑，没有回答。

鬼王愤怒地说道："你自己去找，本座可不想给你线索，白白便宜了你的因果。这个不知天高地厚、充满了野心的狂徒，居然打起了本座的主意，本座要亲自捏死它。"

白姬一笑，说道："也好，我们就各行其是。肚子好饿，轩之，吃饭去了。"

蛇女一听，急忙说道："白姬大人、元公子，这边请。"

白姬刚走了几步，又想起了什么，回头问道："鬼王陛下，龙首原的桃花树快种完了吗？"

鬼王一听，火冒三丈，就要发怒。

白姬笑道："鬼王陛下，你先别发火，反正十里桃花都种了八里了，也不能白辛苦。你就让人继续种完吧，我买下。"

鬼王狮子大开口，说道："十里桃花，千两黄金。"

白姬连眼睛都没眨，一口答应，说道："行。你把桃花树都种好，我明天让离奴把黄金送来。"

鬼王有些惊愕，但是能赚一千两黄金，他不能跟黄金过不去，就应承了。

"好。本王让他们继续种。"

白姬笑道："有劳了。"

白姬、元曜便上楼去雅间了。

元曜十分疑惑，问道："白姬，你拿一千两黄金买十里桃花树干什么？"

白姬望了一眼元曜，眼中有星辰的光芒，笑道："不告诉轩之，秘密。"

元曜只好不问了。

白姬、元曜在雅间吃完了丰盛的晚饭，又歇息了一会儿。

入夜之后，平康坊中灯火通明，春意盎然，一家家乐坊之中彩袖歌舞、丝竹不绝，显然是一处盛世不夜天。

"轩之，时间不早了，我们再去竹垒馆看一看吧。"白姬说道。

元曜说道："好。"

元曜起身要走，白姬笑道："等一等，轩之，我们不能这样子去。"

元曜疑惑道："那我们该怎样去？"

白姬笑道："隐身而去。"

元曜问道："白姬，你又要用化猫之术了吗？"

"不，化猫的隐身术只对人类有用。对于非人，我们还是得吃隐骨花丸。"

隐骨花是一种奇特的花，花瓣遇水则变透明，仿佛隐身了一样。隐骨花丸可以使人或非人隐身隐气，不过药效只有一个时辰。而且，人类不能多吃，否则会彻底变成透明人，永远没有人能看见他。

白姬拿出了两粒隐骨花丸，一颗自己吞下了，一颗递给元曜。

元曜接过，也吞下了。

不一会儿，白姬和元曜便成了透明人，他们俩穿梭于赌徒之间，走出了黄金台时，巡场的蛇女、蝎女都没看见。

第七章　竹　笙

　　风生竹院，月上蕉窗。
　　白姬、元曜在竹笙馆中转悠，往来的客人、艺妓、侍女都看不见他们。
　　竹笙馆彩灯高悬、丝竹不绝。大厅之中、舞榭之上，有几名美丽妖娆的大食舞娘在跳拓枝舞，一群宾客在台下饮酒观舞。后院大大小小的雅间之中，有官宦仕子在花厅里开夜宴，觥筹交错，应酬作答；也有墨客安静地听歌姬拨弄管弦，在美酒与音律之中寻找灵感，挥舞狼毫，写下诗篇；更有一些多情之客，与相好的艺妓花前月下，卿卿我我。
　　白姬、元曜站在后院中，正不知道该从何处开始探查，就见到若丝和阿花走过来了。
　　元曜急忙闪避到一株茂密的芭蕉树后，借着芭蕉叶挡住自己。他站在芭蕉叶后才想起，自己吃了隐骨花丸，即使不躲起来，若丝和阿花也看不见他。
　　白姬顺势坐在了一个石凳上，大大咧咧地等着若丝和阿花走过来。
　　若丝披着一件兜头的披风，似乎刚从外面回来，风尘仆仆，步履匆匆。若丝摘下风帽，解开披风，扔给身边的阿花。
　　"我不在的时候，竹笙馆里没什么事吧？"若丝问道。
　　阿花说道："没什么事，一切如常。哦，对了，夜叉让人传了口信来，说让你回来之后去一趟黄金台，鬼王有话要问你。"
　　若丝神色一凛，说道："看来果然如主人所说，鬼王已经察觉了，这竹笙馆是待不下去了。"
　　阿花是一只花蜘蛛，颤声说道："我们该怎么办？鬼王好可怕，违逆他的妖鬼都会死得很惨。"
　　若丝眼中有一丝恐惧，说道："违逆了主人，我们也没有好下场。"
　　阿花问道："若丝姐姐，我们该怎么办？"
　　若丝沉吟了一会儿，说道："我还是去黄金台走一趟吧。下午鬼王的人已经来过了，差不多也蒙混过关了，我估计鬼王只是例行问话，我机智一些，应付过去就行了。"

元曜冒出冷汗。若丝真把他和白姬当成了鬼王的使者，以为自己蒙混过关了。其实，鬼王的问讯还没开始，鬼王也并不好糊弄，她这一去，只怕凶多吉少。

若丝又说道："阿花，为免夜长梦多，你把新弄到的三个血食送去城外的鬼笔谷给主人。我去一趟黄金台，看一看是什么情况，回来再决定要不要放弃竹笙馆。主人的意思是，如果鬼王察觉了，就放弃竹笙馆。毕竟，平康坊是鬼王的地盘，主人偷偷地潜伏在竹笙馆行事，是逾越了地盘的界限，坏了恶妖之宴的规矩的。"

阿花想了想，说道："鬼王只要稍微一查竹笙馆，就能知道姑射雪……主人即使放弃了竹笙馆，鬼王也会知道他来平康坊猎食过，我们难逃其罪……"

若丝说道："猎食的事情，我们是瞒不过的。主人也没打算隐瞒，恶妖之间偶尔逾越地盘猎一点儿普通的血食，也不是什么大事，赔礼道歉、做出补偿就行了。主人要隐瞒的是引魂箫的事，还有挑拨离间鬼王和龙王的事。"

阿花问道："主人真的挑唆鬼王和龙王了吗？我怎么听坊间传闻，说鬼王跟龙王情投意合，感情更好了。鬼王还在龙首原种桃花、摆酒宴，似乎是要喜结连理了？"

元曜一听，不由得惭愧，这都是他舞文弄墨不恰当惹出来的误会。不过，他又有些哭笑不得，谣言这种事情，三人成虎，没想到已经被传成这样了。

若丝说道："男女之间缠绵悱恻的情感，朝为云，暮为雨，变幻莫测，我们外人是不知道的。不管龙王跟鬼王的感情怎样，反正主人在其中挑拨离间的事情必须得瞒住了。不然，同时得罪了两位大人物，是一场大麻烦。"

阿花问道："若丝姐姐，主人害怕鬼王吗？"

若丝一笑，说道："主人如果害怕鬼王就不会做这些事情了。主人来长安城，就是冲着向鬼王复仇而来，早就想干掉鬼王了。挑拨离间，不过是想先借力打力，坐山观虎斗，等鬼王被削弱了实力，他再出手，坐收渔翁之利。"

阿花有些迷惑地问道："若丝姐姐，我一直不明白，主人跟鬼王有什么仇怨？"

若丝问道："你还记得被鬼王打败、离开长安城的佘夫人吗？"

阿花点点头，说道："记得。听坊间传说，佘夫人挺惨的，虽然逃得了性命，离开了长安城，但是佘夫人的几个儿子都被鬼王丢进百鬼汤鼎，活活地煮成了蛇羹，吃掉了。"

若丝说道："主人是佘夫人的义弟。他是来给他的义姐雪恨，给几个外甥报仇的。"

阿花吃惊地说道："啊？那我们这些低阶的小妖怪搅进了这些大妖怪的恩怨情仇中间，一步踏错，就是粉身碎骨、不得善终啊……"

元曜也一惊，没有想到这件事情有这样的隐情。

若丝笑了笑，说道："富贵险中求，大妖怪们相争，对于我们这些小妖怪来说，也是一个一步登天的机会。如果主人真的扳倒了鬼王，就是这长安城中最厉害的大妖怪，我们跟着主人，还能吃亏了？你看鬼王座下的四大妖女平时多神气？尤其是那个猫女玳瑁，经过之处，百鬼皆低伏。如果主人变成了众妖之王，我们就能跟玳瑁那些妖女一样了。"

阿花还是有些惴惴不安。

若丝从阿花手里拿过了披风，说道："好了，不多说了。阿花，你先把三个血食送去鬼笔谷。我梳洗一下，就去黄金台。"

"好的。"阿花点点头。

若丝去房间梳洗了，阿花转身，沿着鹅卵石小路走向了另一个跨院。

元曜看了白姬一眼，他与白姬都吃了隐骨花丸，互相能看见对方，但是别人看不见他们。

白姬起身，转头看向元曜，指了指阿花。

元曜明白了，白姬的意思是要跟踪阿花。

白姬、元曜跟踪阿花，穿过一道花篱墙，来到了另一个小跨院。

跨院里长满了杂草，荒烟蔓草之中，有一座像是柴房一样的屋子。屋门紧闭，还落了铜锁。

阿花站在木门边，从衣袖中拿出一把钥匙，打开了铜锁，推开了柴门，闪身走了进去。

阿花进入柴房之后，木门又关闭了。

元曜不知道要不要跟进去，悄声问道："白姬，我们要跟进去吗？"

白姬端详了一番柴房的布局，小声说道："我们不必进去了，等着吧。这柴房应该是一处地窖的入口，而平康坊中河渠绕流，竹笙馆后门就是河流,地窖的地道不可能挖出坊去,阿花迟早会出来的。"

白姬、元曜站着等了半炷香的时间,柴门果然又打开了。

阿花首先走了出来。

紧接着,一高一矮两个青面獠牙的鬼怪押着三个人走了出来。

这三个人是三名豆蔻年华的少女,她们被绳索绑缚着,泪流满面,惊恐万状。可是,因为被布条塞住了嘴,她们连哭泣都没有声音。

元曜大惊,心中暗忖:这些妖鬼绑架少女是想干什么?难道也跟之前的幻音蛇蛛一样,为了收集女魄?不对,夺取女魄也不需要绑架少女……

元曜正心念电转之间,只见那个矮个子的鬼怪突然变形,逐渐化作了一辆带着青色火焰的马车。

这辆马车除了没有马,车舆、车轴、车轮、车毂都是正常的形态。不过,车盖的部分,仔细一看,是矮个子鬼怪的头,还睁着两只血红的眼睛。

"你们上去!"

高个子鬼怪粗蛮地将三名少女塞进了马车。

嘤嘤嘤——

呜呜呜——

三名少女被塞进了马车,惊恐无助地哭泣着。

白姬趁着三名少女一个一个被高个子鬼怪推上马车的工夫,也飘上了马车,斜坐在车板上。元曜反应很快,也跟了上去,挤在白姬和三名少女旁边。

阿花没有进车舆,只坐在外面赶车的位置。

高个子鬼怪没有上来。

阿花回头一看,三名少女都在车舆里,便说道:"走吧,去鬼笔谷。"

"是。"马车说道。

马车腾空而起,不需要马匹拉,车轮飞转,自己在空中飞奔。

马车离开了平康坊,向城外而去。

车厢里空间有限,元曜挤在白姬和三名少女之间,入眼皆是春水荡漾,入鼻皆是盈盈暗香,他感觉十分局促不安。

元曜转头朝白姬望去,只见她正凝神思考着什么。不知道为什么,望着白姬的脸,让元曜的心情宁静了许多。

三名少女一边哭,一边有些奇怪,明明旁边还有空间,可是好像有两个人戳在那儿似的,根本靠不过去。马车行进颠簸之中,她们更确定了车厢里有看不见的存在,不由得更加恐惧了。

马车问道:"阿花,你最近是不是吃得太好了?"

阿花一愣,问道:"什么意思?"

马车说道:"你也该少吃一些,减一下体重了。吃得太胖,小心被主人吃掉……"

阿花气恼地说道:"你胡说什么?我哪儿有吃胖了?"

马车说道:"你吃没吃胖,我心里有数。我拉着你们四个跑,就像拉着五六个人一样。那三个小丫头有多重,我刚才拖她们出地窖时已经掂出来了。你一个人比她们三个加起来还重,还说你没贪吃、没长胖?"

阿花回头望了一眼,只见到三个少女瑟瑟缩缩地挤在车舆里,便骂道:"你这破车整日里没事就灌黄汤,灌了黄汤就胡言乱语说昏话。我没长胖,这车上也就四个人,哪里来五六个人?!看我回头不告诉若丝姐姐,把你这乱嚼舌头的破车拆了当柴烧!"

马车一听,心中怕了,便求饶道:"阿花姐姐,我错了。我不该胡言乱语说昏话,你没有贪吃,身轻如燕、纤瘦苗条,可以了吧?你饶了我吧。"

阿花气得又骂了马车一顿,才作罢了。

不多时,马车踏着月色,来到了一个山谷。

鬼笔谷,到了。

第八章　鬼笔(上)

月光下,鬼笔谷的两边峰峦陡立、怪石嶙峋,而山谷之中是一片开阔的空地。一棵死树在山谷外静静地立着,黑色的树枝虬结,如鬼手一般。一缕一缕轻薄的雾气在山谷之中飘荡着,神秘而缥缈。

马车停在了离死树不远的地方。

阿花先跳下了马车,然后又将三名少女赶下了马车。白姬、元曜也趁机从马车上下来了。

众人都下来之后,马车逐渐起了变化,恢复了矮个子恶鬼的形态。

阿花和车鬼押着三名少女往山谷里走去。

白姬、元曜也悄悄地跟了上去。不过,他们并没有紧随其后,而是远远地跟着。

阿花站在山谷口，对着虚空说道："主人，三个血食带到了。"

山谷之中，白雾缭绕，地面倏然起了变化。

元曜借着月光望去，只见从地下破土而出的是一群人！

这些从泥土中长出来的人都是少年和少女。他们一半身体埋在泥土里，一半身体从土中探出来，他们的肤色苍白到可以看见皮肤下的血管，他们的眼睛都睁着，却没有瞳仁。一些雪白色的仿佛植物经络一样的东西紧紧地缠绕着他们，从他们身上吸取着血肉与精气。他们微微张着嘴，嘴巴里似乎有什么，但是看不清楚，只能看见一点儿白色。

看清了这满山谷的"人"，元曜心中十分恐惧。

三名少女站在阿花身后，看见这样妖异的场景，早已吓得惊恐万状、抖如筛糠。其中一个少女还昏厥了过去。

白姬冷冷地望着山谷中的白雾。

突然，一条雪白的裙裾出现在地上。

这条白色裙裾在地上缓缓滑过，波浪一般，仿佛是谁在拖着裙裾疾走。

夜风之中飘荡着一缕香气。这一缕香气清芬如花朵，又浓郁如脂粉，十分旖旎，让人沉迷。

白雾之中，走出了一个妖怪。

这个妖怪长得十分美丽，穿着一条白色的曳地长裙，挽着长长的月光色披帛，披帛如波浪一般，拖曳在地上。这妖怪有着黑缎一般的长发，皮肤雪白，嘴唇鲜红，一颦一笑，千娇百媚。

元曜正觉得这妖怪是一位绝色佳人，可是妖怪发出了男子的声音："把她们送过来。"

元曜冒出了冷汗。原来这妖怪跟阿绯一样，身为须眉男子，却有女装的癖好。

白姬轻声说道："果然是这只妖呀。"

元曜小声问道："这只妖怪是谁？白姬，你认识这只妖怪？"

白姬小声说道："这妖是一个竹荪精。我在恶妖之宴上见过，是新来长安城的，据说这只妖怪刚来不久，就吞掉了好几个大妖怪，得到了参加恶妖之宴的资格。刚才听到鬼笔山时，我就猜测是这只妖怪了。"

元曜有些吃惊，问道："竹荪？炖鸡汤的那个菌子？竹荪也能成精，当大妖怪？"

白姬笑道："竹荪当然能啊，马车都能成精呢。至于能不能当大妖怪，就看自己的能力了,跟是什么没有关系。毕竟,只要修炼得够久、有毅力、有恒心,一块石头都能变成山神呀。"

元曜恍然。

白姬、元曜低声说着话。

姑射雪似乎感应到了什么,警惕地望了一眼四周,说道:"我怎么感觉到有生人在附近……"

阿花和车鬼也急忙四下张望,却什么也没看见。

阿花说道:"主人,没有人啊。"

姑射雪有些疑惑,但是因为确实没有看见人,也没有闻到任何气息,便放松了警惕。

白姬、元曜沉默地站在远处,不再说话了。

姑射雪看了一眼三个少女,满意地笑了。

"啊,虽然少女不如少年血气方刚,吃起来有浓烈的味道,但是胜在口感柔美、回味无穷。这三个少女看上去就很鲜美,年轻的人类躯体是世界上最美味的佳肴……"

元曜心中恐惧,又很愤怒,猜测孟青恐怕是被这竹荪妖怪给吃掉了,极有可能就在那一地的少年男女中间。他又十分担心同车而来的三位少女,毕竟都是鲜活的生命,她们若是遭遇不测,家人、朋友肯定会很伤心。

元曜决定,如果这竹荪妖怪开始害人,他一定要冲出去阻止。

姑射雪却没有急着享用三个少女,抬了抬眉,问道:"若丝怎么没来?"

阿花答道:"若丝姐姐因为引魂箫的事情,被鬼王叫去了黄金台。是她让我带着三个血食来献给主人您的。"

姑射雪沉吟道:"看来,事情是瞒不过去了。不过,有些奇怪,引魂箫在夜叉身上挂了这么久,鬼王也没有在意,怎么突然就事发了?难道另外有人插手了?"

白姬冷笑了一下,继续观望。

姑射雪沉思着。

夜空中,妖气蔽天,东方仿佛有闷雷震地,震得一地的半长出泥土的血食摇摆不定。

元曜心中一惊,急忙朝东方望去。

东方的夜空中,阴风阵阵。远远望去,能看见一群怪模怪样的黑影。待那群黑影靠近,元曜才看清那是一群恶形恶状的鬼怪,它们拿着各种兵器，踏着月色而来。元曜认出了其中有蛇女、蝎女、鹰女，再仔细望去，玳瑁和夜叉也在其中。

玳瑁和夜叉的身后，站着一个特别醒目的巨鬼。

巨鬼身高一丈、肌肉虬结。他身形仿若山岳，红发獠牙、狰狞凶恶，行走之间有一股不怒自威的霸气。

正是鬼王。

看见鬼王带着千妖百鬼踏云而来，阿花和车鬼都大惊失色，三名少女之中本来有两名还没晕过去的，看见这么一大群恐怖的恶鬼，此时也吓得双双晕过去了。

"喊，这么快就来了，真碍事。"白姬不高兴地说道。

姑射雪看见鬼王，眼中闪过一道精光。也许是因为仇恨，更可能是因为兴奋，他的表情开始变得扭曲，说道："鬼王，你还是来了。"

鬼王铜铃大的碧目朝姑射雪扫去，眼神森冷如刀。

"搞了半天，居然是你这个不男不女的东西在作怪？！夜叉，把蜘蛛精带上来。"

夜叉推着若丝走了出来。

若丝蓬头，一身伤痕，嘴角还带着血迹。看来，在鬼王的问讯之下，她没少吃苦头，所以才招出了姑射雪，还带着鬼王一行人来到了鬼笔谷。

鬼王说道："杀了她。"

若丝一听，十分恐惧，急忙伏地求饶。

"鬼王陛下，不要啊。我一时糊涂，才会走了错路。看在我带您来鬼笔谷的分儿上，求您饶我一命……"

夜叉好不容易有了一个相好的，有点儿念情分，舍不得动手，说道："鬼王陛下，看在她招供了，还带路的分儿上，饶她一命吧。"

鬼王并不为所动，只是冷冷地看着夜叉。

夜叉明白，求情无用，看着满脸惊恐、哭得梨花带雨的若丝，手中的铁叉半天落不下去。

倏然，电光石火间，若丝惨叫一声，鲜血迸溅，被一只猫爪刺穿了心脏。

血泊之中，一只磨盘大小的八足黑蜘蛛僵死在地。

一个妖艳的猫女站在蜘蛛尸体旁边，伸舌舔舐着锋利的猫爪。猫爪上，鲜血淋漓，猫女面若春花，却眼神冰冷。

原来，玳瑁见夜叉磨磨蹭蹭，半天不动手，早就心烦了，自己动手了。

玳瑁抬足，一脚将死蜘蛛踢到了姑射雪的面前。

玳瑁嚣张地冷笑道："你的属下，还给你。"

若丝一死，阿花和车鬼，一个悲痛，一个惊愕。

阿花扑向死蜘蛛，哭道："若丝姐姐——"

姑射雪虽然面无表情，看似无动于衷，但他的眼中精光更甚了。

元曜有些难过，没想到若丝就这么被杀死了。事情发生得太过突然，他没有来得及阻止玳瑁。可是，一想到这满地的少男少女，估计一大半都是因为若丝助纣为虐而遭殃，他又觉得若丝的下场，也许是冥冥之中的某种因果报应。

突然之间，山谷的地面震颤了起来，那些束缚住少男少女的白色经络仿佛活了一般，放开了血食，陡然迎风暴长。

山谷之中，姑射雪的身后，探出了无数雪白的触手。那些张牙舞爪的触手形如镰刀，迎风飞舞，还在滴着白色的毒汁。

元曜惊得头皮发麻。

姑射雪冷冷地说道："鬼王，新仇旧恨一起算，今晚就是你的死期了。"

鬼王暴喝一声，怒道："区区一个竹荪成了精，还敢狂言妄语？！早知道你要来，本座就先留着你那几个蛇外甥，等你来了一起在百鬼汤鼎里炖成竹荪蛇羹了。"

姑射雪暴怒，冷笑道："你不也只是古墓里的僵尸吗？听说僵尸虽然浑身尸臭，腐肉不可食，脑子却是格外鲜美呢。"

白姬忍不住扑哧一声笑了，小声问道："轩之，你说竹荪炖僵尸脑花，会好吃吗？"

元曜直冒冷汗。

"白姬，肯定很难吃的。"

"那，竹荪炖鱼呢？"

"什么炖鱼好吃，得问离奴老弟，离奴老弟比较懂，但是普通的竹荪就好，不用用竹荪精。"

"竹荪精的味道，说不定更鲜美浓郁。毕竟，灵芝啊，人参啊，雪莲啊，都是越老越金贵呀。"

"竹荪不一样吧？竹荪应该跟蘑菇差不多，并不是越老越好吃……白姬，他们为什么都看着咱们？！"

小书生说着说着，发现不对劲儿。

白姬这才发现，鬼王、姑射雪停止了争执，千妖百鬼都一起一脸震惊地望着他们。

隐骨花丸的隐身效果是一个时辰。掐指一算,从出了黄金台到现在,已经过了一个时辰了,白姬、元曜显露了身影,被众人察觉了。

鬼王一看见白姬就火冒三丈。

"龙妖,你怎么也在这儿?!"

白姬见已经被发现了,只好不躲避隐藏了,朝鬼王、姑射雪等人走去。

元曜急忙跟上。

白姬笑道:"今晚月色很美,我跟轩之出城散步,不知道为什么,就走到这儿了。"

姑射雪冷笑道:"原来,龙神大人也来了。"

白姬盯着姑射雪,说道:"恶妖之宴上,我小看了你。现在的年轻人,初生牛犊不怕虎,一出手就是反间计,真是后生可畏。"

姑射雪一听自己的反间计谋也被拆穿了,不怒反笑。

"真可惜,龙神大人没有中计,不然我就有鹬蚌相争的好戏看了。"

元曜冒出了冷汗。其实,白姬已经中计了,但是因为他不小心把战书写成了情书,白姬才没有跟鬼王打起来。

白姬走向姑射雪,说道:"我问你一件事情。"

姑射雪问道:"什么事情?"

白姬笑眯眯地说道:"你在恶妖之宴上说的叶公好龙,是什么意思?"

姑射雪一愣,居然很认真地答道:"龙神大人连这都不知道吗?传说中,叶公非常喜欢龙,他用的器物上刻着龙,住的房屋上也画着龙。真龙知道了,来到叶公家里,把头探进窗子。叶公一见,吓得拔腿就跑。这个典故是比喻口头上说爱好某事物,实际上并不真爱好。"

元曜捂住了脸,唉,无论姑射雪怎么解释这个词,接下来姑射雪都要倒大霉了。

第九章 鬼笔(下)

姑射雪话音刚落,突然感到一阵狂风迎面卷来,仿佛有利刃割脸。

"你的意思是，轩之不会喜欢龙吗？！"

白姬身形暴起，倏然化作一条巨龙，闪电般朝姑射雪袭去。

姑射雪大惊，想要躲开，可是白龙来势凶猛，他的周围瞬间腾起了金红色的龙火，挡住了他的退路。他本想驱动漫天飞舞的触手，然而触手一碰到龙火，就仿佛寒冰遇上了烈焰，悄无声息地融化了。

触手被龙火灼烧，姑射雪感到钻心的疼，心中暗道：这次完了。一个是万年道行，一个只是千年修行，他与白姬的实力，相差太悬殊了。跟鬼王对战，他还有一半的胜算；跟白姬对战，他是一丁点儿胜算也没有。他突然有些后悔，其实义姐佘夫人早就告诫过他，长安城里隐伏着一位不能归海的龙族之王，那是世界上最可怕的存在，千万不能得罪。可惜，他年少气盛，无知无畏，没有听进去。

姑射雪望着巨龙的灼灼金眸，颤声说道："轩之是谁？我不知道他喜不喜欢龙！而且，他喜不喜欢龙，跟我有什么关系——"

"跟你没关系的事，你就闭上嘴，不要胡说八道！"

白龙须鬣戟张、张牙舞爪，就要用龙火将姑射雪烧成灰烬。

鬼王坐不住了，暴喝一声，身形迎风而长，化作一个三丈高的巨大僵尸。僵尸皮肤呈现出诡异的青绿色，青面獠牙，双眼如铜铃，浑身冒着碧色的尸毒之气。

巨型僵尸挥手，卷起一道尸毒之气，朝白龙袭去。

"这竹荪是本座的猎物，是本座先向他挑战的。龙妖，你先等在一边！"

白龙停止了攻击姑射雪，转而朝尸气喷出一口龙火。

金红色的龙火与碧绿的尸气在夜空中碰撞，交织成一片金绿色的火焰。

白龙不耐烦，仰头聚气，朝鬼王吐出一股地狱烈焰。

"我讨厌等在一边做替补，要求更改主次。鬼王，你滚一边去！"

鬼王勃然大怒，闪身躲过了白龙的攻击。

"龙妖，你休要猖狂！反正这竹荪也跑不了，本座就先跟你打！让你尝尝本座新修炼出的鬼馁之术！"

鬼王静静地站在山谷中，他的身边阴风呼啸、能量涌动。骤然之间，他撕开了虚空，放出了无数饿鬼。这些饿鬼面容如黑炭，喉咙像针一样细，肚子却特别大。它们仿佛蝗虫过境一般，卷向了半空中的白龙，所过之处，地面的青草都被蚕食殆尽、化作虚无。

元曤一惊，急忙说道："白姬，小心啊——"

白龙身上闪过一道炽烈的金色光芒，光芒如金蛇一般在半空中舞动，一股强大的力量使空间发生了扭曲，那些袭来的饿鬼纷纷被卷入了扭曲的空间之中，紧接着一股巨大的能量如山洪暴发，喷涌而出，将这些密密麻麻的饿鬼炸得粉碎。

白龙金眸灼灼，不屑地挑衅道："就这？"

鬼王见辛苦修炼的鬼馁之术没有用，有些气恼，说道："当然不止。鬼馁之术，才是开始！"

鬼王说完，便纵身飞去，与白龙在半空中打了起来。

鬼笔谷中，元曜与夜叉、玳瑁等千妖百鬼都静静地站着，望着白龙与僵尸在半空中打斗，只见夜空中风起云涌、阴气蔽天，金红色的光芒和碧绿色的光芒交织成一片。

姑射雪看见鬼王和白龙打了起来，不管自己了，瞬间，他的心思就活络了，他趁着千妖百鬼不注意，悄无声息地潜行，准备逃走。

阿花和车鬼也在抬头看白龙和僵尸打斗，姑射雪连这两个属下都不管了，独自悄悄地遁走。

姑射雪在心中庆幸，没想到反间计失败了，白龙和鬼王居然也打了起来，真是苍天助他。这场白龙与僵尸之战，不管是白龙死掉，还是鬼王死掉，对他来说，都是好事。

姑射雪本来已经悄悄逃到谷口了，没有任何人发现他，只要再走几步，出了鬼笔谷，就能天高海阔，带着一条残命逃出生天了。可是，他偏偏被心中的一股执念所迷，就这么逃出长安，不甘心。现在是一个好时机，只要再等一下，等龙王和鬼王分出胜负，如果一方惨死，一方重伤，他就可以坐收渔利。这个机会如果抓住，他就是千妖百鬼之王，整个东都、西京都是他的了。

姑射雪利欲熏心，在谷口边站住了。

白姬和鬼王刚交战了两个回合，正好就看见了姑射雪站在山谷口出神。这竹荪精想逃？！

白龙与僵尸对视一眼，停止了争斗，一起朝山谷口的姑射雪飞去。

姑射雪一见白姬和鬼王朝他来了，顿时心中一凛，急忙飞舞着触手迎战。

元曜看着白姬和鬼王打起来了，心中正担忧，忽然又看见他们俩一起朝谷口飞去，这才发现姑射雪逃走了。

元曜远远地看见谷口边闪过金色、碧绿和白色三道光芒，激起一片虚空的巨浪，伴随着姑射雪的连番惨叫声。

不多时，谷口没有了声音，只剩恢复了常态的白姬和鬼王站在那儿。

元曜急忙跑向白姬，担心地问道："白姬，你没受伤吧？"

白姬笑道："轩之，我没事，你别担心。"

白姬和鬼王的脚边，有一个巨大如床的白色竹荪。那竹荪形如白色的蘑菇，但是有着白蛇皮一般的网状菌幕，下垂如裙。

竹荪已经死掉了。

元曜从来没有见过长得这么庞大的竹荪，哪怕是尸体，看着也有些害怕。

鬼王问道："这竹荪精居然还想跑？本座送他去黄泉！龙妖，这算是你打死的还是本座打死的？"

白姬挑眉，笑道："怎么？鬼王，你是想要跟我抢这个上好的竹荪？这竹荪精修行了几千年，把它吃下去，至少可以少五百年修行之苦。"

鬼王说道："算了，让给你吧。本座这几天在龙首原种桃花树很累，没有力气跟你抢了。"

白姬眼珠一转，笑道："其实，我拿着这竹荪也没什么用。缥缈阁人太少，吃不完。你们饿鬼道人多，能吃完，还是让给鬼王你吧。毕竟，勤俭节约，不浪费食物，才是美德呀。"

鬼王皱眉，问道："你有什么条件？"

白姬笑了笑，走向山谷之中。

元曜急忙跟上。

之前，姑射雪准备跟鬼王打斗时，放开了自己用根须束缚住的血食。现在，少男少女们倒了一地，不知死活。

白姬随便找了一个少年，将他翻过身，查看他的状况。

那少年穿着一身黑色斗篷，风华正茂，玉面白唇。看他的情况，应该还没有死，但也很难活过来，因为他被姑射雪吸取了太多的精气。

白姬说道："鬼王，这些孩子还没有死，运气好的话，有些也许还能救回来。你不是练了很多丹药吗？这个竹荪，我让给你，你拿一些九转还阳丹出来，给他们吃下去，救他们一命。"

鬼王震惊地说道："龙妖，你疯了吗？本座和你都是恶妖，只害人，不救人的！"

白姬笑道："鬼王陛下，你说笑了，我虽然是恶妖，可是从不害人。我是来人间道收集因果的，害人对我来说没有好处。"

鬼王说道："可是，你也从不救人。本座记得，人命对你来说，就跟路边的草芥一样，它们的生死枯荣，你从不在意。"

白姬笑道："青青草木，也是值得怜惜的。这些少年和少女，如果在最好的年华死去是很可惜的。我既然遇见了，还是救助一把吧，反正举手之劳而已。"

鬼王说道："在本座看来，即使救活了，他们也只是多活几十个春秋。几十个春秋，不过一弹指，反正，他们早晚都得死。"

白姬怅然地说道："也许吧。"

鬼王奇怪地问道："龙妖，我总觉得你改变了很多。变得……怎么说来着，用和尚们的话说，变得心怀慈悲了？"

白姬笑道："鬼王，连你这么愚蠢的僵尸也看出我越来越像佛门中人，快要成佛了吗？"

听见白姬说自己是愚蠢的僵尸，鬼王气得青筋暴起、浑身发抖。

"你成不成佛本座不知道，但本座迟早要送你上西天！"

当然，这句咬牙切齿的话，鬼王只敢在心里吼出来。

鬼王同意了以九转还阳丹换竹荪精，因为丹药没有带在身上，他就带着千妖百鬼抬着竹荪精回福地了。鬼王承诺，回去之后，会让夜叉把丹药送来。

鬼王本来打算杀死阿花和车鬼，元曜心软，求了情。白姬也说她需要人手帮忙处理这一地的人，阿花和车鬼才保住了性命。

鬼王带着千妖百鬼离开之后，元曜、阿花、车鬼就在鬼笔谷中忙碌，他们将一地的少男少女扶起来，等着夜叉送丹药来。

忙完之后，阿花抱着黑蜘蛛的尸体，找了一块高地，打算埋葬了。

阿花一边伤心流泪，一边用手挖土。

元曜、车鬼见了，就去帮阿花挖土，一起埋葬了若丝。

白姬独自坐在一旁，一边赏月，一边望着元曜、阿花和车鬼忙忙碌碌。

不多时，夜叉带着九转还阳丹来了。

夜叉走到白姬面前，从腰间解下一个玉葫芦，说道："白姬大人，丹药都在玉葫芦里。一共有一百三十颗，给这些人吃，绰绰有余。鬼王陛下说，多出的，就送给您了。"

白姬笑道："行。夜叉，你来都来了，别急着回去，留下帮一把手吧。"

夜叉没有办法，只好留下帮忙。

白姬、元曜、夜叉、阿花、车鬼一起给少男少女们喂食九转还阳丹。

他们从月上中天忙到圆月西沉,这一百多名少男少女才都吃下了丹药。丹药发挥效果需要时间,他们便强忍着睡意等着。

夜叉看见了若丝的坟墓,有些伤感,还摘了一朵花,放在坟前祭奠。

夜叉哭道:"若丝,你死了,再也没人喜欢我了。"

见夜叉伤心,元曜只好安慰他,说道:"夜叉兄弟,一定还会有人喜欢你的。"

夜叉抱着元曜哭,说道:"元公子,你不要安慰我了,就我这副模样,我心里有数。若丝也不是真心喜欢我,只是在利用我……"

元曜拍着夜叉的肩膀安慰他:

"夜叉兄弟,别太难过了,一切都过去了。以后一定会有人真心喜欢你的。"

白姬看着阿花,问道:"竹笙馆里是什么情况?姚三娘还活着吗?"

阿花很害怕白姬,急忙跪下,说道:"回龙神大人,姚三娘还活着。主人……不,那竹荪精只是借竹笙馆来寻觅血食,比如刚入行的年轻艺妓以及来竹笙馆寻欢的少年。因为平康坊是鬼王的地盘,竹荪精想偷偷行事不被发现,就没有杀害姚三娘,只是用法术让她卧病在床,自己变成姑射雪去主持竹笙馆。竹笙精喜欢在这山谷里享用血食,不愿在城里待太久,大部分时候就让若丝姐姐替他处理事情……"

元曜忍不住问道:"白姬,姑射雪死了,姚三娘应该能很快恢复健康吧?"

白姬笑道:"应该没有大碍。"

元曜说道:"阿花,你以后不要再做伤天害理的事情了。"

阿花伏地说道:"这次捡回来一条小命,我不打算留在城里了。我想在这鬼笔谷中静心修炼,一定潜心向善,不再害人。"

白姬、元曜对视了一眼,觉得阿花的决定未尝不是一件好事。

不多时,山谷中的少男少女们陆续转醒,元曜、夜叉、阿花、车鬼便开始忙碌了起来。

这些醒过来的少男少女都很虚弱,借着九转还阳丹强劲的药力,倒也还能支撑着。他们非常恐慌,元曜急忙安抚他们,简单解释了一下事情的缘由,大家才镇定下来。醒过来的,有一百人;没有醒过来的,有十九人。那十九个少男少女,已经变成了冰冷的尸体。

元曜觉得很难过,忍不住哭了。

白姬望着一群大难不死的少男少女,问道:"你们当中,有没有谁是从青城山来的,名叫孟青?"

一个身穿黑色斗篷、风华正茂、玉面白唇的少年站了起来,说道:"在下叫孟青,是从青城山来的。"

白姬一看,这不是她刚才查看血食的状况时随便找的那一个人吗?

白姬笑道:"原来是你呀。你师妹的兄长苏谅拜托我找你,既然你没事了,我就完成委托了。"

孟青拱手说道:"多谢。不过,你袖中的引魂箫不打算还给在下吗?"

白姬扑哧一笑,说道:"我差点儿忘了,你们这些高阶术士与自己的法器都是能互相感应的。"

孟青念动咒语,想要驱使引魂箫从白姬的衣袖中出来,回到自己手中。然而,他念了半天咒语,额头上都冒出了汗,引魂箫却只在白姬的衣袖中颤动了一下,便纹丝不动了。

白姬笑道:"孟青,别白费力气了,这引魂箫你拿不走,只有苏谅才能来拿。你还是去拜托苏谅吧。"

孟青没有办法,只好作罢。

元曜很好奇,问道:"白姬,你为什么要苏谅来拿引魂箫?"

白姬笑道:"因为我只收了十两金子,却把救人的活儿都干了,只好在引魂箫上赚回来了。"

元曜恍然。苏谅估计得出一大笔银子,才能替孟青从白姬手中拿回引魂箫。

地平线上,一丝曙光亮起,不知不觉,已经快天亮了。

少男少女们准备回城里。

"得了,我载你们一程吧。"

车鬼见少男少女们太虚弱,赶路未免太辛苦,就倏然化作了一辆巨大的马车。马车大如宫殿,装一百多人绰绰有余。

少男少女们惊愕过后,壮着胆子,纷纷走上马车。刚才被车鬼拉来的三名少女万万没有想到自己居然会主动登上这吓死人的马车,感觉人生难料、万事无常,但是一想到还能活着,又很庆幸。

元曜惊叹道:"马车兄弟,你居然还能变得这么大?"

车顶上的人脸叹了一口气,说道:"变大很耗费妖力,这一趟拉完,一百年的辛苦修行没了。"

夜叉说道:"别担心,回头鬼王陛下用百鬼汤鼎煮竹荪,开竹荪宴,我悄悄地给你留一碗汤。一碗竹荪汤,差不多能补回来。"

马车惊喜地说道:"多谢夜叉大人。以后,我就弃暗投明,跟着您混了。"

夜叉说道:"行。反正我身边也差一辆马车。有时候去荒郊野外寻觅相好的孤魂野鬼,没有一辆马车,还真不方便。"

元曜无语。

于是在清晨的曙光中,巨大如宫殿的马车拉着白姬、元曜、夜叉以及一众少男少女去往长安城了。

阿花留在了鬼笔谷做善后事宜,将死去的十九名少男少女的尸体放在了谷口的死树下。天亮后有人经过,看见了尸体,就会报官。然后,这些尸体就会被官府带走,幸运的话,能被亲人认领,带回去安葬。

第十章 尾 声

城郊,龙首原。

龙首原本来非常荒凉,但是不知道被谁种了十里桃树林。更离奇的是,人间七月,桃李已尽,这十里桃花却在盛夏时节开得如火如荼,只见漫山遍野桃花压枝,灼灼如粉红的丹霞。

一条清澈的小溪横穿龙首原而过,水流潺潺。一阵夏风吹过,飘落的桃花如雨一般纷飞,花瓣落入溪水之中,逐水而流。

清溪之畔,一棵桃花树下,铺着一条用金丝、银丝混合着绒线编织而成的波斯绒毯,上面放着几样精美的食器,食器中盛着色彩鲜艳的瓜果,旁边的琉璃酒壶中,盛着如血的葡萄美酒。

白姬、元曜跪坐在波斯绒毯上,一边喝着琉璃杯中的流霞酿,一边欣赏桃花盛放的美景。

一只黑猫和一只没有尾巴的玉面狸猫在不远处的溪水中捉鱼。

离奴和阿黍又和好如初了。

昨天,离奴和阿黍因为要清算账目,相约在缥缈阁面谈。它们俩吵得不可开交时,元曜忍不住说道:"离奴老弟,你的账目上少写了你与阿黍分别之后,在千年的时光中,每年给阿黍攒的一项帽子。上千项帽子,都能开帽子铺了,这一笔巨大的花销,你应该写上。"

离奴说道:"这……不是爷不想写,而是因为跨越的时间太长,又改朝换代,每一个时期的钱都不一样,不知道怎么写啊。早期的一些帽子都是用贝壳买的,还有用铲币、刀币、蚁鼻钱买的,换成现在的钱,爷不知道该怎么算。"

阿黍听见元曜说起离奴给它买帽子的事情,又回忆起了儿时与离奴的情谊,突然就心软了。

元曜又说道:"阿黍,你的账单小生也看了。你忘了写去年离奴老弟过生日时,你花了一百两黄金给它买月眉蝶鱼的事情。"

去年"相思鸟事件"中,离奴爱上了一条月眉蝶鱼,给它起名叫小蝶。阿黍就花了一百两黄金,买给了离奴。不过,阿黍买的不是小蝶,是另一条跟小蝶长得差不多的月眉蝶鱼。

阿黍说道:"这……因为买的不是小蝶,况且后来黑炭把鱼做熟了,我吃了大半条,这笔账我就没有写进去了。唉,那一百两黄金是东拼西凑借的,我现在还起早贪黑,到处接一些化形乔装的活儿,挣钱还债呢。"

离奴一听,想到了阿黍还是很关心他的,心也有点儿软了。

元曜见状,趁机劝解了几句,于是两只猫就忘记了抢秋田葵叶的事情,冰释前嫌、重归于好了。

白姬喝了一口流霞酿,望着纷飞的桃花,笑道:"这十里桃花太美了。轩之,这一千两黄金花得很值。"

元曜也陶醉在这桃花美景之中。

"桃花乱落如红雨,夏天能欣赏到这样的美景,真是神奇而又美丽。不过,白姬,你根本就没有花一千两黄金呀。"

事情是这样的:

在鬼笔谷里,白姬、鬼王打了一半就罢手了,没有分出胜负,后来白姬闲来无事,还是决定揍鬼王一顿,所以又给鬼王送去了一封战书。这一次,战书是白姬亲自写的。

鬼王马上派人送了回信,说他本来很想应战,但是在龙首原种桃花时,夜风寒凉,他不慎着凉了。大夫说,他需要卧床静养,暂时不宜打斗,要求白姬将战期延后。信尾又说,龙首原的十里桃花树已经种好了,白姬随时可以去欣赏,至于买桃花林的千两黄金,可以等交战过后再付不迟。

元曜一看,就明白了,鬼王是怕应战之后,打输了丢脸,以后不能在千妖百鬼面前立威,所以宁愿拿一千两黄金买一个面子。

白姬一看信尾，就决定暂时不揍鬼王了。毕竟，揍完之后，她就得付一千两黄金；不揍的话，这一千两黄金就可以拖着不给。

白姬一边喝酒，一边问道："我今天本来邀请了苏谅也一起来赏桃花，他怎么不来呢？"

元曜说道："刚才小生听阿黍说，苏兄今天在灞桥送孟青，所以没有空来。白姬，你拿引魂箫宰了苏兄一百两黄金，即使不送孟青，估计他也没有心情来看桃花。"

"嘻嘻。对了，轩之，今天晚上鬼王开竹荪宴，夜叉早上送来了请帖，你要去吗？"

元曜一听，急忙摇头，说道："不去，不去，太可怕了。"

白姬笑道："那我也不去了。但这张请帖也不能浪费，就让离奴和阿黍去竹荪宴上玩吧。"

元曜问道："白姬，这世界上为什么会有恶妖呢？"

白姬笑道："因为人与非人都有贪、嗔、痴之念，都有欲望。如果欲望必须伤害他人才能达成，那就成为'恶'了。"

"白姬，你明明很善良，为什么也会成为恶妖呢？"

"轩之，我并不善良。你看见任何人，都能找出他的善良之处，其实是因为你有一颗善良之心。"

元曜想了想，说道："并不是，姑射雪的行为，小生并没有看出一丝善良，他为了一己私欲，害死了那么多人，十恶不赦。小生觉得白姬你很善良，而且心怀仁慈，这并不是因为小生有一颗善良之心，而是因为白姬你确实是一个心怀仁慈的人。"

白姬脸倏然一红，大声说道："轩之看错了，我是一个大恶妖，毕竟东都、西京的恶妖加起来，也没有我作恶多端呀！"

"白姬，你的脸为什么红了？"

"流霞酿喝多了！"

小书生挠头，奇怪地说道："小生比你多喝了几杯，也没脸红呀。"

过了一会儿，白姬又喝了一口流霞酿，才说道："轩之，即使我有善良和仁慈，也不想展现出来，让别人看见。"

元曜奇怪地问道："为什么？"

白姬说道："人与非人都有贪念，如果我表现出了善良与仁慈，他们会要求我一直善良、一直仁慈。那缥缈阁的生意，就没法做了。"

元曜想了想，疑惑地说道："可是，白姬，如果你一直表现得邪恶而恐怖,大家都会畏惧你、远离你,那缥缈阁的生意还是没法做呀?"

白姬笑了笑,说道:"我在人间道徘徊了几千年,到现在还是没能弄明白,究竟是邪恶的力量强大,还是善良的力量强大。所以,我就一直以邪恶的恐怖来让人畏惧,借此避免麻烦;我偶尔也会善良一下,吸引人与非人来缥缈阁满足欲望,达成我的因果。"

元曜冒出冷汗,说道:"白姬,听你的描述,小生好像看见了一条恐怖的巨龙盘在缥缈阁里,张开巨口,等着人与非人进入缥缈阁,然后一口吞噬他们……"

白姬笑道:"轩之的描述也挺准……你看,我像是一条恐怖的巨龙吗?"

元曜朝白姬望去,不由得脸红了。

白姬,你比巨龙好看多了……当然,这句话小书生不敢说出口。

"轩之,你怎么脸红了?"

元曜心中有些慌乱,急忙解释道:"小生刚才流霞酿喝多了!"

白姬抬头,望着漫天纷飞的桃花雨,笑道:"轩之,流霞酿确实容易醉人,待会儿我们采一些桃花回去,做一些清淡的桃花酿吧。"

"好呀。"元曜笑道。

桃花纷飞,这一年仲夏的龙首原上,别有天地非人间。白姬、元曜在花树下愉快地对饮,小黑猫和玉面狸在溪水边欢快地捉鱼,几尾鲤鱼自己跃上了岸边。

一阵风吹过,桃花落如雨,仲夏又快要过去了。

第一章　楔　子

显庆^①五年，长安。

长寿坊，一座深宅大院之中。

已是深夜，内宅之中还亮着一盏灯，一男一女正在灯下夜话。看上去，似乎是一对夫妇。

男子大约而立之岁，面容清瘦，双目炯炯。他束发盘髻，戴着南华巾，穿着一袭青蓝色襕袍，颇有一些仙风道骨——看这打扮，不是居家修行的道士，就是痴迷于神仙方术的道家信徒。这在唐朝很正常，甚至在某一时期，贵族们居家修行是一种风尚，并不影响娶妻生子。

女子与男子年龄相仿，容貌秀美，她的鼻梁很高，鼻子上有一颗小痣。女子梳着半翻髻，穿着一袭五彩绣花裙，披着银泥绉纱披帛，这种时下流行的贵妇装束，让她的气质显得更加雍容华贵。

女子的神色悲伤，她的眼中有复杂的情感，看上去充满了幽怨。

女子问道："夫君，你真的决定离家去成仙吗？"

男子眼中有一丝狂热，说道："我不是去成仙，而是去找梦仙枕，据说找到了梦仙枕，就可以在梦中得到仙人的指引，得道升天……"

女子幽怨地问道："得道成仙，对你来说，那么重要吗？"

男子望着书案上的灯火，神色狂热，仿佛扑火的飞蛾。

"生命短暂，人间哀苦，不及成仙逍遥快乐。遗世独立，羽化成仙，不在五行的束缚之中，遨游于三界之外，这是修道之人梦寐以求的事情。"

女子问道："夫君，你要去多久？什么时候回来？"

男子说道："如果踏遍山河，没有找到梦仙枕，我三五年后就回来；如

---

① 显庆：唐高宗李治在位期间的年号。

果找到了梦仙枕，我就不回来了。"

女子悲哀地问道："你去成仙了，家里怎么办？我和峰儿怎么办？峰儿还小……"

男子说道："府中的琐事，我一向是不管的，都是你操持。我走之后，你继续操持就是了。母亲在大哥的府里，同在一个坊，隔得又不远，有什么办不了的事情，你去问母亲和大哥大嫂就是了。宗族里的例银和朝廷对于先父的荫封赏赐，大哥会按时按份例送来给你的。"

女子悲伤地哀求道："夫君，你就不能放弃去找梦仙枕的念头吗？"

男子一听，脸瞬间就黑了。

"妇道人家，头发长，见识短，你这是要误我的成仙大计吗？！"

女子出身士族之家，一向温顺体贴，遵守三从四德，从不违逆丈夫。此时她因为过于悲伤和怨愤，把心一横，哭道："夫君，这几年你在府里耗费巨资炼丹，金石鼎炉，费了多少钱财？为了买一些珍稀的材料，你不惜把城外的田产都卖了，我怕母亲大人知道我们府中的亏空，惹她老人家担忧，只好把我的嫁妆全变卖了，才把田产赎买回来。你为了买一本什么炼丹秘籍，一掷千金，写下借契，人家三番五次上门来要债，我不得不回洛阳的娘家去求娘亲，娘亲怜惜我，从体己钱中偷偷给了我一些，我才补上了这些窟窿，免得被外人看笑话。你在家里怎么折腾，我即使心中不满，也从来没有半句怨言，现在你还要为了你那些虚无缥缈的成仙妄念而抛妻弃子吗？！"

男子一听，不仅没有觉得自己有错，反而认为妻子居然敢教训自己，是违逆妇德。

男子勃然大怒，斥道："芸娘，你出身士族之家，一向知书达礼、贤良淑德，如今也要效仿市井泼妇，违逆丈夫、无德无容了吗？"

芸娘哭道："我没有……我只是希望夫君你不要远行……你可以在家炼丹、在家修行，只要你不离开这个家，你做什么，我都毫无怨言。"

男子气恼地走来走去，说道："我离家寻仙，你就有怨言了？唉，尘网羁绊，是凡人成仙的考验，我是不会因为这一点儿小事就放弃成仙的。我去意已决，你不要多说，否则你我的夫妻情分到此为止。"

芸娘惊愕，问道："夫君，你要休了我吗？"

男子斩钉截铁地说道："你若再阻挠我的成仙大计，我们的夫妻缘分就此断绝。"

芸娘伤心欲绝，哭道："我只是不想你抛弃妻子、离家远行……你这一去,回程渺茫,跟休了我又有什么区别?"

男子怒极反笑,走到书案边,准备磨墨。

"你违逆丈夫,毫无妇德,我这就写一封休书给你,一别两宽,你自回洛阳去。"

芸娘一惊,继而悲伤,说道:"不……不,你不能休了我,我不能离开峰儿,我生他时九死一生,他是我的命……"

男子冷笑道:"你不用担心,你走之后,峰儿自有母亲悉心照料,大哥大嫂也会帮着看顾。"

芸娘既悲伤又愤怒,伏在罗汉床上哭泣不止。

男子写完了休书,站起身来。

芸娘还伏在罗汉床上悲伤哭泣。

"休书在桌子上,我去丹房休息了。就要远行了,我得去整理一些行李。"

男子看都没看悲泣的妻子,丢下一句话就走了。

芸娘哭泣了许久,直到油灯灯芯燃尽,爆出了一个灯花,她才抬起头来。

芸娘的双眼因为哭泣而布满血丝,变得鲜红。她的眼中有无尽的怨怒,还有一丝冰冷的仇恨。

芸娘站起身来,走到了书案边,看了一眼摆在桌案上的休书。她伸出手,将休书拿起来,一边流泪,一边冷笑,将休书放在灯火上,烧成了灰烬。

芸娘鬼魅一般走出了卧房,穿过寂静无人的庭院,走过了曲折的游廊,来到了一处僻静的房舍外——这是她丈夫的炼丹房。

因为是夏天,天气炎热,所以炼丹房的窗户是开着的,可能是男子刚跟妻子吵完架,心绪有些烦乱,炼丹房的门也忘了落锁,只是虚掩着。

从窗户望进去,借着月光,可以看见男子已经在靠墙的竹床上睡着了。他睡得很熟,呼吸均匀,鼾声如雷。

炼丹房外,整齐地码着一堆烧丹鼎用的柴火。柴火还没有劈完,下人们随意地将一把柴刀放在还没有劈完的木柴边。

那把柴刀十分锋利,刀锋森寒如水。

月圆如镜,清辉满地,芸娘抬头望了一眼圆月,觉得此时的月光仿佛是正午的阳光一样刺目,让她不能直视,她便伸手挡住了眼睛。

芸娘走到柴堆前,望着地上的柴刀,眼神阴森。突然,她嘴角微挑,露出了一丝让人不寒而栗的笑意。

芸娘拿起柴刀，轻轻地推开炼丹房的木门，悄无声息地走了进去。

一阵夜风吹过，圆月滑入了乌黑的螺云后，人间便变得昏暗起来。

第二章 青　泥

北雁南飞，草木皆黄，已是初秋时节。

入秋以后，寒冬之前，正是万国旅商运送各种奇珍异宝来大唐贩卖的时节，因为凛冬以后，天寒地冻，商路就不好走了。

西市之中，商旅往来，格外热闹。

白姬和元曜走在熙来攘往的市集中，随意逛看。白姬打算看一看这些不远万里从世界各地来的旅商都运来了什么新奇的宝物，顺便购买一些波斯的香料和天竺的经卷。

元曜看着满地琳琅满目的香料、宝石，以及一些他从没见过的异邦器物，听着胡商们用流利的汉语跟汉人们讨价还价，或者吹嘘千里迢迢来长安的路途上所发生的惊心动魄的事情。

白姬在一个波斯商人的摊位前面挑选香料，元曜站在一边等候。

离波斯商人的摊位不远处，有几个胡人在跟几个僧人吵架。为首的胡人是一个身形健壮的大胡子，为首的僧人是一个慈眉善目的胖和尚。

元曜心中好奇，就留意地听着，想知道他们在争执什么。

听了一会儿，元曜大体明白了。

这些胡人是狮子国[①]来的旅商，这几个僧人是大兴善寺的和尚，大兴善寺的住持弘智禅师的师弟弘善禅师在狮子国的皇家寺院里挂单修行。弘善禅师在狮子国旅居时得到一件宝物，名叫青泥珠。弘善禅师打算将青泥珠

[①] 狮子国：又称僧伽罗，是斯里兰卡的古代名称，来自梵语古名 Simhalauipa（驯狮人）。《梁书》称狮子国。义净的《大唐西域求法高僧传》称作师子国、师子洲。

送回大唐，交给师兄弘智禅师。因为自己修行期未满，不能回大唐，弘善禅师只好托相熟的狮子国旅商大胡子一行人带青泥珠回大兴善寺。然而，大胡子一行人在路途中把青泥珠弄丢了，他们道歉之后，打算给大兴善寺赔偿一笔钱。双方起争执的原因是这笔赔偿款的数目没有谈拢，僧人们认为赔款太低了，而大胡子认为赔偿已经够多了。

在西市之中，这种银钱争执很寻常，最后肯定是报官，然后由官家来裁定一个折中的价格，双方和解。

元曜只是看热闹，没往心里去。

谁知，僧人们和狮子国旅商争着争着，就说出了令众人惊奇的话。

大胡子说道："其实，青泥珠是被龙王抢走了！我们在海上航行，遇见了龙王，它说青泥珠其实是它的龙珠，要我们还给它，不然就弄沉我们的船。当时狂风大作、海浪翻涌，那条白色巨龙超级可怕，眼看船就要沉了，我们只好把青泥珠交给了它。青泥珠是龙王抢走的，你们这些和尚应该去找龙王要赔偿。"

僧人们面面相觑，面露惊疑之色，围观的群众也惊异不已。

白姬本来在挑选香料，一听见这群人说龙王抢青泥珠，便抬起了头。她打量了一番那几个狮子国旅商，目光停留在了大胡子身上，嘴角露出一抹诡笑。

白姬放下香料，走了过去。

元曜急忙跟了上去。

胖和尚说道："阿弥陀佛！即使是龙王抢了去，那也是你们弄丢的。弘善师叔春天时就写信来，信中说他得到了一个奇珍异宝，名叫青泥珠。将青泥珠投入混浊的湖水中，浑水会变得清澈见底。他说秋天就会将青泥珠送来大唐。青泥珠价值连城，你们把它弄丢了，就赔五十两银子，也太说不过去了。"

大胡子说道："我们替弘善带青泥珠来大唐，是出于道义，没有收他一文钱。青泥珠被龙王惦记，害得我们差点儿沉船，还丢了不少货物，我们没有向你们要修船的费用和货物的补偿，反而还给你们一点儿赔偿，已经很不错了。"

僧人们还要开口争执，白姬却在人群中笑道："这些异国商旅不远万里，不取一文，为大兴善寺捎带宝物，路上差点儿被龙王所害，他们自己损失不少，不仅一点儿抱怨也没有，反倒还给大兴善寺赔偿，这简直就是沙门所说的大善大德之人。"

狮子国的旅商们听见白姬为他们说话，夸赞他们是大善大德之人，顿时对白姬产生了好感。

僧人们却对白姬产生了恶感，一个脾气暴躁的黄眉僧人怒道："你这妇道人家不在家中相夫教子，谨言慎行，却在市井之中大放厥词，不觉得羞愧吗？"

白姬笑道："你们这些和尚才应该觉得羞愧。"

黄眉僧人问道："贫僧们羞愧什么？"

白姬笑道："一来羞愧有眼无珠，所托非人；二来羞愧毫无智慧，心盲眼瞎，被人耍得团团转；三来羞愧狗咬吕洞宾，不识好人心。"

胖和尚听出了一点儿苗头，急忙问道："女施主，你这话是什么意思？"

白姬笑道："我是妇道人家，不该在市井之中言语，告辞。"

白姬转身要走，胖和尚急忙追上来，说道："女施主，请留步。一看您就是有大智慧的人，是佛祖派来为我们这些愚钝之人指点迷津的，刚才我师弟多有冒犯，还请您不要往心里去。"

刚才说白姬应该羞愧的黄眉僧人也急忙来道歉，一时之间，几个僧人围着白姬行佛礼，口中念着阿弥陀佛，仿佛白姬是佛祖一样。

元曜忍不住笑了。白姬的话是什么意思，他心中也很好奇。

元曜说道："白姬，助人是乐事，你就替这几位禅师解开疑惑吧。"

白姬笑道："本来不想帮这些不知好歹的傻和尚。既然轩之说了，那我就替这些傻和尚找回青泥珠吧。"

几个僧人一听白姬说他们是傻和尚，又有些不高兴了，但是他们一听到说能找回青泥珠，便顾不得挨骂了。

胖和尚问道："女施主，青泥珠已经被龙王抢走了，怎么找回来？"

白姬笑道："这些胡人随口一说的事，你们就信了？他们不取一文，为大兴善寺捎带宝物，可以说是道义。但是据他们所说，路上差点儿被龙王所害，九死一生，还损失了货物。货物比旅商的命还重要，是他们背井离乡、长途跋涉的意义，他们失去货物不仅一点儿抱怨也没有，反倒还给你们赔偿，这是正常的事情吗？这样的大善大德，你们不觉得违背常理吗？商人逐利而动，他们给你们道义之外的赔偿，不过是低价买下青泥珠。"

僧人们如梦初醒。

狮子国的旅商们面面相觑、眼神复杂。

胖和尚说道："这……其实，主持一开始也怀疑他们撒谎，私吞了青泥珠，几天前我们就已经彻底搜过商队的每一个人，也搜过他们的住处，都没有。"

黄眉僧人沉思后说道："这些狮子国的旅商是异乡人，在长安人生地不熟，不太可能有同伙帮着藏匿。青泥珠是举世难寻的宝物，价格昂贵，也不可能临时找到买家变卖。或许，青泥珠是真的被龙王抢走了？抑或是他们赶路跋涉中不慎弄丢了？"

白姬望着狮子国旅商，说道："龙王没有抢青泥珠，他们也没有弄丢青泥珠。"

大胡子一听，冷笑道："一派胡言！青泥珠已经在大海中被龙王收走了。"

另一个商人理直气壮地说道："我们的商队和落脚的住所早就被这群和尚搜过了，他们没有找到青泥珠。你们汉人有一句俗话，捉贼要捉赃。你说我们藏匿了青泥珠，那青泥珠在哪里？"

元曜思忖，白姬既然说狮子国的旅商们没有弄丢青泥珠，她的话想必不会有错。那青泥珠肯定是被旅商们藏起来了，他们会藏在哪里呢？

元曜问道："青泥珠是不是被你们找了一个地方，挖了一个坑埋起来了？你们打算风头过了，再挖出来卖掉？或者等归国时，再挖出来带走？"

狮子国旅商们一听，哈哈大笑。

白姬也笑道："轩之，青泥珠这么贵重的宝物，即使埋起来，他们也不会放心，怕被别人挖去。青泥珠，他们是不会离身的。"

狮子国旅商们一听，纷纷笑了。

大胡子见白姬是一名女子，便促狭地笑道："这位姑娘，你口口声声诬赖我们，我们就在你面前把衣服全脱光，一丝不挂，任你搜查。如果找不到青泥珠，你也当众把衣服都脱光，以惩戒你的妄言，你敢不敢？"

元曜一愣，有些生气。

僧人们一听，便有些打退堂鼓。他们觉得万一搜不出青泥珠，害得一个古道热肠、仗义相助的女子当众脱衣服，这是佛家的罪过，而且这些狮子国的旅商如此自信满满，那青泥珠十有八九不在他们身上。

胖和尚正要劝白姬算了，白姬却笑道："敢。"

狮子国旅商们面面相觑，露出了狡猾的笑容。他们一起站了出来，当众就要宽衣解带。

白姬说道："等一等。青泥珠只有一颗，只会藏在一个人的身上。这里是西市，不是华清池，你们不用都脱，我点一个人脱就行了。"

大胡子笑道："行，你点谁脱？"

白姬指着大胡子，说道："你。"

大胡子的笑容突然变得有些僵硬了，其他的狮子国旅商也露出了些许不安的神色。

大胡子骑虎难下，勉强笑道："行。"

狮子国的服饰是上下分开的制式，因为天冷，旅商们穿得很厚，上衣得一层一层地脱。

白姬不耐烦地说道："别浪费时间了，直接脱裤子。"

大胡子一听，笑容顿时从脸上消失了，他的眼中露出了一丝惊疑。

众人有些惊愕。

元曜一愣，问道："白姬，这……不大好吧？难道他把青泥珠藏在裤子里了吗？"

大胡子的手有些抖，他哆哆嗦嗦地就要一把将裤子都脱下。

白姬说道："底裤不用脱了。大唐是礼仪之邦，你们远来是客，得给客人留一些颜面。露出大腿就行，反正青泥珠是藏在你的大腿里的。"

大胡子一下子崩溃，软倒在地。

僧人们一听，急忙拥上去，将大胡子团团围住，要他交出青泥珠。众目睽睽之下，大胡子理亏，没有办法，只能拿出一把匕首，剖开了大腿，将青泥珠从腿肉中取出，还给了僧人们。

原来，果然是狮子国的旅商贪图青泥珠，打算据为己有，才撒谎说是在海中被龙王抢走了。

大兴善寺的僧人们对白姬和元曜千恩万谢，围观的众人议论纷纷，觉得这件事情很有意思，这热闹值得看。

大胡子不甘心地看着白姬，问道："你怎么知道青泥珠被我藏在大腿之中？"

白姬走过去，在大胡子旅商的耳边笑道："你漏洞百出的谎言有一处是真的，这青泥珠确实是龙珠。龙珠在哪儿，我一感应就知道了。"

"为什么？"大胡子惊恐地问道。

"因为我是龙王呀。你们人类真虚伪，无法抑制自己内心的贪婪，想把不属于自己的东西据为己有，却推到我的头上。"

白姬的眼眸中现出了一条张牙舞爪的恶龙。

大胡子一看，吓得脸色苍白，瞬间昏了过去。

这场闹剧之后，白姬也懒得买波斯香料了，她和元曜离开了喧闹的人群,径直回缥缈阁。

白姬、元曜一前一后,走在死巷之中。

元曜感慨道:"白姬,这些狮子国商人居然能够想到把青泥珠藏进大腿里,幸亏有你在,不然就让他们的阴谋得逞了。"

白姬说道:"对于旅商来说,商路上穷凶极恶的盗贼很多,把细小且贵重的宝物藏入身体里,是他们自保的手段。那些傻和尚估计没出过远门,只知道念经,不通人情世故,才搜不到青泥珠。"

元曜想了想,说道:"即使他们听说过旅商会把贵重宝物藏入身体里,恐怕也找不到。他们是凡人,不像白姬你神通广大,一下子就看出青泥珠的所在。他们即使心有怀疑,也总不能把这些旅商一个一个地都劈开查看。"

白姬说道:"也对。不过,正因为非人有奇异的能力,让人类浮想联翩,所以经常为人类的所作所为背黑锅呢。"

元曜笑道:"你是说刚才的事?"

白姬叹了一口气,说道:"是的。如果不是恰巧遇上这些人,那么青泥珠的事情就算在我的头上了。这是我知道的,但我不知道的,恐怕还有很多呢。"

元曜说道:"这也是没有办法的事情。"

白姬说道:"所以说,神仙妖鬼的逸闻,多为人类杜撰出来的故事,用来遮掩自己不可告人的丑恶事情。"

白姬、元曜一边聊天,一边回到了缥缈阁,离奴去郊外采蘑菇还没回来。

几天前,离奴偶然在集市上买了一些蘑菇,拿来炖鱼,居然很好吃。于是它一发不可收拾,一连几天,缥缈阁的主菜都是蘑菇鱼。不过,蘑菇并不是每天都能买到,今天离奴在集市上没有买到蘑菇,回来生了一会儿闷气,就赌气自己去郊外采了。

白姬坐在里间一边喝茶,一边读坊间话本。元曜正在大厅里摆放货物,忽然有人走进了缥缈阁。

元曜听见脚步声,回头一看,原来是韦彦。

韦彦丰神俊朗、精神奕奕,穿着一身华丽的锦袍,腰间扎着金丝竹纹带,看上去就是一个养尊处优的悠闲贵公子。

元曜一看见韦彦,便有些发愁。

"丹阳,好久不见,你今天怎么来了?是不是又出什么大事了?"

韦彦笑了笑,走到元曜身边,扫了一眼货架上摆放的东西。

"轩之,我非得有事情才能来缥缈阁吗?我就不能发了一笔小财,又闲来无事,所以来缥缈阁买点儿什么宝物吗?"

元曜笑道:"当然可以,没事最好了。"

韦彦问道:"白姬在不在?"

元曜说道:"白姬在里间喝茶。"

韦彦笑道:"那我去跟她打一声招呼。"

韦彦说完,便轻车熟路地走进了里间。

第三章 蘑 菇

缥缈阁,里间。

白姬跪坐在青玉案边,一边喝着雀舌茶,一边津津有味地读着坊间话本。

韦彦绕过屏风,白姬抬头一看,笑了。

"韦公子,今天怎么有空来缥缈阁?先坐下喝杯茶吧。"

韦彦在白姬对面跪坐下来,也不客气,自己倒了一杯雀舌茶,一边喝,一边笑道:"白姬,最近新到了什么有趣的宝物?"

白姬笑道:"我从西域来的旅商手上收购了一面人皮羯鼓,据说是他们从某个神秘的部族里偷……不,收购的。羯鼓上的人皮用的是少女身上最细嫩的皮肤,据说月圆之夜敲鼓,鼓声之中,会夹杂着少女空灵幽怨的歌声呢。"

韦彦没什么兴趣,笑道:"你不是送了我一把人皮伞了吗?对于人皮的东西,我不太感兴趣了。"

白姬又笑道:"我从南疆的流商手中收购了一个招魂风铃,是用墓穴中的五帝钱制作而成,铃音能吸引鬼魂。韦公子将招魂风铃挂在燃犀楼上,只要是有风的晚上,就会有孤魂野鬼去找你喝酒谈心呢。"

韦彦说道:"不了,我已经见够妖鬼了!我只想要一些恐怖的、有趣的玩物,不想见鬼。"

白姬想了想，笑道："韦公子，你的品位越来越不俗，要求也越来越高了。我最近还从异国的旅商手中收购了一些蝴蝶茧。这些蝴蝶茧会孵化出一种叫鬼美人的蝴蝶。如同名字一样，鬼美人长得恐怖而美丽，左边翅膀的花纹是美女，右边翅膀的花纹是骷髅，颜色绚丽多彩，并且阴阳同体。我本来是想等待破茧成蝶之后，把鬼美人放在缥缈阁的后院观赏，如果韦公子想要，我就忍痛割爱，卖给你了。"

　　韦彦笑道："这个有意思。可惜现在还是虫茧，等你将它们孵化成蝴蝶之后，我再决定买不买吧。"

　　白姬笑道："行。"

　　韦彦想了想，问道："白姬，缥缈阁里有没有什么能让人看见神仙并且羽化成仙的宝物呢？"

　　白姬笑道："这……还真没有。神仙们很少来人间走动，要遇见他们，得需要运气，而凡人羽化成仙这种事情是需要机缘的。机缘很玄妙，冥冥之中，自有造化，不是靠什么宝物就能拥有的。"

　　韦彦问道："真的没有吗？"

　　白姬摇头，说道："没有。在人间见鬼倒是容易，见仙挺难的。"

　　韦彦显得有些失望。

　　白姬看了一眼韦彦，心中好奇，问道："韦公子，你怎么突然对神仙感兴趣了？"

　　韦彦喝了一口雀舌茶，说道："最近我叔叔回长安了，他在显庆年间就离家远行，云游四方，去寻访成仙之术。这一去二十年，没有消息，家人都以为他不会再回来了。谁知，前些日子，他突然就回来了，还带回一件稀罕的宝物。"

　　元曜正好走了进来，听见韦彦的话，忍不住问道："丹阳，据小生所知，韦世伯只有姐妹，没有兄弟，你哪儿来的叔叔？"

　　韦彦答道："不是亲叔叔，是同族同姓的叔叔。这位叔叔名德端，是我爷爷的兄长的儿子，跟家父是堂兄弟。"

　　元曜说道："原来如此。"

　　白姬问道："韦公子，你叔叔带回了什么宝物？"

　　韦彦说道："梦仙枕。"

　　元曜有些好奇，顺势在韦彦旁边跪坐下来，问道："丹阳，梦仙枕是什么？"

　　韦彦说道："梦仙枕是一件仙家的宝物，据说枕着它入梦，可以见到神仙,如果在梦中得到神仙的指引,就能飞升成仙。"

元曜觉得很神奇。

白姬却笑道:"无稽之谈。"

韦彦问道:"白姬,难道你认为梦仙枕是假的吗?"

白姬笑道:"韦公子,你叔叔成仙了吗?"

韦彦一愣,答道:"没有。"

白姬笑道:"如果梦仙枕能让凡人成仙的话,你叔叔早就成仙了,还带着梦仙枕回长安做什么?"

韦彦说道:"这个问题,也有人问过叔叔。据叔叔说,他没有成仙的机缘,所以拿着梦仙枕也不能成仙,愿意将梦仙枕卖给有仙缘的人。"

白姬问道:"梦仙枕卖出去了吗?"

韦彦说道:"还没呢。已经有好几个人想买了,梦仙枕的价格现在已经升到了三百两黄金。叔叔暂时还没决定卖给谁,估计还在等人开出一个更高的价格吧。"

白姬笑道:"这件事还挺有意思。韦公子,比起做神仙,我看你叔叔更适合做商人。"

韦彦笑道:"我叔叔早些年不是这样的,以前视钱财如粪土,一心追求虚无缥缈的成仙之道。据说,他曾经为了炼仙丹,变卖田产,把家财都败光了,还欠了许多钱。多亏了婶母贤良淑德,拿出嫁妆替他还债。后来,他抛下妻小,出门去寻仙,一去二十年,也是婶母独自支撑着门户,含辛茹苦地把我堂兄韦峰抚养长大。"

元曜皱眉,说道:"丹阳,你叔叔也太不负责任了。"

韦彦说道:"是的,大家提起叔叔这个人,也都没有什么好话。不过,婶母却很得大家的称赞和敬重,大家都夸她贤惠识大体、温婉又坚韧,都说娶妻就该娶她那样的。"

元曜感叹道:"丈夫常年不归,一位女子独自支撑起家门,抚养幼子成人,确实值得人敬佩。"

白姬也笑道:"听起来,这位韦夫人确实不容易呀。现在,丈夫归来,她应该很欣慰吧?父亲归来,重享天伦,你堂兄也应该很高兴吧?"

韦彦的神色有些古怪,他想了想,才说道:"好像也没有多高兴。听说,叔叔回来之后,婶母突然就病倒了,似乎是得了风邪之症,说什么有鬼魂索命。堂兄也魂不守舍,一起喝酒时,我总觉得他心事重重的样子。也许是叔叔回来得太过突然,他们母子一时之间无法适应,毕竟叔叔抛妻弃子,一去多年,大家都当他已经死了。"

白姬笑道:"韦夫人的反应很有趣呀。"

元曜问道:"白姬,你为什么这样说?"

白姬笑道:"丈夫归来,她喜极而泣、伉俪情深是正常的,怨恨愤怒、冷脸相对也是正常的,唯独受惊而得风邪之症,有些反常。"

韦彦想了想,说道:"白姬,说到反常,叔叔也很反常。据父亲说,叔叔这次回来之后,跟换了一个人似的,忘记了很多事情,甚至不记得小时候跟同族的兄弟们一起玩闹时,被起的绰号叫瓜郎。叔叔的解释是他在外游历山河时,曾经不慎跌下山崖,摔伤了头,失去了记忆。后来,虽然他记忆恢复了一些,但还是忘记了很多事情。"

白姬笑道:"这还真是有趣的一家人呀。"

元曜说道:"也没什么反常的,也许只是因为一家人分开太久,乍一重逢,彼此都不太习惯。"

白姬眼珠一转,笑道:"韦公子,我突然对梦仙枕有些兴趣了。你替我问一下你的叔叔,我能不能去看一下梦仙枕,如果梦仙枕合我的眼缘,价格好说。"

韦彦问道:"白姬,你刚才不是还对梦仙枕嗤之以鼻吗?"

白姬笑道:"刚才是刚才,现在是现在。说不定,我有仙缘,能够成仙了呢。"

"行。我去帮你问一问。"韦彦答应了。

元曜挠头,问道:"白姬,你不是想成佛吗?怎么又突然想成仙了呢?"

白姬笑道:"轩之,成仙和成佛并不矛盾,我可以既成仙,又成佛。人生在世,多一些追求,总是好事。"

元曜无语。

白姬笑道:"韦公子,你对成仙没有兴趣吗?你自己为什么不买梦仙枕?"

韦彦叹了一口气,说道:"因为出了叔叔这么一个不成器的人,我们韦氏一族对于子弟有了新的族规,谁要是沉迷于神仙方术,就打断谁的腿。我可不敢买梦仙枕,买了之后,父亲就要打断我的腿了。"

白姬、元曜沉默。

韦彦闲坐了一会儿,又去大厅逛看,最后买走了一盒伽南香。

韦彦走后,白姬闲来无事,就去二楼睡觉了,睡前叮嘱元曜吃晚饭时叫她。

日头偏西时，离奴从郊外采蘑菇回来了。

离奴挎着一个竹篮，愉快地哼着小曲儿，看起来心情不错，步履也轻快如风。

元曜正在柜台边翻看账本，见离奴回来了，便问道："离奴老弟，你回来了，采到蘑菇了吗？"

"嘿嘿，书呆子，爷采到了好多蘑菇呢。"离奴将竹篮放在柜台上，骄傲地说道。

元曜侧头一看，竹篮里装满了五颜六色的蘑菇，有的红艳如血，有的碧绿如玉，有的灿如黄金，有的紫如祥云。

元曜笑道："没想到离奴老弟你还是一个采蘑菇的能手，居然采到这么多。这些蘑菇花花绿绿的，真好看。"

离奴笑道："不仅好看，还很好吃呢。"

元曜又看了一眼艳丽的蘑菇，心中有些疑惑，问道："离奴老弟，你从集市上买的蘑菇好像没有这么鲜艳，这些蘑菇会不会不好吃？"

离奴说道："只要是蘑菇，都好吃。爷亲自采摘的蘑菇，那就更好吃了。不是爷吹牛，经过爷精湛的厨艺烹调之后，这些蘑菇拿来炖书呆子你的臭鞋子，连臭鞋子都好吃。"

元曜生气地说道："离奴老弟，你别胡说八道，小生的鞋子才不臭。"

离奴笑道："反正也不香。"

离奴说完，便拿起竹篮，去厨房做饭了。

傍晚时分，离奴做好了一桌子蘑菇宴，一盆蘑菇炖鲫鱼，一盘椒盐烤蘑菇，还有一盘蒸的蘑菇豆腐丸子，甚至连雕胡饭中，也放了切碎的蘑菇丁。

元曜见晚饭做好了，便去二楼叫醒白姬吃饭。

白姬、元曜、离奴三人坐在后院吃蘑菇宴。

离奴采摘的蘑菇味道鲜美、妙不可言。白姬、元曜举箸如飞，吃得赞不绝口，离奴也吃了许多，并且宣布明天还要去采蘑菇。

晚饭之后，白姬在里间打坐养神；元曜见夕阳的余晖很美，便站在回廊里欣赏天边的晚霞；离奴在厨房里洗碗刷锅。

元曜一边看夕阳，一边在心中想关于晚霞的诗句。突然，啪一声，厨房里传来瓷器摔碎的声音，紧接着一只小黑猫慌慌张张地跑了出来。

"主人、书呆子，厨房里突然蹿出一群大恶狗，它们龇牙咧嘴地盯着爷！这厨房没法待了！"

元曜一惊，顾不得想诗句了，急忙走向厨房。

"离奴老弟，你别慌，小生去看看。"

元曜走进厨房一看，只见厨房里灶台橱柜、锅碗瓢盆，一切如常，根本就没有狗。不过，收拾了一半的灶台边，倒是有一只摔碎的青瓷碗。

元曜心中奇怪，急忙出去找离奴。

小黑猫却早已跑到了青草之中，正在追咬自己的尾巴，不停地在原地打转。

"玳瑁，你别跑啊！玳瑁，你等等，你等等啊——"

元曜大吃一惊，问道："离奴老弟，你在干吗？！"

黑猫仿佛没有听见元曜的话，眼神迷离、神色痴狂，一边喊着玳瑁，一边不停地追着自己的尾巴跑圈。

这情形太诡异了，元曜吓得急忙去找白姬。

"白姬，离奴老弟好像不对劲儿，不知道是不是突然得了失心风？！"

元曜还没跑进里间，就听见里间传来了白姬的歌声：

敕勒川，阴山下。

天似穹庐，笼盖四野。

天苍苍，野茫茫，风吹草低见牛羊。

白姬在唱《敕勒歌》。

元曜心中好奇，走进去一看，顿时大惊失色。

昏暗的里间之中，白姬赤着双足，雪袖翩飞，在黑暗之中且歌且舞，还不时地自言自语。

"天苍苍，野茫茫。风吹草低见牛羊——啊，好大一片草原，无边无际，好多羊啊。还有好多小人儿……小人儿，我们一起跳舞！跳舞跳饿了，就可以捉羊烤来吃了……嘻嘻嘻……"

白姬双目迷离，神色痴狂，仿佛站在不存在的草原上，跟不存在的小人儿跳舞，并且觊觎着不存在的肥羊。

元曜见到这样诡异的情形，吓得魂飞魄散，不知道该怎么办。他突然觉得脑袋有些眩晕，眼前有些模糊，突然有一个人拍了一下他的肩膀。

元曜回过头去，看见了一个白胡子老神仙。

老神仙鹤发童颜、慈眉善目，穿着一身五彩华服，一只手拄着一根鸠杖，另一只手捧着一朵灵芝，脚下踏着虚幻的祥云。

元曜一看,这个老神仙很面熟,仿佛是他小时候在神仙故事的画书里看见过的。

老神仙望着元曜,笑道:"这位后生,你想成仙吗?"

第四章 长 生

元曜摇头,说道:"小生不想成仙。"

老神仙笑道:"凡人没有不想成仙的,一定是你没有见过仙宫的美景。后生,来来来,老夫带你游仙宫去。"

元曜正要拒绝,老神仙却不由分说地拉住他,带他腾云驾雾,去了神仙福地。

元曜看见了一大片美轮美奂的宫殿,这些宫殿五颜六色,奇形怪状,长得也有些眼熟,仿佛是离奴采来的各种蘑菇。

元曜懵懵懂懂之中,跟着老神仙在这些神仙宫殿中游玩,仙宫里有各种各样的神仙,有的在丹炉前炼丹,有的在松树下打坐,有的在云海中饮酒,有的在悬崖边下棋,还有很多美丽的仙女穿着霓裳舞衣在瑶池上跳舞……

元曜被这些奇妙的景色吸引,如痴如醉地跟着老神仙漫游仙宫。

不知不觉,元曜在仙宫中漫游了许久,一开始他的精神极度亢奋,丝毫不觉得疲累,现在却感到双腿酸软,精气仿佛被抽空了。不过,不知道为什么,他无法停下自己的脚步,即使身体很疲累,也无法停止地跟着老神仙穿梭于各个仙宫之中。

"轩之,轩之——"

天边的云中传来了一声声缥缈的呼唤,似真似幻。

谁?谁在叫他。

元曜很想停住脚步,去听天边的呼唤,身体却不听使唤,双脚一直在走。

突然,天上破了一个窟窿,似乎是谁撕开了天幕,一股滔天的洪水从天幕倾下,浇了元曜一身。

洪水浇下来的时候，站在元曜身边的老神仙一下子就没了。

洪水冰凉刺骨，仿佛是秋天的井水，元曜冷得打了一个激灵，瞬间清醒了过来。

元曜睁开眼睛，仙宫早已经不见了，他正身在缥缈阁的大门口，四周光线明亮，已经是白天了。

韦彦站在阳光里，拿着一个铜脸盆，神色惊愕且焦急。铜脸盆中还剩一些水，其他的都兜头浇在了元曜身上。

"啊，是丹阳！仙宫好美呀，你看见了吗？"

元曜浑身发软，精神恍惚，一下子跌倒了。

韦彦扔下铜盆，急忙去扶元曜。

"轩之，轩之，你还好吧？"

元曜缓了一会儿，才有了意识，挣扎着坐了起来。

"好冷。丹阳，你怎么来了？现在是什么时辰了？"

韦彦惊恐地说道："现在是上午，我来找白姬，告诉她梦仙枕的事情。我来的时候，看见你在死巷里走来走去，神情很诡异。我叫你，你却没有反应。你一会儿走进缥缈阁，一会儿又走出来，还不时地喃喃自语，说什么'老神仙，你走慢一点儿'。我不知道你在干什么，就想去询问白姬。我走进里间，发现白姬更奇怪，正抱着青玉案在啃，说是在吃烤羊腿。离奴在后院的桃树上用尾巴倒吊着，说自己是蝙蝠。这缥缈阁是怎么了？你们都中邪了吗？吓死人了！"

元曜一听白姬在啃青玉案，顾不得浑身虚软，急忙挣扎着站起身来。

元曜跟跟跄跄地走进缥缈阁，径自向里间走去。

韦彦急忙跟上。

里间中，白姬果然坐在地上，正在啃青玉案。当然，她也啃不动，不过她的神情很诡异，仿佛真的在吃美味的烤羊腿，而且吃得很满足。

"小人儿，你们烤的羊腿真好吃，外焦里嫩、肥美多汁，吃完了我们还继续跳舞……嘻嘻嘻……"

元曜有些焦急，大声喊道："白姬，白姬，你是中邪了吗？快醒醒啊！"

韦彦说道："轩之，别喊了，我刚才喊过了，没用的。我再去打一盆井水，兜头浇下去估计能好，你就是井水浇醒的。"

元曜打着哆嗦，说道："丹阳，别。井水很冷，白姬会着凉的。这肯定是生病了，麻烦你去一趟光德坊，把张大夫给请来。"

"行。"韦彦一口应承,急忙去请张大夫了。

元曜望着白姬啃青玉案的样子,十分发愁。他又强撑着去后院看了看,黑猫果然用尾巴倒吊在桃树上,圆睁着双眼,喃喃自语:

"白天了,我们蝙蝠该睡觉了。玳瑁,你睡着了吗?我怎么睡不着啊!"

这到底是怎么一回事啊?!元曜觉得很头疼,一阵秋风吹过,他浑身湿漉漉的,不由得打了一个寒战。

元曜强撑着去换了一身干净的衣服,又强打精神去梳洗了一番,并且生火烧水,泡好了一壶阳羡茶。

不多时,韦彦引着张大夫急匆匆地赶来了。

张大夫跟元曜见礼之后,放下随身携带的药箱,便开始问诊。

张大夫分别给白姬、元曜、黑猫望闻问切,又询问元曜昨日吃过什么之后,心中已经明白了。

"芝蕈生于土,土气和而芝草生,土气秽而毒蕈成。你们怕是吃野蘑菇中毒了!不过,你们也颇为幸运,吃下的蘑菇没有致命的剧毒,所以只是轻微的毒秽入体,五感被麻痹,产生了幻觉而已。"

元曜问道:"张大夫,那现在该怎么办?"

张大夫看了看元曜,反问道:"你现在感觉怎么样?"

元曜如实答道:"有些头晕,有点儿恶心,还没有力气……"

张大夫说道:"这些都是正常的,老夫给你们开一剂催吐的药方,你们煎服之后,把体内剩余的蘑菇残毒吐出来,慢慢调养,就好了。"

元曜感激地说道:"多谢张大夫。"

张大夫一边提笔开药方,一边说道:"你们以后切记,毒菌不可乱食。"

元曜急忙点头,说道:"是,小生一定谨记。"

送走了张大夫之后,元曜觉得有些体力不支,撑不住了,便拜托韦彦去药铺抓药,自己在贵妃榻上躺下了。

韦彦没有办法,只好拿着药方去最近的药铺抓药。他抓药回来后,又去厨房生火炉熬药。

催吐药熬好之后,韦彦倒了三碗,一碗端去给元曜,元曜趁热喝了,便有些恶心,去后院呕吐了。吐完之后,他感觉好多了。

韦彦站在桃树下给黑猫喂药,黑猫不肯喝。韦彦、元曜只好合力将倒吊着的黑猫抓下来,强行把药给黑猫灌下去。

黑猫喝完药后,倒也没呕吐,双眼一翻,睡着了。

白姬的体力很好，不啃青玉案之后，又开始跟看不见的小人儿在看不见的大草原上跳舞。

　　元曜、韦彦费了很大的力气，也没法把翩翩起舞的白姬抓住。

　　元曜、韦彦正不知道该怎么办时，白姬却自己扑到了青玉案边，一把端起已经放凉的药汁，一饮而尽。

　　"这是草原上的长生天①给我敬的美酒吗？好，我喝了！你们转告长生天，等他到了海中，我也给他敬一杯四海之中最醇香的鲸梦酒……"

　　元曜、韦彦无语。

　　白姬喝完药之后，便平静了下来，软倒在地，闭目睡着了。

　　元曜、韦彦便把白姬扶上了贵妃榻，元曜担心天凉，给白姬盖上了一条波斯绒毯。元曜又跑去后院，把在草地上睡熟的黑猫也抱了进来，放在了白姬旁边。

　　韦彦跪坐在青玉案边，一边喝阳羡茶，一边休息。从上午来到缥缈阁，他就一直忙到现在，东奔西走，请医熬药，不曾停歇，感觉自己快要累死了。

　　元曜走到韦彦身边，也跪坐下来。

　　"丹阳，辛苦你了。这次多亏了你，不然我们三个还在中毒状态中呢。"

　　韦彦说道："也没什么辛苦的，都是小事。轩之，你们以后不要再乱吃东西了，太危险了，也太吓人了。"

　　元曜后怕地说道："小生以后再也不敢吃蘑菇了。"

　　韦彦说道："对了，我来缥缈阁，是想告诉白姬，叔叔请她去府上看梦仙枕。现在这个情况，白姬肯定是去不了了。我回去告诉叔叔，就说白姬今天有事，改天吧。"

　　元曜说道："也行。梦仙枕的事情也不急。"

　　韦彦有些担忧之色。

　　元曜问道："丹阳，你看起来有些烦忧，怎么了？"

　　韦彦说道："我觉得叔叔有些奇怪。"

　　元曜问道："怎么回事？"

　　韦彦说道："昨天，为了白姬所托，我去拜访叔叔。叔叔憔悴了许多，

---

① 长生天：是蒙古族神话中永恒的、最高的神，拥有至高无上的权力。

疑神疑鬼，看上去像是在害怕些什么。我就问他这是怎么了，叔叔说有人要杀他。我很好奇，就问谁要杀他。他本来支支吾吾地不肯说，我就带他去平康坊喝酒，酒过三巡之后，他才说是婶母要杀他。"

元曜一愣，奇怪地说道："丹阳，你婶母贤良淑德，被大家交口称赞，怎么会有害人之心？一定是你叔叔搞错了吧。"

韦彦说道："我也是这么想的。可是，叔叔却说得像煞有介事，什么他看见婶母悄悄地在他的茶杯里放了东西，等婶母走后，他将茶水泼进水池，结果茶水附近的几条锦鲤都死了；他晚上无意中醒来，看见婶母在偷偷地磨一把柴刀，那把柴刀被磨得寒光闪闪；还有，他在三楼的栏杆边登高望远时，冷不丁一回头，发现婶母悄悄地走到了他身后，似乎要推他。叔叔还说了很多这样的事情。这些事情让他很困扰，成日里提心吊胆、担惊受怕。"

元曜问道："这中间会不会有什么误会？令婶母为什么要杀令叔，夫妻之间，不至于会有深仇大恨呀。"

韦彦说道："轩之，你有所不知，至亲至疏夫妻，夫妻之间，深仇大恨才多呢。叔叔抛妻弃子，这些年婶母的心中肯定堆积了很多怨恨，叔父回来了，她可能控制不住自己，想要报复了。"

元曜说道："丹阳，你可以建议令叔跟儿子商量一下，一家人把事情说开了，把怨恨化解了，也就没事了。"

韦彦犹豫了一下，才说道："我堂兄比婶母更怨恨我叔叔，他小时候一直因为叔叔被同族的兄弟们嘲笑。叔叔是没有人可以求助的，如今在自己府里，跟一个外人似的。看上去，他是一家之主，其实没有一个人听他的。家里的一切，外面是我堂兄做主，家里是婶母做主。叔叔说，他打算赶紧把梦仙枕卖了，拿到钱之后，搬出去住。"

"这……"

元曜不清楚别人的家事，也不知道该说什么。

韦彦说道："总之，等白姬恢复了之后，我就带她去叔叔府里看一看梦仙枕吧。"

元曜点点头。

韦彦休息了一会儿，就告辞离开了。

白姬悠悠转醒时，已经是下午光景了。

白姬仿佛做了一个很长的梦，伸着懒腰坐起身来，还打了一个哈欠。

元曜坐在青玉案边发呆，见白姬醒了，笑道："白姬，你终于醒了。你饿不饿？渴不渴？"

白姬四处张望，问道："轩之，你看见一群小人儿了吗？"

元曜一听见小人儿，便觉得头疼。

"白姬，没有小人儿，你那是中毒，产生幻觉了。张大夫已经开了催吐的药，正在厨房的火炉上熬着，你最好再喝一碗。"

"中什么毒？"白姬疑惑地问道。

白姬站起身来，不小心踢到了脚边的黑猫，黑猫一个不稳，掉下了贵妃榻，摔醒了。

"哎哟，摔死爷了！"

黑猫睁开了眼睛，一看周围，有些疑惑。

"玳瑁呢？主人、书呆子，玳瑁走了吗？"

元曜又开始头疼，说道："离奴老弟，玳瑁姑娘就没有来过，那是你的幻觉。你也中毒了，张大夫开的催吐药在厨房的火炉上熬着，你最好也再喝一碗。"

"爷中什么毒？"离奴也很疑惑。

元曜只好把昨晚到今天发生的事情说了一遍，又说道："离奴老弟，毒菌不可乱食，幸好你采的野蘑菇没有致命的剧毒，大家只是产生了幻觉，否则后果不堪设想。"

离奴直冒冷汗，说道："原来蘑菇是不能乱吃的吗？！"

白姬想了想，也有些后怕。

"作为龙族之王，战死是宿命，被更厉害的下一任龙王杀死也是光荣的。龙王误食毒蘑菇被毒死，听起来像笑话一样。这种死法也太不体面了。"

离奴急忙说道："主人，离奴宁愿自己去死，也不会害您不体面。这个毒蘑菇的事情，离奴是吃亏在没有读书，没有学问。不过，书呆子，你满腹经纶，难道不知道蘑菇有毒吗？"

元曜答道："小生哪里知道这些？圣贤书上也没写蘑菇有毒。"

白姬叹了一口气，说道："没有致命，已经很幸运了。离奴，以后你不许再去采乱七八糟的野蘑菇了。"

"是，主人。"离奴应道。

白姬、元曜、离奴又各自喝了一碗催吐的药，把体内的残毒呕吐出来。

离奴扔掉了厨房里所有的蘑菇，熬了一锅清淡养胃的白米粥。

元曜将韦彦的话告诉了白姬，不过白姬被催吐药折磨得有些怏怏无力，正在调养，只是听了进去，并没有说什么。

傍晚时分，白姬、元曜、离奴三人在后院喝粥。米粥清淡，没有滋味，三人喝得很勉强，但也没有胃口吃别的。

离奴似乎有些遗憾，说道："现在想一想，幻觉还挺美好。唉，不吃毒蘑菇，就见不到不跟爷吵架的玳瑁了。"

白姬也有些怀念，咂舌道："幻觉里的烤羊腿好像格外美味，长生天的美酒也格外香醇……"

元曜回想起自己跟着老神仙漫游仙宫的幻觉，也突然有些怀念了。

"早知道，小生就回答要成仙了，不知道会不会有不同的经历。"

第五章 梦 仙

休养了几天之后，白姬、元曜、离奴才恢复了健康。经过这件事情之后，离奴打消了烹饪蘑菇的热情，对于食材的选择也更加谨慎了。

这一天，闲来无事，白姬想起了梦仙枕的事情，决定去拜访韦彦。

天高云淡，秋阳明媚，白姬、元曜走在人来人往的街道上，去往崇仁坊。

元曜望着飘飞的金黄落叶，感受着秋风中人声的喧哗，闻着街旁食肆中传来的烟火香味，忍不住说道："白姬，还是人间好。在小生梦游的仙宫里，虽然阆苑琼楼，奇花异草，看起来神奇而美丽，但是太冷清了，少了一些人气。"

白姬笑道："可是，很多人却想成仙。"

元曜说道："天地何苍茫，人间半哀乐，他们也许并不是真的想成仙，只是想追求一种不同的生活方式，来探寻这个世界的奥秘和真理吧。"

白姬说道："轩之想得太复杂了，他们只是贪婪而已。"

元曜问道："白姬，你真的想买梦仙枕吗？"

白姬笑道："不想买。"

元曜问道："不想买的话，那我们这是去做什么？"

白姬笑道："不买也可以看一看呀。听韦公子说起后，我就对他叔叔一家人挺好奇的。"

元曜问道："你好奇什么？"

白姬神秘一笑，反问道："离家多年又回来的人，真的是韦公子的叔叔吗？或者说，带着梦仙枕回来的，真的是一个'人'吗？"

"啊？"

元曜吃惊，还想问些什么，但是白姬已经走远了。

元曜只好大步流星地跟了上去。

崇仁坊，韦府。

韦府的门仆认得白姬、元曜，知道是大公子的好友，急忙进去通报。不多时，白姬、元曜便被引到了燃犀楼下。

燃犀楼下，遍种松柏，即使在这万物萧瑟的秋天，也是一派绿意盎然。不过，松柏虽然常青，但一般种植于坟墓附近，所以即使秋阳高照，也有一些说不出的幽冷。

燃犀楼前，有一张石案，韦彦正跟一名青衣男子坐在石案旁，他们俩一边闲聊，一边喝茶。

元曜打量了青衣男子一眼，但见他跟韦彦年纪相仿，穿着一件半新不旧的浅青色圆领深衣，束着金丝银线编织的九环腰带，头戴软脚幞头。他剑眉星目、相貌堂堂，不过他的双眼之中，始终有着一层化不开的忧郁阴霾。

元曜心中纳闷，韦彦既然有客人，为什么又让白姬和他也来燃犀楼？这未免有失礼仪。一般来说，仕宦之家宾客比较多，为了避免冲撞，如果有先到的客人，主人会先招待，后来的客人会被安排在花厅等候。

韦彦看见白姬、元曜走来，便站起身来，招呼道："白姬、轩之，你们来了。"

青衣男子也站起身来。

白姬打量了青衣男子一眼，笑道："韦公子，看来我和轩之来得不巧。"

韦彦说道："白姬，你们来得正好，我正要去缥缈阁找你们呢。给你们介绍一下，这是我的堂兄韦峰。"

韦彦又对青衣男子说道："堂兄，这就是之前我跟你提过的要买梦仙枕的白姬，这位是轩之。"

白姬、元曜、韦峰互相见礼，分别落座。

元曜忍不住多打量了韦峰几眼，韦峰似乎不苟言笑，一直是很严肃的表情，眼神也十分阴沉忧郁。

白姬看了韦峰一眼，笑道："金吾卫很少有闲着的时候，韦峰公子今天没有入宫当值吗？"

韦峰一愣，韦彦也有些迷惑，说道："白姬，我有告诉过你我堂兄是金吾卫吗？"

元曜回想了一下，韦彦好像没有说过韦峰是金吾卫。

白姬笑道："你没有说过，我猜的。韦峰公子双手上都有常年练习弓箭和朴刀留下的老茧，应该是一名从武之人。韦峰公子的皮肤细白如冠玉，一看就从未经过戎马风霜，肯定不是任职于在外征伐的军中。士族子弟依靠家族荫庇，在京中能担任的武职比较有限，不是龙武骑，就是羽林卫，要不就是金吾卫。韦峰公子的腰带是金吾卫特用的金丝银线的制式，所以八九不离十，他应是在金吾卫中任职了。"

韦峰说道："白姬姑娘洞察力惊人。我确实在金吾卫中担任校尉之职，这几天因为家中有事，所以告了假，不需要去宫中当值。"

韦彦打趣道："白姬，以往可没见你有这个能耐。你是吃了毒蘑菇、啃了青玉案，才有了如此惊人的洞察力吗？"

白姬笑道："是呀。韦公子，你耳不聪、目不明，毫无洞察力，正好可以吃一些毒蘑菇试一试。"

韦彦一下子被噎住了。

元曜不由得失笑。

白姬对韦峰说道："韦校尉，我对令尊带回的梦仙枕颇有兴趣，不知道能否转达给令尊，我想看一看梦仙枕。如果合我眼缘的话，价格方面，一切好说。"

韦峰和韦彦面面相觑，神色有些异常。

韦彦说道："白姬，我叔叔又离家寻仙去了，已经走了两天了。我今天本来想去缥缈阁告诉你这件事。"

韦峰急忙说道："不过，家父把梦仙枕留下了。白姬姑娘想要的话，我可以做主卖给你。"

白姬看了元曜一眼，元曜也看了白姬一眼，都觉得这件事情有说不出的古怪之处。

白姬问道："韦校尉，令尊怎么突然又寻仙去了？"

韦峰叹了一口气，答道："谁知道呢？父亲一直就是这么随心所欲、自私任性，回来得突然，离去得也突然。"

元曜忍不住问道："令尊不是说自己没有仙缘，放弃成仙的念头了吗？"

他突然又去寻仙，这真是让人意外。"

韦峰难过地说道："说到底，父亲还是没有放弃成仙的虚妄念头，对于他来说，母亲和我是完全不重要的。"

韦彦说道："堂兄，你别难过，说不定过几天叔叔又突然回来了。"

韦峰一听，突然神色一凛，打了一个寒战，不过转眼之间又恢复了正常。

韦峰这转瞬即逝的异样没有逃过白姬的眼睛。

白姬问道："韦校尉，梦仙枕您带着吗？"

韦峰摇头，说道："我没有随身携带，梦仙枕放在家里，母亲收着。"

白姬说道："那我们就去看一看令尊留下的梦仙枕吧。"

韦峰点头，说道："行。"

白姬、元曜要跟随韦峰去长寿坊的韦府一观梦仙枕，韦彦闲来无事，也凑热闹跟去了。

白姬、元曜、韦彦、韦峰一行人乘着马车去往长寿坊。

长寿坊里有两个韦府，相隔一条街。前街的韦府富丽堂皇、气派非凡，有三进三出的大院落，还有一个垂花拂柳的后花园，是韦峰的伯父家；后街的韦府比较老旧，占地也不如前街的韦府大，朱漆大门上的红漆已经剥落了，屋檐上的瓦片也因为风吹日晒而不整齐了，主人似乎也没有余钱重新修葺一番。

马车到达前街的韦府时，元曜以为是韦峰的家，谁知道却不是，马车从前街穿过，绕到了后街，停在了后街的韦府前。

一个老仆人迎了上来，帮马夫牵住了马，马夫拿出了杌子，众人下了马车。

韦彦抬头看了一眼破落的韦府，笑道："堂兄，你家也该稍微修葺一番了。前街你伯父家，今年新扩了三亩地的后花园，后花园扩建成时，你伯父邀请我父亲参加赏花宴，我父亲回家之后，就对他家新修的八角亭赞不绝口，也打算在自家的后花园里修一个。"

韦峰神色有些不自在，说道："我家没有父亲做栋梁，一直不宽裕，靠着祖父的一点儿余荫过日子。如今我虽然有了一份正职，领俸禄赏赐，但家母持家俭省，认为房屋能住就行，没必要为了装饰门面而花钱。"

元曜在心中思忖：韦德端多年不在家中，韦峰母子能把门户支撑下来都已经不错了。看这情形，韦峰家里并不宽裕，怪不得他要卖掉梦仙枕。

韦彦笑道："堂兄，你很快就要暴富了。白姬家财万贯，出手阔绰，只要看上了梦仙枕，你就是开价一万两黄金，她也不皱眉头就答应的。"

白姬一听，笑道："韦公子，你又说笑了。我如果有一万两黄金，就不拿来买梦仙枕了，要拿来买礼物送给你。"

韦彦好奇，问道："你买什么礼物送给我？"

白姬笑道："买毒蘑菇，送给你吃。"

元曜忍不住笑道："一万两黄金的毒蘑菇，估计能吃一百年。"

韦彦咂舌，说道："何止吃一百年，死了都能带进坟墓里继续吃。"

众人说话之间就走进了韦府。

韦峰带着白姬、元曜、韦彦三人来到了花厅，让他们喝茶稍候，说是去内堂请母亲。

韦峰离开之后，仆人送来了茶水，白姬、元曜、韦彦三人便一边喝茶，一边等候。

元曜四下端详花厅，轩窗、墙壁都很旧了，从多宝阁之类的器具陈设能明显看出主人家的清贫。

不多时，韦峰与一名中年妇人一起进来了。

那名中年妇人穿着一件半新不旧的藕荷色缠枝襦裙，挽着高髻，插着银簪。她容貌秀美，但可能因为过于操劳，眼角已被岁月染上了皱痕，头发上也已经过早地染上了霜雪。她的鼻梁很高，鼻子上有一颗小痣。她的双眼充满了忧郁，还带着一丝病倦。

韦彦急忙站起身来，恭敬地说道："给婶母请安。"

白姬、元曜也急忙起身。

白姬笑道："见过韦夫人。"

元曜也行了一礼，说道："见过韦夫人。"

韦夫人笑了笑，说道："韦彦，你不必拘礼，两位贵客也不必拘礼，请坐下用茶。"

众人便落座。

白姬问道："韦夫人，我来贵府是想一观梦仙枕，不知道方不方便？"

韦夫人说道："当然方便。团儿，把梦仙枕拿上来。"

一个丫鬟端着一个红漆木托盘走了上来，呈给白姬。

红漆木托盘之中放着一块白色绢布，绢布上放着一个弧形石枕。弧形石枕遍体田黄色，看上去十分有光泽，上面天然形成了宇宙星辰的图案。

白姬拿起梦仙枕，入手颇为沉重，她把梦仙枕转过来看，才发现枕头侧面以小篆刻着"梦仙"二字。

元曜看不出奇特之处，想问白姬这是不是真的梦仙枕，枕着它入梦，是不是真能梦见神仙。不过，元曜觉得直接在主人面前询问似乎不礼貌，便没有开口。

白姬说道:"这么大一块完整的龙王玉[①],倒是很少见。"

韦夫人眼眶有些红,说道:"我一个妇道人家也不懂这些,不知道这是什么玉、什么石。这梦仙枕是我夫君带回来的,据说有仙缘之人,枕着它入梦,可以成仙。夫君为了成仙,抛弃我们母子,一去多年,没有音信。我本以为他这次回来之后,能够全家团聚,过平静的日子,谁知道他又去寻仙了。他留下这么一个东西,我们凡夫俗子也用不上。不瞒你说,比起成仙,我们更需要银钱度日。如果谁想得到仙缘,我们愿意把梦仙枕卖给他。"

白姬一边把玩着梦仙枕,一边问道:"听说,之前有人想要买梦仙枕,他们出多少银子?"

韦夫人说道:"那几个人是跟夫君谈论买卖事宜,我并不知道详情。夫君离开之后,他们也没再上门了。白姬姑娘,你是第一个上门找我看梦仙枕的人,如果你出的价格适宜,梦仙枕就是你的了。我不想跟夫君一样,以奇货可居而坐等竞价,只想快些将梦仙枕卖出去。"

白姬闻言,眼珠一转,突然仿佛发现了什么一样,惊讶地说道:"哎呀,这梦仙枕上怎么有血迹?!"

第六章　游　魂

韦夫人一凛,有些慌乱。

韦峰有些惊愕,问道:"白姬姑娘,血迹在哪儿?"

白姬笑了笑,说道:"不好意思,我刚才眼花,看错了。这一抹红色是龙王玉上的花纹,不是血迹。"

[①] 龙王玉:黄蜡石。黄蜡石是一种历史悠久的赏玩型玉石,在岩石学上属于石英石的一种。

韦夫人和韦峰都明显松了一口气。

也许是早上多喝了两碗离奴熬的鱼肉粥的缘故，元曜感觉有些内急，想上茅厕，便抱歉地说想方便一下。

韦夫人便让丫鬟团儿带元曜去茅房。

白姬继续在花厅跟韦夫人、韦峰商谈买梦仙枕的事宜。

元曜跟着团儿出了花厅，一路绕到了后院，团儿指了茅厕的所在之后，便在游廊等候。

元曜去茅厕方便之后，出来却没有看见团儿。

元曜猜想，团儿可能等不及，先走了。他便按照记忆，想自己走回花厅去。

元曜独自走在游廊里，游廊七曲八拐，周围杂树丛生，他有些不记得回花厅的路了。

韦府也不大，他怎么就迷路了？！元曜心中有些着急，突然之间，他看见不远处的芭蕉树下站着一个人。

远远看去，那是一个中年男子。

从元曜的角度望去，正好能看见男子的侧影，但见那名男子身形清瘦束发盘髻，戴着南华巾，穿着一袭青蓝色襕袍，颇有一些仙风道骨。

元曜心中好奇，韦府里怎么会有道士打扮的中年男子？也许是韦峰的客人？不管了，既然遇见了，他还是去问一问回花厅的路吧。

元曜朝中年男子走去，男子却转身走了。

"请等一等，小生想问一下路。"

元曜急忙追去。

中年男子走得异常快，元曜追着他拐过一个弯后，便来到了一个僻静的跨院里。跨院东北角有一处简陋的房舍，房舍前面有一块空地，堆着一些凌乱的柴火。

中年男子进入跨院后，便走向了房舍，不见了踪迹。

元曜追到了房舍前，正想敲门，却不由得一愣。

房舍关门闭窗，木门上还落了一把生锈的锁。

既然房舍从外面落了锁，那中年男子应该不可能走进去。可是，元曜刚才明明看见他在房舍前没了踪影，他去哪儿了？！

元曜左右四望，跨院也不大，三面是围墙，地上杂草丛生，南边有一棵海棠树和几株芭蕉，并没有可以藏人的地方。

"公子，公子——"

元曜正在发愣，团儿的声音在耳边响起来。

元曜回过神儿来，才发现团儿正站在旁边喊自己。

元曜急忙行了一礼，说道："团儿姑娘。"

团儿有些埋怨地说道："公子，我就离开了一会儿，跟路过的姐妹打了一声招呼，说了两句话的工夫，回来就看见你一个人在游廊里乱转。我追着你喊，你却不理不睬，一个劲儿地往这儿跑。"

元曜一听，有些惭愧。作为客人，未经允许，在主人家里乱走，这未免有些失礼。他急忙说道："团儿姑娘，小生是迷路了，才四处乱转，真不好意思。"

团儿说道："公子，你刚才的样子可不像是迷路，也没有四处乱转，你是一路毫不犹豫地就跑到了这里。这个炼丹房很偏僻，一般来说，客人没人带路，还真走不到这里来。"

元曜解释道："小生刚才看见了一位中年道士，本想找他询问回花厅的路，他径自走了，小生追着他，才来到了这里。"

团儿一愣，问道："中年道士？"

元曜点头，说道："是的。应该是贵府的客人。"

团儿摇头，说道："公子，你可能眼花看错了。府中不可能有中年道士，我家夫人最厌恶道士了，从不招待道门的客人。"

元曜疑惑地说道："小生没有眼花，确实看见了一位道长。那位道长大约年过半白，比较清瘦，束发盘髻，戴着南华巾，穿着一身青蓝色襕袍……"

团儿听完元曜的描述，有些震惊地说道："这不是老爷吗？公子，你看见我家老爷了？老爷又回来了？"

元曜也有些吃惊，问道："小生看见的是韦老先生？"

团儿说道："听公子的描述，应该是老爷。而且，这个跨院是老爷的炼丹房，他回来之后，饮食起居都在这儿。不过，前几天，老爷离开之后，炼丹房就被夫人锁起来了。这……难道老爷又回来了？我得告诉夫人去。"

团儿急着回花厅告诉韦夫人这件事，元曜便稀里糊涂地跟着团儿一起回来了。

花厅里，白姬、韦夫人、韦彦正在喝茶谈笑，团儿急急忙忙地闯了进来，把元曜看见韦德端的事情禀报了。

韦夫人十分震惊，她的手微微发抖，手里的茶碗啪一声摔在了地上。

韦峰也十分惊异，问道："父亲人呢？在哪里？"

元曜答道:"小生看见韦老先生走去了炼丹房所在的跨院,等小生跟上来时,就不知道他去哪儿了。"

韦夫人颤声问道:"是不是你看错了?"

元曜挠头,说道:"也许吧。小生与韦老先生素不相识,也不知道是不是他……"

团儿说道:"夫人,听这位公子的描述,应该是老爷,错不了。"

韦夫人说道:"团儿,你住口。"

韦峰说道:"也许是轩之看错了,八成是看见了王管家,王管家也喜欢穿青色的袍子,他的身形跟父亲一样消瘦,身高和年龄也差不多。"

元曜答道:"也许吧。"

白姬一直安静地听着,此时笑道:"刚才我说的三百五十两黄金买下梦仙枕的事,暂时先搁置吧。如果韦老先生真的回来了,才是贵府能做主的人,也是梦仙枕的主人,你们私下把梦仙枕卖给我,恐怕他会不高兴,会引起争端。我这个人最怕麻烦,还是等见过韦老先生了再说吧。"

韦夫人脱口而出:"我夫君他不会回来了。白姬姑娘,你不必有这方面的忧虑。"

白姬问道:"韦夫人,你怎么能肯定韦老先生不会回来了?"

韦夫人神色微变,说道:"这……因为我了解夫君,他既然决意去寻仙,肯定会出门很久,三年五载是回不来的。而且,他把梦仙枕留下,没有带走,那就是交给我来处置了,我还是可以做主的。"

白姬笑道:"不急,还是再等几天吧,万一韦老先生回来了呢。"

韦夫人也不好再说什么了。

闲坐了一会儿,白姬、元曜、韦彦便告辞了。

韦峰将白姬、元曜、韦彦送到了大门口,分别时还说道:"白姬姑娘,这梦仙枕有很多人想要。如果您改变了主意,请尽早派人告知,不然您也许会错过成仙的机缘。"

白姬笑道:"韦校尉,对梦仙枕感兴趣的人也许不少,但是肯出三百五十两黄金的应该还没有。这样吧,我回去考虑一下,再回复你。"

韦峰客气地说道:"行。我与母亲等候您的佳音。"

白姬、元曜、韦彦登上了马车,离开了。

马车沿着道路往北而行。

马车中,白姬、元曜、韦彦便闲聊了起来。

韦彦笑道:"白姬,你真的要买梦仙枕呀?万一你成仙了,别忘了常回凡间来看看我和轩之。俗话说,一人得道,鸡犬升天,说不定你还能带着轩之和我一起成仙呢。"

元曜无奈地说道:"丹阳,咱们俩又不是鸡犬……"

白姬笑道:"韦公子,你说笑了。我也没什么仙缘,肯定成不了仙。我只是觉得梦仙枕有趣而已。"

元曜忍不住问道:"白姬,这梦仙枕真的是仙家的宝物吗?它真的有能让人梦见神仙的异能吗?"

白姬说道:"不是。这梦仙枕只是一块龙王玉而已,不过也算是一件值钱的宝物。毕竟,这么大一块完整的弧形龙王玉很少见,而且上面的星辰图纹是天然形成的,也很难得。玉石枕拿来睡觉,可以清热降火、通窍明目,是很不错的。"

韦彦有些失望,说道:"叔叔带回来的居然是一件假的仙家宝物。"

白姬却对另一件事情很感兴趣,问道:"轩之,你刚才在韦府真的看见韦老先生了吗?"

元曜点头,说道:"小生真的看见了。"

韦彦有些怀疑,说道:"或许,轩之看见的是王管家……"

元曜既不认识韦德端,也不认识王管家,无法辩驳,便沉默不语。

白姬问道:"韦公子,韦老先生这次出门寻仙倒是挺突然的,没有向亲朋好友告辞吗?"

韦彦说道:"没有。我也觉得很突然,出门远行这种事情,不向大家辞行,说走就走,太奇怪了。甚至连我伯父,就是叔叔的亲兄长,也感到很意外。叔叔上次出门寻仙,就是显庆年间那次,都是设宴席请大家吃饭,向大家辞行交代了之后才离开的。"

白姬饶有趣味地问道:"韦老先生当时还向亲友们交代了才走的吗?你们都去灞桥送别了?哦,不对,那时候韦公子还在襁褓之中,牙牙学语,估计也不知道这些事情。"

韦彦说道:"显庆年间,我还小,确实不知道。不过,最近闲聊时,听父亲说起过当年的事情。当时告别宴之后,本来约好了灞桥送别,叔叔却提前走了。当年好歹是告别过了,这次连告别也没有,叔叔走得太突然了。不过,反正叔叔这个人比较任性妄为,大家也都习惯了。"

白姬笑而不语。

不多时,马车便到了西市。

白姬、元曜和韦彦告辞之后,走路回缥缈阁。韦彦乘坐马车,回韦府去了。

白姬看了元曜一眼，笑道："轩之，你怎么看起来心事重重的？"

元曜说道："白姬，其实小生刚才没有说实话。"

白姬笑道："那现在轩之可以说实话了。"

元曜说道："其实，小生在韦府中看见的，可能……是鬼魂。"

白姬挑眉："哦？"

元曜说道："当时，小生不知道是鬼魂，以为是一个客人，直到小生追他到了跨院，眼看着他消失在了上锁的炼丹房里，才觉得不对劲儿。不过当时团儿姑娘赶来了，小生怕惊吓到她，只说看见的人在跨院里不见了。在韦夫人和韦校尉面前，小生更不敢说实话了，他们会认为小生胡说八道。"

白姬问道："你看见韦老先生的鬼魂进了上锁的炼丹房里？"

元曜说道："虽然不知道是不是韦老先生，但是那鬼魂确实是进入了上锁的炼丹房。白姬，那炼丹房看上去有一种说不出来的阴气。"

白姬说道："这件事有趣了。"

元曜皱眉，说道："白姬，小生有一个可怕的想法。"

白姬问道："什么想法？"

元曜犹豫了一下，说道："韦老先生回来之后，从丹阳的描述来看，他与韦夫人和韦校尉的关系并不融洽。他带回了值钱的梦仙枕，产生了卖掉梦仙枕之后搬出去自住的想法。而韦夫人和韦校尉似乎手头不宽裕，需要钱，他们会不会对外宣称韦老先生又寻仙去了，然后把韦老先生给……韦老先生就变成鬼魂了。"

白姬沉吟不语。

元曜又说道："还是不应该有这么可怕的想法，即使夫妻之间没有情分，父子之间缺少天伦，也不至于就为了钱财做下伤天害理的事情。韦老先生的鬼魂……该怎么解释呢？许是他自己不小心，不知道怎么就过世了吧……"

白姬扑哧一声笑了，说道："轩之，你这个'自己不小心，不知道怎么就过世了'的解释太勉强了。究竟是怎么一回事，还是等到了晚上，我们去韦府的炼丹房看一看吧。"

元曜说道："白姬，小生觉得害怕。"

白姬问道："轩之，你连看见鬼魂都不怕，还怕什么？"

元曜说道："比起鬼魂，小生更怕看见人心。鬼魂只是吓人，等接触了，反而不可怕了，而人心看得越清楚，那种恐惧感越让人战栗，也让人绝望。"

白姬说道："轩之看多了，习惯了，就好了。"

元曜说道："看多了，小生还是觉得害怕。不过，让小生欣慰的是，可怕的人心只是一小部分，大部分的人心都还是很好的。"

白姬笑道："在我看来，人心都一样，始终是混沌的。操纵一下，可以向善；引诱一番，又会作恶。人心，无趣极了。"

元曜说道："白姬，你这样想是不对的。大部分人心都是善良的，邪恶的只是少数。而且，作恶多端的人，只要晓之以情、动之以理，也可以改邪归正，一心向善。圣人的教诲，就是让人们约束自己的言行举止，摒弃心中的恶，回归心中的善……"

白姬扶住了额头，说道："不行了，我的头有些疼，估计是蘑菇的毒还没有吐干净……"

元曜关切地问道："白姬，你没事吧？"

白姬说道："轩之少说几句圣人的教诲，我就没事了。"

"哦。"

元曜便闭嘴不再说圣人的大道理了。

第七章　尸　体

月上中天，浮云缥缈。

长寿坊，韦府。

白姬、元曜站在韦府的大门外。

正值深夜，韦府已经关门闭户，熄灯灭烛，主人和仆人们都休息了。

元曜苦着脸问道："白姬，你不会又要小生爬墙进去给你开门吧？"

白姬端详了韦府的院墙一番，以袖掩面，笑道："有劳轩之了。"

元曜没有办法，只好去往院墙边，开始攀爬。还好，韦府的院墙没有翻新过，还是几十年前的老样子，比较矮，攀起来比较不费力。

元曜攀爬进去，四下望了一眼，看见没人之后，才轻手轻脚地打开了大门。

白姬便施施然走了进去。

韦府比较节俭,夜里黑灯瞎火的,不像别的大户人家,即使深夜人睡了,也会在檐角上挂着长明的风灯。

月亮时而悬挂中天,时而滑入乌云后,当月亮被乌云遮盖时,韦府就陷入了一片漆黑。

白姬夜能视物,倒是不觉得不方便。

元曜一边摸着走,一边小声说道:"早知道出门时就该带一些蜡烛,小生现在跟瞎子一样。"

白姬一听,笑了笑,四下一望,走到了一处水塘边。

白姬在水塘边摘了一根水烛香蒲,转瞬之后,她的手中便多了一根发出幽绿色光芒的蜡烛。

元曜问道:"呀,香蒲草还能变成蜡烛?"

白姬将蜡烛递给元曜,笑道:"这种水烛香蒲又叫鬼蜡烛,千妖百鬼夜行时,忘了带灯,就会用它来照明。普通的人类看不见鬼蜡烛上的绿色光芒。"

元曜接过了鬼蜡烛,笑道:"百鬼夜行,居然还需要灯照明?"

白姬笑道:"当然需要呀,有些傻乎乎的妖鬼跟轩之一样,没有灯,就是睁眼瞎子呢。"

元曜怀疑白姬在骂他是傻乎乎的睁眼瞎子,但是又没有证据,只能暗暗生气。

白姬、元曜走过花厅,转入回廊,来到了后院。

"白姬,我们去哪儿?"元曜小声地问道。

白姬正在沉吟,回廊尽头突然出现了一点儿红色光芒。

白姬急忙拉着元曜躲进了廊柱和芭蕉叶围成的阴影里。

元曜从芭蕉叶的缝隙望出去,那一点儿红色光芒渐渐地飘过来了。

原来,是一个人提着一个灯笼。

那人提着灯笼从白姬、元曜的眼前经过,神色忧愁,步履匆匆。

元曜一看,居然是韦夫人。

韦夫人没有发现白姬、元曜,提着灯笼渐行渐远。

白姬指了指韦夫人,便悄无声息地跟了上去。

元曜也急忙跟上。

韦夫人沿着回廊七拐八绕,来到了一个僻静的跨院。元曜一看,正是白天他来过的炼丹房所在的院子。

韦夫人急急忙忙地走到炼丹房的门前,从衣袖中掏出了一把钥匙,打开了生锈的锁,推开房门,走了进去。

白姬、元曜藏身在院墙边的芭蕉叶后,望着虚掩的房门和窗户里隐隐现出的红色灯光。

窗户上映出了韦夫人在炼丹房中的身影。

从窗户上的影子来看,韦夫人在炼丹房里走来转去、忙忙碌碌,似乎在寻找什么。可是,忙活了半天,她似乎什么也没找到,从影子上都能看出她十分焦急,又仿佛十分惊恐。

"尸体呢?尸体去哪儿了?!"韦夫人在炼丹房中喃喃自语。

元曜一听,心中惊愕。

从外观上看,炼丹房并不大,韦夫人将房间翻了个遍,也没找着她想找的"尸体"。一盏茶工夫之后,韦夫人便失魂落魄地出来了。

韦夫人将灯笼放在地上,重新给房门上锁,由于心情慌乱,她锁门的动作显得有些手忙脚乱。

一阵阴风吹过,地上的灯笼灭了。

韦夫人吓了一跳,四处张望,却什么也看不见。

韦夫人十分恐惧,又有些悲伤,颤声说道:"夫君,你不该回来的,这只能怪你自己……你安心去吧,不要作怪了,等梦仙枕卖出去,给峰儿留下一笔钱之后,我下去陪你……"

空庭无人,只有夜风吹过树叶,沙沙作响。

韦夫人带着哭腔,哽咽道:"夫君,你不要再作怪了,出来吧。"

噔噔噔——

一阵脚步声响起。

元曜有些吃惊,难道韦德端被韦夫人喊出来了?!

听见脚步声,韦夫人也吓得脸色惨白,鼓起勇气朝脚步声传来的方向望去。

一名男子提着灯笼走进了跨院。

原来是韦峰。

韦峰看见韦夫人站在院子里,有些错愕,问道:"母亲,您还没休息吗?您怎么来这儿了?"

韦夫人看见来的人是儿子,瞬间眼神有些复杂。她抬袖擦干眼泪,答道:"是峰儿呀。我夜里思念你父亲,睡不着觉,就来这儿看一看。你怎么也来了？"

韦峰目光闪烁，说道："白天的客人说在炼丹房看见了父亲，孩儿也是思念父亲，夜不能寐，所以过来看一看。"

韦夫人目光闪烁，说道："你父亲走得突然，让人颇为挂怀，他这个人就是如此任性，大家也都习惯了他这种说走就走的做派。你不必担忧，一切都有娘亲处理，娘亲会保护你的……"

"母亲，我……"

韦峰眼神复杂，欲言又止。

韦夫人慈爱地望着韦峰，说道："我有些累了，就先回去休息了。你缅怀完你父亲之后，也早些回去休息吧。"

韦峰点点头。

"母亲，孩儿送您回房吧。"

韦夫人摇头，说道："不必了，我想自己走一走。峰儿，你把灯笼点起来。"

韦峰将自己的灯笼递给韦夫人，弯腰捡起了地上熄灭的灯笼，从怀里拿出火折子，点燃了灯。

韦夫人提着灯笼独自离开了。她离开的时候，回头望了一眼目送自己的韦峰，眼神复杂而悲伤。

韦夫人离开之后，韦峰先是站着等了一会儿，然后去院子外看了几眼，确认韦夫人真的走了，他才又回来了。

韦峰在炼丹房前看了看，并没有开锁，也没打算进去，皱着眉头，心事重重。他将灯笼放在地上，走到了那堆凌乱的柴火边。

白姬、元曜心中好奇，便静静地看韦峰干什么。

韦峰撸起衣袖，将柴火搬开，露出了一块泥地。他又走到屋后的隐蔽处，拿出了一把铁锹，开始挖土。

月黑风高，韦峰在僻静的院落里挥汗如雨地挖土，这情形实在是有些诡异。

挖了一会儿，韦峰突然扔掉了铁锹，惊恐地跌坐在地上。

"……不见了……尸体去哪儿了？！"

白姬、元曜面面相觑，一个迷惑，一个震惊。

韦峰坐在地上，神色恐惧。

"我明明把他埋在这里的……尸体呢？尸体怎么不见了？难道他真的成仙了？！"

韦峰失魂落魄地坐了一会儿，不死心地又挖了一会儿，还是没挖出自己想挖出的东西。

一炷香之后，韦峰放弃了寻找，又将泥土填了回去，把柴火堆回了原处，把铁锹又藏回了屋后。

韦峰做完了这一切，有些魂不守舍。

"难道他真的成仙了？！不对，他不是我的父亲，只是一个骗子，不可能成仙……父亲更不可能成仙，父亲早就被母亲杀死了啊……"

韦峰在院子里站了一会儿，便提着灯笼，失魂落魄地离开了。

一阵冷风吹过，院落之中，芭蕉叶翻，露出了白姬和元曜的身影。

夜风很冷，元曜却不觉得寒冷，反而因为心潮难宁而背后出汗。

"白姬，咱们好像听见了了不得的隐情，这是人命案子啊，要不要去报官？"

白姬沉吟了一下，说道："轩之，你先别激动，这件事情很怪异。"

元曜问道："有什么怪异的？白姬，咱们俩亲耳听见、亲眼看见，韦夫人和韦校尉都在找韦老先生的尸体，肯定是出了人命了。"

白姬答道："怪异之处就在于，尸体呢？而且，这母子二人实在太奇怪了。"

"尸体一定就在这个院子里。"元曜有一种直觉，接着问，"白姬，你有异能，看看韦老先生的尸体在哪儿？"

白姬说道："轩之，我刚才已经以妖力感应过了，这座院子，不，整个韦府都没有人类尸体的气息。厨房里倒是有新死的鸡鸭，仓房的地下有新死的老鼠。"

元曜一愣，问道："没有尸体？"

白姬点头，十分肯定，说道："没有尸体。"

元曜想了想，又说道："白姬，小生白天看见的韦老先生的亡灵……"

白姬正色说道："轩之，这座韦府里没有新死的亡灵。"

元曜疑惑地问道："没有亡灵的话，那小生白天看见的是什么？"

"不知道。"白姬摇头。

白姬在院子里走了一圈，一会儿走到炼丹房的门前，一会儿徘徊在柴火边，不知道在探查些什么。

元曜站在夜风中，十分迷惑。

最后，白姬喃喃说道："所有的秘密，一切的起源，可能都在这座跨院里吧。"

见天色不早了，白姬、元曜便踏着夜色，离开韦府，回缥缈阁去了。

第二天，白姬睡到下午才起床，洗漱之后，便坐在青玉案边，一边喝茶、吃点心，一边翻看坊间话本。

元曜本来在柜台边记账，见白姬在青玉案边坐下了，急忙走进来。他昨晚回来之后，就一直被自己在韦府的所见所闻困扰着，心中充满了疑惑。人命关天的事情，总得知道一个答案才能踏实。

白姬看话本看得津津有味。

元曜在白姬旁边跪坐下来，说道："白姬，小生心中不踏实。"

白姬抬起头，笑道："轩之怎么了？"

元曜疑惑地问道："昨晚韦府发生的事情究竟是怎么一回事？"

白姬笑道："轩之，你还在想这个呀？"

元曜问道："白姬，难道你没有想这件事吗？"

白姬笑道："我睡了一觉，都忘了。"

元曜说道："人命关天的事，你怎么能一觉醒来就忘了呢？韦老先生被杀了呀！"

白姬扑哧一笑，说道："轩之，我已经说过了，韦府没有尸体。按你们人类的律法，没有尸体，就不存在杀人。"

元曜细思白姬的话。

"离奴，你主人在不在？"

韦彦的声音从外面的大厅里传来。

"韦公子，主人在里间，你自己进去吧，爷就不招呼你了。"离奴一边嚼香鱼干，一边说道。

韦彦便匆匆走进了里间，转过了屏风，看见白姬、元曜，便说道："白姬、轩之，出事了。"

白姬问道："韦公子，怎么了？"

元曜问道："丹阳，出什么事了？"

韦彦在白姬对面跪坐下来，说道："我堂兄家里出事了。"

白姬问道："韦校尉家里出了什么事？韦公子，你别急，慢慢说。"

韦彦答道："你们还记得昨天在堂兄家见过的那个丫鬟团儿吗？她今天一早跑去官府告状，说我叔叔没有去寻仙，是被我堂兄杀死了，她说自己亲眼看见堂兄在深夜挖坑埋尸……现在，一堆不良人在堂兄家里挖土找尸体呢。"

元曜一愣，问道："团儿姑娘为什么突然去官府告状？"

韦彦说道："听说，昨天咱们离开之后，婶母嫌弃团儿多话，说她没有口德，不堪留用，责打了一顿之后就把她撵走了。估计是她怀恨在心，所以去官府诬告……"

白姬笑道："有意思。现在，不良人在韦府挖土找尸体吗？"

韦彦说道："是的。这件事把我们韦氏一族都惊动了，毕竟弑父这种事情很严重的。唉，我还挺担心堂兄的，被人这么诬告，真是祸从天降。"

元曜说道："丹阳，你放心吧，韦府中找不出你叔叔的尸体。"

韦彦一愣，问道："轩之，你怎么知道韦府里找不出尸体？"

第八章　秘　密

元曜急忙搪塞道："丹阳，你刚才也说了是诬告，既然是诬告，杀人就是子虚乌有的事情，肯定找不到尸体啦。"

韦彦欲言又止，最后还是说道："其实，我们韦氏族中的人也有些怀疑叔叔的去向。不光是这次，据我父亲说，显庆年间也有奇怪的流言传出来，而且婶母还赶走了家里的一个老仆人。"

白姬颇有兴趣地问道："什么流言？"

韦彦说道："那个被赶走的老仆人醉酒后说，叔叔没有去寻仙，是婶母拿柴刀砍杀了叔叔。"

元曜大吃一惊。

白姬笑道："你们相信了吗？"

韦彦说道："肯定不相信呀。不过，据说当年大家也有那么一丝怀疑，但是因为谣言空穴来风，也没有尸体，而且婶母在族中的口碑很好，不像是会杀夫的恶人，所以不了了之了。事实证明，果然是谣言，叔叔活着回来了。现在又闹出堂兄弑父的事，还闹到官府去了。叔叔也真是，神仙没当成，先闹得家宅不宁、宗族不静，让外人看笑话……"

元曜想起昨天晚上韦夫人和韦峰分别去炼丹房找尸体的情形，心中充满了迷惑。元曜从昨晚在韦府的所见所闻推测，韦德端八成是被杀了，他究竟是被谁杀的，却是一个谜团。从韦夫人和韦峰的行为可以看出，他们母子俩并没有合谋杀人，而是彼此瞒着对方。那么，问题就来了，一个人怎么可能被杀两次？而且，更奇怪的是，人死了，尸体呢？

白姬对显庆年间的事情很感兴趣，问道："韦公子，那位被韦夫人赶走的老仆人姓甚名谁？现在在哪里？"

韦彦说道："他叫黄大，早就死了。他年纪太大，老病而死。"

白姬说道："韦公子，你这么清楚一个老仆人的情况，想必这个老仆人被韦夫人赶走之后，是在你家干活儿了。"

韦彦说道："是的。黄大算是韦氏一族的家奴，从祖上就一直跟着韦氏，为韦氏效力。当年我父亲见他被撵，无处可去，就收留了他，让他在我家郊外的庄园里管事。黄大的儿子黄成，现在是我家的账房。"

白姬笑道："韦公子，你上个月买的幽冥香还没付钱呢，能让你家账房拿银子来缥缈阁把账结了吗？"

韦彦一笑，说道："白姬，你想见黄成，又懒得去我家，也不必催账呀。我明天让黄成来一趟就是了。"

白姬笑眯眯地说道："韦公子，账还是要结的。最近，万国商旅都带着好东西到了西市，我打算购置一批新货，也缺现银。"

韦彦顾左右而言他，问道："白姬，你为什么对当年的流言感兴趣？"

白姬沉吟了一下，说道："我总觉得，一切的秘密都在显庆年间，现在发生的一切，不过是当年的'果'而已。"

元曜问道："白姬，难道你认为韦老先生在显庆年间就已经死了？"

白姬说道："有可能。"

元曜一惊，问道："那么，带着梦仙枕回来的……是韦老先生的鬼魂？"

白姬还没说话，韦彦已经说道："不可能。叔叔不是鬼魂，大家都见过他了，明明是一个活生生的人。"

白姬笑了笑，说道："我刚才在坊间话本上看见一个故事，挺有意思。"

元曜问道："什么故事？"

白姬说道："有一个姓刘的人，住在城外。有一天，刘某应酬到很晚才回家，醉醺醺地路过一个破庙时，听见里面传来了丝竹歌舞之声。他很好奇，就停下脚步，从坍塌的院墙往里看。破庙的院子里，果然有一群衣饰华丽的男女在开宴会。在这群饮酒、歌舞的男女之中，刘某看见了自己的妻子。刘某疑心自己看错了，因为按理来说，他妻子不应该出现在这里。

刘某又仔细地看了看，他妻子的举止谈笑跟在家中一模一样，他肯定没有认错人。于是刘某就冲了进去，责备了妻子几句，强行拉着妻子走了。刘某拉着妻子走到家，开门时放开了妻子一小会儿，等他把大门打开，转头却发现妻子不见了。而这时，刘某的妻子穿着睡衣，披头散发地打着哈欠从房子里走了出来。刘某很惊愕，问妻子什么时候进屋去了，怎么这么快就把衣服换了。妻子告诉刘某，她一直在家里睡觉，刚才听见响动，才出来查看。刘某以为自己见鬼了，便把刚才的事情说了一遍。妻子一听，有些羞愧，便说自己刚才做了一个梦，梦见跟一群男女在破庙里开宴会，酒过三巡时，刘某闯了进来，拉了她就走，她跟着走到了家门口，因为担心回家后被丈夫训斥，她就急醒了，醒后就听见了外面的响动，便出来查看，就看见了刘某。"

　　元曜挠挠头，说道："这个故事是说一个人做梦，另一个人闯进了她的梦境，但是梦境又跟现实混淆在一起了。"

　　韦彦疑惑地说道："白姬，你的意思是叔叔是这个故事里的刘氏，我们都在叔叔的梦境里吗？轩之，你快狠狠扇我一耳光，看我是不是在做梦？你别打我鼻子。"

　　元曜苦着脸解释道："丹阳，不是这个意思。你叔叔的事情都闹到官府去了，不可能连官府的人都在做梦吧？"

　　白姬笑道："韦公子，我只是说一个刚读的故事而已，有时候人类很难分辨出另一个人是不是真实的。比如刘某，牵着梦里的妻子一路走到家，都没有察觉不对劲儿。你们又怎么能分辨带着梦仙枕回来的韦老先生是不是'人'呢？"

　　韦彦突然觉得脊背有些发冷，说道："白姬，你越说越玄乎了。这样吧，明天我让黄成来缥缈阁，你可以亲自问他你想知道的事情。"

　　白姬笑道："行。"

　　韦彦离开之后，元曜满脑子疑问，询问白姬，白姬却不热衷于谈论这件事情，只说等明天黄成来了才能做出判断。

　　离奴见元曜满头雾水，忍不住问道："书呆子，你怎么不问爷对于这件事的看法？"

　　元曜只好问道："离奴老弟，你对这件事有什么看法？"

　　离奴说道："你们说的那个韦老先生一定是鬼！"

　　元曜问道："为什么？"

　　离奴说道："直觉。自从吃了毒蘑菇之后，爷仿佛开了心窍，对于世间万事，突然有了很强的直觉了。"

元曜说道："离奴老弟，你去找张大夫开一些补脑的药吧。我总觉得你的脑子被毒坏了。"

黑猫一听十分生气，便去挠小书生。

"书呆子，你才脑子坏掉了。"

小书生抱头便跑了。

第二天，日上三竿时，一名中年男子来到了缥缈阁。他看上去文质彬彬，眼神中又透出一丝精明世故。

男子自称是韦府的账房，姓黄，名成，按公子的吩咐，来缥缈阁结算账目。

元曜一看，急忙招待黄成在里间用茶，然后上楼去叫白姬起床了。

白姬被元曜叫醒，睡眼惺忪地坐起身，说道："轩之，你先招待客人喝茶，我马上下来。"

"好的。"元曜说道。

里间，青玉案边，黄成跪坐着喝茶，显得有些拘谨。元曜在旁边陪着他，跟他聊一些今天天气如何之类的闲话。

不多时，白姬便下楼来了。

白姬穿了一身家常的白色千叶海棠裙，挽着水波纹的烟纱披帛，她的青丝随意地绾成倭堕髻，用一支孔雀开屏金簪固定着。

白姬在青玉案边坐下，笑道："我刚才在上面诵经冥想，并非睡懒觉，让你久等了。"

元曜无语，在心中暗道：此地无银三百两。

还好，黄成并不在意白姬是在睡懒觉还是在诵经，问道："公子让我来缥缈阁结算账目，还说你们想问一些家父的旧事？"

白姬答道："是的。请问，当年令尊为什么会被旧主母赶走？"

黄成看了白姬一眼，又看了元曜一眼，神色犹疑，欲言又止。

元曜看得出来，黄成心中有秘密，但是不够信任白姬，还有些怕多言而惹祸上身，所以不肯说。即使他说出什么，可能也不会是实话。

白姬笑了笑，说道："黄先生，你看着我的眼睛。"

黄成便望向白姬，白姬的眼眸瞬间变成了金色，仿如一方宇宙星空，有一片繁星在其中；又似乎是一个让人心沉沦的旋涡。

元曜看了白姬一眼之后，急忙移开了目光，知道这是某种迷魂之术。

白姬想以迷魂之术，让黄成放松戒备，说出心底的秘密。

元曜觉得白姬的做法有些不太好，但是想知道显庆年间到底发生了什么事，也没有别的办法了。

黄成双眼逐渐暗淡，眼神没有了焦点，望向了虚空中的某处，他的神情放松了许多，仿佛在幻觉之中得到了平静与安宁。

白姬问道："当年令尊为什么会被韦夫人赶走？"

黄成答道："不是赶走，是我父亲自己离开的。韦夫人一向仁慈和善，对下人们体恤有加，也对父亲有过恩情，所以父亲只能带着秘密离开。"

元曜愣了愣。

白姬追问道："你父亲有什么秘密？"

黄成答道："他心里有太多的秘密，直到临死时，都不能得到解脱。韦夫人杀死了韦老爷，她一个柔弱女子，没办法处理尸体，就找我父亲帮忙。韦夫人救过我娘的命，对我家有莫大的恩情，我父亲就同意帮韦夫人处理尸体。我父亲跟韦夫人一起把韦老爷的尸体搬上了运送柴火的推车，打算趁着清晨无人，推到郊外掩埋。天刚蒙蒙亮，城坊开了门，我父亲就推着柴车悄悄地从韦府的后门出发了。不过，发生了意外，当我父亲出城之后，找到偏僻的地方，准备掩埋尸体时，韦老爷醒了过来。韦夫人毕竟是柔弱女子，拿柴刀杀人，也没砍中要害，因为韦老爷浑身是血，又不动弹了，她就以为他死了。我父亲吓了一跳，心中十分慌乱，不知道该怎么办，韦老爷却说了一句，'没想到她如此恨我……罢了罢了，你们就当我死了吧'，说完，他就起身走了。我父亲平静下来之后，就回去向韦夫人交差，说尸体已经掩埋好了。我父亲这么说是担心多生事端，给韦夫人带来麻烦。我父亲守着这个秘密过日子，但是又好喝酒，有一次酒后失言，不小心说了韦夫人用柴刀杀死韦老爷的事。韦夫人并没有责怪我父亲，但我父亲自己非常惭愧，便离开了韦府，并且从此不再沾一滴酒。后来，因为生计所迫，我父亲就跟了现在的主人韦尚书，在郊外的庄园里管事。直到他死，都没有把这个秘密告诉我之外的任何人。"

元曜听得十分震惊。

白姬问道："你父亲为什么要把这么重要的秘密告诉你？如果真是重要的秘密，就应该在生命的尽头跟随自己一起埋入土中。"

第九章　归　人

　　黄成说道："我父亲因为酒后失言，导致坊间传出了对韦夫人不利的流言，心里一直很愧疚。我父亲担心将来韦夫人还是会被流言所困，而且韦夫人以为自己杀死了韦老爷，会把杀人的罪孽背负在身上，所以他临死前告诉了我真相。他希望有朝一日，如果韦夫人有困扰时，我能够站出来说出真相，替她解围。韦老爷回来了，我松了一口气，觉得这个秘密可以永远埋藏起来了。但是，没想到，又出了韦校尉杀父的事情……"

　　白姬沉吟了一会儿，又问道："韦校尉杀父的事情，你知道多少？"

　　黄成说道："昨天得知这件事，我十分震惊，急忙去打听。我有一个表妹，叫圆儿，她跟团儿一样，在韦夫人身边当丫鬟。她告诉我，团儿去官府告状，是因为被赶走，心怀怨怒。圆儿说韦校尉杀父并非空穴来风，这件事早就在韦府的下人们之间私下流传。我询问具体的情况，圆儿也不清楚，只是听说一个仆人起夜时，听见了吵架的声音，他循声走到了炼丹房，就看见韦校尉和韦老爷在房中争吵。仆人从窗外看见韦校尉拔出了刀，杀死了韦老爷，仆人就吓跑了。韦老爷不告而别，出门寻仙，仆人认为这是韦校尉遮掩自己杀父罪行的谎言。"

　　白姬若有所思，问道："这是哪个仆人看见的？"

　　黄成摇头，说道："不知道。深宅大院之中，耳目众多，很多流言，就像是风带来的一样，是无法寻根的。团儿估计也不知道是谁看见的，为了泄愤而诬告，就把事情安在自己身上，一口咬定是自己看见的。"

　　白姬喃喃问道："尸体在哪儿呢？人死了，总得要有尸体……"

　　黄成说道："没有尸体。不良人把韦府翻了个遍，都没有找到尸体……"

　　白姬金色的眼眸恢复了寻常的黑色，她看了黄成一眼，伸手拍了拍他的肩膀。

　　"黄先生，你怎么在发呆，咱们得把韦公子的账目清算一下。"

　　黄成被白姬一拍，如梦初醒，迷惑地看了四周一眼，才回过神儿来。他感觉自己似乎说了很多话，喉咙有些干渴，但是又记不起自己说了些什么。

　　黄成端起茶杯，喝了一口茶，开口："好的。公子的账目在哪里？"

白姬笑道："轩之，你把账本拿来，跟黄先生结算一下。"

"好。"元曜应声说道。

白姬去洗漱了，元曜跟黄成在里间结算账目。账目清算好了之后，黄成便告辞了。

元曜送走黄成，心中充满了疑问。他突然闻到了一阵诱人的香味，心中十分好奇，便循着香味走到了后院。

白姬悠闲地坐在廊檐下，一只黑猫蹲在一个红泥火炉边，正在烤一串一串的蘑菇。

新鲜的蘑菇上面刷了油脂和秘制的香辛料，用明火烤炙，发出了诱人的香味。

离奴将烤好的蘑菇用盘子盛了，递给白姬。

白姬津津有味地吃着。

元曜一见，忍不住问道："白姬、离奴老弟，你们还敢吃蘑菇？！"

离奴一边烤蘑菇，一边说道："嘿嘿，书呆子，爷今天又看见集市上有人在卖蘑菇，忍不住买了一些。你放心，爷特意拿去给张大夫看过了，他说这些蘑菇没有毒。"

白姬拿了一串烤蘑菇，递给元曜，笑道："轩之，蘑菇这么鲜美，不能因噎废食，只要不吃离奴采的就行了。"

离奴惭愧，说道："主人，离奴以后再也不自己采蘑菇了。"

元曜接过，也吃了一口，说道："虽然也很好吃，但是感觉没有毒蘑菇的味道鲜美……"

白姬、离奴沉默地望向元曜。

小书生急忙说道："小生并不是想吃毒蘑菇，只是发表看法而已。说到毒蘑菇，白姬，你说韦老先生的谜案，会不会是韦府上下都不小心吃了毒蘑菇，一起产生幻觉了，不然怎么想，也没办法合理解释这件事情。"

白姬一边吃蘑菇，一边思索着说道："幻觉？他们既然找不到尸体，那这件事情可能真的跟幻觉有关。不过，这个幻觉不可能是毒蘑菇引起的，或许……与梦仙枕有关……"

白姬突然想到了什么，放下了烤蘑菇，站起身，说道："轩之，我们去找韦夫人，再看一看梦仙枕。"

离奴一听，说道："主人，离奴还给您烤着蘑菇呢，吃完了烤蘑菇再去也不迟。"

白姬笑道："心中有疑，食之无味。离奴，剩下的蘑菇你自己吃吧。"

白姬、元曜便出门了。

离奴一边自己吃烤蘑菇，一边喃喃说道："没有尸体，那就是鬼魂呀，这么简单的事情主人都想不明白，一定是跟书呆子待久了，被书呆子传染了傻气……"

长寿坊，韦府。

白姬、元曜到达韦府的时候，韦府内颇为热闹。一群不良人还在韦府内东寻西找，虽然没有找到尸体，但好像还在搜寻蛛丝马迹。

白姬、元曜在门房处说明了拜访之意，过了一会儿，他们被请进了花厅。

花厅之中，韦夫人端坐在上首，韦峰侍立在母亲身边，不良人的头儿赵洵也在花厅里，正坐在客座上喝茶。那个告发命案的丫鬟团儿也在，站在一边，被两个不良人看着。

因为韦氏是士族之家，而韦峰又是金吾卫校尉，所以即使被人告到了官府，不良人也不能像是处置平民一样，羁押审问嫌疑犯，而只能以礼相待。当然，如果找到了韦德端的尸体，那就可以按法规将韦峰押走了。

韦夫人一直心不在焉，神思忧虑，隐约听见门仆来报谁谁来访，便随口同意了。过了一会儿，韦夫人回过神儿来，才想起现在家中一团糟乱，不适宜会客。但是已经来不及了，白姬、元曜已经被请到了花厅。

韦夫人只好强打精神会客。

缥缈阁中，有一些结浅缘的客人会上门买一些寻常的宝物，赵洵便是其中之一。白姬对赵洵笑了笑，赵洵回之以礼。元曜去赵洵家送过七星宝剑，彼此都认得，也作了一揖，算是打招呼。

白姬笑道："韦夫人，我今天冒昧来访，还是为梦仙枕而来。"

韦夫人揉了揉太阳穴，说道："白姬姑娘，你也看见了，府中起了风波，乱成了一团。我现在心绪烦乱，没有心思卖梦仙枕，不如过几天再谈这桩买卖……"

白姬笑道："也行，一切听凭韦夫人。不过，我想再看一看梦仙枕，不知道方不方便？"

韦夫人说道："看看倒是无妨。圆儿，你去把梦仙枕取来。"

"是，夫人。"

一个丫鬟应声下去了。

元曜看了韦峰一眼，只见他失魂落魄地站在韦夫人身边，额头上有汗水冒出，显得有些心绪不宁。

团儿一见到白姬、元曜，便说道："赵大人，我没有说谎，也没有诬告，这两位客人，不，这位公子可以做证！"

赵洵一听，问道："此话怎讲？"

元曜一听，有些着急，说道："团儿姑娘，这件事跟小生没有关系，你不能把小生也牵扯进来……"

团儿哭泣道："公子，你不是看见老爷的鬼魂了吗？如果不是你白日见鬼，我也不会被夫人责打，还被赶出府……"

赵洵指着元曜，问团儿："他就是你说的那位看见你家老爷鬼魂的客人？"

团儿点头，说道："是的。当时听这位公子一说，我就想起了自己亲眼看见的事，我亲眼看见老爷被我家公子杀死了。"

韦夫人气得浑身发抖，骂道："住口！团儿，我一向待你不薄，不过因为你没有口德才责罚你，你竟然恩将仇报，妄言诬告……我……我……"

韦夫人一口气提不上来，险些晕厥。

"母亲……母亲，您没事吧？！"

韦峰急忙去扶韦夫人。他看了一眼团儿，眼神如刀锋，恨不得杀死团儿，但是那刀锋般凌厉的眼神深处，又有着一丝慌乱和心虚。

团儿被韦峰一看，心中有些害怕，但是还是咬死说道："夫人，我没有诬告，老爷被公子杀死了，全府上下谁不知道？！"

赵洵似乎听惯了韦家主仆的争执，并不在意，问元曜："轩之，你真的白日见鬼了？当时是什么情况？"

元曜看了白姬一眼，白姬点点头。

元曜便把当时的情形如实说了一遍。

"难道真的有怪力乱神的事情？"

赵洵正在琢磨，突然一个不良人跑来报告：

"头儿，发现了！"

难道发现韦德端的尸体了？！

众人皆惊了惊。

韦夫人的脸色瞬间变得惨白。

韦峰满头虚汗，险些站不稳。

赵洵急忙问道："发现什么了？"

不良人说道："头儿，发现了一些血迹，就在炼丹房的柴火边。"

赵洵站起身，说道："走，去看看。"

赵洵带着不良人和团儿去往炼丹房，韦氏母子对视了一眼，也急忙互相搀扶着跟去了。白姬、元曜心中好奇，也跟着去了。

炼丹房木门大开，里外乱成一团，堆柴火的地方也已经被翻得一团乱了。不仅如此，炼丹房所在的跨院，地面坑坑洼洼的，明显是为了找寻尸体被翻了个遍。

不良人所说的血迹，是在那一堆柴火上。有两根木柴上面沾染了手指大小的一块血痕，已经干涸了，变成了朱褐色，不仔细看，完全看不出来。

韦峰看见了这所谓的血迹，下意识地摸了一下右手臂。他的举动正好被白姬看在了眼里。

赵洵一看，面露无奈之色。这一点儿血迹，根本代表不了什么。

"你们发现的就是这个？"

不良人苦着脸说道："头儿，我们能找到这点儿血迹都不错了。这两天找下来，我们累得要死，什么都没发现。一般来说，是有尸体了我们才开始查案，现在是我们捕风捉影地到处找尸体……从来没有办过这么难办的案子。"

赵洵叹了一口气，对团儿说道："今天再找不出尸体，你就得被判定为诬告了。诬告者，杖刑五十，你自己做好准备吧。"

团儿闻言，有些瑟瑟发抖。

白姬问道："这血迹，韦校尉应该知道是怎么回事吧？"

韦峰心虚地问道："白姬姑娘，我怎么会知道这血迹是怎么回事？"

白姬笑道："你的右臂受伤了，是不是慌慌张张地挖土时不小心撞伤了？"

韦峰一愣，沉默了一下，才答道："我的右臂是练武时不小心撞伤的。白姬姑娘，你说的话很奇怪，难道你也要诬告我吗？"

白姬笑道："韦校尉，你说笑了，我之前梦见你深夜在这堆柴火边挖土找东西，刚才一时分不清梦境与现实，不由自主地脱口而出，你不要在意。"

"哼！"

韦峰有些不悦。

白姬笑了笑，不再说话了。

不良人问赵洵："头儿，还要继续找吗？"

赵洵正要回答，圆儿突然跌跌撞撞地跑了过来。

"夫人、公子，老……老爷回来了……"

圆儿的语气十分激动，不知道是因为恐惧还是因为高兴。

韦夫人听见圆儿的话，一时之间有些怀疑自己的耳朵。

"你说什么？再说一遍。"

圆儿咽了一口唾沫，说道："夫人，老爷回来了，现在正在花厅。"

韦夫人好不容易恢复了一点儿血色的脸顿时又变得苍白如纸。

韦峰听清了圆儿的话，因为恐惧而浑身发抖，头上也冒出了虚汗。他本来搀着韦夫人，怕韦夫人跌倒，此刻他因为极度恐惧而失去了力气，反倒要韦夫人搀着他。

白姬、元曜面面相觑，心中十分好奇。

赵洵也很好奇，说道："走，去花厅看看。"

第十章 杀 人

花厅之中，站着一名中年男子。

男子面容清瘦、双目炯炯。他束发盘髻，戴着南华巾，穿着一袭青蓝色襕袍，颇有一些仙风道骨。

男子站在上首的位置，手中拿着梦仙枕，低头把玩着。

看见了韦德端，韦夫人和韦峰不仅没有亲人归来的喜悦，反而露出了掩饰不住的恐惧。

韦夫人颤声问道："老爷是从哪儿来的？"

圆儿答道："回夫人，刚才我拿着梦仙枕来到花厅，得知您和客人们都去了炼丹房，便在花厅等候。我刚把梦仙枕放在桌案上，就听见了脚步声。我回头一看，老爷就站在我身后，我一激动，就来给夫人您报信了。老爷从哪儿来的，我完全没注意，也没有询问。"

韦德端听见脚步声，回过头来，看见一堆人，有些疑惑，问道："芸娘，府里发生了什么事？怎么乱糟糟的？"

韦夫人嗫嚅着，说不出话。

韦峰脸色惨白，浑身颤抖，不敢看韦德端。

白姬看着韦德端，又看了一眼他手中的梦仙枕，似乎明白了什么，嘴角浮起了一抹诡笑。

元曜望向韦德端，认出他就是自己在韦府中迷路时遇见的一路把他带去炼丹房的鬼影。不过，现在看起来，韦德端并不是虚无缥缈的鬼魂，而是一个活生生的人。

赵洵问团儿："这是你家老爷吗？这不是好好地活着吗？"

团儿一看见韦德端，虽然她的心中充满了疑问，但也明白五十棍是逃不了了，面如死灰地点点头，不再言语。

韦德端看见赵洵的服饰，认出是不良人，问道："你们在我家做什么？"

赵洵说道："在找你……现在不用找了。"

赵洵见韦德端还活着，认为可以定案了，吩咐手下停止忙活，跟韦氏夫妇告辞之后，押着诬告主人的团儿走了。

花厅之中，韦德端坐在上首，把玩着梦仙枕。

韦夫人和韦峰站在离韦德端很远的地方，母子二人互相搀扶着，各自怀着不同的心思，唯一相同的情绪是恐惧。

韦德端抬头看了一眼站在门边的妻儿，问道："你们俩站那么远做什么？我出去了几天，回来府里就被你们搞成这样，真是太不成体统了！你们为什么这么看着我？我难道是鬼吗？！"

韦夫人和韦峰冷汗如雨，神色惊恐。

白姬坐在客座上，悠闲地品尝着韦府待客的香茶，看着这反常的一家人。

元曜看着韦德端心中充满了疑问。不良人不知道内情，元曜却知道这个沉迷于寻仙的人被妻子和儿子厌弃，妻子"杀死"过他一次，儿子似乎也"杀死"过他。但是，他现在还好好地活着，仿佛忘记自己经历过什么，这是怎么一回事？！

白姬放下了茶杯，笑道："韦夫人、韦校尉，我们来谈一桩买卖吧。"

韦夫人和韦峰还没开口，韦德端却已经不悦地问道："这两个又是什么人？不良人都走了，他们俩还在这里做什么？"

韦夫人强忍恐惧，说道："白姬姑娘，梦仙枕的买卖……暂且延后吧。我现在心里乱得很，无法待客，你们请回吧。"

白姬笑道："韦夫人，我想跟你谈的买卖不是梦仙枕，而是……你和韦校尉的后半生。"

韦夫人颤声问道："什么意思？"

白姬看了一眼在花厅门口侍立的圆儿和其他下人，说道："这涉及一些不能说的秘密，最好还是只有你和韦校尉两个人知道。"

韦夫人沉吟了一下，对韦峰使了一个眼色，韦峰会意，走到门边，屏退了圆儿和其他下人，并且亲自关上了花厅的门。

韦德端见了十分生气，问道："你们在搞些什么鬼？！芸娘，你想卖我的梦仙枕？！"

韦夫人不敢说话。

白姬笑道："韦老爷，这跟你没有什么关系，你只管赏玩你的梦仙枕。你放心，即使梦仙枕卖了，它也永远是你的，不，应该说，你也永远是它的。"

韦德端有些迷惑，但心中很不耐烦，看着白姬，问道："你究竟是什么人？竟敢在我府里胡言乱语！芸娘，你越来越不成体统，什么乱七八糟的客人都在家里招待……"

韦夫人脸色惨白，问道："白姬姑娘，你这话是什么意思？"

白姬没有回答韦夫人，反而对韦峰问道："韦校尉，能不能借用一下你的佩刀？"

韦峰一愣，不知道白姬要干什么，但还是把佩刀解下来，递给了白姬。

"给。"

韦德端一看，更生气了。

"你把佩刀给她做什么？这种莫名其妙的客人，也不是什么正经人，就该赶出去……"

韦德端骂骂咧咧，走向花厅的门口，想要开门赶客。

白姬却拔出了佩刀，在韦德端经过她身边时，一刀割向了他的喉咙。

鲜血迸溅，洒了白姬、元曜、韦峰一身一脸。

韦德端倒在血泊之中，一命呜呼了。

韦夫人见状，惊恐万端，直接跌倒在了地上。

白姬收了佩刀，笑道："他的话太多了，这样就安静了。"

元曜在被鲜血淋了一脸时，就已经吓傻了。

韦峰惊愕地看着白姬，他一脸鲜血，显得有些恐怖，最诡异的是，他的嘴角却不由自主地露出笑意。

元曜回过神儿来，恐惧地问道："白姬，你疯了吗？！你杀韦老先生做什么？这下子怎么办？闹出人命了啊！"

白姬笑了笑，说道："轩之，你别急，没事的。"

韦峰镇定下来，说道："白姬姑娘，你杀死了家父，我们亲眼所见，我得去把赵大人请回来了。"

父亲在眼前被人杀死，韦峰不仅不伤心，也不愤怒，反而如释重负，仿佛轻松了许多。

韦峰走向花厅门口，就要去叫人。

白姬说道："韦校尉，你现在叫人的话，我刚才所说的买卖就作废了，你和韦夫人的后半生就自己兜着吧。"

韦峰停住了脚步。

白姬笑道："韦校尉，你也是这么杀死了你父亲吧？你的心中充满了愤怒和憎恨，你一刀下去，得到了解脱，可转眼之后，又套上了罪恶的枷锁，从此陷入了无尽的恐惧和惊惶。"

韦峰垂下了头，过了一会儿才说道："他不是我的父亲。我父亲早就死了，不可能回来，他是一个骗子。"

白姬问道："你怎么知道自己的父亲早就死了？"

韦峰看了一眼地上的尸体，又看了一眼跌坐在地上的韦夫人，他因为如释重负，便没有隐瞒，说道："小时候，我夜里醒来，去寻找母亲，亲眼看见母亲和黄大一起把父亲的尸体装上了堆柴的推车。长大后，从母亲偶尔不经意的一些谈话中，我也知道父亲死了。这个回来的父亲，不过是跟父亲长得相似而已，是一个骗子。"

韦夫人有些难过，问道："峰儿，你早就知道了？"

韦峰点头，说道："母亲，很多秘密是瞒不住的。秘密看上去是秘密，只是因为大家都不想打破平静的生活而已。"

韦夫人流泪，问道："峰儿，你会怪我杀了你父亲吗？"

韦峰摇头，说道："我只怪自己没有早一点儿长大，还得让母亲您动手，背负罪孽。那种人，只顾自己的私欲，从未关心过您，从未照顾过我，不配做父亲，我只有母亲，没有父亲。"

韦夫人泣不成声。

韦峰笑道："母亲，你应该高兴，父亲死了，现在骗子也死了，我们解脱了。"

韦夫人指着地上的尸体，说道："峰儿，这个人是你的父亲。"

韦峰一愣，吃惊地说道："什么？！"

韦夫人叹了一口气，说道："事到如今，我就如实说了。当年，你父亲要出门寻仙，我与他发生口角，他一气之下写了休书。我舍不得与你母子分离，就狠下心来，趁他睡熟时，拿柴刀砍杀了他，还叫黄大帮忙埋尸。

时隔多年,你父亲带着梦仙枕回来了,我以为是冤魂来向我索命,吓得病倒了。冷静下来之后,我仔细观察,回来的并不是冤魂,我的怀疑也跟你一样,以为他是跟你父亲长得有几分相似的骗子。他的目的是借你父亲之名拿梦仙枕敛财,又或者是图谋韦氏的贵族身份。但是,我仔细观察之后,发现不是这样,尤其是看见他的脚底的十字形伤疤——那是你父亲炼丹时不小心打翻丹炉烫伤的,我确定他是你的父亲。我怀疑当年黄大掩埋尸体时是不是发生了什么事情,黄大是不是隐瞒了什么,或许你父亲没有被我杀死……不过,黄大早就去世了,很多疑惑,我已经没办法询问了。"

韦峰有些错愕,继而恢复了平静。

"他已经死了,是不是我父亲也不重要了。重要的是,他并不是我杀死的,也不是母亲您杀死的,我们没有罪过,只怪他命数如此。"

白姬笑道:"韦校尉,你一心只想脱罪,却不好奇你杀死的人为什么又活着回来了吗?"

韦峰尚未说话,韦夫人已经开口:"峰儿他……他没有杀人……"

白姬笑道:"韦夫人,如果你笃信自己的儿子没有杀人,为什么听了下人们的流言之后,要深更半夜地去炼丹房寻找尸体?"

韦夫人语塞,说道:"我……我……"

白姬走到了梦仙枕的旁边,伸出手,拿起了桌案上的玉石枕,赏玩了起来。

梦仙枕在白姬手中发出一丝莹润的红光。

韦峰说道:"母亲,不必跟她多言。刚才是她杀死了父亲,大家有目共睹,尸体也在眼前,只需要开门叫下人来,去告诉赵大人,就没有我们的事情了。"

白姬抬头,笑道:"韦校尉,谁杀人了?"

韦峰皱眉,说道:"当然是你杀人了。大家都看见了。"

白姬笑道:"韦校尉,你不要血口喷人,杀人得见尸,尸体呢?"

"尸体就在地上……咦?尸体呢?"

韦峰低头一看,韦德端倒下的地方空空如也,既不见了他的尸体,也没有一丝血迹。

韦峰刚才站得近,在白姬杀人时被溅了一身一脸的血,此刻他看了看自己的身上,一滴血也没有,又急忙看了看呆愣在一边的元曜,元曜身上也没有血迹。

白姬的身上和脸上更是干净得不染纤尘,根本就不像是刚杀过人的样子。

韦峰十分震惊。

韦夫人也惊愕得说不出话来。

元曜呆呆地站着，一头雾水。

咚咚——

这时候，花厅门外传来了敲门声。

白姬笑道："韦校尉，可能是下人来了。你不开门让他去请回赵大人吗？"

韦峰还没从震惊中回过神儿，下意识地打开门。在看清了门外的人后，韦峰发出了一声恐惧的惨叫。

韦德端推开大门，走了进来，满口抱怨：

"芸娘，你越来越不像话了。大白天的，你把花厅的门关上做什么？你们在干什么不可告人的勾当？！"

韦夫人惊惧之下，几乎晕厥过去。

元曜震惊得说不出话来。韦德端刚才明明被白姬杀死了，怎么又从门外走进来了？！

"嘻嘻——"

白姬却诡笑着，像在看一场精彩的好戏。

第十一章　宽　恕

韦夫人和韦峰震惊而恐惧，一时之间，说不出话来。

元曜忍不住问道："白姬，这到底是怎么一回事？"

白姬抚摩着梦仙枕，看了一眼跌坐在地上的韦夫人，说道："这一切异象，得问韦夫人了。"

韦夫人一脸茫然，说道："问……我？"

白姬没有回答韦夫人的疑问，而是看着梦仙枕，说道："这个世间，人与非人并存，各行其道，偶尔有交集，但大部分时候是互不相干的。人类口中流传的很多怪力乱神的异象，其实跟非人无关，都是人在作恶，推到了非人的头上，比如我前几天在西市看见了狮子国的旅商想要贪占青泥珠，却推说青泥珠在海上被龙王抢夺了。这个梦仙枕只是一块很好的龙王玉，并不能让人成仙。我不明白人类为什么要赋予它成仙的传说，毕竟年代久远，在这块玉石枕上刻上'梦仙'二字的人已经无法寻觅了。但是，这块玉石枕在漫长的时光中辗转人手，汇聚了各种不同的欲望，似乎有了一些异能。"

元曜问道："白姬，梦仙枕有什么异能？"

白姬指了指韦夫人，又指了指韦德端，说道："它能将人类内心的恐惧与期盼具象化，这些韦老先生，都来自韦夫人的内心。"

元曜问道："什么意思？"

白姬说道："轩之，你仔细看一看韦老先生和韦夫人。"

元曜朝韦德端和韦夫人看去，只见韦夫人六神无主地跌坐在地上，韦德端生气地站在花厅的大门边，看不出有什么异常。

元曜说道："白姬，小生看不出什么……"

白姬笑道："我差点儿忘了，轩之毕竟是人类，即使有能够看见非人的能力，但更深一些的东西你是看不见的。"

白姬伸出手，拂过元曜的眼睛。

元曜的眼前闪过一丝若有若无的金色光芒。

"轩之，你再看一看。"

元曜再次看向韦夫人和韦德端，他不由得有些吃惊，韦德端的头顶有一丝似有似无的红色光线，那光线延伸开去，竟抵达了韦夫人的心口。

元曜揉了揉眼睛，再次看过去，却什么也看不见了。

"白姬，这是怎么一回事？"

白姬说道："我刚才说了，梦仙枕能将人们内心的恐惧与期盼具象化。韦老先生第二次去寻仙之后，韦夫人对着梦仙枕所产生的复杂心思，就化成了今天回来的韦老先生。她内心深处期盼着韦老先生回来，这样才能洗清韦校尉的杀父嫌疑，保住她最心爱的儿子。"

韦夫人一下子崩溃了，哭泣道："我不知道……我不知道……他到底是人还是鬼？"

白姬说道："现在的韦老先生，既不是人，也不是鬼，只是你心中的……梦魇。"

韦夫人哭泣道："白姬，你能让他消失吗？我不能再看见他了，我承受不了，我会疯掉的……"

韦德端一听，生气地问道："芸娘，你搞什么鬼？你这种既不贤惠，也无妇德的女人，我早该把你休掉了……"

韦德端还未说完，韦峰早已纵身上去，扑倒了他。

"住口！你不许侮辱我的母亲……你快死吧，赶紧去死啊……"

韦峰掐着韦德端的脖子，用尽了全力，神色癫狂。

韦德端青筋暴起，脸紫得跟茄子一样，眼看就要被儿子掐死了。

"峰儿，不要……放开他……"韦夫人已经没有力气去阻拦了，徒劳地劝道。

虽然韦德端只是幻象，但是看见这一幕，她内心却无法承受。

白姬伸手拂过梦仙枕，红色的星云纹上发出了幽暗的光芒。

韦峰身下被掐住了脖子的韦德端瞬间消失不见了。

韦峰错愕，抬起双手，愣愣地望着虚空。

白姬问道："韦校尉，你还想再弑父一次吗？"

韦峰的神色恢复了平静，他问道："白姬，你刚才不是说这个人只是我母亲心中的幻象吗？我杀一个幻象，不算是弑父吧？"

白姬笑道："韦校尉，你杀死的可不是你母亲心中的幻象。这么来说吧，一开始回来的韦老先生并不是你母亲心中的幻象，而是一个离家多年、思念妻儿的归人。"

韦夫人颤声问道："什么意思？回来的人究竟是谁？"

韦峰也有些错愕，说道："不……不可能，不可能是人。我杀了他之后，仓促之中把尸体埋在了柴堆下，第二天想要把尸体带出府处理掉，再度挖掘时，尸体却消失了。我后来又在柴堆边挖了好几次，还是没有尸体。"

白姬说道："一开始带着梦仙枕回长安的，是韦老先生自己内心的渴望……算了，我还是把他叫出来，让他自己说吧。因为很多内情我也不清楚。"

白姬端详着梦仙枕，似乎在红色星纹图里寻找着什么，最后终于找到了。

一道金色的光芒从白姬的指尖传到了梦仙枕上。

一个单薄的人影逐渐浮现在众人的眼前。

元曜一看，这个人影是一名中年男子。他面容清瘦，束发盘髻，戴着南华巾，穿着一袭青蓝色襕袍，颇有一些仙风道骨。

正是韦德端。

这个韦德端，跟刚才的韦德端看上去一样，但是又有着说不出来的不同。他的眼神更沧桑，而忧郁的神情之中包含着更多复杂的心绪，还有着难以言喻的悲伤。

韦德端环顾四周，看见了韦夫人和韦峰，顿时热泪盈眶，喊道："芸娘、峰儿……"

韦夫人和韦峰吓得不敢看韦德端的脸，并且下意识地往后退了几步。

白姬问道："韦老先生，你一去多年，都经历了些什么？"

韦德端说道："说来话长，我这一生走过千山万水，踏过三山五岳，遍访仙迹，四处寻仙。我经历过许多磨难，曾经还跌下山崖，丧失了记忆……我的经历，三天三夜都说不完。"

白姬笑道："算了，我没有那么多时间听，直接说你是怎么没的吧？"

韦德端叹了一口气，说道："我带着梦仙枕经过王屋山，错估了天气，在暴雨之中跌进了一个山洞，山洞口又被泥石堵住了。王屋山的深处本就人迹罕至，山洞口还被巨石堵住，我求救无门，逃生无路，命绝于此。"

白姬问道："那你怎么又带着梦仙枕回来了？"

韦德端望了一眼远处的妻儿，神色哀伤。

"我尘缘未了，不能斩断七情六欲，所以苦苦寻求，也无法得道成仙。也许是人老思乡，不知道从什么时候开始，我有些思念长安的妻儿。思念一旦在心中萌芽，就无法停止。我拼命地忍耐，也无法克制，最后决定回长安。造化弄人，也可能是上天对我求仙之心不诚的惩罚，在路过王屋山时，我就突遇暴雨，跌下了山洞。在山洞之中，我饱受干渴与饥饿的折磨，也饱受思念的煎熬，最后坐化而死。现在，我的尸骨还在王屋山的山洞里。"

韦夫人一听，丈夫居然思念过自己，还打算回来，心便软了。她又听见丈夫在归途之中跌下山洞，活生生地饿死了，一下子所有的怨恨都淡去了，她只觉得心疼和难过。

"夫君，你既然……怎么又回来了？难道是你的鬼魂还在惦记我和峰儿……"

韦德端有些茫然，说道："芸娘，仿佛做了一场梦一样，我带着梦仙枕回到了长安，见到了你和峰儿。我不知道自己是鬼魂还是人……"

白姬说道："韦老先生，你既不是鬼魂，也不是人，你只是自己临死前心底的强烈欲望通过梦仙枕的异能幻化而成的具象。"

随着白姬话音落下，梦仙枕之上出现了一幕幻象。

王屋山中，一个山洞里，一具穿着青蓝色襕袍的骷髅旁边，韦德端正抱着梦仙枕在大声地呼救。他不知道叫唤了多久，功夫不负有心人，终于有结伴来深山中采药的山民们听见了呼喊。

山民们一起搬动石头，将韦德端救了出来。

韦德端和梦仙枕离开了山洞，但那具骷髅永远沉睡在了王屋山中。

韦德端十分茫然，说道："我回到了长安，回到了家中，本想跟芸娘、峰儿团聚之后，放弃寻仙的念头，好好地过日子。可是，芸娘恐惧我，峰儿想杀我，而我自己也变得疑神疑鬼，开始厌恶芸娘和峰儿，总觉得所有的人都要害我……"

白姬说道："梦仙枕被人类心中的想法所影响，会改变具象。山洞之中，只有你一个人。韦府之中，有很多人，韦夫人和韦校尉的内心也有着强烈的欲望，梦仙枕受到了韦夫人和韦校尉的影响，你也不知不觉地被影响，改变了回长安来的初衷。后来，你跟韦校尉起了冲突，被他杀死了。今天回来的，是韦夫人强烈的恐惧和期盼产生的具象，已经不是你了。"

韦峰脸色颓然，颤声说道："原来，父亲真的被我杀死了……"

白姬说道："严格说起来，不是，韦老先生早就罹难，饿死在了王屋山中。但是，他想全家团圆、共度余生的心愿，是被你杀死了。"

韦夫人终究心软，问道："白姬，我夫君现在还能跟我们全家团圆、共度余生吗？"

白姬摇头，说道："很遗憾，不能了。王屋山中的韦老先生的心愿所幻化的具象，已经在回来之后被你的心结影响，也被韦校尉的怨恨打破了。你眼前看见的，是我从梦仙枕上找出的一点儿残念，他持续不了多久，最多一盏茶的时间。你们可以告别，这是梦仙枕所能给予你们的最后的仁慈了。"

韦夫人擦了擦眼泪，站起身，走向韦德端。

"夫君，我怨恨你，怨恨了一辈子。"

韦德端说道："芸娘，对不起。"

"我有一个心结，如梦魇般缠绕我一辈子。我拿柴刀砍向睡着的你的场景，无数次出现在我午夜的噩梦里，那铺天盖地的鲜血，像是地狱的火焰，焚烧着我、折磨着我。"

韦德端笑了，说道："忘了它吧。芸娘，我宽恕你。我应该早一点儿告诉你，解开你的心结，或许我们三人就能避免互相猜忌，我还能陪着你们、弥补你们……"

韦夫人泣不成声。

韦德端朝韦峰招手,说道:"峰儿,你过来。"

韦峰抬起了脚,却又停下,不敢过去。

"我……以为你是骗子,才……我……我……"

韦德端说道:"峰儿,你不必解释。我宽恕你。一切,都是我自己的过错,怨不得别人。"

"父亲……父亲……"韦峰朝韦德端跑去,语气哽咽,"其实这些年来,我虽然怨恨你,可是也很想念你。"

"峰儿,都是为父的过错……"

"夫君……"

"父亲……"

一家三口抱头痛哭,敞开胸怀,倾诉离情。

白姬叹了一口气,小声对元曜说道:"轩之,要是韦老先生一回来就这样坦诚地把话说清楚,他们三人就不会各怀心思,影响了梦仙枕,酿成悲剧了。韦老先生的幻象说不定还能陪着他们过一段团圆的时光呢。"

"唉!"元曜叹了一口气,十分难过。

一盏茶之后,韦德端消失了,只留下韦夫人和韦峰相对痛哭。

第十二章 尾 声

云淡风轻,秋阳高照。

西市,缥缈阁中,元曜站在柜台边记账,黑猫蹲在一边吃香鱼干。

元曜提笔,在这个月购入的清单上写下了"梦仙枕"三个字,价格上面,写下了零。

之前,在韦府中,韦德端消失之后,白姬便开口要走了梦仙枕,作为给这一家人解开心结的代价。白姬的理由是梦仙枕会感应到人类心中的强烈欲望,出现幻想的具象,而且这个具象并不稳定,充满了变数。梦仙枕留在韦府,会给韦氏母子带来不必要的麻烦。

韦夫人、韦峰同意了。

黑猫看见元曜记账,说道:"书呆子,你没来的时候,爷和主人从不记账,很多东西都是稀里糊涂地买、稀里糊涂地卖……"

元曜问道:"做生意的人不记账,怎么知道盈亏?怎么知道货物的去向?"

黑猫说道:"爷记性好,一些贵重的东西还是能记住的。主人主要是记'因果',她有一个厚厚的本子,偶尔会拿出来记一些东西。至于盈亏,爷不知道,反正主人总是哭穷,不肯按时发工钱……"

元曜翻了一下账本,说道:"从买卖的账目上看,确实没赚过,白姬喜欢买一堆各种各样的东西放在店里。缥缈阁本来就客少,这些东西很难卖出去。比如这梦仙枕,虽然没花银子,但是如果卖不出去,也没赚。"

黑猫问道:"书呆子,这意思是你和主人又白忙活一趟?"

"呃,也可以这么说吧。"元曜说道。

黑猫一边吃香鱼干,一边自豪地说道:"这次的事情,爷一开始就说了是鬼魂作祟,后来果然如此吧?书呆子,不瞒你说,爷自从吃了毒蘑菇之后,是真的打开了慧眼,清明了灵台……"

元曜说道:"其实,韦老先生也不算是鬼魂,只是人心中的幻象具体化了。这么一想,梦仙枕跟毒蘑菇也差不多,只不过毒蘑菇只能让中毒的人看见自己心中的幻象,周围的人看不见,而梦仙枕能让大家都看见某个人心中的幻象。"

离奴突然抬起了头,说道:"书呆子,爷感觉主人又中毒了。"

元曜一愣,问道:"什么意思?"

离奴小声说道:"你去后院看一看就知道了。"

"离奴老弟,你又给白姬吃毒蘑菇了?!"

元曜扔下账本,急急忙忙地跑向后院。

黑猫望着小书生焦急而匆忙的背影,一边嚼着香鱼干,一边说道:"爷的意思是,主人在后院通过梦仙枕看幻象。梦仙枕既然跟毒蘑菇差不多,那主人就是中毒了……"

草木微黄,随风起伏。

白姬站在草地上,梦仙枕落在她的脚边,被起伏如波浪的秋草半掩盖着。

白姬的面前,站着一个长着龙角、穿着白衣的银发男子。

元曜乍一看长龙角的银发男子,以为是龙隐,不由得心中一惊,仔细一看,却又不是。

男子身形挺拔、容颜俊美,他的身上带着一种清冷的气质,如同天上不可触碰的皎月，又仿佛是圣山之巅即将融化的冰雪。

银发男子仿佛一尊没有生命的雕塑，静静地站在草地上。

白姬抬头，望着银发男子的脸。

白姬的眼神十分悲伤。

元曜站在回廊里，看着草地上的白姬和男子。

白姬回过头，问道："轩之，你怎么来了？"

元曜答道："离奴老弟说你中毒了，小生就来看一看。白姬，这是谁？"

白姬说道："冰夷。"

元曜走向冰夷，问道："他是你心中的幻象吗？"

白姬说道："是的。刚才我在把玩梦仙枕，想到了一些往事，不知道为什么，冰夷就出现了。看来，这梦仙枕容易蛊惑人心，不能随便放着，得贴上封印、收入井底了。"

元曜望向冰夷的脸，仔细端详。

龙族都有着俊美非凡的容颜，冰夷也不例外，有着英俊的五官，眼神十分温暖、纯净，仿佛是一阵温柔和煦的春风抑或一片澄澈无瑕的天空。

在与冰夷眼神交汇的刹那，元曜仿若电击，似乎在哪儿见过眼前的冰夷，太过于熟悉，他们的灵魂仿佛能通过眼神彼此呼应。

元曜不由自主地伸出手，想要触碰冰夷的眼睛，然而，在元曜的手触碰到冰夷的一刹那，仿佛烟尘被风吹散，冰夷一点儿一点儿地消失了。

白姬伸出手，徒劳地去抓风中飘散的尘埃。

元曜也急忙去抓，却无法抓住散去的幻影。

"白姬，对不起，小生是不是不该去触碰……"

"轩之，与你无关，在他出现的那一刻，我就已经施下了法术，让他在下一阵秋风到来时被风吹散了。"

"为什么？白姬，你不想看见冰夷吗？不想跟他聊聊天吗？"

白姬弯腰，拾起了草丛中的梦仙枕，说道："明知道他是我心中的幻象，我也很害怕他开口，总觉得他一开口就是来要债的。毕竟，是我杀了他。"

元曜说道："不会的。白姬，冰夷不恨你，是你自己一直不肯宽恕自己。"

白姬笑道："轩之，说得好像你能明白冰夷的心情一样。"

元曜说道："小生觉得自己能明白他的心情。"

白姬温柔地望向元曜，说道："轩之，谢谢你安慰我。"

元曜问道:"白姬,这梦仙枕你真的要封印起来,放入井底的仓库里吗?"

白姬点点头,离开了草地,在走廊坐下。

"梦仙枕能蛊惑人心,产生各种幻象。人心有时候并不善良,所以梦仙枕带来的幻象并不是祥瑞,会引发悲剧和灾难。还是把它封印起来,放入井底,等待有缘人吧。"

元曜走到白姬身边,也坐下了。

"也好。白姬,昨天小生去平康坊送西域香料,遇见了丹阳。闲聊之中,听说韦校尉告假出远门了。"

白姬问道:"韦校尉去哪儿了?"

元曜说道:"听说他去王屋山了。韦校尉具体去干什么,丹阳也不知道。"

白姬笑道:"王屋山啊,那我知道韦校尉去干什么了。"

元曜说道:"小生也隐约猜到了。韦校尉是去寻找韦老先生的遗骨,打算运回长安来安葬吧?毕竟,韦夫人内心深处,是期盼全家团圆的。"

白姬说道:"应该是。"

元曜说道:"这件事真是让人难过。"

白姬说道:"每个人内心深处的欲望,都是自己命运的先知,造成这样的结果,也是他们自己内心的选择。"

小书生感叹道:"也许吧。"

白姬说道:"其实,非人也一样,每个非人的命运,也是自己内心深处的欲望所做出的选择。"

元曜好奇地问道:"比如呢?"

白姬想了想,说道:"比如我。曾经,我内心深处渴望获得强大的力量,所以在龙渊遇见变故时,选择杀死魔化的冰夷,吞下了盘古之力。后来,我也一直在内心欲望的驱使下,寻找力量,强化自己。最后,我被命运之手推动,成了龙王。而龙族之王的诅咒,就是必须不断地获得力量,保证自己是最强大的存在,不然就会被杀死。这,大概就是欲望造就的命运。"

元曜思索了一下,问道:"白姬,如果你当时内心深处的渴望不是获得力量,而是别的东西,比如冰夷,那现在会是什么结果呢?"

白姬沉吟了一下,说道:"呃,那龙渊深处,现在应该躺着三条龙骨,一条是冰夷,一条是烛龙,一条是我。然后,会有去龙渊寻求力量的人或非人,一边踩着龙骨走,一边嘲笑我们是三条大笨龙吧。"

元曜说道:"这种命运,听起来有点儿惨。"

"是呀,而且最遗憾的是,我就遇不见轩之了,会失去很多乐趣。"

元曜一听,心中有些欢喜和温暖。

"白姬,遇不见小生,你会失去什么乐趣?"

白姬说道:"很多乐趣,比如使唤轩之、奴役轩之、剥削轩之,还有逗轩之玩、看轩之生气……"

元曜生气地说道:"白姬,请不要擅自把乐趣建立在小生的痛苦之上!"

"嘻嘻!"白姬开心地笑了。

元曜看见白姬的笑容,好像内心也不那么生气了。

"也许,这就是每个人内心深处的欲望所决定的命运吧。"元曜喃喃说道。

一阵风吹来,秋草低伏,如波似浪,又到深秋时节了。

第一章　楔　子

秦灭六国，一统天下。

秦王嬴政认为自己的功绩胜过"三皇五帝"①，采用三皇之"皇"，五帝之"帝"，自称"皇帝"。

秦始皇统一六国之后，北击匈奴，南征百越，修筑万里长城、灵渠，同时在骊山建造了一座气势恢宏的陵寝。

秦始皇盛年时期野心勃勃，不惧生死。后来，他的心境发生了转变，对于生死十分恐惧，一心追求长生。他派遣方士徐福去往东海，寻找传说中的不死之药、不老之泉。

秋夜，咸阳宫。

秦始皇从噩梦中惊醒，再也睡不着了，命宫人备下车辇，离开寝宫，进了司天监，登上了观星台。

秦始皇站在百丈高的观星台上，俯瞰脚下的城坊和远处的山河。

秦始皇低头看向自己的双手，这双灭了六国的手不如盛年时有力了。他可能握不住山河万里，也掌控不住这帝国之巅的无上权力了。

月光下，这个已过盛年的帝王满目凄惶，双手捂脸，痛哭起来。

宫人们见此情形，吓得瑟瑟发抖，大气儿也不敢出一下。

"李斯，把李斯叫来——"秦始皇一边痛哭，一边吼道。

宫人领命，急忙去找丞相李斯。

李斯到来时，秦始皇已经停止了悲哭，情绪也稳定下来了。

"臣李斯，参见始皇陛下。"李斯行礼说道。

秦始皇望着星空，问道："李斯，生为何？死为何？徐福一去不返，杳

---

① 三皇五帝：历史神话人物"三皇"与"五帝"的合称。

无音信。寡人也会死吗？"

李斯一惊，说道："回陛下，庄子曾说，'方生方死，方死方生'。这生死之事，并非绝对，陛下您乃天下之主、六合之尊，是永远也不会死的。"

秦始皇问道："寡人真的不会死吗？"

李斯眼珠一转，说道："陛下英明神武、天地独尊，即使您一朝西去，也仍是这天地之主，连地下之国、黄泉之地，也将是您的疆土。"

秦始皇想了想，问道："地下……之国？寡人的兵马皆在人间，如何去地下征战？"

李斯本来只是随口一说，安抚这个喜怒无常的暴君，免得自己获罪，可这一下子不能自圆其说，李斯说不出话来了。

秦始皇颤声说道："寡人灭六国，杀人无数。寡人有许多敌人，他们大部分含恨而亡，对寡人充满了怨恨，他们会不会在地下等着报复寡人？……李斯，寡人不能没有兵马，寡人要下令，让大秦所有的精锐兵马都给寡人陪葬！"

李斯一听，急忙说道："万万不可！陛下，您绝对不能这样做！"

秦始皇用凌厉的目光扫向李斯，他厉声说道："李斯，你敢违逆寡人？！莫不是你有二心？！"

李斯满头大汗，吓得扑通一声跪下，却又不敢开口辩驳。可能因为年迈的缘故，这些年秦始皇变得疑神疑鬼、暴虐无常，不是沉迷于请方士炼制仙丹，就是在修建陵寝上劳民伤财，跟壮年征伐六国时聪慧理智、英明神武的领导者判若两人。

李斯突然灵光一闪，说道："陛下，无须大秦的精锐兵马殉葬，您也可以拥有千军万马护卫，征伐黄泉之国。"

秦始皇望向李斯，目光疑惑。

李斯咽了一口唾沫，小心翼翼地说道："将殉葬的土俑做成兵马之状，排布于陵寝地宫，则如千军万马……"

秦始皇沉思，问道："土俑有灵魂吗？"

李斯颤声答道："即使没有灵魂，也有一颗忠诚护卫陛下的心。"

秦始皇勃然大怒，问道："李斯，你在糊弄寡人吗？没有灵魂，哪儿来的心？！一堆土俑怎么能护卫寡人周全？"

李斯头伏低,惶恐不已,斗胆说道:"陛下息怒!人殉之事,自献公①时期便已废止。王薨,皆以土俑为殉。陛下,人死则肉销骨化,哪怕是大秦精勇之士,肉身也会在岁月流逝之中化作一堆灰尘。土俑不生不灭,千年之后,还能形貌长存。以士兵为殉,还不如土俑能护卫您。"

李斯一口气说完,以为自己再一次反对人殉,秦始皇会继续雷霆震怒。

谁知,秦始皇却没有暴怒,而是望着深邃的夜空,陷入了沉思。

过了许久,秦始皇才开口:

"人有心,却会化作灰尘,土俑形貌长存却无心……如果土俑有人心,那就太妙了……"

李斯一听,不寒而栗。

暗夜深沉,一阵冷风吹来,仿如鬼哭。

第二章　噩　梦

清明断雪,谷雨断霜。

正是"杨花落尽子规啼"的谷雨时节,碧绿的浮萍在池塘里蓬勃生长,戴胜鸟在桑树上出现,农人开始在田陌之中播种插秧。

西市,缥缈阁。

开春之后,离奴有些掉毛,到了谷雨时节,更加严重了。

张大夫诊断过后,说是"疥症",让离奴多食"香椿等"并将"香铃子"捣汁涂抹在掉毛之处,以消风祛毒,治愈疥症。

香椿芽是时令野蔬,产量不高,农人通常自己摘来吃,很少拿来市面上卖。

离奴买不到香椿芽,只能自己去郊外寻觅野生椿树,采摘嫩芽。

正午时候,白姬才睡醒起床,伸着懒腰走下楼。在后院的古井边洗漱

---

① 献公:秦献公(前424—前362),战国时期秦国国君。

之后，白姬去厨房转了一圈，没有看见离奴，便走向了大厅。

大厅里，元曜正在货架旁一边清点货物，一边记在账本上。

白姬昨天刚从抵达长安的波斯商人手中买下了一些宝石和香料。

缥缈阁里一向没什么生意，在宝石香料之类的杂货上赚不了什么钱，不过元曜还是细心地把白姬从胡商手里盘下的货物一一记下，等年底时再结算，看到底能亏多少。

"轩之，离奴去哪儿了？"白姬从里间走出来，问道。

元曜抬头，说道："离奴老弟去郊外了。"

白姬揉着肚子，问道："它又去薅椿树芽了？哎，我肚子好饿。离奴不在，我们中午吃什么？"

元曜说道："离奴老弟临走前交代了，用昨天剩下的香椿芽烙了面饼，放在笼屉里。还有一砂罐香椿芽鲈鱼汤，在火炉上温着，让咱们中午吃。"

白姬抱怨道："最近每天都吃香椿芽，都快吃吐了。"

元曜笑道："没有办法，离奴老弟要治疥症，只好大家一起吃香椿芽。"

"哪儿有什么疥症？猫每年都会换毛，猫妖隔几十年彻底掉一次毛，都是很正常的事。每隔几百年，我也会掉龙鳞，严重的时候，会掉得光秃秃的，然后又会长出新的来。"

元曜不由得在心中庆幸：还好，人类不掉皮。

"白姬，小生去给你拿椿芽饼和鲈鱼汤？"

"不必。轩之自己吃吧，我去东市吃萧家馄饨去。"

白姬走到柜台边，从盛放零钱的陶罐里拿了一吊钱，飘出门去了。

元曜继续清点货物，记账目。

元曜写完之后，觉得肚子饿了，就去厨房取了一盘香椿芽面饼，盛了一碗鲈鱼汤，放在里间的青玉案上，准备享用。

元曜正要吃的时候，韦彦却来了。

韦彦走进缥缈阁，见大厅里没人，径自走进了里间。韦彦越过牡丹戏蝶屏风，见小书生正在吃午饭，打了一声招呼，在他对面坐了下来。

"轩之，你怎么一个人在吃午饭？白姬呢？"

元曜答道："白姬出门去了。丹阳，你今天怎么有空来缥缈阁？"

韦彦闻着香椿芽饼的香味，忍不住拿了一个，吃了起来。

"这香椿芽饼真香。我又遇见了奇怪的事情，特意来问一问白姬。"

"燃犀楼里又出什么怪事了？"元曜想起了"帝女桑和阴阳镜事件"，心中十分恐惧，颤声问道，"不会又是什么长安城危在旦夕的恐怖事情吧？"

"不是，我这次只是做噩梦罢了。"

"什么噩梦？"元曜好奇地问道。

韦彦一边吃香椿芽饼，一边愁眉苦脸地娓娓道来。

"最近这段日子，我总是做同一个噩梦。我梦见自己成了一个做苦工的奴隶，似乎是一个做手艺的工匠。我身在一座山中，在黑暗的地底修建什么。修筑的似乎是一个地宫，很大很大，跟我一样干活儿的奴隶很多。在梦里，我运送一些真人大小的土俑，去往地宫东北方的一座偏殿，偏殿外是一条回旋的甬道。土俑必须送进偏殿。那偏殿怪怪的，仿佛一只吃人的巨兽，让人无端地恐惧。在梦里，我背着土俑去往偏殿，行走在甬道内，总是发生恐怖的事情。有时候，走着走着，我的脚仿佛踩进了泥沼里，我低头一看，地上都是血肉淤泥，腥臭扑鼻。血泥之中，还掺杂着骷髅头和一根一根的残碎白骨，然后我就不受控制地陷下去，仿佛坠入了沼泽。我挣扎呼喊，却没人听见，最后被淹没窒息，在濒死的绝望中惊醒。有时候，我走着走着，甬道两边开始发出奇怪的声音。我抬头一看，墙壁上竟浮现出无数张土俑的脸，他们死死地盯着我，冷冷地惨笑。我吓得抱头而逃，却找不到来时的道路，在又急又怕之中战栗着惊醒了。"

元曜惊奇地张大了嘴。

韦彦端过小书生的鲈鱼汤喝了一口，继续说道："还有其他类似的恐怖情形，像是甬道里突然白雾弥漫，在雾里伸出无数只手，都来抓我；还有甬道突然裂开一条巨缝，我就坠入了万丈深渊，下面是地狱烈焰。还有一些乱七八糟的情形。我总是不断地做背着土俑去往偏殿的噩梦。在梦里，我一直没有走出过甬道，一直没有抵达过那座神秘的偏殿。我总是做同一个梦，还都这么恐怖，未免太奇怪了。我想知道原因，所以来问一问白姬。"

元曜一愣，也觉得有些离奇。

"丹阳，你别急，白姬出去吃午饭了，你且坐着等她回来。要不，你跟小生一起吃午饭？厨房里还有一些香椿芽饼，我再给你盛一碗鲈鱼汤？"

"好。你多拿两张饼，我正好有些饿了。"

元曜又去厨房取了一盘香椿芽饼，端来了一碗鲈鱼汤。

韦彦跟元曜一起吃完了午饭。

元曜收拾了碗筷，便去大厅里看店了。

韦彦在贵妃榻上睡了一个午觉，这次居然没做噩梦，一梦香甜。

韦彦醒来时，白姬还没回来，他便坐不住了，打算回家。

"轩之，我先回去了。白姬回来，你替我问一下。明天如果有空，我再来。"

"好的。"小书生答道。

韦彦离开之后，元曜继续看店。

不一会儿，白姬就回来了，她与韦彦错过了一盏茶的时间。

白姬拎着一包东市瑞蓉斋的百花糕，慢悠悠地飘进了缥缈阁。

"轩之，我回来了。"

元曜问道："白姬，你去吃馄饨怎么吃到现在才回来？"

白姬笑道："东市有南疆术士在玩戏法，我忍不住凑热闹看了一会儿，不知不觉就这个时候了。"

元曜好奇地问道："南疆术士表演了什么戏法？"

白姬若有所思地说道："南疆术士的戏法很有趣，明天我带轩之去看一看吧。"

元曜点头，说道："好的。"

元曜对白姬说了韦彦的来访和困扰。

白姬听完之后问道："韦公子等我时在贵妃榻上睡了一觉？"

元曜说道："是的。你迟迟不归，丹阳就小憩了一会儿。"

"韦公子小憩时没有做噩梦？"

"没有。丹阳睡得挺香的。"

白姬笑道："这倒是有趣了。韦公子最近是不是又买了什么奇怪的东西？"

元曜一愣，问道："何出此言？"

白姬说道："韦公子命数特殊，本身不会被妖邪所侵，但是喜欢诡异离奇的事物，燃犀楼里就总是会发生奇怪的事情。他总是做同一个噩梦，这并不正常，我猜他可能又买了什么奇怪的东西放在燃犀楼里，才会做噩梦。"

元曜问道："什么东西？"

白姬摇头，说道："不知道。"

元曜挠挠头，问道："白姬，一般来说，燃犀楼里的奇怪东西不都是你卖给丹阳的吗？"

白姬说道："轩之，东市、西市，店铺无数，还有很多摆地摊的异人贩卖鬼市里的奇物。韦公子购买的诡异物件，还真不一定是缥缈阁里的。"

"哦。"元曜说道。

白姬打着哈欠进入里间，在贵妃榻上躺下休息了。

日头偏西时，离奴快快地回来了。

离奴一脸郁闷，空手而归。

元曜忍不住问道："离奴老弟，你怎么了？"

离奴不高兴地说道："爷去郊外采香椿芽，结果一群兔狲跑出来，硬说那些香椿树是它们种的，不让爷采。爷就跟它们理论，架不住它们狲多势众，爷说不过它们，只好去更远的地方找香椿树，结果没找到，只能空手回来了。"

元曜一愣，说道："离奴老弟，跟兔狲理论，似乎不是你的作风……"

按照离奴暴躁的性格，发生了这种事情，十有八九会跟兔狲们打起来。

离奴低头看了一眼自己稀疏的猫毛，垂头丧气地说道："爷都得疥症了，哪里还敢打架？本来猫毛就不多，一旦打起来，那群兔狲下手没轻没重，爷恐怕得被薅成秃猫。"

元曜只得安慰道："离奴老弟，你不要伤心，疥症会好的，毛也会长起来的。"

"借书呆子你吉言。"

离奴说完，便去厨房做饭去了。

月上中天，螺云舒卷。

白姬坐在后院的廊下，一边喝寒酥酒，一边赏月。

因为得了疥症，离奴按照张大夫的医嘱，早早地就睡下了。

元曜坐在白姬旁边，点着一盏七叶风灯，摆开了笔墨纸砚，准备写一些关于春日的风物诗。

元曜苦思冥想，寻找灵感。

白姬自斟自饮，不知不觉喝多了，便跟元曜道了晚安，上楼去睡了。

元曜继续在春灯之下苦思诗句。

离奴悄无声息地走了过来，蹲在了元曜旁边。

元曜问道："离奴老弟，你不是已经睡下了吗？怎么又起来了？"

离奴愁眉苦脸地说道："书呆子，爷睡不着。"

元曜问道："怎么了？"

离奴答道："那些兔狲把郊外的椿树都霸占了，不许爷去摘香椿芽。爷采不着香椿芽，无法涂抹香椿芽汁，这疥症怕是不会好了。书呆子，爷会不会变成一只秃猫？"

元曜说道:"说是疥症,也没那么严重,也许不涂抹香椿芽汁,毛也会逐渐长回来。离奴老弟,你不要思虑太多,早些去睡吧。"

离奴说道:"书呆子,厨房里的香椿芽都用完了,不摘一些香椿芽,爷不放心。反正你也没睡,你陪爷去一趟郊外吧。"

元曜犹豫地说道:"这么晚了,不如明天去吧……"

离奴说道:"不要。爷明天去,又会遇见那群兔狲。"

元曜只好同意跟离奴一起去了。

第三章 地 宫

暗夜寂静,山林阴森。

月光之下,一只猛虎大小的九尾猫妖驮着一个青衫书生在山林之中飞奔。

九尾猫妖飞驰了许久,元曜的眼前才出现了一片突兀的山峦,远望如一匹苍黛色的骏马。

元曜忍不住问道:"离奴老弟,你都跑了好久了,还没见到香椿树……是不是跑错方向了?这是跑到哪儿了?小生感觉咱们离长安城似乎越来越远了……"

九尾猫妖一边跑,一边说道:"这是骊山。"

"啊?我们不是在郊外采摘香椿芽吗?怎么跑到骊山了?"小书生惊讶地说道。

"郊外有那群兔狲守着,兔狲晚上又不睡觉,爷去了很可能得跟它们吵起来。爷下午听农人说,骊山颇多香椿树,当时因为天色晚了,没来得及往这边来,现在就来看一看。"

"原来如此。那我们就在骊山里找一找。"

山势逶迤,树木葱茏,一人一猫在月光下的山林里寻找香椿树。

"书呆子,看见前面那几棵香椿树了吗?"

"太黑了,我看不见……"

离奴飞奔而去,停在了一棵香椿树下。

借着月光，元曜这才看见山腰中确实有几棵香椿树。

离奴变回了小黑猫的模样，跳上了一棵香椿树。

"书呆子，赶紧干活儿呀！"

"哦！好！"

元曜借着月光，找了一处香椿树的矮枝，开始薅嫩芽。

元曜一边薅香椿芽，一边拿袍子兜着。

离奴在椿树上娴熟地采摘香椿芽，可是骊山暖气更重一些，嫩芽都长成了枝条，已经没有多少了。

离奴比较挑剔，合它心意的香椿嫩芽寥寥无几。

"离奴老弟，小生已经摘了很多香椿芽了，没地方放了。"元曜大声说道。

离奴跳下来，看了一眼小书生摘后乱七八糟的香椿芽，不满意地说道："书呆子，你薅的这些香椿芽都老了，吃不得。"

"不是吧？这些都是香椿芽呀！"

"树芽也分老的和嫩的。书呆子，你薅的这些，大概只有三分之一能吃。"离奴一边嫌弃地说着，一边把自己采摘的一簇嫩芽递给元曜，说道："要薅像这样的。你挑选一下，把这种的挑出来。"

元曜只好把摘香椿芽抖在地上，比着离奴给的香椿芽，蹲下挑选。

离奴左右四望，说道："书呆子，你就在这里别乱跑，爷去别的地方看看还有没有香椿树。"

"好。"元曜答道。

离奴飞快地跑了。

小书生蹲在香椿树下，借着月光，埋头在一堆树芽之中挑选。

一阵夜风吹过，阴云遮蔽了明月，幽暗的树林之中闪过了一道妖异的绿光。

一个青衣女子从黑暗之中露出了半张脸，对元曜说道："公子，公子——"

元曜循声抬头，正好看见了青衣女子似笑非笑的半张脸，不由得吓了一跳。

"鬼？有鬼啊——"

元曜吓得扔掉了香椿芽，准备跑掉。

青衣女子一边从黑暗之中走出来，一边说道："公子，请不要惊慌，我不是鬼。我是山下农户家的女儿，白天来山里采摘花果，却迷路了……"

元曜借着月光打量青衣女子。

青衣女子姿容艳丽，身形绰约，一双眼睛黑如曜石，脸上浮现着若有若无的笑意。她的装扮不像现在的人，而是颇有古风，一袭连身青衣，大襟窄袖。她梳着复古的参鸾髻，戴着芙蓉金冠，脚踏一双泥金青鞋。

这女鬼在骗人！

元曜心想：哪儿有农户家的女儿穿着丝绸，戴着金冠，妆容如此妖冶？看她的发型装扮，颇有秦汉之风，莫不是古代的女鬼？不知道她要干什么？

"公子，公子你怎么在发呆？"青衣女鬼问道。

元曜回过神儿来，急忙说道："没有，小生没发呆。刚才一时受惊，唐突了姑娘，不好意思。这骊山多幽谷，确实容易迷路。"

元曜决定假装不知道青衣女子是女鬼，尽量敷衍她，等离奴回来，再做计较。毕竟，元曜现在拆穿了她，她若恼羞成怒，想要吃他，他打不过，也跑不掉。

元曜假装淡定地继续挑拣香椿芽，心中却焦急而恐惧：这女鬼到底想干什么？离奴老弟跑哪儿去了，怎么还不回来？！

青衣女子走向元曜，靠近他，亲昵地问道："我对公子一见钟情，想与公子欢好。前面有一处猎人的木屋，公子可愿随我前去？"

元曜一愣，急忙拒绝。

"小生乃是读书人，一向遵从圣贤教诲，从不做逾矩之事。姑娘也请自重，为人处事当以圣贤之道约束自己，要洁身自好，不可放浪形骸。"

青衣女子听得头大，只好说道："公子所言甚是。"

过了一会儿，青衣女子又从衣袖里拿出了一根金条，递给元曜。

"公子，我迷路到了一处坍塌的地宫，里面有好多金子。我一个妇道人家，没见过世面，不知道是真是假？"

金灿灿的黄金在黑暗中发着光，耀人眼目。

元曜愣住了。骊山，地宫？他这才想起骊山里有秦皇墓，这女鬼莫不是从秦皇的陵寝里跑出来的？

青衣女子见元曜两眼发直，以为他被黄金诱惑，笑道："我力气小，只捡了一根，地宫里还有好多呢。公子要不要跟我一起去看看？……"

青衣女子的笑容有些瘆人。

这青衣女鬼先是色诱，然后又以财诱，看上去驾轻就熟，肯定不是第一次这样诱惑行人了。她不是直接吃人，而似乎想把猎物带去某个地方。她想把猎物带去哪里？又想干什么呢？

元曜心中好奇，但还是不敢跟去。

"小生就不去了。地宫是姑娘你发现的，里面的财物都是你的，小生就不去掺和了。"

青衣女子闻言,阴森森地说道:"公子真是一个正人君子,既不好色,也不贪财。我还从来没有见过你这样的人。如果不是最近地宫中怨魂肆虐,'门'受了影响,我急需活人的精气才能依附于壁画上,说不定我会放了你。"

元曜一听,十分恐惧,说道:"小生在等一个朋友,它是一只猫妖,你若吃了小生,它不会放过你的!"

青衣女子妩媚一笑,她的头倏然变大了十倍,仿佛一个巨大的水缸,她的红唇倏然豁开,头颅变成了一个黑洞,吞下了惨叫的小书生。

骊山,北麓。

一只正蹲在香椿树上薅嫩芽的小黑猫听见了惨叫,停下了手里的活儿,抱怨道:"这死书呆子叫得这么凄惨,莫不是又遇见鬼了!薅个树芽都不得清静,净给爷找麻烦,早知道就不带他来了!"

黑猫一边抱怨,一边飞快地朝小书生的方向狂奔而去。

元曜被青衣女鬼吞下之后,便失去了知觉。等他清醒过来时,发现自己身在一座幽暗的地宫中。

元曜十分害怕,端详四周,地宫之中阴森恐怖,巨大的石壁散发着寒气,有碧绿的鬼火漂浮。

借着鬼火的光亮望去,地宫的东北方位有一扇半掩的门,青衣女子站在门边,露出半张妖冶的脸,对着元曜笑。

青衣女子笑得十分神秘,嘴唇鲜红欲滴。她身边的门内一团漆黑,却又有着一种神秘的吸引力,让人忍不住想往里面走。

元曜一阵恍惚,在那门内竟然看见了白姬。

白姬站在黑暗中,笑着朝他招手。

"轩之,快来——"

元曜的身体不受控制地朝门走去。

门内,白姬笑容缥缈,身形模糊不清。

望着浑浑噩噩走过来的小书生,青衣女鬼伸出长长的舌头,舔了舔红唇。

突然,一道火焰凌空出现,越过小书生,卷向了青衣女鬼和门。

"啊啊啊——"

青衣女鬼惨叫一声,销声匿迹。

门也不见了。

火焰出现的地方，一只黑猫生气地说道："书呆子，你怎么老是被鬼抓走？爷来晚一步，你踏进鬼门里，就回不来了。"

"多谢离奴老弟相救，小生也不知道自己为什么总是被鬼戏弄。"小书生回过神儿来，不由得害怕，急忙问道，"这是什么地方？"

离奴四处端详，说道："这是秦始皇陵。"

元曜说道："啊，这是陵墓？"

离奴说道："是的。"

元曜问道："离奴老弟，咱们怎么出去？"

离奴说道："这里只是陵寝的最外面，很好出去。书呆子，你跟爷走。"

离奴带着元曜在地宫里行走，一会儿往东，一会儿往西。地宫之中，墓道交错，两人很快就迷了路。

离奴是猫，可以夜视，走得十分顺畅；元曜是人，大部分时候看不清周围，走得磕磕绊绊。

不知道为什么，元曜感觉四周越来越阴冷。

元曜忍不住问道："离奴老弟，还没走出去吗？"

离奴挠头，说道："爷以前陪主人来过几次秦始皇陵，每次都有引路人俑带路，从没有自己走过。没想到这破墓还挺大的，爷好像迷路了。"

元曜吃惊地说道："迷路了？这可怎么办？"

离奴想了想，说道："继续往前走吧，运气好的话，能遇到巡逻的人俑，咱们可以问路。"

元曜问道："咱们不会遇到刚才的青衣女鬼吧？"

离奴说道："不会啦。那女鬼不过是一个依附于壁画上的怨魂，没什么道行，见到爷这样的大妖怪早躲了。"

元曜问道："怨魂？这帝王墓中还有怨魂？"

离奴顿了顿，才说道："傻书呆子，你们人类最爱拿活物包括同类殉葬。谁活得好好的，却被拿来殉葬了，会没有怨气？帝王墓中，除了帝王，全是怨魂。有时候，帝王死得不明不白，也会成为怨魂。"

元曜不寒而栗，只觉得脊背发凉。

正摸黑走着，元曜的耳边突然传来了脚步声。

嗒——嗒嗒——

脚步声十分沉重，似乎是谁穿着靴子在走动，还带着一阵奇怪的声音，仿佛是刀枪被拖拽在地上，与地板摩擦发出的刮擦声。

元曜有些惊慌。

离奴却松了一口气，说道："应该是遇上巡逻的人俑了，咱们可以问路了。"

元曜望向声音传来的方向。

地宫之中，光线昏昧，元曜的眼睛已经适应了黑暗，却还是看不太清。他只看见一双血红的眼睛随着脚步声渐渐靠近，黑暗中缓缓浮现出一个穿着铠甲、拖着长枪的士兵，只看得见轮廓，看不清容颜。

那双血红的眼睛十分恐怖，充满了怨憎与暴戾。

元曜觉得害怕，不由得咽了一口唾沫。

离奴却说道："喂，红眼睛的，爷在地宫迷路了，从哪儿能出去？你带个路？"

那红眼人俑骤然暴起，抡起长枪，朝离奴刺去。

黑猫飞起一脚，将长枪踢飞。

"红眼睛的，爷不是盗墓的，爷还认识你家主君呢。"

一听到"主君"两个字，那红眼人俑五官扭曲，眼中红光大炽，疯了一般朝离奴扑去。

离奴吓了一跳，吐出妖火，朝人俑烧去。

人俑浑身起火，痛苦挣扎。

元曜这才看清那人俑是泥土做的，一身铠甲，似乎是一名将士。

黑猫迷惑地说道："这人俑疯了吗？爷记得以前人俑很温顺、听话的呀！"

元曜借着火光望去，不由得瑟瑟发抖，颤声说道："离奴老弟，你看人俑后面……是不是来了一群……"

离奴定睛一看，只见红眼人俑身后亮起了无数红光，仿佛血色的星辰。

嗒——嗒嗒——嗒嗒嗒——

一大群红眼人俑拿着兵器潮水般涌来了。

第四章 魂 术

人俑们杀气腾腾，满脸扭曲，双目如血，拿着武器扑向离奴和元曜。

"书呆子，快上来——"

离奴大喊一声，化作九尾猫妖。

元曜急忙朝离奴扑去，趴在了它的身上。

离奴驮着元曜飞奔而逃，红眼人俑们气势汹汹地在后面追赶。

离奴沿着地宫的甬道飞跑，然而甬道七拐八弯，它不幸走到了一条死路。

死路尽头，是一座偏殿。

偏殿里面白骨森森，堆着很多陶制的瓶瓶罐罐，看上去像是一处奴隶殉葬室。

离奴见跑不掉了，心一横，说道："书呆子，抱紧爷！"

元曜急忙箍紧了离奴。

一群红眼人俑蜂拥而至，拥进了偏殿。

离奴口中念念有词，仰天长啸，吐出了一个巨大的火球。

火球冲向那群红眼人俑，然后炸开。

轰隆！随着一声巨响，人俑们被炸得七零八落，地宫也被炸开了一个裂口。

离奴一跃而起，从裂缝之中飞逃出了地宫。

元曜惊吓过度，又怕被离奴摔下去，拼命地抓它的毛。

"书呆子，不要乱抓，爷本来就掉毛，你再抓就没毛了——"

元曜急忙松手，险些跌下去，又急忙抱紧了离奴。

离奴冲出地宫之后，驮着元曜在骊山中飞奔。

元曜回头望去，但见漆黑的山腰亮起了一道火光，一部分山体似乎坍塌了。

"离奴老弟，山塌了……"

离奴一边飞奔，一边说道："山塌了就塌了，趁着没被人发现，咱们快跑路啦……"

元曜闭嘴不作声了。

离奴发足狂奔，不多时便回到了长安城。

"书呆子，今晚的事不要告诉主人。主人问起，就说咱们俩在郊外找香椿树，没去过骊山。"

"好吧。"元曜答应了。

元曜、离奴回到缥缈阁时已经三更天了，他们俩分别去睡下了。

白姬昨晚睡得早，一梦香甜，今天起得也早。她卯时就起床了，见天色不错，出门去转了一圈，还摘了一些带着朝露的海棠花回来，插在花瓶里当摆设。

已经辰时了，元曜还没醒，离奴也还没醒。

白姬心中纳闷，便摇醒了元曜。

"轩之，醒醒！都辰时了，咱们该开店了。"

元曜被白姬叫醒，才发现睡过头了，急忙起床。里间中，离奴也醒了，急忙起床梳洗，然后去厨房做早饭。

吃早饭的时候，离奴心虚，白姬还没问，它便说道："主人，昨晚离奴和书呆子去郊外采摘香椿芽了，回来得晚了一些，所以睡过头了。"

元曜急忙附和，说道："对，对！"

白姬问道："你们采摘的香椿芽呢？"

离奴搪塞道："春风薰暖，香椿芽都已经老了，离奴跟书呆子在郊外找了大半夜，却是白忙活了，并没有采到嫩芽。"

元曜说道："对！对……"

白姬不以为意地说道："哦。"

吃完了早饭，离奴便在里间打盹儿。

元曜表面在认真看店，内心却焦躁不安。离奴把骊山炸塌了一部分，秦始皇陵也受损了，他总觉得这件事情不会就此了结。说到底，都是因为他被青衣女鬼带走才发生了这种事情，他觉得十分不安。

白姬换了一身银白色的窄袖胡服，走到大厅，对元曜说道："轩之，咱们去逛东市吧。"

元曜问道："去东市干什么？"

白姬笑道："东市有南疆术士玩戏法，昨天说了今天带轩之一起去看呀。"

元曜一听有戏法看，来了兴趣，笑道："那就去看看吧。"

白姬、元曜一起出发去东市。

晴空碧蓝如洗，薰风吹过，柳丝纷飞。

比起三教九流、南北胡人麇集的西市，东市的热闹井然有序。

东市一般都是汉商的店铺，鲜少能见到胡人在东市卖异国东西。但是，有不少已经定居长安的富庶胡人学习汉人的生活方式，使用汉人的器具，想融入大唐的文化环境之中，便来东市购买汉人的生活用品。

东市之中还有一些从天南海北而来的杂耍艺人，他们圈地表演、卖艺为生，这是西市没有的。因为西市聚集了太多各国流商，流商没有店铺，随着商队而来，在西市占地卖东西，卖完再换丝绸、瓷器回国。这导致西市寸土寸金，没有空地给艺人们表演。最多只有一两个吹笛舞蛇的天竺人，因为初来乍到长安，语言不通，他们不知道东市才是表演场，而在西市坐地表演，挤在一堆摆摊的流商中间吹笛舞蛇，赚钱糊口。不知道的，还以为他们是卖蛇的。

白姬、元曜在东市转悠。

不多时，元曜看见前面的一片空地上围着一群看热闹的人。

白姬望了一眼，笑道："找到了，就是他们！"

白姬朝人群之中走去。

元曜心中好奇，急忙跟了上去。

人群中心，有一老一少两个异族打扮的南疆术士在卖艺。

白姬和元曜便挤在人群里观看。

南疆术士已经表演一会儿了，元曜只看见老术士正在对一男一女施法术。

元曜从周围的窃窃私语中得知，老术士在表演一种南疆秘术——换魂之术，就是把活人的灵魂抽离出身体，然后互相交换。

一男一女是被老术士邀请上来的围观者。

老术士为了证明自己的法术没有作假，会邀请胆大的围观者上来体验。大部分人都惜命，但有些胆大的好奇者会主动参与，给表演增加乐趣。

老术士现在做的，就是把一男一女的魂魄互相转移。

场地中央，东、西、南、北四个方位分别放着香炉，一男一女盘腿坐在地上，老术士将两只手分别置于两人的头顶，口中念念有词。

男子和女子双目紧闭，脸色灰白。

年轻的术士在旁边紧张地看着，围观的群众也都捏一把汗。

元曜也紧张地观看，白姬的嘴角却浮现出一抹诡笑。

不一会儿，老术士作法完毕，一男一女睁开了眼睛。

这时候，奇怪的事情发生了。

男子口吐女声："咦？"

女子口吐男声："啊？！"

二人互换了灵魂，众人啧啧称奇、掌声如雷。

二人十分震惊，不能适应，也不能接受。他们恳求老术士把他们恢复原样。

老术士却对围观的人说道:"山高路远,道阻且长,小老儿与徒弟千里迢迢从南疆而来,一路上盘缠花尽,无力返乡。故而在此给诸君表演南疆秘术,博诸君一笑,但求能凑齐回乡的路费。"

年轻的术士捧着一个陶罐,开始向围观群众收钱了。

长安的百姓都是见过世面的,看过各国的离奇戏法,年轻术士收了一圈,也没收到多少赏钱。

元曜本想给钱,可是出来得匆忙,没有带钱。

白姬一毛不拔,气定神闲地白看戏法。

老术士一看收到的钱不多,便对那一男一女说道:"刚才施展移魂之术,耗损了小老儿许多法力,若要替你们恢复原状,非一满罐钱不能为。"

女子愁道:"在下一贫如洗,并没有那么多钱。"

男子哭道:"奴家也没有积蓄,这可如何是好,呜呜呜——"

老术士双手一摊,说道:"没有钱,小老儿也爱莫能助了。"

男子暴怒,欲打老术士,但是因为变成了女儿身,力气都使不出来。

女子虽然已是人高马大的壮汉,却心性柔弱,只以袖掩面,嘤嘤哭泣。

围观群众一见此情形,顿时义愤填膺,大骂老术士财迷心窍、丧尽天良。

老术士也不生气,厚着脸皮笑道:"久闻长安富庶,多慷慨侠义之人,既然大家同情他二位,不如慷慨解囊,替他二位凑足这一罐钱。"

围观群众的同情心起,不知道是谁率先朝陶罐里丢了一吊钱,大家便纷纷掏钱、解囊相助,不多时陶罐便被铜钱装满了。

男子和女子急忙朝围观的人们道谢。

老术士见陶罐已满,就开始施展法术了。

四炉香,一男一女盘腿而坐,老术士在烟雾缭绕之中念念有词,围观群众紧张忐忑地等待着。

元曜十分担心,生怕老术士的法术出了什么岔子,这一男一女不能恢复原本的灵魂。

白姬小声说道:"轩之别担心,这一男一女跟老术士是一伙儿的,他们根本没有换魂,只不过是变声术罢了。"

"啊!"元曜恍然大悟,又好奇地小声问道,"白姬,你既然知道其中的猫儿腻,为何还特意来看这术士的表演?"

白姬笑而不语。

老术士一番咋呼忙活，那两个互换灵魂的男女恢复了原样，他们俩喜出望外、感激涕零，朝古道热肠的围观群众道谢之后，退场融入了人群之中。

围观群众以为戏法表演完了，就要散去。

老术士见聚集了这么多人，哪里肯就此了事？他笑道："诸位，诸位，先不要急着移步，小老儿压箱底的绝活儿还没开始表演呢！"

众人一听，急忙止步，又打起了精神。

白姬笑道："轩之，我想看的就是他接下来货真价实的'术'了。"

元曜一听，十分好奇。

人群中有好事的人问道："老头儿，你的绝活儿是什么？"

老术士笑道："南疆巫术之中，以魂术最深奥、最神秘。小老儿这辈子就学了移魂术，绝活儿自然还是移魂术。"

好事的人吃惊地说道："老头儿，你还要移魂啊？这次可没人愿意让你移魂魄了。毕竟，移了之后，没有一罐钱，你还不肯给人还原。"

老术士指着年轻术士，笑道："这次，小老儿移徒弟的魂魄。"

年轻术士走出来，向周围的人抱拳行礼。

老术士说道："诸位有所不知，人与人移魂，是入门的魂术。移人魂于没有生命的物件上，才是最高深的魂术。活人可以通过这高深的离魂之术，与天地合一，通达万物。"

众人一听，惊奇咂舌。

老术士说道："接下来，小老儿会将徒弟的魂魄移于物件上。移于什么物件上，听大家的。"

一个好事的人指着一棵槐树，大声说道："移到树上！"

一个拎着新买的铁锅的老妪好奇地说道："移到老婆子这口锅上？"

老术士为难地说道："这位小兄弟，树是有生命的，人与物移魂，得要没有生命的物件。这位大嫂，铁锅虽然也行，但小老儿这徒弟一表人才，把他的魂魄移到一口铁锅上，也太说不过去了。"

众人哄堂大笑。

一个挑着货担卖泥俑的货郎说道："那移到我这泥人俑上？"

老术士眼前一亮，说道："泥俑中空，又是人形，是放魂魄最好不过的容器了。"

于是货郎拿出了一个一尺高的泥人俑，递给了老术士。

老术士便开始了他的表演。

第五章 圣 寿

场地中央，四炉香烟雾缭绕，如梦似幻。

年轻术士盘腿坐着，他的对面放着泥人俑。

站在年轻术士与泥人俑之间的老术士，神色肃穆，念念有词。

白姬饶有趣味地观望着这一切。

老术士的阵势虽然与刚才装神弄鬼时一样，但此时场地上散发出来的气息截然不同。

东、西、南、北四炉香之中，有死气环绕、阴风阵阵。

年轻术士神色痛苦，浑身颤抖。

在某一瞬，年轻术士的瞳孔倏然放大，然后整个人僵硬地倒了下去。

元曜只看见一道红光没入了泥人俑中。

白姬冷笑道："真是胆大妄为……"

众人目不转睛地看着，泥人俑突然动了起来，朝着众人抱拳，那姿态与年轻术士一模一样。

泥人俑开口："脱胎换骨，化作人俑，从泥俑眼中看这大千世界，像是到了巨人国。"

众人惊愕不已。

老术士转身在行囊之中翻出一朵牡丹、一把竹扇，丢给泥人俑。

"徒儿，给大家跳一段扇花舞。"

泥人俑接过牡丹和竹扇，说道："好嘞！"

老术士拿了一面羯鼓，跪坐在地。

咚——咚咚咚——

老术士开始拍羯鼓，泥人俑随着鼓点的节奏起舞，时而展扇，时而舞花，姿态娴熟，优美至极。

众人惊异，掌声如雷。

扇花舞是最近长安乐坊流行的舞蹈，这对从南疆远道而来的术士师徒居然也学习了，还学得有模有样。看来，他们俩为了卖艺，确实花了不少心思。

白姬并没有看泥人俑跳扇花舞，而是望着在香雾熏绕中僵死倒地的年轻术士，她的嘴角浮现出一抹诡异的笑。

突然，年轻术士的指尖动了动。

老术士拍鼓，泥人俑跳舞，他们的背后，僵死的年轻术士突然从烟雾中站了起来，也开始踏着鼓点起舞。

围观的众人惊讶不已，一时喝彩声如雷。

老术士和泥人俑心中纳闷，不知道为什么大家突然呼声大震。

泥人俑舞花而跃，一个回眸，却看见年轻术士也在舞花而跃，大叫一声，吓得摔在了地上，还好没摔碎。

老术士察觉不对劲儿，回头一看，见本该僵死在地的年轻术士动了起来，也吓得将羯鼓扔在了地上。

年轻术士在场中以僵硬的身姿跳着扭曲的扇花舞。

老术士和泥人俑从未遇见过这种情形，一时惊恐不已。

泥人俑颤声说道："师父，我怎么动了起来？从没遇见过这种怪事啊——"

老术士毕竟有些异术，望着扭曲而舞的徒弟，脸色灰白地说道："糟了！你的躯壳上有妖气……"

泥人俑吃惊地说道："那该怎么办？"

老术士颤声说道："不知道……小老儿只会一点儿魂术的皮毛，不会别的，对于妖气，没有办法……如果不在半炷香时间内作法返魂，你的灵魂就回不了躯体，会永远被困在泥人俑之中。"

泥人俑既恐惧又气愤，跳起来就打老术士。

"老匹夫，你从来没说过会发生这种事啊！早知道不跟你这南蛮之地来的妖人搭伙，来干这要命的营生了！"

"你别打小老儿呀，我以前也没遇见这种事的……"

泥人俑才一尺高，根本打不到老术士，他们俩在场地上追打。

围观的众人以为这是表演的桥段，看见老术士和泥人俑插科打诨的模样，纷纷笑了起来。

有好事的人笑道："小土人儿，你打那老贼也没用，他要一罐钱，才会给你还原。"

也有好心的人看不过去，扔了一些铜钱。

"钱给你们，赶紧还原啦，看着怪可怕的。"

老术士叫苦不迭，不知道该怎么办。他只是学了魂术的皮毛，拿来表演糊口，出了岔子，并没有应对之法。

元曜心中不安，小声问道："白姬，是不是出事了？"

白姬狡黠一笑，说道："没事，只是给他们一个小教训而已。南疆的魂术阴邪恶毒，可不是拿来卖艺的。"

白姬分开众人，走向场中，来到正在僵硬地跳舞的年轻术士身边，伸手拍了拍他的肩膀，术士轰然倒地，僵死如尸。

白姬笑眯眯地走向泥人俑，一把拿起了它。

泥人俑挣扎。

白姬笑道："你想活命的话，安静点儿。"

泥人俑望着白姬凌厉的双眼，感到了一股威压众生的气势，竟不挣扎了。

白姬将泥人俑放在年轻术士的胸口，以手触僵死术士的灵台，口中念念有词。

一道金光闪过，泥人俑倏然破碎。

年轻术士缓缓睁开了眼睛，仿佛苍老了二十岁，眼窝深陷，唇色惨白。

老术士见年轻术士恢复了，松了一口气。

白姬对老术士说道："我曾见过有人利用魂术夺取千万人的性命，禁锢了千万个灵魂。南疆之中懂得魂术的巫师也都被那个人带入黄泉之国了。后来，魂术便成了禁忌。我不知道你的魂术是跟谁学的，但以此为营生，害人害己。你的徒弟每次被你移魂于物，会耗损很多精气，虽然年轻体壮，一时看不出来，但等耗损到了极致时，他就会一病不起，回天乏术。你也一样。"

老术士和年轻术士面面相觑，一起朝白姬行礼。

"多谢高人指点。"

"多谢高人相救。"

"如果惜命的话，你们以后不要再表演魂术了。"

白姬摆摆手，转身走了。

元曜急忙跟上。

围观的群众这才发现刚才不是表演，年轻术士真的差点儿命丧黄泉，不由得惊愕不已。

元曜走在白姬身边，问道："白姬，你为什么要帮这两位南疆术士？"

白姬笑道："也说不上是帮助，我昨天无意中看了他们的表演，想起了一些关于魂术的往事。今天带轩之来看，我忘了带钱，所以提醒他们惜命，权当是观赏表演的赏钱啦。"

元曜说道："白姬，你其实是一个心地善良的好人。"

"轩之，我只是一个非人。"

"不管人与非人,只要善良,就是好人。"

"我是恶人啦!"

"白姬,没有恶人会特意说自己是'恶人'。"

"哦。"

"白姬,你刚才说你想起了一些关于魂术的往事,是什么事情呢?"

"哦,一些可怕的事情。轩之,不要再提魂术啦。已经中午了,肚子好饿,我们去哪儿吃午饭?"

"白姬,小生没带钱,你也没带钱,还是回缥缈阁吃吧。"

"唔,从东市走回西市,得一个时辰呢。"

"可是我们没带钱……"

白姬想了想,笑道:"有了!有一个地方,离东市不远,可以蹭午饭吃。"

元曜迷惑地问道:"什么地方?"

"燃犀楼。"

元曜眼前一亮,说道:"对!既然都到东市了,我们顺路去崇仁坊拜访丹阳,他今天正好要找你呢。"

于是白姬、元曜一起去崇仁坊了。

崇仁坊,韦府。

元曜是韦府的常客,白姬也偶尔会来,韦府的门仆见是公子的好友来访,急忙进去通传。

白姬、元曜来到燃犀楼,在书房见到韦彦时,韦彦正趴在地上,不知道在干什么。

元曜看见地上摆满了手指大小的小泥俑,有一百多个,摆作十六列。每一个泥人俑皆是金色头冠、五色画衣,但是因为太小了,头部粗糙,没有五官。

韦彦正在摆弄这些无面泥人,仿佛在摆什么阵法。

韦彦抬头,看见白姬、元曜,笑道:"我正想下午去缥缈阁,没想到你们俩倒先来了。"

白姬笑道:"听说韦公子频发噩梦,我十分忧心,特意前来探望。"

说谎!你明明是来蹭午饭的!元曜在心中说道。

韦彦笑道:"有劳白姬记挂了。"

白姬笑道:"哪里,哪里,都是老友,应该的。"

元曜有些好奇，问道："丹阳，你这是在摆弄什么？"

韦彦爬起身来，神秘地笑道："你们猜猜？"

元曜猜测道："看上去像在排兵布阵，这莫不是西域哪个国家传来的棋戏？"

韦彦摇摇头："不是。"

白姬低头扫了一眼，猜测道："看上去像是在跳阵舞？"

韦彦笑道："对了！这是武皇陛下当年还是皇后时创作的'圣寿舞'，舞之行列必成字，十六变而毕。圣寿舞有'圣超千古，道泰百王，皇帝万年，宝祚弥昌'之意，武皇陛下打算今年在泰山祭天时呈给上天观看，可是泰山上根本跳不开这么宏大的阵舞，必须简化一下。祭典归礼部管，这个简化圣寿舞的活儿被指派给我了。"

元曜恍然大悟。

韦彦这是用泥人俑代替真人，从大局上研究怎么删减人数，却又不破坏阵势。

韦彦伸了一个懒腰，说道："趴了一上午了，好累。"

白姬笑道："是啊，都中午了，该吃午饭了。"

韦彦问道："你们两人吃午饭了吗？要不要一起吃？"

白姬笑道："因为关心韦公子，我和轩之来得匆忙，还没吃呢。那就恭敬不如从命了。"

元曜无语。

韦彦吩咐南风准备午宴，仆人们很快便在外间布置好了丰盛的饭食。白姬、元曜、韦彦跪坐在轩窗边，一边欣赏韦府后花园的景致，一边享用午饭。

韦彦问道："白姬，我最近总是做一个惨死在地宫甬道的噩梦，这是怎么一回事呢？"

白姬一边吃樱桃鸭脯，一边笑道："我昨天听轩之说了。韦公子，你是从什么时候开始做噩梦的？"

韦彦想了想，说道："好像是从十天前，我接下了简化圣寿舞的活儿之后，就开始做噩梦了。"

白姬吃了一口槐叶冷淘①，笑道："当时韦公子是不是买了什么东西，带回了燃犀楼？"

韦彦想了想，说道："我经常买东西，记不住买了什么……对了，买了一套泥人俑！就是刚才你们看见的那些。当时，我在东市闲逛，在一家杂货铺里看见了这一套泥人俑，一共一百二十个，我灵机一动，想到了圣寿舞，琢磨着可能会用上，就买了回来。"

元曜好奇地说道："白姬，丹阳的噩梦莫不是跟这一套泥人俑有关？"

韦彦忧心地说道："白姬，这泥人俑有什么不妥吗？"

白姬看了书房一眼，排布在地上的一百多个泥人俑正散发出一阵阵阴森黑气。

白姬吃了一口绯羊②，笑眯眯地说道："不急，我们先吃饱了再说。"

第六章　范　姜

白姬、元曜、韦彦三人吃完了午饭。

白姬来到了书房中，跪坐在地。

元曜和韦彦急忙跟了过来，也跪坐在地。

白姬问道："轩之，你看这些泥人俑有什么不寻常？"

元曜仔细看了看，只见泥人俑行列整齐、无脸无言，却似乎散发着深深的阴怨之气。

元曜说道："除了有些阴森，没什么不寻常。不过，像这种拟人形状的

---

① 槐叶冷淘：用槐叶汁和面做成的面条，面条煮熟之后，再放在冰水或井水中浸凉而成。吃的时候，人们会拌上蔬菜，蘸着豉汁吃。
② 绯羊："以红曲煮肉，紧卷，石镇，深入酒骨腌透，切如纸薄，乃进。"（《清异录》）用酒糟炖肉，然后卷成卷，用石头压，一直压到酒味儿入到骨头里，肉成完整的一块，就可以吃了，吃的时候切成像纸一样薄的薄片。

东西，一般都挺阴森的，仿佛随时要动起来一样。"

白姬笑道："韦公子，你看这些泥人俑有什么不寻常？"

韦彦盯着一地泥人俑看了半天，答道："没什么不寻常，不过是一堆制作粗糙的泥人玩偶罢了。白姬，是不是这些泥人俑成精了？"

白姬笑道："不是，是有人的残念留在这些泥人俑上了。"

白姬对着一地泥人俑吹了一口气，四周骤然黑暗了起来，仿佛有谁把一块巨大的黑布陡然罩在了燃犀楼上。

"唉——"

满地泥人俑中传来了一声悠长的叹息。

元曜看见虚空之中逐渐浮现出一个幻影。

那幻影如萤火一般，碧绿而诡异。

那是一个年轻男子的残像，他梳着偏髻，留着仁丹胡，身着窄袖交领衫，脚穿着一双布鞋，看上去像是一个匠人。

元曜和韦彦不由得震惊，没想到泥人俑上居然有鬼。

白姬问道："为什么要侵入韦公子的梦境？"

那残影面向白姬，似乎有千言万语，却又茫然无措。

"我想……回家乡……"他凄然地说道。

元曜忍不住问道："你是谁？你的家乡在哪儿？"

男子说道："我叫范姜，是一个工匠，我的家乡在齐国的临淄。"

元曜愣了愣。

韦彦迷惑，问道："齐国？临淄？是不是现在的齐州琅琊郡？这鬼还是古代的？"

元曜说道："听他的说法，似乎是先秦时期的鬼。"

男子幽幽地说道："我要回家乡……我的妻子还在家乡等我……"

白姬轻轻地叹了一口气，说道："回不去了，你的亲人早已不在人世了。你得去你该去的地方，不要再因为一丝执念而留在这个不属于你的世界上……"

男子掩面而哭，说道："我不知道你在说什么，我要回家！"

白姬说道："我知道你从何而来，你的身上有魂术的味道，已经过了八百年了，你的'容器'已毁坏，碎成了这一个个泥人俑，你也该离开了。"

白姬的声音，缥缈如风。

黑暗之中，寒气刺骨，绝望如深渊。

地上的泥人俑一个一个地无声碎裂，化作齑粉。

男子哀求道："求求你，带我回去，回地宫去……"

白姬问道："那是你充满痛苦回忆的地方，你还要回去吗？"

男子哀伤地说道："我不知道……我只能回去，那是我的来处，也是我的归途。"

白姬说道："行，我带你回去。"

阳光再度洒入燃犀楼，书房中光明而温暖，一百多个泥人俑碎了一地，只剩下一个完好的。

白姬将那个完好的泥人俑拿起来，递给了元曜。

"轩之，把它收好。"

"好的。"

元曜接过泥人俑，小心翼翼地放入了衣袖中。

白姬笑道："韦公子，从今以后，你可以睡安稳觉了。"

韦彦问道："这到底是怎么一回事？"

白姬说道："韦公子，从你的梦境来看，这位范先生是一位工匠，生前应召为帝王修筑陵墓，在地宫里工作，后来死在了地宫里。因为他身上带有魂术的咒印，我猜他的魂魄被封入了泥人俑中，后来泥人俑可能被盗墓者带出了帝王墓，然后不知道经历了什么，它被毁坏了，被人做成了这一套小泥人俑。一般来说，封存魂魄的泥人俑被毁坏时，他就应该消失于天地间了。但因为他回家乡见妻子的执念太深，居然还有一丝残念留在这套小泥人俑上。韦公子你把这套泥人俑买回来，范先生就给你托梦了。"

"啊，原来是这样！"

韦彦恍然大悟。

元曜忍不住伤心，说道："范先生真可怜，应召去做工，却病死在地宫之中，回不了家乡，见不到思念的亲人……"

当元曜说到"病死"两个字时，他衣袖之中的泥人俑倏然剧烈抖动起来，一股黑气弥散开来。

白姬见了，急忙伸手，捏住了元曜的手腕，封住了他的衣袖。

泥人俑恢复了平静。

元曜不明白发生了什么事，十分惊愕。

白姬说道："轩之，范先生不是病死的。"

元曜好奇地问道："那是怎么死的？"

白姬欲言又止，说道："也许，他是发生了意外。"

元曜问道："什么意外？"

白姬闪烁其词，说道："修筑陵墓，需要开山劈洞，十分危险，总有各种意外啦。"

元曜叹了一口气，说道："唉，范先生真可怜，想念自己的亲人，他的亲人应该也思念了他一辈子。"

白姬说道："思念，是一种奇妙的东西。强烈的思念可以跨越时间，连接生死。"

元曜叹了一口气，心中伤怀。

闲坐了一会儿，白姬、元曜便告辞离开了燃犀楼。

白姬、元曜回到西市，他们俩刚刚走到死巷时，就见离奴在巷口的大槐树下徘徊。

离奴的表情有些忐忑，又似乎十分愤怒，离奴走来走去，似乎有些狂躁。

白姬、元曜不由得面面相觑，不明白离奴为什么不待在缥缈阁里，而站在外面。

离奴一见到白姬，急忙跑来说道："主人，您可回来了！"

白姬问道："出什么事了？"

离奴指着缥缈阁的方向，不知道是害怕还是生气，半天说不出话来。

白姬睨视，问道："紫气东来，有人间帝王来做客了？"

元曜一听，联想到昨晚他和离奴炸毁骊山地宫的事，再一看离奴说不出话的心虚样子，以为是秦始皇兴师问罪来了。

元曜忍不住说道："离奴老弟，昨晚毁了地宫是我们不对。既然人家找上门了，不如诚恳地道歉，尽力赔偿吧。"

白姬一下子蒙了，问道："你们毁了什么地宫？赔偿什么？"

离奴一听，急得话也说通畅了。

"死书呆子，你不要胡说！缥缈阁里来的是新登基的武皇和光臧那牛鼻子，跟骊山地宫的事不相干！爷心里犯堵、气得说不出话是因为那武皇讨厌猫，一进缥缈阁，就把爷给轰了出来！"

"啊！原来是武皇陛下……"

元曜自知说漏了嘴，偷眼去看白姬。

白姬的脸渐渐地黑了，问道："轩之、离奴，你们昨晚去骊山毁了地宫？"

元曜沉默。

离奴闭嘴。

白姬扶额，发愁地说道："行，你们有能耐。骊山的事回头再说。武皇陛下从不亲自来缥缈阁，不知道这次来是为了什么事？"

白姬朝缥缈阁走去，元曜急忙跟上，离奴却踟蹰不前。

元曜问道："离奴老弟，你怎么不跟来？"

离奴挠了挠头，说道："那武皇盛气凌人、十分跋扈，爷跟她犯冲，就不进去了。"

白姬说道："你就在这儿好好想想骊山的事，一会儿我再问你。"

"是，主人。"离奴垂头丧气地说道。

缥缈阁，里间。

青玉案边，一名穿着胡服的雍容女子正静坐沉思。她龙睛凤颈，方额广颐，因为保养得当，皮肤雪白细腻，看上去不过三十余岁，两鬓却已渐染霜华。她的眼神十分凌厉，浑身上下散发着一股不怒自威的霸气。

正是刚自立为帝的武则天。

武则天是微服从大明宫中出来的，她的身边只带了两个人，一个是国师光臧，一个是上官婉儿。二人均侍立在一边。

白姬、元曜走进里间。

元曜十分忐忑，一见到武则天，便跪下行礼。

"小生参见武皇陛下。"

武则天回过神儿来，挥手说道："书生，不必拘礼。"

元曜站起身来。

白姬也行了一礼，问道："不知道陛下来缥缈阁，要买什么'欲望'？"

武则天笑道："朕如今乃是一国之君，坐拥天下，也没什么欲望了。朕来缥缈阁，是为了解惑。"

白姬笑道："解惑这种事情得慢慢聊了。轩之，去沏一壶茶，陛下爱喝卯山仙茶。"

"是。"元曜应声道。

"你怎么知道朕爱喝卯山仙茶？"

"每次去大明宫，您的茶盏里永远都是卯山仙茶。"

元曜去厨房沏茶，因为缥缈阁一般不喝卯山仙茶，没有摆出来，他在柜子里翻找了半天，才找出年初时太平公主送的一罐茶叶。

元曜又选了最贵的千峰翠色茶具，烧了古井之水，仔细地沏好了茶水。

元曜送茶入里间时,白姬和武则天正跪坐在青玉案边聊天。

武则天说道:"资栋梁而成大厦,凭舟楫而济巨川。这是朕曾经说过的治国安邦之道。可是,那时是大唐,现在朕是大周的皇帝,若想大周长治久安,千秋万代,却不是这么简单。朕必须有新的王之道。"

白姬笑而不语。

元曜急忙摆上了茶水,然后侍立在一边。

武则天说道:"以前,朕不曾迷惑,一心追逐权力,只想攀登到王权的顶峰;现在,朕名正言顺地拥有了天下,站在了权力的顶峰上,心中却十分迷茫,不知道该将大周带往什么道路上。祀人,你是龙族之王,你的王道是什么呢?"

白姬喝了一口茶,笑道:"我早就不是龙王了。说来惭愧,我在当龙王的时候,也从没有考虑过这么深奥的问题。一来,有龙隐等四方长老管理海域众生,除非有上古妖兽侵害我的子民,或者治下的妖族反叛发动战争,否则不需要我操心;二来,龙族跟人类不一样,龙族的生命很长,少了人类世界的很多争端。我不管,龙众自己也会好好的。谁想做龙王,只需要来鲸落之屿挑战我、打败我,就行了。龙的王道跟人的王道,风马牛不相及,完全不一样。您向我询问人的王道,我实在不知道,无法回答。您不如去祭天,向上天寻求答案。"

武则天苦恼地说道:"朕问过上天,上天不曾答复。祀人,你虽然是一条龙,但你在人间那么多年,曾见过诸多王朝兴衰,难道就没有一点儿关于人间王道的感悟吗?"

白姬想了想,答道:"陛下,读史可以明智,您聪慧过人,从史书中都尚未获得王道的答案。我只是一条在人间虚度光阴的罪龙,又怎会知晓人类的王道呢?"

武则天叹了一口气,问道:"难道真的没有人能为朕指引王道吗?"

白姬突然想起了什么,说道:"啊!有一个人,想必可以。"

武则天问道:"谁?"

白姬欲言又止,说道:"这……我刚才一时失言,这个人虽然知王道,但是未必肯见陛下您,也未必肯为您解惑。"

武则天有些愠怒。

上官婉儿怒道:"大胆!普天之下,还有何人敢不见陛下、违逆陛下?他难道不怕罪诛九族吗?"

白姬说道:"这个人早就死了,九族也都死了。"

上官婉儿蒙了,问道:"这个人……是鬼?"

白姬点头,说道:"没错。"

光臧怒道:"龙妖,你好大胆子,竟然怂恿陛下去见鬼?!"

白姬苦恼地说道:"我并没有怂恿陛下去见鬼,毕竟这位鬼的架子比陛下还大,不是谁想见就能见的。我提起他,只是突然想到我的猫可能毁了他的陵寝,不知道是该先去赔罪,还是等着他找上门兴师问罪。"

武则天蛾眉微蹙,问道:"你说的是谁?"

白姬指了指骊山的方向,说道:"秦始皇。"

第七章　重　逢

武则天沉吟了一会儿,说道:"朕想见一见他。"

上官婉儿一惊,光臧急忙说道:"陛下,这恐怕不妥。人鬼殊途,阴阳两隔,活人与阴魂相见,会侵蚀陛下您的阳气……"

武则天喝了一口茶,说道:"如果能够明白今后要走的王道,哪怕折寿十年,朕也愿意。"

白姬为难地说道:"陛下,即使您愿意折寿相见,另一位陛下也未必肯见您……"

武则天笑道:"你总会有办法的,对不对?"

白姬说道:"那位陛下的心思和脾气都非同常人,我真的没办法……"

武则天笑道:"如果事成,什么报酬都可以。"

白姬本想拒绝,一听到报酬,却说道:"我尽量一试。不过,我只能让您见到他,您能否得到王道,我不能保证。"

武则天说道:"朕下月初要去洛阳,很长时间内不会回长安了。朕希望这几日内就见一见他。"

白姬说道:"行。我今晚就去一趟骊山。"

得到白姬的答复,武则天便告辞了。

元曜恭敬地将女帝一行人送出了死巷,一直送到了西市外,目送他们的马车渐行渐远,才回到了缥缈阁。

元曜走进缥缈阁时，离奴已经回来了，正在里间跟白姬说话。

元曜心虚，悄悄地走到里间外，却不敢进去。

里间中，黑猫说道："主人，这件事情不能怪离奴，都是书呆子的错！"

白姬问道："轩之的错？难道是他把骊山地宫毁了？"

黑猫说道："不，书呆子没这个能耐，是离奴毁的。主人，您先别生气，您听离奴细说。都怪书呆子，贪恋女色，跟一个女鬼拉拉扯扯，一起进了地宫。谁知那女鬼要吃他，他就号叫，离奴总不能不管他，就进了地宫去救他。救了书呆子之后，我们俩在地宫里迷路了。您不知道，那地宫岔路、死路特别多，跟迷宫似的，走不出去啊……"

白姬蛾眉微蹙，问道："走不出去，你就炸开地宫？离奴，你也不是第一次去骊山地宫了，不知道找巡逻的兵俑问路吗？"

离奴说道："主人，就是因为问路，离奴才迫不得已炸开了地宫逃命。您不知道，地宫的兵俑全疯了，一身戾气，冲过来就要杀离奴和书呆子，十分邪门儿！要是不炸开地宫逃命，离奴和书呆子都回不来了！"

白姬一愣，问道："兵俑疯了？"

离奴说道："是的，它们看起来怪怪的，一身阴邪的戾气，像是地狱里那些得了失心风的厉鬼。我总觉得骊山地宫里出大事了。"

白姬陷入了沉思。

离奴继续说道："说起来，都是书呆子的错！他不跟女鬼去地宫，什么事都没有。如果要扣工钱，那应该扣书呆子的！"

元曜忍不住了，走进里间，争辩道："离奴老弟，小生不是自愿跟女鬼去地宫的，而是被女鬼强行带入了地宫。地宫是你毁的，不是小生毁的，要扣工钱，得都扣，不能只扣小生的。"

离奴一听，气道："死书呆子，如果不是因为救你，爷才不会进地宫！"

元曜怪道："如果不是离奴老弟你非得三更半夜拉着小生去骊山薅香椿芽，小生就不会遇见女鬼！"

离奴气道："死书呆子，你还学会甩锅了？！"

元曜壮着胆子说道："小生只是说实话！"

"气死了，爷的毛都气掉了！"

黑猫气得跳脚，猫毛乱飞。

元曜问道："白姬，这件事小生和离奴老弟固然做得不妥，但那地宫里的兵俑蛮不讲理，步步进逼，也是有责任的。你看，这件事该怎么办？"

白姬回过神儿来，自言自语地说道："八百年了，魂术也该失效了。"

元曜问道："什么魂术？"

白姬笑道："没事。今晚我们去骊山看一看吧。"

"好。"元曜说道。

深夜，月圆。

缥缈阁，后院。

离奴化作一只九尾猫妖，仰天对月，吸收着满月的灵气。

白姬站在草地上，似有心事。

元曜站在白姬旁边，说道："白姬，你怎么了？"

白姬说道："轩之，记得把范先生带上，我们正好送它回地宫。"

元曜摸了摸衣袖，泥人俑还在。

"带着呢。"

"离奴，别再贪吃水无月的灵气了。你已经是大妖怪了，吸收月灵也没什么助益，留一些月灵之气给小妖怪们修行吧。"白姬说道。

离奴一边继续吞食月气，一边说道："主人，离奴掉毛，昨天、今天都没抹香铃子汁，也许月灵之气对防治掉毛有好处。"

白姬说道："月气为寒，寒气侵体，会掉毛得更严重。"

"啊？！"离奴立刻停止了吸食月气，苦恼地问道，"主人您不早说，离奴已经吸了一些了，这可怎么办？"

白姬以袖掩面，笑道："你多跑一会儿，跑快一点儿，身体发暖了、冒汗了，月灵的寒气就被逐出体外了。"

九尾猫妖一听，急忙伏地，说道："主人、书呆子，你们快上来，咱们赶紧去骊山吧。"

当九尾猫妖驮着白姬、元曜在月夜之中飞一般地奔跑时，元曜瞥见白姬的嘴角带着一丝促狭的笑意。

"白姬，你又在捉弄人，吸食月气根本不掉毛……"

"嘘！我只是想早点儿到骊山啦……"

九尾猫妖疯狂奔跑，挥汗如雨，也没听清楚背上两个人的耳语。

圆月如镜，骊山幽森。

远远地，元曜就觉得骊山不对劲儿，令人不安。

惨白的月光下，山林之中弥漫着血红色的迷雾，风声呼啸如鬼哭，掺杂着绝望而痛苦的哀号，令人毛骨悚然。

九尾猫妖在一处山谷前停下了脚步，踟蹰不前。

"主人，这太邪门儿了，中元节也还没到，为什么那么多怨魂厉鬼在山谷徘徊？您看，鬼魂的怨戾之气把地宫的入口都封锁了。"

山谷之中，血雾弥漫，有影影绰绰的兵俑在山谷之中走动，它们鬼哭悲恸、浑身戾气。

夜风刺骨寒冷，让人发怵。

元曜牙齿打战，问道："白姬，这些兵俑是怎么回事？"

白姬问道："轩之，你还记得白天看过的南疆魂术吗？"

元曜点头，说道："记得。"

白姬叹了一口气，说道："曾经有一个帝王，恐惧死亡、恐惧未知，所以做了一件疯狂的事情。他找来了南疆——不，那时候叫百越之地——会魂术的巫师，铸造了成千上万个真人大小的兵俑，他命巫师将士兵们的魂魄活生生地抽离身体，以咒术囚禁在中空的泥俑之中。他将活人俑放入陵寝，作为陪葬，带入了黄泉之国。"

元曜惊道："这位帝王，莫不就是秦……"

白姬点头，说道："是的。"

元曜说道："这……这也太残忍了……"

白姬说道："灵魂不会永远被囚禁，终有一天，咒术会失效，怨戾会反噬。如今魂术失效，兵俑失控，士兵们凄惨而死，被禁锢了八百年，充满了无法平息的戾气。这漫山遍野的怨魂，已经将骊山化作了人间地狱。"

离奴咽了一口唾沫，问道："主人，冤有头、债有主，这些兵俑为什么不去找让它们陪葬的人复仇？"

兵俑们在山谷中徘徊，双目通红、表情狰狞。因为被禁锢太久，岁月消磨了记忆，它们只记得临死前的恐惧、痛苦，而忘了生平的一切。它们充满怨气，却又不知道在怨恨什么。它们奔逃出地宫，在骊山之中肆虐，想要吞噬一切活物，将人间变成了地狱。

白姬的声音缥缈如风。

"已经八百年了，时间太久了，久到它们早就忘记了一切，只记得恨意，只有戾气。"

元曜心中悲伤，流泪说道："太可怜了……"

"走吧，我们去地宫。"

白姬走向了充满怨气的兵俑之中。

黑暗的山谷,惨白的月光,仿如战场的废墟。无数持枪拿戟的活人俑徘徊其中,面部扭曲,双目通红,摇摇晃晃地徘徊,浑身散发着怨怒的黑气。

白姬、元曜、离奴穿过千军万马,那些活人俑本能地想攻击活物,却不知道为什么,一靠近白姬周围,仿佛被火焰灼烧一般,全退避三舍。

元曜走在白姬身边,望着身边形形色色的活人俑,想到它们都是一个个惨死的活人,心中十分难受。

活人俑之中,一个单薄的青色身影引起了元曜的注意。

那是一名青衣女子。

青衣女子姿容艳丽,身形绰约,一双眼睛黑如曜石。她穿着一袭连身青衣,大襟窄袖,梳着复古的参鸾髻,戴着芙蓉金冠,脚踏一双泥金青鞋。

这不是之前要吃自己的青衣女鬼吗?!

元曜好奇地回头,看那青衣女鬼在干什么。

青衣女鬼穿行于活人俑之间,似乎在寻找什么人,一个一个地找去,每一次都是失望。她的脸上充满了悲伤,眼角还带着泪水。

元曜觉得青衣女鬼有些可怜,他突然感到衣袖之中有一阵颤动。

一阵阴风刮过,元曜的身边出现了一个幻影。

那是一个年轻男子,梳着偏髻,留着仁丹胡,穿着窄袖交领衫,看上去像是一个匠人。

正是范姜。

范姜出现时,青衣女鬼似乎感应到了什么,朝元曜这边望来。

青衣女鬼看见范姜的残影时,眼神一下子亮了,她因为激动而浑身颤抖,又因为思念而泪流满面。

青衣女鬼穿越千军万马,朝范姜飞奔而来。

范姜望着青衣女鬼,眼中有泪,喃喃说道:"娘子……娘子……我不是在做梦吧……"

"范郎,我终于……终于找到你了……"

青衣女鬼朝范姜跑来,悲喜交集。

"娘子……"

范姜十分激动,朝青衣女鬼迎去。

范姜与青衣女鬼正要执手相逢,却被一道无形的屏障阻隔。那是白姬身上的龙之气息,可以保护她、元曜、离奴穿行于活人俑之间,不受伤害。

这道龙气的阻隔,如同八百年前的生死之隔。

悲莫悲兮,生别离。

范姜是一个匠人,应召来骊山为帝王修筑陵寝。他一入骊山就是十年,不得归乡。

范姜思念家乡、思念妻子,心情十分抑郁。他有一次喝多了酒,在往偏殿送雕刻好的泥人俑时,顶撞了百越之地的巫师。当时,巫师在地宫之中是地位最高的人,有生杀予夺之权,谁都不敢违逆他们。

范姜冒犯了巫师,被巫师做成了活人俑,他的魂魄被封入了一个兵俑之中。

范姜的死讯尚未传到家乡,他的妻子因为思念他,历经艰辛,跋涉千里,来到了骊山。

妻子不知道范姜已死,将自己卖作苦力,在骊山之中寻找他。妻子私自来骊山寻夫,这种行为是违犯大秦律法的,她只能悄悄地探问。

陵寝工程太大,分为很多个区域,妻子在最外面的一处运送石料的区域做苦力,一直打探不到里面的消息。

妻子做梦都想见范姜一面,她白天辛勤劳动,夜晚哀思难眠,久而久之,身体日渐衰弱。

在山谷运送石头时淋了一场春雨,妻子就病倒了。她一病不起,得不到医治,不久便油尽灯枯。

妻子临死前仍有着强烈的执念,想要找到自己的丈夫。因为思念之心强烈,她的生魂飘入了地宫中,附在了一幅半掩门的壁画上。

八百年来,妻子的一丝残念依靠着"门"的灵力而存在,她在地宫之中找寻自己的丈夫,却一直没有找到。

悲莫悲兮,生别离。

苦莫苦兮,长相思。

范姜与青衣女鬼隔着无形的龙气互相凝望,思念跨越了生死、时空,让两个相爱的人再次重逢。

白姬伸手,说道:"轩之,把范先生的泥人俑给我。"

元曜急忙拿出衣袖之中的泥人俑,递给白姬。

白姬将泥人俑放在地上,说道:"送到这儿就行了。轩之、离奴,我们走吧。"

白姬转身离去,元曜、离奴急忙跟上。

白姬离开,阻隔范姜和青衣女鬼的屏障顿时消失了。

元曜回头，只见范姜与青衣女鬼在千军万马之中相拥而泣。

元曜为这漫山遍野的活人俑悲伤，也为这对久别重逢的夫妻感到欣慰。

第八章　心　愿

离奴说道："主人，骊山都变成这鬼样子了，想必昨天离奴毁了地宫的小事也不是那么要紧了。"

白姬说道："我本想来道歉，顺便替武皇陛下请见。没想到骊山的情况如此严重，想必那位陛下正焦头烂额，咱们还是先不打扰了。"

元曜、离奴本就心虚，一听白姬这么说，也打算开溜。

可是，三人没走掉。

一个威严的男子声音从山谷上空传来：

"白姬，既然来了，为何不进地宫？"

白姬停下了脚步，回过头，说道："始皇陛下，看见这番场景，我觉得现在拜访可能不是时候。"

"你来得正是时候。你不来，寡人也会去缥缈阁找你。"

秦始皇的声音在夜空回荡，却不见人影。

白姬摸了摸鬓发，笑道："当年，您不顾李斯丞相的反对，执意找来百越巫师，以咒术将活人的魂魄禁锢在兵俑之中，将大秦一半的精锐带入了黄泉之下。如今，兵俑失控，您找我也没什么用。"

秦始皇沉默了一会儿，才说道："这是寡人的选择，如今的情形是寡人的'果'。巫师曾经说过，灵魂不会永远被囚禁，终有一天，咒术会反噬，千万兵马会化作万千厉鬼，会摧毁寡人的一切。寡人当时恐惧死亡、恐惧未知，并没有把这话放在心上，一念之差，铸下了大错。"

白姬说道："世间万事，皆是因果。"

"白姬，你能实现寡人的愿望吗？"

白姬望着如地狱一般的山谷，发出了一声微不可闻的叹息。

"您的愿望是什么？"

秦始皇叹了一口气，说道："从何而来，便去往何处，寡人希望他们能够得到安息。"

白姬说道:"它们安息,您也将陷入永夜的长眠。您能超脱轮回,留在黄泉之国,是因为我替您在骊山地宫布下了停止时间的结界。如果要让它们安息,必须破坏结界,让地宫的时间开始流逝,您就无法再等待复活的机会、重返人间了。"

秦始皇沉默了许久,问道:"白姬,你知道什么是希望、什么是绝望吗?"

白姬说道:"我不知道希望,也不知道绝望,我只知道这个世界没有奇迹,只有等价交换。哪里有希望,哪里就有同等的绝望。"

秦始皇说道:"寡人逆天而行,带着大秦的千军万马在暗夜之中等待了八百年,还是没有等到复活的机会。或许,是寡人太过自命不凡,人间之境并非寡人所能主宰,而黄泉之国也非寡人能够征服。希望如同暗夜在山谷之中盛开的兰花,而绝望却是地宫之中僵死的蝴蝶。希望化为乌有,绝望才是永生。"

白姬问道:"您真的舍得放弃吗?毕竟,宛渠之民[①]不知道什么时候会乘着螺舟再度来到这个世界,它们会按照约定,将您复活。"

"它们不会来了,寡人已经等待了八百年,已经绝望了,不想再等下去了。徐福没有带回不死药,宛渠之民也不会再来这个世界上。这是上苍惩罚寡人,不让寡人重返人间。天意如此,寡人也该顺应天道,离开这个世界了。"

白姬说道:"如果这是您的愿望,我会为您实现。"

"八百年了,寡人独守着这座空荡荡的陵寝,在岁月中煎熬,太累了……"

白姬说道:"陛下,您离开之前,我希望您能见一个人。就算……这是我送您离开的代价吧。"

"什么人?"

白姬说道:"大周的女帝,如今天下的主人。"

[①] 宛渠之民:晋朝王嘉《拾遗记》卷四,"始皇好神仙之事,有宛渠之民,乘螺舟而至。舟形似螺,沉行海底,而水不浸入,一名'沦波舟'。其国人长十丈,编鸟兽之毛以蔽形。始皇与之语,及天地初开之时,了如亲睹。"

秦始皇吃惊地说道："寡人很久没关心外面的事，如今女人也能做皇帝了？！"

白姬说道："人间并不是一成不变的。"

"她为什么要见寡人？"

"因为王道。她成为帝王之后，迷惑了。"

"每一个帝王的王道都不尽相同，你为什么觉得寡人能够为她解惑？"

"因为我觉得你们很相似。"

"也罢，寡人很久没有见过活人，也没有跟活人说话了，如今即将离开这个人间，就见一见这位女帝。"

"多谢陛下。"

秦始皇说道："她是天子，寡人必须以王礼之宴相待，不能失仪；她是活人，不宜入地宫，寡人便在骊山之顶设宴款待吧。"

白姬点头，说道："明日子时，我会将武皇陛下带来。宴会完毕之后，我会消除地宫的结界，让时间开始流逝，您将带着大秦的铁骑离开。"

虚空之中发出了一声悠长的叹息，仿佛如释重负，又似留恋不舍。

白姬告辞离开了。

九尾猫妖驮着白姬、元曜在山谷之中飞驰，元曜转头望向身后，只见血雾之中，一个个活人俑都还陷在临死前的痛苦梦魇之中，狰狞嘶吼、声嘶力竭。

元曜心中难过，忍不住哭了。

元曜哭了一路，回到缥缈阁，站在后院的草地上，他的眼泪还未止住。

白姬见元曜伤心，想说什么，却又不知道该说什么。

九尾猫妖倏然变回了小黑猫。

小黑猫问道："书呆子，又没有把你做成活人俑，你哭什么？"

元曜哭道："小生心中难过，一想到这些活人俑的遭遇，总觉得它们太可怜了。"

白姬说道："轩之，你不要难过了。对于很多事情，我们是没有办法的。有时候，一个人太善良、太温柔，会让自己的心受伤。"

元曜问道："白姬，为什么人会如此残忍、如此冷酷，为了一己私心，毫无怜悯地剥夺别人的生命？"

白姬说道："欲望会让人心堕入地狱，成为魔鬼。长生的欲望、想要永远站在权力之巅的欲望，都会让人变得冷酷、残忍。"

元曜掩面而泣，说道："可是，他也很可怜。"

白姬说道："是啊……他独自守着一座陵寝，熬过了八百年的岁月，只为了一个不确定的复活机会。地宫之中，全是死人，活人俑虽然言听计从，却只是咒术操控的傀儡。他独自在黑暗寂静的陵寝中，在漫长无涯的枯燥时间里，守着自己的欲望。我每次见他，他都孤独地站在高处，脚下是万丈深渊，寂寞而可怜。"

"白姬，这个世界上充满了痛苦。无论是帝王还是奴隶，为什么大家不能都得到幸福呢？"

"大千世界，众生都在修行。无论是幸福还是痛苦，都是众生修得的'果'。没有永远的幸福，也没有永远的痛苦。"

"白姬，小生听不懂。"

"轩之，多看、多想，你就懂了。"

白姬安慰了元曜几句，打着哈欠睡觉去了。

元曜也去睡了，伤怀了许久才睡着。

第二天，吃过早饭之后，白姬折了一个纸鹤，放飞了。中午的时候，纸鹤飞回来了。

白姬跟纸鹤耳语了一番，然后上楼午睡去了。

离奴吃过午饭之后，出门去城郊采摘香椿芽。它下午才回来，一脸郁闷，空手而归。

元曜见离奴愁眉苦脸，忍不住问道："离奴老弟，莫不是兔狲们又不让你采香椿芽？"

离奴忧郁地说道："是啊，这群兔狲十分猖狂，若是平时，爷一定踹了它们的老窝。可是最近爷掉毛，不敢跟它们厮打，吵架也吵不过它们。书呆子，爷的疥症越来越严重了，爷好命苦。"

元曜安慰道："离奴老弟，城郊的香椿芽采不到，还有骊山呢。今晚白姬要去骊山赴宴，你也跟去，顺便采一些不就行了？"

离奴发愁地说道："今晚那武皇也要去，武皇十分讨厌猫，主人可能不会带爷去。"

元曜一愣，问道："武皇陛下为什么讨厌猫？"

离奴撇嘴答道："谁知道呢？这些皇帝的心思都挺让人难猜的。你看骊山那位，亏他想得出来，把活人做成兵俑，搞得现在自己躺在棺材里都不得安生。大明宫里这位皇帝居然讨厌猫，猫这么可爱，她居然讨厌！爷也讨厌她！"

"离奴老弟，快不要对两位陛下无礼！这些违逆之词乃大不敬，被人听见了要杀头的。"

"杀头就杀头，爷又不怕！十八年后，爷又是一只黑猫！"

元曜想了想，说道："不对。"

黑猫问道："什么不对？"

元曜摇头晃脑地说道："离奴老弟，被杀头之后，你下辈子不一定是猫。即使是猫，也不一定是只黑猫。"

"爷就爱当黑猫！不行吗？"

"你为什么爱当黑猫？"

"因为黑猫掉毛了看不出来！书呆子，爷好命苦，毛都快掉光了……"

元曜无语，只好安慰了离奴一番。

第九章　王　道

月上中天，山林幽森。

夜风吹过树叶，发出一阵缓慢的沙沙声。林海之中弥漫着飘忽不定的血色雾气，雾气之中，隐约有绝望的鬼泣声。

一列大驾卤簿①无声地穿行于骊山之中，五辂在前，护从在后，车乘相衔，旌旗招展。

武则天坐在华盖玉辇之中，穿得十分正式，着一袭明黄色衮冕②，垂珠十二旒，衣裳上绣着日、月、龙、虎等十二章纹饰。

这一列帝王的仪仗无声地行走于深夜的骊山中，看上去十分诡异。

白姬、元曜、离奴坐在导驾的公卿马车上，领着队伍慢慢行进。

元曜忍不住问道："白姬，这次夜访骊山，武皇陛下为何如此隆重？"

---

① 大驾卤簿：仗卫名。是皇帝出行时专用的规格最高、规模最大的车驾仪仗队。

② 衮冕：衮衣和冕，是古代皇帝及上公在隆重场合穿戴的礼服和礼冠。

白姬说道:"大概是对陛下表示尊敬,不想失礼吧。"

离奴撇嘴说道:"武皇就是事多,非得搞这个排场,一会儿遇见那群发疯的兵俑,看她的仪仗怎么办?"

白姬打了一个哈欠,说道:"无妨,白天光臧国师已经来清理过了,所有发狂的兵俑都被困进了地宫之中。"

不多时,大驾卤簿来到了山谷。

山谷之中,静静地排列着八千陶俑,步兵、车兵站成矩形方阵,它们挽弓挎剑,军容严整,让人仿佛置身在千百年前的古战场上。

武则天的玉辇刚至,八千兵俑无声地分作两边,一驾由六匹骏马拉着的金根车①缓缓而来。驾车的马是河曲马②,膘肥体壮,络头是雍容华贵的金银。金根车的车盖上画着夔龙卷云形花纹,车舆上是裹金镂花装饰,车中铺着虎皮与豹皮。

一名腰佩长剑的御手陶俑走出来,来到武则天的玉辇前,示意她上金根车。

武则天看了看白姬。

白姬走下车辇,朝金根车走去。

一名侍从陶俑屈膝半跪下,白姬踩着它的腿,登上了金根车。

武则天走下玉辇,来到了金根车边,也登了上去。

元曜正想下辇追上白姬,离奴却拉住了他。

"那是帝王坐的车,你去干吗?咱们在这儿等着。"

元曜一愣,便不动了。

另一边,光臧和上官婉儿犹豫了一下,也没有跟上去。

六匹骏马拉着金根车凌空而起,踏风而上,飞向了山上。

元曜眼看着白姬乘着金根车上山,很想追上,却不知道怎么追。

另一边,光臧早已使出了一道飞剑咒,他的面前凭空出现了一柄巨剑。

---

① 金根车:以黄金为饰的车。帝王所乘。晋朝崔豹《古今注》卷上《舆服》:"金根车,秦制也。秦并天下,阅三代之舆服,谓殷得瑞山车,一曰金根,故因作为金根之车。秦乃增饰而乘御,汉因不改。"

② 河曲马:原产中国甘肃、青海、四川三省交界处的黄河上游第一河曲处,故名。河曲马与内蒙古三河马、新疆伊犁马被誉为"中国三大名马"。

光臧和上官婉儿乘上了巨剑。

巨剑飞云而上，带着光臧和上官婉儿朝山顶飞去。

离奴一见，倏然化作了猛虎大小的九尾猫妖，说道："书呆子，快上来。既然他们跟去了，咱们也去。骊山的皇帝有兵俑，武皇有光臧和上官婉儿两个跟班，主人只有一个人，咱们得跟去，不能让主人吃亏。"

"好！"元曜急忙伏在离奴身上。

离奴驮着元曜飞奔起来，朝山顶跑去。

骊山顶，月光如雪，一棵迎客松下，呈三角之势摆放着三张桌案，桌案上放着花果与美酒。盛酒的酒器是一个方底圆肚形的鸟篆文漆画枋①，酒杯是云纹高足玉杯。三张桌案旁各跪着一个侍女模样的陶俑，它们正将美酒从漆画枋倒入高足玉杯中。

白姬、武则天和一名身穿玄衣纁裳、戴着通天冠的帝王分别跪坐在三张桌案后，正在饮酒闲谈。

光臧和上官婉儿站在武则天身后。

白姬看见元曜、离奴，笑道："轩之、离奴，你们也上来了？过来吧。"

元曜、离奴闻言，走了过去，站在了白姬身边。

离奴变回了小黑猫的模样。

武则天说道："久闻始皇帝雄才伟略，前无古人，朕十分钦佩，今日想向您请教一下王道。"

秦始皇说道："寡人无王道，只有霸道。"

武则天问道："何为霸道？"

秦始皇说道："天曰顺，顺维生。地曰固，固唯宁②。寡人是天，寡人也是地，牧天下，治天下。"

武则天想了想，问道："您的意思是天下没有什么能贵于自己，自己就是天下，天下就是自己，一切以自身为尊，顺己者昌，逆己者亡？"

秦始皇颔首，说道："天地六合，唯我独尊。天下不服，则执长策而鞭笞之，南平百越，北击匈奴；六国不服，则焚百书而杀俊豪，车同轨，书同文。这就是寡人的王道了。"

---

① 漆画枋：盛酒的器具。

② 出自《吕氏春秋》。

武则天说道："霸道在乱世尚可作为，在盛世未免有些失民心……"

秦始皇说道："天下之势，不盛则衰。民心愚昧，不压则乱。"

武则天沉吟了半晌，转头看向白姬，问道："你的王道又是什么呢？"

白姬正举着云纹高足玉杯，在月光下品赏美酒被岁月浸润了八百年的琥珀色，听到武则天问话，她笑了笑，说道："王道这种事情，我从未思考过，不如问一问我的伙计。离奴，你说一说。"

离奴正在思考宴会散后去摘香椿芽的事，有些走神，一听白姬问话，苦着脸说道："主人，离奴只是一只猫，还在掉毛，什么都不知道。"

白姬笑道："这就是了。"

武则天和秦始皇都有些迷惑，不由得面面相觑。

白姬笑道："道可道，非常道，不知道。吾之王道，离奴已经说出来了。"

武则天问道："什么意思？"

白姬说道："我之王道，是无为而治。我无为，而民自化；我好静，而民自正；我无事，而民自富；我无欲，而民自朴①。"

秦始皇冷哼一声，似乎对无为之道十分不屑。

元曜无语。这龙妖说得好听，她哪里是无为而治？她分明是懒！

武则天想了想，说道："无为而治，道法自然，这也是一种王道。"

秦始皇不屑地说道："无为，则是无能！无所作为，怎么能开疆辟土，怎能一统天下？应该进霸而至于王，极天下之所期。"

白姬笑而不语。

武则天说道："如果用霸道治国，唯我独尊，难免引起众怒，后世之人会以暴君之名批之。"

秦始皇正色说道："生亦何荣，死亦何哀。寡人行霸王之道，以自身为尊，何惧后人之言？"

武则天似有所悟，沉默不语。

白姬笑道："轩之，如果你是帝王，你的王道是什么呢？"

元曜一惊，急忙说道："小生只是一介书生，在二位圣者面前，不敢胡言乱语。"

武则天说道："无妨，书生，你说一说。"

---

① 出自《道德经》。

秦始皇也转头望向了元曜。

元曜十分紧张，咽了一口唾沫，说道："小生的王道，是仁。人性本善，人人都有恻隐之心，作为帝王，只要以不忍人之心，行不忍人之政，治天下可运之于掌上。孟子说，行仁政而王，莫之以御。"

秦始皇十分不屑："只有弱者，才认同妇人之仁。"

元曜想起了那些凄惨的士兵，怜悯他们因为帝王的私欲无端惨死，同情他们与家人生离死别，愤怒他们被困于地宫之中沦为帝王的殉葬品。

元曜忍不住说道："始皇陛下，为政以德，宽厚待民，国家才能长久。刑法苛刻，以霸道治国，随心所欲，滥杀无辜，则不能长久，秦亡于二世……"

"喀喀喀——"白姬似乎被酒呛了，突然咳嗽起来。

元曜发觉自己义愤之下失言了，不该在秦始皇面前说秦亡之事，急忙闭嘴。

秦始皇脸色铁青，他的情绪有些波动，拿着高足玉杯的手微微发抖。

武则天看了一眼秦始皇，垂下了眼睛，品尝美酒。

元曜见秦始皇脸色大变，以为他要雷霆震怒，心中有些慌。

白姬抬头，望了一眼夜空的繁星，笑道："今晚星月齐辉，真美呀！'五星七政'[①]，二十八宿，万千星辰如这三千世界万物众生的宿命。国兴与国亡，不过也是应星辰之序而已，并非人力与王道所能改变。"

秦始皇闻言，脸色稍微好了一些。

白姬向武则天问道："武皇陛下，谈了这么久，您可悟到了自己的王道？"

武则天放下了高足玉杯，说道："星辰万变，人间也是朝夕不同，昨日还是大唐，今日已是大周，谁说帝王非得只有一种王道？治天下者，当用天下之心为心，以天下之道为道。无论是霸之王道、仁之王道、无为之王道，只要时机合适，都可以拿来用。"

白姬笑而不语。

"唉——"秦始皇发出了一声悠长的叹息。

白姬笑道："始皇陛下，您为何叹息？"

[①] 五星七政："五星"即辰星（水星）、太白（金星）、荧惑（火星）、岁星（木星）、镇星（土星）。"五星"对应五行，《史记·天官书》中记载："天有五星，地有五行。""七政"就是在"五星"的基础上增加太阳和月亮。

秦始皇欲言又止，沉默了一会儿，才说道："星辰万变，因果注定，寡人或许应该早些顺应天命，不该一意孤行，逆天而为……"

白姬笑道："逆天而行，不妥协于宿命，正是您的王道。"

月上中天，星河灿烂，三王在宴会之中阐述了各自的王道，不知不觉，宴会进行到了尾声。

武则天向秦始皇告辞，说道："与您谈论一番，朕受益良多，希望将来有机会能再闻教诲。"

秦始皇望着星空，神色怅然。

"有缘再会。"

武则天乘上六匹骏马拉着的金根车，骏马扬蹄，飞驰下山。

光臧急忙御剑，和上官婉儿随行而去。

白姬、秦始皇、元曜、离奴站在山顶，远眺下方。

山谷之中，兵俑列阵，仿佛又回到了秦朝。秦军雄兵百万，战车千乘，战士们被坚执锐，等待战鼓擂响，准备冲锋向前。

一列大驾卤簿无声地穿行于千军万马之中，仪仗整齐，声势浩大，在月色中渐行渐远。

秦始皇望着渐渐远去的帝王仪仗，说道："这个女人比寡人睿智，会是一个明君。"

白姬笑道："难得见您称赞一个人。"

秦始皇说道："时代已经不同了，世界也已经变了，即使现在宛渠之民归来，按约定复活了寡人，寡人也没有自信能从她手中夺回天下。"

白姬笑道："这话可不像是您说的。"

秦始皇叹道："世界变了，寡人也变了。"

骊山深处，陵寝之中，隐约传来兵俑痛苦而绝望的哀号声。

秦始皇望着星空，说道："它们也该解脱了。寡人也该离去了。"

白姬金眸灼灼，声音缥缈如风。

"如您所愿。"

月光下，山顶上，白姬念念有词，一道金色的光芒笼罩了骊山。

金光之中，波轮旋转，虚空中传来破冰的声音，夹杂着一声悠长的龙吟。

地宫中静止的时间开始流逝，鲜艳的壁画缓缓地褪色，阙楼的木梁逐渐腐朽，殉葬室内的尸骨开始风化，失控的兵俑陡然静止，他们逐渐失去了神采，也从痛苦之中平静下来，变成了一尊尊空心的泥人……

山谷之中，千军万马朝山中走去，进入了陵寝，如晨露一般消失了。

"啊,寡人突然觉得轻松了。生未必可喜,死未必可悲,八百年了,寡人也该走了。"

秦始皇伟岸的身影在夜风之中渐渐淡去,最后消失不见了。

白姬、元曜、离奴站在山顶上,目送着秦始皇消失,分别陷入了沉思,如同三个泥人俑。

过了一会儿,元曜才开口问道:"以后,骊山没有帝王了吗?"

白姬回过神儿来,说道:"他走了。以后,世间再无他了。"

元曜心情复杂,不知道该说什么。

离奴说道:"主人、书呆子,离奴的疥症还没好,这骊山之中有不少香椿树。来都来了,离奴去采一些。你们且在这儿等一下,离奴去去就回!"

小黑猫一溜烟跑走了。

白姬、元曜只好在山顶等待离奴,直到星月暗淡,离奴还没回来。

白姬哈欠连连,懒得再等待,化作一条白龙,带着困得睁不开眼的元曜先回长安了。

第十章 尾 声

缥缈阁,后院。

午后时分,草木的清香弥漫在阳光中,把天地间的一切空虚盈满。

白姬坐在廊檐下,一边喝着卯山仙茶,一边悠闲地晒太阳。

元曜坐在白姬身边,望着天上的浮云,不知道在想什么。

桃树下、古井边,一只黑猫正在用石杵卖力地捣香椿芽汁。

白姬见元曜在发呆,问道:"轩之,你在想什么呢?"

元曜回过神儿来,说道:"小生想写一首关于秦始皇的诗,总是思路不顺。"

白姬笑道:"轩之,你不是同情活人俑,不喜欢始皇陛下吗?为什么要为他写诗?"

元曜说道:"虽然始皇陛下在活人俑这件事上做得十分过分,但确实是一位前无古人的伟大帝王,小生十分佩服他的雄才伟略……他消失之后,小生的心情很复杂,总觉得怅然。"

白姬笑道:"那你就为他写一首诗吧。"

元曜正在沉吟,一名华衣男子走进后院,正是韦彦。

韦彦笑道:"白姬、轩之,你们倒是挺悠闲,不在前面看店,却在后院喝茶、晒太阳……"

元曜问道:"丹阳,你怎么来了?快坐下喝杯茶。"

白姬笑道:"也没什么生意,就浮生偷闲了。不过,韦公子来了,就有生意了。"

韦彦在白姬旁边坐下,毫不见外地给自己倒了一杯茶,一边喝,一边说道:"我现在已经不敢乱买东西了……今天只是来闲坐一会儿,顺便跟你们告别。"

白姬一愣,问道:"告别?韦公子要远行吗?"

元曜也问道:"丹阳,你要去哪儿?"

韦彦愁眉苦脸地说道:"我要去骊山修始皇陵,短则一两个月,长则半年回不了长安,见不到你们了。"

元曜奇怪地问道:"你为什么要去骊山修帝陵?"

韦彦发愁地说道:"这是武皇陛下的命令。武皇陛下突然决定不去泰山祭天了,说治国之道与其问上天,不如问自己的内心。前日,咸阳县来报骊山帝陵崩塌了,武皇陛下下令重修。这古墓监工的活儿被派到了凤阁,因为是一件苦差事,大家就抓阄决定谁承担,结果我抓中了。没有办法,我明天就得出发去咸阳筹备了。"

元曜问道:"等等,丹阳,你不是从凤阁调去礼部任职了吗?怎么凤阁的事也有你一份?"

韦彦说道:"我在凤阁也挂着职衔呢!当时,我想着礼部事情繁杂,如果太辛苦,干不下去,就回凤阁继续任闲职,混一口饭吃。唉,本想两边偷懒,结果两边都不得闲。"

白姬扑哧一声笑了,说道:"韦公子,你这是能者多劳。"

韦彦说道:"白姬,快不要打趣我了,我一点儿也不想当能者,只想光领俸禄、不干活儿……"

白姬笑道:"光领钱,不干活儿,这是大家都想要的美事啦。"

元曜说道:"丹阳,你这种想法是不对的。尸位素餐,乃是官员之耻;为国效力,当以勤谨多劳为荣,所作所为,要无愧于君王与百姓,才对得起自己的俸禄。"

韦彦听得脑袋疼，呈大字状躺下，问道："轩之，你怎么跟我父亲一样啰唆？我一听见这些话就头疼，先躺会儿。"

"嘻嘻。"白姬笑道。

阳光明媚，蓝天如洗，浮云时卷时舒，变幻莫测。

元曜问道："白姬，武皇陛下的王道是什么呢？"

白姬想了想，说道："一个帝王的王道，得在他死后才能盖棺论定。始皇陛下始终奉行霸之王道，得以统一六国。武皇陛下刚开始踏上帝王之路，谁也不知道她会行什么王道，也许是霸道，也许是仁道，也许是无为之道，也许是别的道……就像这天上的浮云，顺风势而为，不断地变幻，谁也不知道下一刻会变成什么样子。"

元曜说道："那……就只能等着看她的作为了。"

白姬笑道："是的。"

元曜又问道："白姬，你的王道真的是无为而治吗？"

扑哧！白姬笑道："我只是顺口一说，从没有考虑过王道这么复杂的事情。不过，这些年来，我确实没怎么在龙族的统治上用心，只一心在天地间探寻和获取强大的力量，也算是无为而治吧。那晚的三王之宴，我也获益匪浅，这几天正考虑着要不要学始皇陛下施行霸道，说不定一旦施行霸之王道，三界六道都能成为龙族的疆域呢……"

元曜苦着脸说道："白姬，你别胡思乱想了，还是清静无为吧。你再闯下大祸，让生灵涂炭，惩罚可就不是在人间道收集因果了。"

"哦。"白姬不高兴地说道。

呼噜——

韦彦躺在一边，居然睡着了。

元曜突然想起了什么，便起身走进了里间。

白姬一边喝茶，一边对着天空沉思。

不一会儿，元曜回来了，拿着一条波斯绒毯和一张纸。那张纸上墨汁未干，是他刚写下的诗句。

元曜把波斯绒毯给睡着的韦彦盖上，韦彦翻了一个身，继续睡了。

白姬拿过元曜的诗，念道：

王图霸业荡九州，功盖尧舜亡诸侯。
泥金刻玉销兵刃，车文一统御千秋。
不死生人半为尘，骨肉无寄魂枯朽。

蓬莱苍茫别天地，骊山荒芜空古丘。

　　白姬笑道："轩之，你对始皇陛下的评价还挺高。"
　　元曜说道："他是一位伟大的帝王。小生这几天一直想为他写一首诗，刚才灵光一闪，就写出来了。正好托丹阳带去骊山，放入帝陵之中，聊表小生的敬意与祭奠。"
　　白姬喃喃说道："骊山荒芜空古丘……这句诗真让人伤怀，故人又少了一个，天地如此空茫，让人有些怅然。"
　　元曜说道："故人终会别离，白姬你不要伤怀了。"
　　白姬长吁短叹了一会儿，说道："轩之，我觉得霸道的事情，可以考虑一下。毕竟龙族现在的疆域只有四海，如果能一统三界六道，想必很有趣。"
　　元曜一听，吼道："不能考虑，连做梦也不能考虑！白姬，你还是修身养性、清静无为吧！"
　　"哦！"白姬不高兴地说道。
　　一阵风吹过，古井边的桃花瓣纷飞、飘落如雨。
　　桃花树下，黑猫正在认真地捣香椿芽汁，见花瓣飞舞如蝴蝶，一时心痒，扔下了石捣，一蹦一跳地去追花瓣了。
　　草木茂盛，青如碧玉，夏天又到了。

一

春天，长安。

曲江池的水如一块清澈的碧玉，折射着春日的暖阳，偶尔有一阵春风吹过，水面荡起一圈一圈的涟漪。

一叶扁舟上，白姬一边欣赏着曲江池畔的花红柳绿，一边悠闲地喝着一杯梨花白。

一阵微风吹过，岸边的花瓣纷飞如雨，有一些飘落在了白姬手上的瓷杯之中，浮在了澄碧的酒水上。

白姬笑了，一口饮下了飘着花瓣的美酒。

元曜在挥汗如雨地划船。

元曜一边划船，一边观察远处的岸上，似乎在寻找什么人。

白姬笑道："轩之，幸好我在路上买了一坛梨花白，而这扁舟上又有茶杯，不然就浪费了大好的春光了。"

元曜苦着脸说道："白姬，咱们来曲江池不是游春，而是等人。都过了约定的时辰，摩诘怎么还不来？"

白姬问道："轩之，你确定没有记错约定的地点吗？"

元曜说道："没错，我们约好了今天中午在曲江池南边的芙蓉亭相见。喏，芙蓉亭就在那边，小生一边划船，一边望着呢，一直没看见摩诘出现……"

白姬喝了一口梨花白，舒服地眯上了眼睛，说道："唔，那就再等一等吧。"

白姬一边喝酒，一边晒着春日的暖阳，不知不觉竟在扁舟上睡着了。

元曜一边划船，一边左顾右盼，等待王维赴约。

事情是这样的：

昨天，元曜去平康坊的"长相思"送香料，路过一家胡姬酒肆时，碰巧遇见了与同僚酬答的王维。二人多日不见，便站在酒肆门口寒暄了几句，王维似乎有什么疑难的事情，但是当时急着跟同僚应酬，一时说不清楚，便拜托元曜约见白姬。王维说他不想去缥缈阁，因为一进入缥缈阁，就会想起桃核墨，想起与陶渊明的离别，心中难免伤感，不能释怀。

王维与元曜约定，今天中午在曲江池南边的芙蓉亭相见，如果元曜能带白姬一起赴约就更好了。见不到白姬的话，他就跟元曜说一下自己的困扰。

元曜同意了。

元曜回到缥缈阁，跟白姬说了这件事，白姬觉得正好可以去曲江池踏青，就同意了一起去。

今天，白姬、元曜来得有些早，在芙蓉亭待了一会儿，赏了一会儿春花烂漫，白姬便找渔夫租赁了一叶扁舟，漂在水中央喝酒。

白姬睡了一觉，醒来看见元曜还在划船，忍不住说道："轩之，这扁舟不划也不会沉，让它自己随水而漂好了。"

元曜说道："让扁舟随水而漂的话，早就漂到下游去了，就看不见芙蓉亭了。小生是担心看不见芙蓉亭，错过了摩诘，才一直在划船。"

白姬打了一个哈欠，望了一眼岸边的芙蓉亭，问道："都已经下午了，王公子还没来吗？"

元曜望了一眼芙蓉亭，只见芙蓉亭中有三三两两歇脚的游人，并没有王维的身影。

"还没呢。摩诘现今做幕僚，可能事情比较多，耽误了。轩之，划到岸边去吧，刚才我好像喝多了点儿，扁舟晃得我头晕……"

"白姬，你自斟自饮，喝了一坛酒，能不头晕吗？"

元曜便奋力摇桨，把扁舟划到了岸边。

白姬、元曜归还了扁舟，沿着花径小路，走到了芙蓉亭。

芙蓉亭中，有几个踏春的游人在歇脚。其中有一个穿着青色短打的仆人，已经站了很久了。

白姬、元曜刚走到芙蓉亭，那仆人打量了他二人几眼，问道："请问是白姬姑娘和元公子吗？"

白姬有些微醺，不想说话。

元曜答道："正是。请问你是……？"

那仆人行了一礼，说道："小的是王维王大人派来的。他让小的在芙蓉亭等待二位，并且带二位去镜花别苑相见。"

元曜说道："有劳带路。"

仆人便引着白姬、元曜去往镜花别苑。

去年白姬、元曜在镜花别苑中参加过上巳节的流觞曲水诗宴，所以并不陌生。

元曜在心中思忖：看来王维一直住在镜花别苑，他把约见的地点定在曲江池畔的芙蓉亭，估计是因为离镜花别苑比较近。王维不直接约在镜花别苑相见，肯定是因为寄人篱下，人多眼杂，不太方便。但是，此刻，为什么王维不去芙蓉亭赴约，让仆人带我和白姬去镜花别苑呢？

白姬问道："你家王大人为什么不赴约？"

仆人说道："王大人今天上午受伤了。"

元曜一惊，问道："摩诘怎么受伤了？他还好吧？！"

仆人说道："具体小的也不清楚。王大人最近经常受伤，不是摔伤腿，就是划破脸，或者撞到头……"

白姬、元曜追问，这个仆人只是在外面听差的，也不清楚王维的具体情况，问不出什么。

镜花别苑离芙蓉亭不远，他们说话之间便到了。

仆人跟门房打过招呼，从侧门带白姬、元曜进入了镜花别苑。镜花别苑占地很大，有一条清流从曲江池引入，在别苑之中盘旋流过，清流两岸，分布着许多大大小小的院落。

去年春天来镜花别苑参加流觞曲水诗宴时，元曜听说过别苑里的院落是按二十四番花命名，当时就觉得十分风雅。

仆人带着白姬、元曜一路分花拂柳，穿过亭台水榭，来到了一处优雅而安静的院落之中。

元曜抬头一看，这个院落上写着"辛夷坞"三个字。

王维住的院落名为"辛夷坞"，以玉兰花命名。元曜觉得玉兰花高洁清雅、芬芳淡然，与王维的气质十分相称。

辛夷坞临水而建，白墙黑瓦，雕檐绣栏，墙头砌成高低起伏的波浪状。庭院之中种着不少玉兰树，但不知道为什么，都没有开花。枯枝死树林立，春天仿佛并没降临辛夷坞，让整个院落显得有些死气沉沉。

白姬看见这些状如死树的玉兰，不由得露出了一抹诡笑。

"王公子不愧是轩之的表哥，也是很有妖缘的呀。"

元曜急着去见受伤的王维，走得匆忙，没有听清白姬的话。

"白姬，你说什么？"

白姬笑道："没……没说什么。快走吧，轩之。"

王维的书童朱墨正在庭院之中晒书，看见白姬、元曜来了，急忙迎了上来。

"白姬姑娘、元少郎君,你们来了。我家郎君在里面等候多时了。"

朱墨跟引路的仆人交代了几句,给了他一吊钱,仆人便自去了。

朱墨领着白姬、元曜走向水坞。

水坞之上,一间雅致的书房之中,王维正坐在临窗的罗汉床上,捧着一封书信发呆。

元曜发现,王维的手臂受伤了,正包裹着纱布,纱布上隐隐有血迹渗出。这大概就是王维没有按时去芙蓉亭赴约的原因了。

王维听见动静,转过头来,看见朱墨带来了白姬、元曜,便放下了书信,站起身来。

"白姬姑娘、轩之,你们来了。真是抱歉,我今天上午伤到了手,不方便出门赴约,所以让仆人去请你们来此……"

白姬笑道:"没有关系,我们在哪儿相见都是一样的。"

元曜关切地问道:"摩诘,你的手没事吧?严不严重?有没有请大夫来看诊?"

王维笑道:"没事的,一点儿小伤而已,朱墨帮我包扎了一下,没有大碍。"

王维一边招呼白姬、元曜坐下,一边吩咐朱墨去沏茶待客。

白姬四下端详书房,目光停在了不远处的花梨木书案上。书案上放着文房四宝、一堆书本、几封书信,还有一沓手稿。

白姬目光停在了那几封书信上,嘴角露出了一丝不易察觉的笑容。

元曜问道:"摩诘,你昨天说遇见了疑难的事情,是怎么一回事?"

王维露出了一丝愁容,说道:"我最近遇见了妖邪的事情,似乎是被什么人怨恨、诅咒,经常无缘无故地受伤。我明明在平地上走路,却莫名其妙地被一块突然出现的石头绊倒,跌伤了腿,害得我没法跟着太平公主去洛阳,只能待在这里养伤;无缘无故地,一阵风刮过,像是刀子一般,割伤了我的脸,结果是别苑里的护卫在练习射箭,箭镞跑偏了,射向了我;今天上午,我刚要出门赴约,婢女端着香炉不小心撞在我身上,烫伤了我的手臂。这种意外事件隔三岔五总会发生,我不由得怀疑自己是遇到了妖邪之事。"

元曜问道:"听上去好像真的是妖怪作祟。白姬,你觉得呢?"

白姬问道:"王公子,除了这些意外,还有什么奇怪的事情吗?"

王维说道:"有。我还经常做奇怪的梦。"

白姬问道:"什么梦?"

王维回忆了一下,说道:"这些怪梦的内容,我一醒来就忘记得差不多了,但我清晰地记得梦里有一名白衣女子,她长得很美丽——我其实也没看清她的脸,从身影和气质上看,十分美丽、优雅。"

白姬笑道:"美丽、优雅的白衣女子?那,跟我差不多……"

王维说道:"不,比你瘦多了,也更优雅一些。"

白姬沉默。

元曜忍不住笑了。

王维继续说道:"梦境里,这名白衣女子总是站在一棵花树下,是什么花,我也朦朦胧胧地看不清楚,她有时候问我什么时候按约定回去看她,有时候又哭着说我们再也不能相见了,有时候又说她来看我了。反正,梦境的内容很混乱,而且莫名其妙。"

白姬笑道:"这不是很清楚吗?一定是王公子你惹了什么风流债,对这名白衣女子许了什么诺言没有兑现,人家来找你了。"

王维急忙摆手,说道:"没有这回事。不瞒你们说,我来长安之前,除了问路,从未跟陌生的年轻女子说过一句话,不会有这些风流韵事;我来长安之后,虽然不免在公主、贵妇的宴会上应酬,或是在平康坊的歌台舞榭之中混迹,但我很少放纵私情,记忆里绝对没有这名白衣女子。"

白姬问道:"你真的不认识她吗?"

王维摇头,说道:"没有任何印象。不过,她在梦里称呼我为'故人',可我真的不记得她,一点儿印象也没有……"

白姬奇怪地说道:"这就奇怪了。对了,王公子,你是从什么时候开始做奇怪的梦的?又是从什么时候开始莫名其妙地受伤?"

王维回忆了一会儿,有些记不清了。

这时恰好朱墨端着三杯春茶上来了,见王维答不出白姬的问话,一边摆放茶水,一边忍不住说道:"郎君,一切怪事都是从裴迪① 裴郎君寄信来开始的。"

王维被提醒了,说道:"对。就是从裴兄寄信来开始的。"

---

① 裴迪:盛唐著名的山水田园诗人。王维的好朋友。

二

白姬问道:"王公子,冒昧地问一句,这位裴迪是什么人?"

王维用没有受伤的右手端起茶杯,喝了一口茶,说道:"裴兄是我的知交好友,我们曾经一起游山玩水,十分投缘。他在蜀州任职,今年年初,我收到了他的书信。"

白姬问道:"他寄来的信又有什么特别之处呢?"

王维起身,走到书案边,从那些信件中找出了两封,又回到了罗汉床边,连同刚才正在看的一封信,一起递给了白姬。

"没有什么特别的,只是一些寻常的问候、日常的感慨和随手写的诗文。"

白姬接过三封信,随意看了一下,她的目光停留在了其中的一封信上。

也许是王维性格仔细,又或者是他比较珍惜与裴迪的友谊,裴迪寄来的三封信,连信封都被保存得很好。

白姬拿起一封信,从信封里倒出了一朵干枯的玉兰花。

干枯泛黄的白色花朵,静静地躺在白姬的手心上。这朵干花看上去仿佛饱含了很多情思,不过即使有千言万语,也被时间风干了。

白姬望着枯萎的玉兰花,不由得笑了。

"裴公子为什么要给你寄玉兰花?"

王维望着枯萎的玉兰花,有些感慨。

"这是裴兄寄来的第一封信。信里说,观音寺的玉兰树沉入了水底,这是他在最后的花期时采撷的花朵,风干之后,寄给了我。因为一些事情,这封信辗转耽误了大半年,才送到我的手中。"

"观音寺的玉兰树又是怎么一回事呢?"白姬垂目望着手心的玉兰花,问道。

王维陷入了遥远的回忆,说道:"三年前,我还没来长安时,去蜀州与裴兄待了一段时间,我们一起游山玩水,吟诗作赋。裴兄辖下有一个叫辛夷的村子,山水如画、风景秀丽,离州府也不是特别远,我们就在那儿待了一些时日。辛夷村有一座观音寺,当时我们就住在观音寺中。观音寺里有一棵罕见的双色玉兰树,高十余丈,开月光白和绛红色的花。当时正值春天,玉兰盛开,千万花蕊,笼盖了山寺的一角,望之如一座红白交织的玉山。现在想起来，那玉兰花开的盛景都美得令人惊叹，让人永远难以忘怀。"

白姬、元曜静静地听着王维的叙述。

王维继续说道："蜀地多水患，为了防洪利民，朝廷会建造水库拦洪蓄水和调节水流。因修建水库，一些村落会被淹没。裴兄的来信上说，本来辛夷村不会被淹，但是因为前年蜀地发生了天灾，辛夷村附近的山脉塌陷了，水坝只能改道而行。水库改道之后，辛夷村就被划入了淹没的范围。去年春天，在辛夷村被淹没之前，裴兄又去了一趟观音寺，看见双色玉兰开得寂寞而灿烂，一想到这是它在这个世界上的最后的春天，心中不免难过。裴兄采摘了一些玉兰花，做成了干花，留作纪念。裴兄在信中告诉了我这些，并且给我寄来了一朵白色的玉兰干花。"

元曜一听，心中十分难过。一棵玉兰花树随着古老的村落被沉入水底，它的生命与时光都终止，从此它只能与对故土的思念一起，活在搬迁离开的村民心中，又或者因为美丽的盛景，活在曾经邂逅的人们的回忆里。

白姬问道："王公子，你与这棵被淹没的玉兰花树是不是有过什么约定？"

王维一愣，想了想才答道："没……没有吧？我怎么可能跟一棵树有什么约定？"

白姬笑道："你的语气并没有那么坚定呢。"

王维沉默了一下，又说道："裴兄回州府办公事时，我独自留在观音寺里，常常一个人醉倒在这棵玉兰树下，有时候我会把它当成一个新结交的、一见如故的友人，请它喝一杯酒，跟它聊一会儿天。因为喝醉了，醉言醉语，很多时候，我也不知道自己说了些什么……"

白姬笑道："那问题就是在醉言醉语里了。王公子，你说了些什么，还是让玉兰树自己告诉你吧。"

王维迟疑地说道："白姬，玉兰树已经沉入了水底，怎么告诉我？"

"玉兰树虽然沉入了水底，但是它的执念凝聚在了这朵枯花之上，来找王公子兑现诺言了。"

白姬低头，对着掌心吹了一口气。

枯萎的玉兰花泛出了一丝金色光芒，瞬间之后，绽放了生命，九片花瓣舒展开来，洁白如玉。

玉兰花无风而飞，离开了白姬的手心，在空中画出了一个优美的弧度。

虚空之中，渐渐浮现出一位美丽而优雅的白衣女子。

白衣女子舒袍广袖，纤腰如束，面若清莲，明眸皓齿，气质高洁而优雅，浑身散发着兰花的清香。

王维喃喃说道："这……就是我梦里见到的白衣女子……"

白衣女子望向王维，眼角渐渐红了，流下了泪水。

"王公子，你为什么不按约定来看我？直到我被水淹没，沉入水底的时候，你都没有来，我一直等着你。你难道忘记辛夷了吗？"

王维有点儿蒙，问道："辛夷？！请问姑娘，我们什么时候有过这种约定？"

辛夷哭道："辛夷村，观音寺里。原来，你全忘记了。王公子，你刚见到我时，不是大声说，与我一见如故，我是你灵魂中的色彩，我们仿佛是久别重逢的故人吗？你常常在我身边喝酒，还会给我也倒满一杯，对我诉说你的心事与抱负，我……我早就把你看成了朋友呀。你离开观音寺的时候，说明年春天再来看我，结果你失约了。第二年春天，我努力开放出最美丽的花朵，从初春花开，等到暮春花落，你还是没有来。第三年的春天，我还在等你，直到被淹没的那一刻，我一边沉入水底，一边担心你来了之后会找不到我。王公子，你早就忘记我了吗？"

王维心中一恸，勾起了脑海深处的无数记忆。

王维想起来了，在观音寺里度过了一个美好的春天，离开的时候，确实对着山寺中的双色玉兰树说明年再来看它。但是，文人墨客对着一棵树随口许下的承诺，也不过是一句应景的优雅玩笑，王维在心底是没有当真的。第二年，王维来长安求取功名，各种凡尘琐事扰心，没有时间再去蜀州，早就把这个承诺忘到九霄云外去了。

王维心中歉然，说道："我想起来了。你是我的故人，一见如故的友人。我没有履行诺言，没有按照约定回去看你，对不起。"

辛夷一边流泪，一边笑了。

"没有人类会把对树的承诺当真的，是我自己当真了。王公子，你还记得我是你的故人，就很好了。"

"对不起，我没有按时赴约……怪不得，你如此恨我……"

王维心中有些难过。

辛夷说道："当我知道自己要被沉入水底时，确实很恨你，恨你违背约定，不来看我，心中遗憾我们再也不能真正相见了。对不起，王公子，我的怨恨伤到了你……"

王维明白，如果辛夷对自己真的有恶意的话，那他就不只是遇见被石头绊倒跌伤腿、被飞至的箭镞划破脸、被香炉烫伤手臂这些小事了。他承受这些伤痛，也是随口许诺却又忘记诺言的代价。这些伤痛，比起被沉入水底的玉兰树的巨大痛苦，比起因为自己失约而一次一次失望的故人心中的伤痛，要小太多了。

王维难过地说道："如果知道水库改道，观音寺会被沉入水底，再忙我也会抽时间去一趟蜀州辛夷村，去看看你。可惜，裴兄的信被耽误了大半年，今年年初才送到我手中，而你早已经被沉入了水底……"

辛夷望着王维，眼神悲伤。

"幸好，裴公子在辛夷村被淹没之前来观音寺看望我，还采下了一些花朵。我的心愿与思念才能够随着花与信寄到你的身边。"

王维心中悲痛，向白姬问道："白姬，有没有什么办法能让沉入水底的玉兰树重新回到人间？你是龙，一定有办法的。任何代价，我都愿意付出！"

白姬摇头，说道："王公子，你冷静一些。观音寺的玉兰树在沉入水底时就已经死了。你付出任何代价，我也没有办法让水底的死树重生。"

王维悲伤地问道："那我该怎么弥补自己的过错？我不该忘记自己的诺言。"

白姬叹了一口气，说道："王公子，你眼前的辛夷是枯萎的花朵，是玉兰树的一丝残念，并不是真实的存在，玉兰树也无法复活。你们能做的，只有告别。能够跨越时间告别，已经是不浅的缘分了。"

王维流下了眼泪。

辛夷说道："王公子，你不必弥补我什么。刚才听见你叫我一声故人，我心中所有的怨恨和愤怒都在那一瞬消失了。我现在心中很平静、很丰盈、很喜悦，本来就没有奢望什么，能够与你告别，已经很好了。"

王维望着辛夷，想起了蜀州山寺之中那一树灿烂而寂寞的玉兰花，心中十分难过，欲语却哽咽。

辛夷伸出手，说道："王公子，你跟我来。"

王维伸出手，与辛夷相携走出书房，来到了庭院之中。

庭院里种着不少玉兰树，都没有开花。枯枝死树林立，春天仿佛没有降临，让整个院落显得死气沉沉。

辛夷说道："对不起，王公子，我的怨念把辛夷坞的春天挡住了。我想把春天还给你，还想让你看见去年的我。"

王维心中疑惑。

辛夷笑了笑，松开了王维的手。

一阵春风吹过，辛夷的身影逐渐消失了。

庭院之中，玉兰树纷纷抽芽开花，那些迎风绽放的花蕾或洁白，或紫红，一朵一朵镶嵌在枝头，仿佛是用美玉雕刻而成，清雅而美丽。

玉兰花树的中央，产生了海市蜃楼般的幻象。

一株高约十丈的双色玉兰凌空绽放，开着月光白和绛红色的花，千花万蕊、皎洁清丽。那是一种令人心颤的美丽，是深山无人处的灿烂繁华，却又空灵无比，霎时花落纷飞。

王维、白姬、元曜看到此景，都惊呆了。

"王公子，你当时说，明年再来观音寺看我，还会给我写诗……我一直盼着你给我写诗……"

虚空中，传来了辛夷微弱的声音。

王维想起了那一树山中古寺的繁花，沉吟了一下，吟道：

木末芙蓉花，山中发红萼。
涧户寂无人，纷纷开且落①。

"咯咯——"

虚空中，传来了辛夷开心的笑声。

"谢谢你的诗，故人。"

王维望着庭院之中的玉兰花，难过地笑了，说道："谢谢你不远千里，跨越时光，来与我道别，故人。"

一阵风吹过，辛夷坞之中，玉兰花纷落如雨。

仲春时节，又到了。

---

① 这首诗是王维写的《辛夷坞》。